HEYNE <

SERGEJ LUKIANENKO
QUAZI

ROMAN

Aus dem Russischen
von Anja Freckmann

Deutsche Erstausgabe

WILHELM HEYNE VERLAG
MÜNCHEN

Titel der russischen Originalausgabe:
Квази

MIX
Papier aus verantwor-
tungsvollen Quellen
FSC® C083411

Verlagsgruppe Random House FSC® N001967

Deutsche Erstausgabe
Redaktion: Kristof Kurz
Copyright © 2016 by Sergej Lukianenko, AST, Moskau
Copyright © 2017 der deutschen Ausgabe und Übersetzung
by Wilhelm Heyne Verlag, München,
in der Verlagsgruppe Random House GmbH,
Neumarkter Str. 28, 81673 München
Printed in Germany
Umschlaggestaltung: DAS ILLUSTRAT, München,
unter Verwendung einer Illustration von Jonas De Ro
Satz: Buch-Werkstatt GmbH, Bad Aibling
Druck und Bindung: CPI books GmbH, Leck
ISBN: 978-3-453-31852-6

www.heyne.de

Inhalt

Erstes Kapitel

Ermittlung und Strafe

Der Hof war sympathisch, sauber und gepflegt. Ein neu aussehender Spielplatz mit weichem Bodenbelag unter Rutsche und Schaukeln, Blumenbeete, ein Zierteich, Bänke unter alten grünen Bäumen. In einem Winkel des Hofs hatte man sogar eine Raucherecke eingerichtet, eine an drei Seiten zum Schutz gegen den Wind geschlossene Plastikbude. Kamen die Bewohner allen Ernstes hier runter, anstatt auf ihren Balkonen und in den Hauseingängen zu rauchen? Im Winter? Das konnte ich nicht glauben.

Normalerweise wohnten in einem Haus mit einem solchen Hof lauter brave, fröhliche Menschen. Auf dem Spielplatz mit den Schaukeln lärmte eine Kinderschar, auf den Bänken erzählten sich alte Männer die ewig gleichen Geschichten, und in der Mitte des Hofes putzte und räkelte sich eine dicke rothaarige Katze.

Vielleicht nicht unbedingt rothaarig. Vielleicht auch schwarz.

»Es hat ganz ungut geklungen«, sagte die Concierge.

»Wie denn?«, wollte ich wissen. »Uäh, Uääh?«

Die Concierge zuckte zusammen. Sie war klein, ziemlich gedrungen. Frauen wie sie gerieten nicht grundlos aus der Fassung. Mit ihren deutlich über vierzig Jahren hatte sie sicher schon einiges erlebt.

»Nein, so schlimm nicht«, sagte sie. »Es klang eher nach ›Bumm‹!«

»›Bumm?‹« Ich sah sie ironisch an.

Die Concierge blies die Wangen auf und atmete geräuschvoll aus: »Na dann eben ›Peng‹!«

Das klang jetzt tatsächlich nach einem Schuss.

»Woher kam das Geräusch?«

»Von dort.« Die Concierge zeigte nach oben auf den Balkon im zweiten Stock. Die Balkontür war geöffnet. »Ich stand hier am Zaun ...« Sie stockte.

»Um zu rauchen.«

»Wir dürfen uns nicht weit vom Eingang entfernen«, rechtfertigte sie sich. »Ich stand hier, alles war still, und plötzlich: ›Peng‹! Ich bin gleich hochgelaufen. Es kam aus der Wohnung des Professors ...«

Bei den letzten Worten huschte eine Regung über ihr Gesicht. Hatten sie ein Verhältnis? Nein, der Herr Professor würde doch kaum mit einer wenig attraktiven Concierge anbändeln. Abneigung? Nicht gegenüber dem Professor ... Nein ... aber gegen etwas, das mit ihm in Verbindung stand ...

Ich würde mich später darum kümmern.

»Und da hat keiner aufgemacht?«

Die Concierge schüttelte den Kopf.

»Nein! Dabei ist er heute nicht zur Arbeit gegangen. Seine Frau schon ... die ist gleich morgens weg, aber er ist geblieben.«

Alles klar. Sie mochte die Frau des Professors nicht. Kam vor.

»Seine Frau hat die Wohnung also vor dem ›Bumm-Peng‹ verlassen?«, fragte ich.

»Ja«, bestätigte die Concierge mit offenkundigem Bedauern.

»Und wer ist noch in der Wohnung?«

»Sonst niemand.«

Inzwischen hatte ich eine ungefähre Vorstellung davon, was passiert war. Vermutlich ziemlich unschön, das Ganze.

»Aha ... und das verdächtige Geräusch haben Sie etwa ...« – ich blickte auf die Uhr – »vor siebenundvierzig Minuten gehört.«

»Ist schon eine Weile her, ich weiß.« Die Concierge seufzte.

»Wiktor Aristarchowitsch heißt er, ja?«, vergewisserte ich mich.

»Ja.« Sie nickte und wirkte dabei ziemlich deprimiert. »Wohnung 24.«

Ganz klar, die Concierge hatte sich ihren Teil zusammengereimt. Und ich hatte gelernt, der Intuition jener Frauen zu vertrauen, die noch im Wald nach Pilzen und Beeren gesucht haben.

»Bleiben Sie hier unten«, sagte ich. »Und wenn ... was ist, rufen Sie mich an.«

Sie nickte und fragte: »Soll ich vielleicht den Hausmeister holen?«

»Tun Sie das.« Ich betrat das Treppenhaus und stieg die Stufen hinauf. Die Stockwerke waren nicht sonderlich hoch, ich würde ohne Aufzug auskommen.

Das Treppenhaus war genauso gepflegt wie der Rest des Gebäudes. Alles sauber, auf den Fensterbrettern Blumen, kein Dreck, keine Kippen, kein Graffiti. Hier wohnten anständige Leute, die ihre Kinder ordentlich erzogen ... Obwohl, halt, ein Graffiti gab es ja doch, zwar übermalt, aber noch gut zu erkennen: QUAZI SIND ABSCHAUM!

Inhaltlich war ich damit absolut einverstanden, aber so etwas auf die Wände zu schmieren, war trotzdem eine Sauerei.

Auch die Tür zu Nummer 24 war gediegen. Aus Metall natürlich, aber von außen mit Holzfurnier verkleidet. Zwei Schlösser. Ein Spion. Wie es sich gehörte.

Eigentlich wusste ich schon genug, um das Säuberungskommando rufen zu können. Aber was nach dessen Eintreffen geschehen würde, passte mir ganz und gar nicht.

Ich zog das Funkgerät aus dem Gürtel.

»Hier Denis Simonow, Ermittler für Todesangelegenheiten. Ich befinde mich an folgender Adresse: Posledni-Gasse, Haus 2, Wohnung 24. Ich glaube, ich höre ein schwaches Stöhnen und Hilferufe durch die Tür!«, sagte ich laut. »Ich treffe jetzt Vorbereitungen, in die Wohnung einzudringen.«

Noch ehe man in der Funkzentrale reagieren konnte, hatte

ich das Gerät wieder am Gürtel verstaut und meine Pistole gezogen.

Es gab nichts Stümperhafteres als den Versuch, mit einer Kugel ein Schloss aufzubrechen. Entweder sie verkeilte das Schloss ein für alle Mal, oder sie prallte ab und landete in deinem Kopf. Aber was für eine Wahl hatte ich ... was für eine ...

Ich starrte die Tür einige Sekunden lang an. Dann versetzte ich ihr einen Stoß mit dem Lauf.

Sie schwang ungehindert auf. Sie war nicht abgeschlossen, lediglich sorgfältig angelehnt.

Glück gehabt. Wiktor Aristarchowitsch war offenbar ein intelligenter Mensch. Wenn man beabsichtigte, sich zu erschießen, war eine angelehnte Tür eine höchst kultivierte Maßnahme.

»Wiktor Aristarchowitsch!«, rief ich für alle Fälle in die halbdunkle Wohnung hinein. »Ihre Tür ist offen. Darf ich eintreten?«

Stille.

Die Concierge hatte, wie es aussah, richtig gehört, und auch meine Vorahnung schien sich zu bewahrheiten.

Ich trat ein, hielt die Pistole vor mich. Links ... rechts ... im Vorraum war alles sauber. Sogar extrem sauber, alles aufgeräumt und reinlich. Entweder war die Frau des Professors eine Pedantin oder sie beschäftigen eine erstklassige Haushaltshilfe. Ich tippte auf eine Haushaltshilfe.

Vom Vorraum gingen mehrere Türen ab.

Eine zur Toilette. Sauber.

Eine andere in einen Gang zur Küche. Ebenfalls sauber. Allerdings roch es hier nach verbranntem Kaffee. Die Herdplatte war von guter Qualität, so eine, die sich selbst abschaltete. Trotzdem war die metallene Kaffeekanne darauf schwarz geworden und der Plastikgriff angeschmolzen und leicht deformiert.

Jetzt gab es keinen Zweifel mehr.

Von der Küche führte eine weitere Tür ins Wohnzimmer. Ich

warf vorsichtig einen Blick hinein. Die Vorhänge waren zugezogen, es herrschte Halbdunkel.

Alles sauber.

Ich drehte mich nach rechts und links und lauschte auf irgendwelche Geräusche, während ich den Raum durchquerte. Im Fernseher lief stumm der Nachrichtenkanal. Eine Tür ging zum Flur, eine andere zu einer zweiten Toilette – sauber, hinter der Tür zum Schlafzimmer war auch niemand. Ich trat in eine kleine Diele. Von hier führte eine Tür wieder in den Vorraum, außerdem gab es noch zwei weitere Türen. Ziemlich verwinkelte Anlage für eine Etagenwohnung. Man konnte sich im Kreis bewegen, Räuber und Gendarm spielen. Ich hasse solche Wohnungen.

Die nächste Tür ... Noch ein Schlafzimmer. Für ein Kind? Nein, das Zimmer eines Erwachsenen. Schliefen die Eheleute etwa lieber getrennt? Waren wohl von der ganz vornehmen Sorte ...

Und die letzte Tür ...

Noch ehe ich sie aufschob, nahm ich schon den Geruch wahr – ein schwaches Gemisch aus Schießpulver, Blut und etwas Scharfem. Er war mir nur zu gut bekannt.

Ich nahm die Pistole in die linke Hand, zog mit der rechten die Machete aus dem Gürtel. Und stieß die Tür mit dem Fuß auf.

Hier war es etwas heller, und es stank ekelhaft nach Blut und Scheiße.

Professor Wiktor Aristarchowitsch stand mit dem Rücken zu mir an der geöffneten Balkontür neben einem großen umgestoßenen Sessel und schwankte, während sein nach vorne gekippter Kopf zuckte. Am Anfang können sie den Kopf nicht richtig halten, was provokant an ein Neugeborenes erinnert. Der Professor war äußerst einfach gekleidet, eine alte, verknitterte Hose und ein blaukariertes Hemd, das am Rücken aufgerissen und dunkel vor Blut war. Als ich näher kam, drehte sich der Professor langsam um.

»Warum hast du dir bloß ins Herz geschossen, du Trottel.«
Ich ging auf ihn zu. »In die Birne musst du schießen. Dann
hätte ich weniger Arbeit, und du bräuchtest dich nicht so zu
quälen.«

Der Professor antwortete natürlich nicht. Selbst wenn er sich
quälte, Gefühle waren jetzt nicht mehr in seinem blassgrauen
Gesicht zu erkennen. Außer dem Hunger. Die trüben, eingefallenen Augen richteten sich auf mich, der blutige Mund verzerrte sich gierig. Ich hatte mir Wiktor Aristarchowitsch als älteren
Mann vorgestellt, dabei war er keine vierzig. Jung gestorben. Bei
meinem Anblick stöhnte der Professor auf: »Uhäh-äh-ähuh!« Er
kam direkt auf mich zu, obwohl ihm der Tisch im Weg war. Ein
schwerer, massiver Tisch mit einer lederbezogenen Tischplatte
und mächtigen Füßen an den Seiten. Keine Chance. Trotzdem
trat der Professor hartnäckig auf der Stelle, drängten sich gegen
den Tisch und streckte die Arme nach mir aus.

Am Anfang sind sie stockdumm.

»Nichts zu machen, du hast mich angegriffen, deshalb bin
ich gezwungen, mich zu verteidigen«, teilte ich ihm mit und
hob die Pistole. Irgendetwas beunruhigte mich, irgendetwas
stimmte hier nicht ...

»Uhäh-äh-uhäh!« Der Professor winselte schwermütig, als ob
sein totes Gehirn wüsste, dass nun sein endgültiger Tod bevor-
stand. Er riss den blutigen Mund noch weiter auf.

Blutig!

Ich machte einen Satz nach links, drehte mich gleichzeitig
und rechnete damit, dass mich im nächsten Moment Finger
oder Zähne packen würden.

Aber noch war alles in Ordnung.

Tatsächlich da war ein zweiter. Ein zerfleischter, blutüber-
strömter Mann um die dreißig, also in meinem Alter. Seine Kehle war zerfetzt, das Hemd aufgerissen, der Rumpf wirkte stark
angenagt. Der Mann lag auf dem Bauch in einer dunklen Blutlache, zuckte, strampelte mit den Beinen, robbte mithilfe der

Arme über das glitschige Parkett zielstrebig auf mich zu. Zwanghaft öffnete sich sein Mund. »Ähuh-ähuh-uhäh!«, heulte er.

Ich war noch nicht zu spät. Er war gerade dabei, auf die Beine zu kommen. Was bedeutete, dass der Professor nicht allein gewesen war ... der Schuss war durchs Herz erfolgt ... da lag noch die Pistole auf dem Boden, in der Blutlache.

Aber das war doch kompletter Unsinn.

Der Mörder hatte den Professor erschossen und dann darauf gewartet, dass dieser aufstand und ihm die Kehle durchbiss?

So etwas konnte unter gewissen Umständen womöglich aus Leidenschaft passieren, doch das war hier mehr als unwahrscheinlich.

»Jetzt habe ich überhaupt keine andere Wahl mehr«, teilte ich dem Professor mit und trat näher an den Tisch. Wiktor Aristarchowitsch ließ hektisch eine Hand sinken und kratzte damit über die Tischplatte in meine Richtung, als wollte er zu mir herüberrudern.

Ich holte aus und köpfte ihn mit der Machete.

Dann drehte ich mich um und ging auf den Mann zu, der sich inzwischen auf alle viere erhoben hatte. Sehr praktisch, um ehrlich zu sein.

»Uhuhäh?« stieß der Mann hervor.

Ich zielte und schlug auch ihm den Kopf ab.

Das war's.

Und die Welt war sauberer.

Auch wenn dieses Arbeitszimmer eine Grundreinigung benötigte. Gut, dass es keine Teppiche gab.

Ich steckte die Pistole weg und griff wieder nach dem Funkgerät, das seit zwei Minuten an meinem Gürtel vibrierte.

Da hörte ich ein Rascheln in meinem Rücken.

Waren sie etwa zu dritt?

Die Verwirrung lähmte mich buchstäblich. Langsam wie in Trance drehte ich mich um.

In der Balkontür stand ein massiger, älterer Mann in einem

zerknautschten, altmodischen Anzug und besah sich das Schlachtfeld, das ich angerichtet hatte. Im Gegenlicht hielt ich ihn zunächst für einen Menschen.

Aber dann sah ich die blaugraue Haut.

Er war ein Quazi. Ein gottverdammter Quazi!

Für einen Moment blickten wir uns an.

Ich ließ das Funkgerät los und griff nach meiner Pistole. Der Quazi hechtete über den Tisch hinweg, packte mit einer Hand mein rechtes Handgelenk, damit ich nicht mit der Machete ausholen konnte, mit der andern das linke, noch ehe ich die Pistole zu fassen bekam. Wir kämpften lautlos. Er war sehr stark, wie es seiner Natur entspricht, aber ich war zu wütend und zu schockiert, um aufzugeben.

Ich knallte ihm meinen Kopf mit voller Kraft ins Gesicht und rammte ihm gleichzeitig das Knie in die Leiste. Der Quazi wich zurück, schwankte einen Sekundenbruchteil und stürzte zur Balkontür. Ich sank auf ein Knie und schickte ihm zwei Kugeln hinterher. Schon als ich abdrückte, wusste ich, dass ich ihn verfehlen würde.

Der Quazi sprang, ohne sich noch einmal umzudrehen, über das Balkongeländer.

Als ich das Geländer erreichte, verschwand seine gedrungene Gestalt gerade um die Ecke des Nachbarhauses.

Ich hatte Grips genug, um nicht ein weiteres Mal zu schießen, und erst recht, um nicht zu springen. Schließlich bin ich kein Quazi, der sich zum Spaß mal eben acht Meter in die Tiefe stürzt ...

Ich sah mich nach der Concierge um. Am Eingang stand sie nicht.

Verflucht.

»Herr Kommissar!« Ich hörte eine Stimme aus dem Flur. »Herr Kommissar! Ist alles in Ordnung?«

»Ich bin kein Kommissar, ich bin Ermittler!«, rief ich, während ich die Pistole ins Holster schob. »Alles okay.«

Ich kehrte zu der Stelle zurück, von der aus ich auf den Quazi geschossen hatte, und schätzte den Winkel ab. Glück gehabt, die Kugeln waren unbemerkt himmelwärts gerauscht und nicht in die Fenster eines Nachbarhauses. Gott sei Dank gab es im Zentrum von Moskau viele niedrige Gebäude.

»Wiktor Aristarchowitsch ...« Die Stimme der Concierge, die in der Tür des Arbeitszimmers aufgetaucht war, klang wehmütig. »Ach, Wiktor Aristarchowitsch, also nein ... Warum haben Sie das getan ...«

Ich beobachtete sie genau und entschied, dass ihre Bestürzung aufrichtig war. Hinter ihr stand der junge Hausmeister – ein großer Tadschike mit einer gut geschärften Stechschaufel in der Hand. Ich nickte dem jungen Mann beifällig zu.

»Den hier haben Sie heute noch nicht zufällig gesehen?« Ich berührte den Schädel des jüngeren Toten mit der Schuhspitze.

»Nein!« Die Concierge schüttelte den Kopf. »Nein, nein! Der ist nicht an mir vorbei! Seit die Frau des Professors weggegangen ist, war ich ununterbrochen am Platz. Da ist keiner hoch!«

»Sie haben doch Überwachungskameras am Eingang?«, wollte ich wissen. »Keine Sorge, wir prüfen nach, wer wann wie ...«

»Ich hab ihn gesehen«, sagte der Tadschike und schluckte. Er sprach akzentfreies Russisch, musste also in Moskau aufgewachsen sein. »Er hat ganz früh morgens den Hof überquert, als ich die Müllcontainer rausgerollt habe.«

Ich sah wieder die Concierge an.

»Meine Schicht beginnt um sieben«, erklärte sie eilig. »Und heute Nacht war keine Kollegin da, aber die Eingangstür war verschlossen. Vielleicht hat ihn einer der Bewohner reingelassen ...«

»Niemand macht Ihnen irgendwelche Vorwürfe«, sagte ich. »Wir werden es schon rausfinden. Und jetzt verlassen Sie bitte vorerst den Tatort.«

Sobald die Concierge und der Hausmeister, der noch immer

seine Schaufel geschultert trug, aus der Wohnung waren, schaltete ich das Funkgerät wieder ein.

Unser Polizeirevier ist klein, denn es liegt mitten im Zentrum, wo kaum Leute wohnen, dafür gibt es jede Menge Geschäfte und Büros. Kein Vergleich zu den Bettenburgen in anderen Stadtvierteln. Wir haben weniger zu tun, und deshalb auch weniger Personal. Die meisten unserer Mitarbeiter beschäftigen sich mit Diebstahl und Betrug.

Deshalb gibt es nur einen Ermittler für Todesangelegenheiten. Und das bin ich.

»Denis, du weißt, dass du unser einziger Ermittler für Todesangelegenheiten bist? Ja?«

Ich blickte die Chefin des Reviers an und nickte.

»Ja, Amina Idrisowna. Ist mir klar.«

Wenn eine Frau ein Polizeirevier leitet, ist das schon schlecht. Aber eine Frau aus dem Osten – das ist ganz schlimm. Nicht weil eine Frau oder gar eine Frau aus dem Osten ihre Arbeit nicht genauso gut machen kann wie ein Mann. Nein, die macht sie genauso gut. Aber um jedermann für alle Zeiten zu beweisen, dass eine Frau ein paar Dutzend ruppiger Männer führen kann, muss sie – und das gilt erst recht für eine Frau aus dem Osten – lange und übereifrig unter Beweis stellen, dass sie auch Eier hat, und zwar stahlharte. Und bis endlich keiner mehr auch nur den geringsten Zweifel daran hat, ist ihr die Härte zur Gewohnheit, zur natürlichen Umgangsform geworden.

»Hauptmann, dann erklär mir verdammt noch mal, wieso bei dir von zwanzig Einsätzen dreizehn mit geköpftem Leichnam enden.«

»Es ist eine gefährliche Arbeit, Amina Idrisowna.« Meine Antwort war voll daneben.

»Ach so, gefährlich?«, rief Oberstleutnant Dauletdinowa mit gespieltem Mitgefühl. »Was du nicht sagst! War es schlimm, hm?«

Sie war sehr attraktiv und im besten Alter. Hatte einen Mann und drei Kinder. Wann war sie überhaupt dazugekommen, die zur Welt zu bringen? Ob sie zu Hause auch die Hosen anhatte? Oder hatte dort wie von jeher der Mann das Sagen?

»Sie haben ja recht, Amina Idrisowna«, sagte ich seufzend. »Aber Sie müssen zugeben, dass das keiner ahnen konnte ... Die Concierge hatte den Verdacht, dass der Professor sich erschossen hat. Und ich dachte das auch, ging rein, mit den üblichen Sicherheitsmaßnahmen ... Der Professor war schon auf den Beinen, ich wollte gerade das Netz einsetzen, als ich von hinten angegriffen wurde! Der Professor war bereits ziemlich in Fahrt, Sie wissen ja, er hatte schon gefressen, und wenn sie fressen, werden sie schneller ...«

»Du lügst doch, Denis«, sagte unser Oberstleutnant verächtlich. »Gut, du hast von dem Zweiten nichts gewusst. Aber du hättest sie bewegungsunfähig machen können. Kein Zweifel.«

Ich seufzte.

»An sich leistest du ja gute Arbeit, Denis«, sagte Amina Idrisowna unvermittelt, und ich war augenblicklich auf der Hut. »Ich würde dich nur ungern entlassen. Aber die Quazi haben schon drei Anzeigen gegen dich erstattet.«

»Zwei!«, korrigierte ich.

»Drei. Eine wegen dem Basketballspieler, eine wegen dem Jungen, der vom Auto überfahren wurde. Und jetzt die wegen dem Professor und seinem Mörder.«

»Wann haben sie das denn geschafft?«, murmelte ich.

»Gerade eben. Du warst noch nicht von deinem Einsatz zurück.« Die Chefin verzog das Gesicht. Offenbar brachte die schnelle Reaktion der Quazi sie ebenfalls aus dem Konzept. »War jemand dabei, als du die beiden Aufständischen einen Kopf kürzer gemacht hast?«

»Keine Menschenseele.«

»Das sieht gar nicht gut aus«, sagte Amina Idrisowna, während sie im Büro auf und ab ging. Ich saß da wie ein ungehorsamer Schüler und verfolgte ihre Bewegungen aus den Augenwinkeln.

»Die durchschnittliche Rate der endgültigen Tötung bei der Festnahme von Aufständischen liegt bei zwanzig Prozent. Bei dir sind es fünfundsechzig Prozent. Im bestem Fall ... im besten Fall, Denis! ... kann ich dich zur Büroarbeit versetzen. Bist du damit einverstanden?«

Ich schwieg. Wenn es um meine Entlassung oder Versetzung gegangen wäre, hätte sie dieses Gespräch doch gar nicht erst angezettelt. Dann hätte sie sich die Zeit gespart.

»Gibt es noch irgendwelche Alternativen?«

»Du könntest mit einem Partner arbeiten, wie in allen anderen Revieren auch.«

Unangenehm, aber eindeutig das kleinere Übel.

»Wenn es sein muss ...« Ich seufzte. »Aber wir sind doch voll belegt, mit wem würde ich denn ...«

»Das ist nicht deine Sache«, sagte die Chefin. »Zum Glück haben die Quazi diese Alternative selbst vorgeschlagen.« Sie drückte auf den Knopf der Gegensprechanlage. »Schicken Sie Michail Iwanowitsch herein«, befahl sie.

Die Tür zu ihrem Büro ging auf und dahinter erschien, logisch, Michail Iwanowitsch.

Er war nicht mehr der Jüngste, massig, in einem alten Jackett mit breitem Revers.

Mit Haut von blaugrauer Färbung.

Ein Quazi.

Derselbe, auf den ich heute Morgen geschossen hatte.

Mir wurde eiskalt.

»Michail Iwanowitsch, darf ich vorstellen: Das hier ist Denis Simonow, unser Ermittler für Todesangelegenheiten«, sagte Amina Idrisowna. »Ein sehr fleißiger Mitarbeiter.«

»Das habe ich bemerkt«, sagte der Quazi und hielt mir die Hand hin. »Michail Iwanowitsch.«

In seinem Gesicht waren keine Gefühle auszumachen. Woher auch bei einem Quazi. Sie kannten weder Ironie noch Wut noch Schadenfreude.

»Michail Iwanowitsch ist erst heute von außerhalb des Rings eingetroffen«, fuhr Amina fort. »Er hat ausgezeichnete Referenzen ... Michail Iwanowitsch, sie waren doch früher Mitglied der Strafverfolgungsbehörden, ich meine, bevor Sie ...«

Zu sehen, wie unsere strenge Chefin in Verlegenheit geriet, tat richtig gut.

»Im früheren Leben war ich Revierleiter in der kleinen Stadt Myschkin im Gebiet Jaroslaw.«

Er stand weiter so da, mit ausgestreckter Hand und blickte mich an.

»Denis Igorewitsch!«, rief Amina Idrisowna scharf.

Ich stand auf und nahm die Hand des Quazi.

»Denis Simonow, Hauptmann, Ermittler für Todesangelegenheiten«, sagte ich.

Ich drückte dem wandelnden Leichnam, auf den ich heute Morgen geschossen hatte, die Hand.

Michails Hand war stark – kein Wunder –, und heiß – reiner Zufall. Quazi haben eine fast normale Körpertemperatur, 37,9 Grad. Außerdem sind sie etwa eineinhalb Mal stärker als der Durchschnittsmensch.

»Wir werden sicher gut zusammenarbeiten«, sagte der Quazi. »Nennen Sie mich einfach Mischa.«

»Ganz bestimmt«, antwortete ich und lächelte. »Nennen Sie mich einfach Deniska.«

Wir blickten einander an, während wir uns kräftig die Hände schüttelten.

»Sehr nett«, sagte die Chefin mit unüberhörbarem Zweifel. »Das freut mich. Dann können Sie gleich gemeinsam den Fall abschließen, den Denis heute Morgen aufgenommen hat, ja? Sozusagen, um sich in die neue Situation einzuleben ... ach, entschuldigen Sie, Michail Iwanowitsch!«

»Macht nichts«, entgegnete der Quazi, ohne sich umzudrehen. »Ich habe keinerlei Vorbehalte gegen das Wort ›Leben‹. Es ist doch nur ein Wort. Gehen wir, Deniska?«

»Gehen wir, Mischka!«, sagte ich.

Und so verließen wir Schulter an Schulter das Büro unserer gestrengen Chefin aus dem Osten. Ich lächelte breit, Michail sah mich an.

Im Flur war niemand zu sehen.

Wir entfernten uns zwei Schritte von der Tür und blieben stehen.

»Und?«, fragte der Quazi einfach.

»Wenn du, egal wem, auch nur ein einziges Wort steckst ...«, flüsterte ich.

Verdammt, er wartete darauf, dass ich weiterredete. Also gut.

»Dann grab ich dich ein, du Geist.«

»Einen Toten bringt man nicht so leicht um, junger Mann«, sagte der alte Quazi, der an diesem Morgen aus dem Reich der Toten nach Moskau gekommen war.

»Ich schon«, teilte ich ihm mit.

Im nächsten Augenblick wurde ich gegen die Wand gepresst, meine Beine baumelten einen halben Meter über der Erde. Der alte, tote Revierleiter hielt mich mit einer Faust an den Aufschlägen meiner Uniform hoch, dass die Nähte ächzten und die Knöpfe von meinem Hemd abplatzten.

»Einen Quazi zu töten ist was anderes als begriffsstutzige Kinder zu köpfen, Denis«, sagte er kalt.

In Wirklichkeit bildete ich mir die Kälte in seiner Stimme natürlich nur ein. Tote können weder lieben noch hassen.

»Schau nach unten«, krächzte ich.

Der Lauf meiner Pistole war beinahe an seinem Kinn, und mein Finger lag auf dem Abzug.

»Noch mal schieß ich nicht vorbei«, sagte ich.

»Wahrscheinlich nicht«, stimmte der Quazi mir zu.

Und öffnete die Faust.

Ich fiel herunter, kam schmerzhaft mit den Fersen auf dem Boden auf und hätte mir fast auf die Zunge gebissen. Aber ich blieb stehen und zielte sogar noch mit der Pistole auf ihn.

»Wir haben zwei Möglichkeiten«, sagte der Quazi gelassen. »Erstens, ich gehe jetzt wieder da rein und teile Oberstleutnant Dauletdinowa mit, was ich heute Morgen beobachtet habe: Nämlich, dass du ohne jede Not zwei Aufständische enthauptet hast, anstatt sie außer Gefecht zu setzen und uns zur Erhöhung zu übergeben. Du hast zwei potenziell vernunftbegabte Wesen umgebracht, Hauptmann.«

»Das muss erst bewiesen werden«, flüsterte ich.

»Quazi lügen nicht, das weiß jeder«, sagte Michail Iwanowitsch. »Die zweite Möglichkeit lautet: Wir legen unsere gegenseitigen Vorurteile und Abneigungen ab und fangen ...«

»Ein neues Leben an?«, sagte ich mit maximaler Verachtung.

»Ich wollte sagen: Fangen noch mal von vorne an«, entgegnete der Quazi. »Aber deine Formulierung passt auch, danke.«

Er verstummte.

Auch ich schwieg eine Weile.

»Wie alt sind Sie, Michail?

»Du kannst einfach Mischa sagen. Ich starb 2017 im Alter von 64 Jahren. Und wurde sehr schnell erhöht, nach etwa einer Woche. Wenn man also von meiner Geburt als Mensch aus rechnet, bin ich jetzt 74.«

»Dann waren Sie also einer der ersten, Michail?«

Er nickte. Und wartete weiter ab.

»Ich bin dreißig«, sagte ich. »Als alles anfing, war ich gerade mal zwanzig, eine Rotznase, und plötzlich drehte die Welt durch. Ich ... ich habe viel gesehen. Ich hasse euch. Aufständische genauso wie Erhöhte. Ihr seid alle nur Gespenster.«

Michail Iwanowitsch stand immer noch vor mir und blickte mir in die Augen.

»Nur damit es keine Missverständnisse gibt«, präzisierte ich.

»Also, für welche Möglichkeit entscheiden wir uns?«, fragte er geduldig.

»Wir sollten unseren Oberstleutnant nicht damit belasten«, sagte ich. »Sie ist okay.«

»Das soll wohl heißen, dass wir zusammenarbeiten«, sagte der tote Revierleiter. »Die gemeinsame Arbeit bietet jede Menge Möglichkeiten, sich gegenseitig kennenzulernen und besser zu verstehen.«

Ich nickte.

Die gemeinsame Arbeit würde auch eine Menge Möglichkeiten bieten, den Partner umzulegen.

Aber das sprach ich nicht aus.

»Wir sind zusammen, wir schaffen das«, sagte Olga. »Ganz sicher, Deniska!«

Ich starrte sie an, konnte den Blick nicht abwenden. Mein Kopf schwamm, aber nicht von dem Schlag ..., sondern von dem Wahnsinn um uns herum. Ich wollte nur still dasitzen, mich nicht bewegen ...

Olga holte aus und gab mir eine Ohrfeige.

Komischerweise musste ich daraufhin husten. Dann rieb ich mir übers Gesicht und sagte: »Na sieh einer an. Kaum ein Jahr nach der Hochzeit und meine Frau schlägt mich schon ...

»Wie geht es dir?«, fragte Olga.

»Geht so. Besser.« Ich erhob mich und beugte mich vorsichtig aus dem Fenster.

Die Straße war leer.

Dann drehte ich mich um und blickte auf das, was da am Boden lag.

Zu sagen: Auf den menschlichen Leichnam, den meine Frau mit dem Küchenmesser geköpft hatte, wäre nicht ganz richtig gewesen. Denn der junge Bursche in unserem Alter war schon vorher tot gewesen. Als frischer Leichnam war er auf uns zugeschwankt, hatte dabei irgendwelche unverständlichen, glucksenden Laute ausgestoßen, leise geheult und gestöhnt. Sein Blick war leer, dabei zwanghaft auf uns geheftet gewesen. Seine Beine hatten sich in verschiedene Richtungen bewegt, aber er war nicht hingefallen. Eine Gesichtshälfte war entweder eingeschlagen oder angefressen ... Lieber nicht drüber nachdenken ...

Aber als ich mich auf ihn gestürzt hatte, um ihn wegzustoßen, hatte mich der auferstandene Tote mit einem Schlag zu Boden geworfen. Und noch während ich benommen dalag, beugte er sich über mich ...

In dem Moment tötete Olga ihn endgültig. Sie packte ihn von hinten an den Haaren, zog seinen Kopf zurück und säbelte ihn mit heftigen Bewegungen ab. Mit dem großen, scharfen Messer, das sie am Morgen aus der Restaurantküche mitgenommen hatte. Aus der aufgeschnittenen Kehle war etwas direkt auf mein Gesicht getropft, eine dickliche Flüssigkeit, die an beinahe geronnenes Blut erinnerte ...

»Glaubst du, dass ich mich anstecke?«, hatte ich gefragt, während ich mir das Gesicht abwischte.

Olga zuckte mit den Schultern. Kein Mensch hätte diese Frage beantworten können.

»Du hast ihn ... einfach so ...« Mir wurde klar, dass ich schlecht »umbringen« sagen konnte.

»Ich bin schon als Fünfjährige mit meinem Vater auf die Jagd gegangen.«

»Aber das waren Tiere.«

»Und das hier war kein Mensch.«

»Es ist eine Schande«, sagte ich. »Ich sollte dich beschützen, nicht du mich ...«

»Deniska, du hast alles richtiggemacht. Ich hatte doch das Messer. Du hast ihn abgelenkt, ich habe ihn ausgeschaltet. Wir sind zusammen. Zu zweit schaffen wir das.«

Ich betrachtete Olga. Mir wurde klar, dass ich meine Frau nicht richtig kannte. Mein Vater hatte zu mir gesagt: »Wenn du vor deinem zwanzigsten Geburtstag heiratest, heiratest du keine Frau, sondern deine Fantasien.«

Und, hatte er recht behalten?

Nein. Diese Frau war viel besser als meine Fantasien.

»Wir schaffen das«, sagte ich und lächelte. »Wir sind ein Team!«

Auch Olga lächelte, wurde aber sofort wieder ernst.

»Versprich mir eins, Denis. Wenn sie mich beißen oder verlet-

zen ... Dann bringst du mich um. Okay? Damit ich nicht auch so
etwas ...« – sie nickte zu dem toten.Leichnam hinüber – »... werde.«
Ich antwortete nicht sofort.
»Ich verspreche es dir«, fügte sie hinzu.
Ich schluckte schwer. »Ich verspreche es dir auch. Aber wir
kommen hier raus. Nach Moskau ist es nicht weit. Und im Radio
haben sie gesagt, dass innerhalb des Autobahnrings keine Gefahr
droht.«
»Natürlich kommen wir hier raus.« Olga nickte. »Seinetwegen.«
Wir sahen zum Bett.
Wo unser Sohn einen festen Säuglingsschlaf schlief.

Die Leute in unserer Abteilung haben sich gut im Griff. Alle
wussten schon über Michail Bescheid, und alle taten so, als ob
das nichts Besonderes wäre.

Und was ist daran auch besonders?

Gibt es in Moskau etwa keine Quazi? Doch, an die 50 000.
Die meisten wohnen in ihren eigenen Vierteln im Südwesten
und auf den Ljuberzer Feldern, aber auch in den Menschen-
Vierteln gibt es viele. Und jedes Mal, wenn ich die Aufständischen nicht einfach töten konnte, sondern sie ins Revier mitnehmen musste, kamen die Quazi, um sie abzuholen.

Ich grüßte sie sogar. Schüttelte ihnen die Hand. Schließlich
musste ich den hohen Standards der Moskauer Polizei genügen.
Wir stehen über allen Vorurteilen, wir kennen keinen Sexismus,
Rassismus oder Unterschiede in Sachen Vitalitätsstatus.

Aber mit einem Quazi als Partner arbeiten!

»Also, Denis, lassen Sie uns klären, wie wir uns anreden«, sagte Michail.

»Okay«, entgegnete ich. Wir gingen durch das Gebäude. Ich
nickte einem entgegenkommenden Kollegen zu. »Ich werde Sie
Gena nennen.«

»Warum Gena?«, fragte Michail total überrascht.

»Sie haben doch vorgeschlagen, dass wir uns Spitznamen

überlegen, mit denen wir uns gegenseitig anreden. Sie sind das Krokodil Gena und ich bin Tscheburaschka. Wie in den Kinderbüchern.«

»Ich meinte, wir sollten uns darauf einigen, ob wir uns duzen oder siezen«, erklärte Michail geduldig.

»Ach ...«, sagte ich gedehnt. »Sie sind älter, ich muss Sie mit Vor- und Vatersnamen ansprechen. Aber da wir ja jetzt Partner sind, könnte das bei der Arbeit unpraktisch werden. Wie ist Ihr Rang?«

»Wir haben keine Polizei in Ihrem Sinne«, sagte Michail. »Und Ränge auch nicht. Ich bin Sonderbeauftragter des Vorsitzenden.«

»Oh!«, sagte ich und legte einen Schritt zu. Mir gefiel gar nicht, wie uns meine Kollegen beäugten. Ihr Spott war kaum zu übersehen. Jeder im Revier kannte meine Einstellung zu Aufständischen und Quazi. Heute hatten die Leute endlich mal was zu reden ...»Dann sind Sie ja eine ganz große Nummer, Michail! Aber wenn Sie keinen Rang haben, wie wollen Sie dann ...?«

»Ich war Major der Polizei und offiziell habe ich diesen Rang immer noch«, sagte Michail. »Gefällt Ihnen das etwa besser, Hauptmann Simonow?«

Sieh mal an! Wenn das keine Gefühle waren, dann fehlte aber nicht mehr viel dazu.

»In Ordnung, Mischa!«, rief ich, blieb stehen und legte dem Quazi die Hand auf die Schulter. »Dann also per du!« Und eine Sekunde später wurde mir klar, dass er genau das bezweckt hatte.

Wir verließen das Revier, ich setzte mich hinter das Steuer meines Fahrzeuges und der Quazi nahm auf dem Beifahrersitz Platz.

»Was schlägst du als Nächstes vor, Partner?«, fragte ich betont liebenswürdig.

»Die Ermittlungen zum Tod von Professor Wiktor Aristarchowitsch Tomlin wieder aufzunehmen.«

»Die Todesursache lautet: Enthauptung durch den Ermittler Denis Simonow«, antwortete ich.

»Ich spreche von seinem ersten Tod.«

Ich seufzte und ließ den Motor an.

»Er wurde von einem Einbrecher erschossen. In der Wohnung gibt es einiges zu holen … Das hast du doch selbst gesehen. Der Hausmeister hat den Einbrecher bemerkt. Auf den Bändern der Überwachungskamera ist er ebenfalls. Der Einbrecher hat offenbar im Treppenhaus gewartet, bis die Tomlins die Wohnung verließen, aber nicht mitbekommen, dass seine Frau alleine ausging. Er öffnete die Tür, betrat die Wohnung, stieß dort auf den Hausherrn und schoss. Aber der Einbrecher hatte sich verrechnet. Der Professor stand extrem zügig wieder auf und machte sich dann über seinen Mörder her.«

»Wie schnell ist der Professor aufgestanden?«

»Schnell. Nach fünfundzwanzig Minuten, die kürzeste mögliche Zeitspanne, wie man in der ersten Klasse lernt.«

»Genau. Also wusste der Einbrecher das ebenfalls. Trotzdem hat er eine halbe Stunde in der Wohnung rumgewühlt? Und dann den langsamen, hungrigen Aufständischen an sich rangelassen? Woraufhin er ebenfalls gestorben und in ebenso kurzer Zeit wieder aufgestanden ist, nämlich genau im Moment deiner Ankunft?«

»Unwahrscheinlich heißt nicht unmöglich«, sagte ich dickköpfig.

Auf diesen offensichtlichen Unsinn antwortete der Quazi nichts.

Ich seufzte und fuhr aus der Parklücke. Natürlich war Moskau nicht mehr so von Autos verstopft wie früher. Im Gegenteil, auf den Straßen ist jetzt ziemlich viel Platz. Das Benzin ist teuer, und innerhalb des Moskauer Autobahnrings ist ohnehin zu wenig Platz, um jedem der inzwischen zwanzig Millionen Einwohner ein eigenes Auto zu genehmigen.

Trotzdem gerieten wir in der Puschkarjew-Gasse in einen

kleinen Stau. Wir krochen langsam auf die Metro-Station Trubna zu, um dahinter in die Sretenka-Straße abzubiegen.

»Ich kenne Moskau nicht so gut«, sagte der Quazi unerwartet. »Aber meinem Empfinden nach ist das Revier gerade mal ein, zwei Minuten zu Fuß vom Tatort entfernt. Wohin willst du?«

»Zur Arbeitsstelle seiner Frau. Oder besser: Seiner Witwe. Dauert etwa zwanzig Minuten.«

»Warum?«

»Man hat sie vom Tod ihres Mannes informiert, aber sie meinte, sie muss bis zum Abend am Arbeitsplatz bleiben. Das ist doch ziemlich seltsam, oder?«

Michail gab ein zustimmendes Geräusch von sich. Wir bogen in die Sretenka ein.

»Weißt du schon, was du sie fragen willst?«

»Ich habe so eine Idee«, sagte ich unverbindlich. »Aber jetzt bist du erst mal dran, Michail.«

Der Quazi seufzte. »Ich weiß deine Zurückhaltung zu schätzen. Ich habe schon darauf gewartet, dass du fragst.«

»Also, leg los«, sagte ich.

»Wir haben Informationen erhalten, dass in dem betreffenden Haus ein Verbrechen stattfinden würde.«

Ach so! Na klar, so einen Zufall konnte es gar nicht geben. Entweder war Michail selbst der Mörder, oder er hatte von dem bevorstehenden Mord gewusst. Immerhin versuchte er das nicht zu verschleiern.

»Woher stammte diese Information?«

»Der Informant wollte anonym bleiben«, sagte Michail schnell.

Klar. Ein Quazi kann nicht lügen, aber er kann der Antwort ausweichen.

»Aber du vertraust ihm oder ihr?«

»Ja, hundertprozentig«, sagte Michail. Seine Stimme klang irgendwie feierlich dabei. »Die Information war richtig, aber ich kam zu spät. Leider kam ich zu spät ...«

»Warum?«

Michail holte tief Luft. Nein, er holte nicht tief Luft, sondern er tat nur so als ob! Auch Quazi atmen, aber ihre Atmung ist immer völlig gleichmäßig. Nur bei extremer Anstrengung beschleunigt sie sich ein wenig.

»Ein Stau.«

»Ein Stau?«, rief ich. »Keine unerwartete Begegnung, kein Anruf oder eine selbstverschuldete Verzögerung?«

»Leider war es einfach nur Pech.«

»Weißt du noch etwas, das uns bei der Suche nach dem Mörder helfen kann?«, fragte ich.

Michail überlegte eine Weile. Dann schüttelte er den Kopf.

»Nein. Alles andere hat nichts mit diesem Mord zu tun.«

Er wich aus, aber immerhin hatte er geantwortet.

Wir fuhren den Garten-Ring entlang. Auch hier bildete sich gerade der traditionelle Abendstau. Es wurde allmählich dunkel.

Staus sind die Geißel der Großstädte. Staus sind tödlich. Nach der Katastrophe sank die Zahl der Privatautos um vier Fünftel, und trotzdem gibt es immer noch Staus! Wie sind wir früher überhaupt jemals irgendwo hingekommen?

»Und wie ist es bei euch in Piter so?«, fragte ich.

»Bei uns gibt es keine Staus. Wir fahren fast nie mit dem Privatwagen.«

»Aber bei euch gibt es doch auch Lebende.«

»Ja, 12,5 Prozent.« Michail nickte. »Aber die fahren auch lieber mit der Metro oder dem Rad.«

»Bei euch sind die Winter wärmer«, brummte ich. Ich hatte Reportagen aus der Hauptstadt der Nicht-Lebenden im Fernsehen gesehen: Massenhaft Quazi auf Rädern, die schön ordentlich in einer Reihe den Newski entlang fuhren ... während ich mich so mit diesem Quazi unterhielt, ganz normal, wie mit einem Menschen, und mich gleichzeitig an diese Unmengen toter Radfahrer erinnerte, lief es mir kalt den Rücken runter.

Vor uns tauchte groß der Buchstabe »M« auf. Ich hielt am Fahrbahnrand.

»Ich bin noch nicht zum Essen gekommen. Willst du auch was?«

Michail sah mich zögernd an. Dann nickte er. «Okay, einen Quazi-Burger.«

»Alles klar.«

Ich stieg aus, betrat das Schnellrestaurant und winkte schamlos mit meinem Ausweis, während ich mich durch die Menge der Jugendlichen zur Kasse drängte.

»Einen Cheeseburger, einen Quazi-Burger. Eine große Cola und ein großes Wasser.«

Niemand beschwerte sich, auch die Jugendlichen nicht. Trotz allem war der Respekt vor Polizei und Armee in den letzten zehn Jahren gewaltig gestiegen. Ich kehrte mit meiner Beute zum Auto zurück, überreichte Michail sein Burgerimitat und packte meinen Cheeseburger aus, ehe ich mich langsam auf die rechte Spur einfädelte.

Ich kaute auf meiner Frikadelle mit Käse herum, die zwischen ein fades Brötchen geklemmt war, und beobachtete Michail aus dem Augenwinkel. Der aß seinen Quazi-Burger – Zwiebel, Salat, Gurke, Tomate und Aubergine. Eingequetscht in das gleiche fade Brötchen wie mein Fleischklops.

»Hast du nie Lust auf Fleisch?«, fragte ich.

»Du weißt doch, dass alle Quazi Vegetarier sind.«

»Ja, aber ich meine: Appetit.«

»Wir hatten schon mehr als genug Fleisch«, antwortete Michail. Er wartete einen Moment, ehe er weitersprach. »Das war derb. Entschuldige. Aber ja, wir sind Vegetarier, und nein, wir haben keinen Appetit auf Fleisch, auch nicht auf Fisch oder Käse.«

Er kaute weiter, aber etwa einen Wohnblock weiter, sagte er unvermittelt: »Manchmal habe ich Lust auf Milch. Ich hab sie probiert, konnte sie aber nicht bei mir behalten.«

»Sojamilch?«, schlug ich vor.

»Ekelhaft. Ich trinke sie, mit künstlichem Honig. Auch ekelhaft. Ich schmecke jeden chemischen Zusatz. Sogar die Spuren des Phosphatdüngers auf diesem Salatblatt ... obwohl es lange und gründlich gewaschen wurde. Bei uns zu Hause essen wir nach Möglichkeit nur organisch angebautes Obst und Gemüse.«

Für einen kurzen Moment tat er mir leid.

»Trotzdem ist es extrem schwierig, mich zu vergiften«, fuhr er fort, und mein Mitleid schwand. »Ich kann Substanzen, die für Menschen giftig sind, löffelweise zu mir nehmen, ohne dass mir das schadet. Auch Fleisch bringt mich nicht um. Es wird einfach abgestoßen.«

Abgestoßen ... vornehm ausgedrückt ...

»Aber sag mal ... Partner, was ist mit deinem albernen Anzug?«, fragte ich und warf ihm einen Seitenblick zu. »Wurdest du darin erhöht?«

Der Quazi betrachtete sein Jackett, als ob er es zum ersten Mal sähe. Er zupfte ein Härchen vom Aufschlag.

»Nein. Der war voller Flecken und zerrissen. Aber auf dem Land gibt es viele kleine Städtchen mit vielen verlassenen Läden. Ich suche mir immer die gleiche Montur aus. Das ist eine Angewohnheit.«

»Das ist keine Angewohnheit, sondern Stillstand«, entgegnete ich unerwartet wütend.

»Ja, Stillstand«, stimmte er mir zu. »Wir sind nicht fähig, uns zu entwickeln, das ist richtig. Ich schaue mir alte Filme an, lese alte Bücher und trage alte Kleidung. Das ist der Preis für die Erhöhung.«

»Vielleicht sollte man es dann nicht als Erhöhung begreifen?«, gab ich zurück, während ich auf den Parkplatz des Instituts für Biochemie einbog.

»Man kann auch aus dem tiefsten Abgrund erhöht werden, Denis«, sagte der Quazi sanft. »Wenn du eine Zeit lang als blutrünstige Bestie ohne Bewusstsein existiert hast, ist der erhöhte

Zustand höchst attraktiv. Auch wenn man Abstriche machen muss.«

Wir stiegen aus. In unserem Rücken rauschte der Verkehrslärm des Gartenrings. Das Gebäude lag bereits im Zwielicht, nur vereinzelte Fenster waren erleuchtet. Der eine oder andere schien also noch zu arbeiten.

»Ich verstehe seine Frau nicht«, sagte ich. »Wie kann man weiterarbeiten, wenn man erfahren hat, dass der eigene Ehemann gestorben ist?«

»Sie kann doch ohnehin nichts mehr daran ändern«, sagte Michail vorwurfsvoll. »Also ich kann sie vollkommen verstehen.«

Eine Sekunde später fiel bei mir der Groschen.

»Scheiße!«, rief ich aus. »Scheiße, Scheiße, Scheiße!«

Trotz der blaugrauen Haut war die Frau überaus attraktiv. Vielleicht, weil ihre Erhöhung im besten Alter stattgefunden hatte – irgendwo Ende zwanzig, als sie bei maximaler Schönheit und Kraft gewesen war. Quazi unterscheiden sich abgesehen von der Hautfarbe äußerlich nicht von einem Menschen, und sie benutzen normalerweise keine Kosmetika. Also war das ihr wahres Äußeres. Reine Natur.

Der dunkelgraue Hosenanzug, die roten Pumps und die rote Bluse passten optimal zur blaugrauen Haut. Das war eindeutig ihr persönlicher Stil.

»Mein aufrichtiges Beileid, Wiktoria ... äh ...«

»Andrejewna, aber das ist nicht wichtig«, entgegnete die Quazi. »Wiktoria reicht.«

»Wir bevorzugen kurze Namen«, warf Michail ein.

Er und Wiktoria wechselten einen Blick. Sie nickte. Wir setzten uns an einen Couchtisch im Foyer. Das Institut wirkte zu meiner Überraschung nicht wie die typisch trostlos-funktionale wissenschaftliche Einrichtung, sondern großzügig und höchst modern. Im Foyer waren überall nette kleine Sitzecken verteilt, versehen mit guten und dazu noch kostenlosen Kaffeemaschinen; die Räume waren erstklassig renoviert, in angenehmen Farben gehalten, es gab hochwertige Ledermöbel, schöne Stores vor den Fenstern. Bei uns sehen die Labors normalerweise auch ziemlich modern aus, an der Technik wird nicht gespart, aber dafür wird alles andere völlig vernachlässigt. Hier dagegen versuchte man eine komfortable, wohnliche Atmosphäre zu schaffen, vermutlich damit die Mitarbeiter länger blieben.

An der Wand hing eine große Tafel voller Aushänge, daneben – so etwas gibt es tatsächlich nur noch in wissenschaftlichen Instituten – eine nicht mehr ganz neue Wandzeitung mit Glückwünschen zum 8. März für alle Frauen, Bekanntmachungen der Gewerkschaft, Angeboten für Familien-Urlaub in Eupatoria, den Terminen für die Forschungsgruppe »Der Junior-Biochemiker« und anderen nutzlosen Informationen. Das hier war kein Institut, sondern ein zweites Zuhause ...

»Das Revier hat Sie benachrichtigt ...«, fuhr ich fort.

»Ich verstehe schon, Sie wundern sich, dass ich nicht alles stehen und liegen lasse und nach Hause fahre«, sagte die Quazi gelassen. »Hier läuft im Moment ein wichtiges Experiment, bei dem ich anwesend sein muss. Wiktor kann ich jetzt ohnehin nicht mehr helfen. Seine Arbeit war ihm sehr wichtig. Er wird mich verstehen, da bin ich mir sicher.«

Ich runzelte die Stirn. Was redete sie da?

»Wiktor und Wiktoria, wie hübsch«, sagte Michail plötzlich. »Waren Sie schon vor Ihrer Erhöhung verheiratet?«

»Nein, wir haben uns erst hier im Institut kennengelernt, vor drei Jahren. Aber Sie haben recht, Wiktor hielt das für ein gutes Omen. Menschen neigen manchmal ein wenig zum Aberglauben.«

»Hatte er Feinde?«, fragte Michail.

»Nicht mehr als jeder andere junge, begabte Forscher. Jedenfalls nicht solche Feinde, die ihm einen Schuss ins Herz verpasst hätten. Man sagte mir, ein Einbrecher habe ihn erschossen?«

Michail nickte.

»Und dann ist er aufgestanden und hat den Einbrecher umgebracht?«, fuhr Wiktoria fort.

»Genau.«

»Dann hat die Gerechtigkeit ja gesiegt«, sagte Wiktoria. »Darin liegt eine höhere Logik. Der Einbrecher wollte ihn umbringen und kam dabei selbst zu Tode, und das für immer.«

»Ich glaube, Sie haben da etwas falsch verstanden«, hakte ich ein. »Mit der Gerechtigkeit hat es nicht so ganz hingehauen ...«

Wiktoria hob eine Augenbraue. Eine ziemlich menschliche, unnatürlich wirkende Reaktion.

»Als der Ermittler in die Wohnung kam, waren dort zwei Aufständische«, sagte ich. »Der Ermittler sah sich gezwungen, zur Waffe zu greifen. Beide sind tot. Und zwar endgültig. Sie wurden geköpft.«

»Wie?«, fragte Wiktoria. Und blinzelte. Jetzt sah sie so entsetzt aus wie eine ganz normale Frau, die vom Tod ihres Gatten erfährt.

»Mit einer Machete.«

»Das meine ich doch nicht, Sie Idiot«, schrie Wiktoria. »Wie ... wie konnte das passieren? Warum? Das ist nicht richtig, so sollte das nicht ablaufen.«

»Ein Verbrechen läuft per Definition niemals richtig ab«, sagte Michail.

Wiktoria beruhigte sich augenblicklich.

»Sie haben recht. Das ist sehr traurig. Sehr ungerecht. Wiktor war ein extrem talentierter Wissenschaftler. Ein riesiger Verlust.«

Natürlich war kein Anzeichen von Trauer zu erkennen. Ich war überrascht, dass sie überhaupt die Stimme erhoben und mich beschimpft hatte. Eine Quazi, die ihren Mann geliebt hatte? Unsinn. Sie hätte ihn nach ihrem eigenen Tod und ihrer Erhöhung nur dann lieben können, wenn sie ihn schon zuvor gekannt hätte.

Was aber nicht der Fall war.

Vielleicht hatte sie den Sex geliebt. Ganz banal. Sie hatte den Sex so geliebt, dass diese Eigenschaft nach Tod und Erhöhung ihr Hauptwesenszug geworden war. Quazi sind einseitig entwickelt. Das, was für sie als Mensch am wichtigsten war, bleibt ihr einziges Ziel, wenn sie das ewige Leben beginnen. Michail zum Beispiel war Polizist gewesen, vermutlich mit Leib und Seele, und war deshalb auch als Quazi Polizist, selbst wenn man seine Tätigkeit anders bezeichnete. Ein kleines Licht, der Bürgermeister eines Provinzstädtchens, war nach seiner Erhöhung zum genialen Politiker und Vorsitzenden aller Quazi in Russland geworden. Er hatte den Krieg zwischen Lebenden und Toten beendet, genau wie dies in Deutschland der Vorsitzende der Grünen und in den USA der Gouverneur Kaliforniens getan hatten.

Wiktoria mochte Sex lieben oder das Eheleben und deshalb einen Menschen geheiratet haben. Aber der Tod dieses Menschen würde sie nicht berühren. Für sie war dieser Mensch nur eine Schraube im Getriebe, die man leicht ersetzen konnte.

Selbst wenn sie ihn wirklich geliebt hatte. Mal angenommen, der Sinn ihres neuen Lebens war tatsächlich die Liebe. Warum ihn dann umbringen?

Irgendetwas passte da nicht.

Gar nichts passte da.

»Unsere Arbeit wird dadurch stark verzögert«, sagte Wiktoria mit offenkundiger Enttäuschung. »Erst wenn wir jemanden finden, der Wiktor ersetzen kann, und wenn dieser Jemand sich eingearbeitet hat ...«

Ach so, ja klar. Das war abstoßend, aber kein Verbrechen. Sie sorgte sich, weil die Forschungen ihres Mannes nicht weitergeführt werden konnten.

»Das tut mir leid«, sagte Michail. »Woran hat Ihr Mann gearbeitet?«

»Jedenfalls nicht an solchem Schwachsinn wie ›Aufständische heilen‹, falls Sie das meinen.« Wiktoria runzelte die Stirn.

»Es waren ganz normale, langweilige Forschungen zum Wind-pockenvirus. Wir suchen ein neues Medikament. Wenn wir Glück haben, werden diese Studien in fünf Jahren immensen Profit abwerfen.«

»Warum braucht man ein Heilmittel dagegen?«, fragte ich. Die Frau gefiel mir nicht, aber das hatte nichts damit zu tun, dass sie eine Quazi war. »Man schmiert sich dieses grüne Zeug auf die Haut, und nach ein paar Tagen ist der Spuk vorbei.«

»Kinder machen Windpocken in der Regel ohne Komplikationen durch, Erwachsene dagegen erkranken oft schwer«, erklärte Wiktoria. »Für sie braucht man ein Medikament.«

Michail nickte. »Dürften wir uns noch mal in Ihrer Wohnung umsehen?«, fragte er. »Die Verstorbenen wurden schon weggebracht ... mein Beileid. Aber vielleicht wurde irgendetwas übersehen.«

»Bitte schön.« Wiktoria machte eine nachlässige Handbewegung. »Ich werde heute wahrscheinlich hier übernachten. In der Wohnung ist es sehr leer, und hier gibt es schöne Erholungsräume ...«

»Anfangs dachte ich, dass Sie etwas mit dem Tod Ihres Mannes zu tun hätten«, sagte ich zu meiner eigenen Überraschung.

Michail blickte mich an, blieb aber stumm.

»Wie denn?«, fragte Wiktoria, schon halb im Stehen und ließ sich wieder auf das Sofa sinken. »Der Mord fand doch in meiner Abwesenheit statt. Als ich schon hier im Institut war.«

Ich nickte.

»Meine Anwesenheit hier wird ständig kontrolliert.« Wiktoria nickte zur Linse einer Überwachungskamera an der Decke hinauf. »Ich habe das Gebäude nicht verlassen. Und selbst wenn ich den Mörder beauftragt hätte, hätte ich ihn ja wohl kaum dazu überreden können, mit dem Leichnam allein zu bleiben und sich dem Aufständischen als Futter anzubieten.«

»Ach, wo Sie schon am Spekulieren sind, fällt mir noch eine andere Hypothese ein«, sagte ich. »Sie hätten jemanden mit dem Mord an Ihrem Mann beauftragen können und es wie einen Einbruch aussehen lassen können. Wir haben den Mörder bereits identifiziert: Der Mann hat schon zweimal wegen Diebstahls gesessen. Er hat Ihren Mann erschossen ...«

»Und dann etwas gesucht, obwohl er genau wusste, dass der Tote jeden Augenblick aufstehen konnte?« Wiktoria lächelte. »Das ist doch widersinnig. Er hätte dem Toten doch wohl vorher den Kopf abgehauen oder ihn wenigstens gefesselt. Am Anfang sind Aufständische schwach und schwerfällig. Warum als Futter herhalten?«

»Stimmt«, sagte ich und blickte sie an. »Das ist wirklich widersinnig. Kein Mensch würde sich freiwillig zu einem solchen Tod bereiterklären.«

Michail erhob sich.

»Entschuldigen Sie die Mutmaßungen meines Kollegen«, sagte er. »Denis vertraut uns nicht besonders. Was natürlich albern ist. Entschuldigen Sie die Störung. Und noch mal unser Beileid.«

»Kein Problem«, sagte Wiktoria und erhob sich.

Auch ich stand auf. Irgendetwas passte nicht, war einfach nicht richtig.

Aber ich hatte keine Beweise, kein Motiv, und es gab keine Verbindung zwischen dem Mörder und Wiktoria.

»Es hat mich gefreut, Sie kennenzulernen«, sagte Michail plötzlich. Und küsste Wiktoria auf den Mund.

Die Quazi-Frau zuckte zusammen und stolperte rückwärts, weg von dem Quazi-Mann.

Michail leckte sich die Lippen. Seine Zunge war blau.

»Höchst ungewöhnlich«, sagte er. »Ad hoc kann ich nicht sagen, was für eine Substanz das ist. Aber ich nehme an, dass Sie sie bereits heute Morgen auf Ihre Lippen aufgetragen haben? Noch bevor sie vor die Tür traten, den angeheuerten Mann ... oder besser gesagt, den verführten Mann, auf die Lippen küssten, in Ihre Wohnung ließen und zur Arbeit gingen. Wie lange dauerte es, bis die Betäubung nachließ? Fünf Minuten? Zehn? Fünfzehn? Musste er mit ansehen, wie Ihr toter Mann sich erhob und sich auf ihn zuschleppte, um sich an ihm gütlich zu tun?«

Wiktoria packte den schweren Ledersessel, hob ihn in die Luft und knallte ihn dem alten Polizisten gegen den Kopf.

Wäre er lebendig gewesen, hätte sie ihn damit getötet. Auch wenn er sich mit den Händen hätte schützen können.

Aber die beiden waren Quazi, und Michail steckte den Schlag locker weg.

Wiktoria stürmte aus der Halle. Ich rannte hinter ihr her und zerrte dabei die Pistole aus dem Holster.

»Nicht schießen«, schrie Michail und überholte mich. Die Rückenfalte seines Jacketts klaffte auseinander. »Wehe, du Idiot!«

Ich ließ die Pistole sinken, hielt sie mit beiden Händen vor mich und folgte ihm.

Michail holte Wiktoria im Treppenhaus ein. Er sprang auf ihren Rücken und warf sie dabei um. Die beiden Quazi kullerten die Treppe hinunter. Von dem widerlichen Geräusch von Schädeln, die auf Stein knallten, drehte sich mir der Magen um. Selbst im Fallen versuchten die beiden, sich gegenseitig die Köpfe einzuschlagen – das Gehirn war das einzige wirklich verletzbare Organ ihrer Spezies.

Und dann brach Michail ihr den Hals.

Ich erkannte das eklige, feuchte Knacken sofort und verlangsamte meinen Schritt. Ihnen hinterherzustürzen war für mich alles andere als reizvoll ... Ich würde danach nicht mehr aufstehen.

Auf dem Weg nach unten holte ich die verstärkten Spezialhandschellen für Quazi hervor. Michail saß auf dem Boden und hielt den zuckenden Körper der Quazi fest. Seine Handschellen hatte er schon an ihren Fußgelenken befestigt. Schweigend nahm er meine entgegen und fesselte Wiktorias Hände.

Dann saßen wir eine Minute einfach nur da. Ich atmete

schwer und bedauerte es wieder einmal, nicht zu rauchen. Michail blickte die Quazi an. Er war wirklich ein guter Polizist – ich glaube, er hatte Mitleid mit ihr.

Dann knackte Wiktorias Hals und streckte sich wieder. Sie öffnete die Augen und blickte uns an. Hob die Hände und betrachtete die Handschellen.

»Das ist nicht mehr nötig«, sagte sie.

»Egal, tragen Sie sie einfach noch ein bisschen«, entgegnete ich.»Warum? Warum haben Sie das getan?«

Die Quazi-Frau blickte mir in die Augen. Sie lächelte.»Haben Sie schon mal geliebt?«, fragte sie.

»Könnte sein«, entgegnete ich.

»Ich konnte nicht mehr mit ansehen, wie dieser geliebte Mensch allmählich alt wurde«, sagte sie.»Seine Form verlor, seine Attraktivität. Wie sein Verstand an Brillanz einbüßte … Eines Tages würde er ein Quazi sein … aber dann so ein alter, alberner Tropf …« Sie nickte verächtlich zu Michail hinüber.»Während das wahre, vollwertige, höhere Leben doch zum Greifen nahe war. Er musste nur sterben, eine kurze unangenehme Phase durchstehen … und dann auferstehen. Für immer jung.«

»Für immer tot«, flüsterte ich.

»Für immer jung«, wiederholte sie, dann schwieg sie.

»›Jeder tötet, was er liebt‹«, sagte Michail und hob Wiktoria ruckartig vom Boden hoch.»Das möge jeder hören, der Tapfere mit einem Schwert, der Feigling mit dem Kuss.‹«

»Schreiben Sie Gedichte?«, wollte Wiktoria wissen.

»Das ist von Oscar Wilde, Sie halbtote Ignorantin«, sagte ich, während ich einen Blick zu Michail rüberwarf.»Mit Betonung auf ignorant, nicht auf halbtot.«

Michail rieb sich über die linke Seite und gab ein sehr natürliches Stöhnen von sich.

»Meine Rippen tun weh. Drei Stück, ausgerechnet die, die am längsten brauchen, um zu regenerieren. Rufst du bitte die Polizei, Denis?«

Nachts ist Moskau schön. Jahrelang dachte ich, dass ich die Nacht für immer hassen würde.

So schlimm ist es nicht mehr, ich habe mich einigermaßen an sie gewöhnt ...

»Wohin willst du, Michail?«, fragte ich.

»Ins Hotel Leningrad natürlich. Wo sonst könnte ein anständiger Quazi absteigen?«

»Du machst Witze, oder?«, fragte ich finster.

»Ich versuche es. Und, gelingt es mir?«

Ich zuckte die Schultern. »Keine Ahnung. Einer von uns ist nicht zu Scherzen aufgelegt. Am liebsten würde ich mich betrinken.«

»Du hast es gut.« Michail nickte. Er holte sein Handy raus und rief jemanden an.

Ich hörte nicht hin. Anscheinend hatte er wirklich einen Witz gemacht.

Wir hielten vor dem Hotel neben dem lärmenden Bahnhofsvorplatz. Eben fuhr unter lautem Hupen der Panzerzug Moskau-Kasan ab, um das tote Land zu durchqueren, wo sich selbst die Quazi zwischen den Massen von Aufständischen nicht mehr sicher fühlten.

»Denk bloß nicht, dass wir jetzt Freunde sind«, sagte ich. »Du bist trotzdem von der gleichen Sorte wie sie: ein Gespenst.«

»Keine Sorge«, stimmte Michail zu.

Wir stiegen aus, ich zögerte, ehe ich ihm die Hand schüttelte. Die heiß war, selbst für einen warmen Sommerabend. Eine Straßenbahn näherte sich unter Getöse.

Straßenbahnen sind die gefährlichsten Transportmittel überhaupt, das wissen wir spätestens seit Bulgakow. Zack – und schon rollt der Kopf. Egal wie stark ein Quazi ist, wenn er ausrutscht und unter die Straßenbahn gerät ...

»Morgen bekommen wir eine Wohnung«, sagte Michail. »Ich werde für einige Zeit hier in Moskau arbeiten.«

»Schon kapiert.« Ich nickte. »Wer ist wir?«

Die Straßenbahn war schon ganz nah. Ich sah mich um. Wo waren die Kameras ... war ich im Bild? Konnte man sehen, dass ich den Quazi nicht nur nicht zurückhielt, sondern im Gegenteil schubste?

Michail wandte plötzlich den Kopf und blickte zum Hotel hinüber.

»Papa!« Aus dem Eingang hüpfte ein Junge, zehn, elf Jahre alt, und rannte auf Michail zu. »Papa, ist alles okay?«

Die Straßenbahn rauschte vorbei.

Michail umarmte den Jungen unbeholfen. Ich bemerkte, dass er ihn an seine rechte Seite drückte.

»Klar. Was könnte mir denn schon zustoßen?«

Ich schaute weg. Ein Quazi-Kind. Der reine Horror. Was Schlimmeres gibt es nicht.

Aber als ich wieder hinguckte, sah ich, dass der Junge lebendig war. Er hatte eine rosige Hautfarbe, gerötete Backen und strahlte mich neugierig an.

Falsch. Es geht doch schlimmer.

Aber warum ausgerechnet heute?

»Das ist Denis, mein neuer Partner«, sagte Michail. »Ein guter Kerl und lebendig.«

»Hallo«, sagte ich. »Und bis bald! Ich muss los, zu Hause wartet man auf mich.«

Und warf mich so hektisch hinters Steuer, als ob eine Horde Aufständischer hinter mir her wäre. Lächerlich.

Zu Hause schleuderte ich, ohne mich zu bücken, die Schuhe von den Füßen, da ich eine Plastiktüte aus dem Supermarkt in den Händen hielt. Ich ging in die Küche, wobei ich feuchte Spuren auf dem Boden hinterließ. Meine Socken waren nach dem langen Tag komplett durchgeschwitzt. Dann setzte ich mich an den Tisch, ließ mich gegen die Wand sinken und holte eine Flasche Wodka aus der Tüte. Ich schraubte sie auf und trank direkt aus der Flasche.

Flüssiges Vergessen breitete sich in meinem Körper aus.

Ich saß einfach nur da und starrte die gegenüberliegende Wand an. Das Foto, auf dem Olga am Fenster stand und den Säugling in den Armen hielt. Drei Monate vor der Apokalypse. Sie lächelte, und auch mein neun Monate alter Sohn lächelte.

»So kann es kommen«, sagte ich und nahm den nächsten Schluck.

In der leeren Wohnung war kein Mensch, der mich hätte hören können. Aber ich wartete auch nicht auf eine Antwort. In zehn Jahren hatte ich gelernt, mit mir selbst zu reden.

Der Vorteil vom Leben ist, dass du immer wenigstens einen Gesprächspartner hast.

Zweites Kapitel

Himmel und Wind

Im Juli erlebte Moskau regelmäßig Stürme. Oft rückten sie auf die Stadt zu, die Meteorologen gaben Sturmwarnungen aus, und dann lösten sie sich wieder auf.

Aber manchmal brachen sie auch mit voller Kraft auf die Stadt herein.

Ich hatte keine Ahnung, ob der Sturm sich heute Nacht so richtig austoben würde oder nur sein Spielchen mit uns trieb. Aber der Wind war kein Spaß mehr. Massive, regenschwangere Wolken rasten über den Himmel, ohne dass bisher auch nur ein Tropfen gefallen war.

»Ich gehe alleine«, sagte ich zu Michail.

»Soll ich nicht mitkommen?«, wollte er wissen.

»Ich komme schon klar.«

Wir standen vor dem Müllschacht, neben dem eine Tür auf einen kleinen ungenutzten Balkon führte. Im zwanzigsten Stockwerk, sechzig Meter über dem Boden.

»Ich gehe wenigstens nicht kaputt, wenn was schiefgeht«, erinnerte mich Michail und hielt mich am Ärmel fest.

Ich zeigte ihm einen Vogel.

»Das heißt, ich gehe natürlich kaputt«, gab Michail zu. »Aber ich überlebe es, soll heißen, ich regeneriere mich. Mit der Zeit.«

»Und wovor sollte ich Angst haben?«, fragte ich. »Wenn ich kaputtgehe, stehe ich auf und werde erhöht. So einfach ist das.«

»In deinem Testament ist Verbrennung vermerkt«, sagte Michail. »Du stehst nicht auf.«

»Dann passiert mir auch nichts. Lass mich durch!«

»Warum gerade du? Du hast gestern viel getrunken. Ich rieche das.«

»Du hast die falsche Hautfarbe«, erklärte ich. »Sie sollten dich jetzt nicht sehen.«

Michail überlegte, dann ließ er mich los.

»Auch wieder wahr. Na gut, geh.«

Ich drückte die Tür auf und trat langsam auf den Balkon.

Oho!

Was für ein Wind!

Hätte ich einen Hut aufgehabt, wäre der jetzt weg.

Hätte ich Flügel, würde ich selbst wegfliegen.

Und hätte ich Köpfchen, würde ich ruckzuck ins Haus zurückkriechen.

Der Balkon war schmal, aber etwa vier Meter lang und verband den Wartebereich vor dem Aufzug mit der Tür zum Treppenhaus. Was bedeutete, dass die Hausbewohner im Fall eines Brandes eine Schleife drehten: Erst mussten sie auf den Balkon ausweichen und dabei frische Luft in das brennende Gebäude lassen, nur um dann wieder in das Inferno einzutauchen.

Ziemlich dämlich. Aber es brannte ja nicht.

Als Erstes blickte ich nach unten, wo mehrere Polizeifahrzeuge, ein Feuerwehrauto und ein Rettungswagen parkten. Außerdem standen da Gaffer – was würden wir ohne die tun – und Kamerateams, na klar …

Ich winkte ihnen zu.

Dann drehte ich mich um.

Die Mädchen standen in der Ecke des Balkons auf einer Art Podest, das ich zunächst für eine alte, abgewetzte Truhe hielt. Dann sah ich, dass es sich um eine Singer-Nähmaschine handelte. Uralt. Bestimmt hundert Jahre! Wer warf denn eine solche Antiquität weg?

»Hallo!«, sagte ich laut und freundlich. »Ganz schön windig!«

Ein Mädchen wandte sich ablehnend ab. Das andere nickte unsicher. Die beiden waren fünfzehn, sechzehn. Sie hielten sich an den Händen, so fest, dass ihre Finger ganz weiß waren. Und pressten sich an die Wand.

Die, die genickt hatte, war hübsch und rothaarig und hieß Julia. Sie ging in die zehnte Klasse. Die Abweisende mit dem braunen Kurzhaarschnitt hieß Anja. Sie war im ersten Jahr der technischen Berufsschule. Die beiden waren seit dem Kindergarten befreundet.

Das war schlecht.

»Erst mal muss ich eines wissen, Mädels!«, rief ich. »Seid ihr schwanger?«

Jetzt blickte auch Anja mich an. Völlig perplex.

»Ich erkläre euch den Grund für meine Frage«, sagte ich. »Wenn ihr aufsteht, wenn ihr schwanger seid, bleibt ihr das für immer. Könnt ihr euch vorstellen, was das für ein Horror ist?«

»Wir sind nicht schwanger!«, schrie Julia empört.

»Wir sind keine Prostituierten«, pflichtete Anja ihr bei.

Ich ging in die Hocke. Erstens um mich vor dem Wind zu schützen. Zweitens würde diese Haltung zur Entspannung der Situation beitragen. Und drittens konnte man aus dieser Position am schnellsten losspringen, aber das wussten die Mädchen hoffentlich nicht.

»Gut!«, rief ich. »Zweite Frage, wenn ich darf. Wie heißt das Schwein?«

Die Mädchen tauschten Blicke.

»Warum wollen Sie das wissen?«, kreischte Anja hysterisch.

»Ich muss doch wissen, wer so dämlich ist.«

»Er ist nicht dämlich!«, sagte Julia. Plötzlich blickte sie nach unten und erschrak. Gut so, gut ...

»Er liebt uns beide!«, sprang Anja ihr bei. »Und kann sich nicht entscheiden! Und wir sind Freundinnen, wir wollen uns nicht gegenseitig verraten.«

»Warum verraten?« Ich tat überrascht. »Wenn er euch beiden gefällt und ihr Freundinnen seid, dann lebt doch zu dritt.«

Ich hielt das für einen fantastischen Vorschlag, auch wenn der Jugendpsychologe da möglicherweise anderer Meinung war. »Er ist verheiratet«, schrie Julia wieder hysterisch. »Er sagt, er liebt uns beide, kann seine Frau aber nicht verlassen.«

»So ein Arsch«, sagte ich geradeheraus. Mal wieder das Übliche: Der Typ versuchte, die verliebten Minderjährigen loszuwerden, ohne sie zu traumatisieren. Aber das hatte er ordentlich verbockt. »Habt ihr vielleicht eine Zigarette, Mädels?«

Die beiden sahen sich an.

Julia holte ein Feuerzeug raus, Anja eine zerdrückte Packung Zigaretten, die man ihr aufgrund ihres Alters nicht hätte verkaufen dürfen.

»Soll ich sie rüberwerfen?«, fragte Anja.

»Die fallen runter!«, wehrte ich ab, stand auf und ging zu den beiden hinüber – die sich augenblicklich anspannten. Ich nahm Zigaretten und Feuerzeug entgegen, trat nur zwei Schritte zurück und ging wieder in die Hocke. »Ich habe auch eine Tochter in eurem Alter, die eine Zeit lang mit einem erwachsenen Mann zusammen war ...«

Das haute eigentlich nicht ganz hin, aber wenn man fünfzehn ist, sehen alle Erwachsenen uralt aus.

»Und?«, fragte Julia misstrauisch.

»Was und? Eine dumme Pute ist sie! Die halbe Klasse war hinter ihr her, und sie verknallt sich ausgerechnet in den Lehrer ... Hat zwei Monate nur geheult ...«

»Und dann?«

»Dann? Hat sie einen anderen Kerl kennengelernt. Zweiundzwanzig Jahre und Student am MIMF.«

»Mimf?«, fragte Anja verwundert.

»Moskauer Institut für Molekulare Forschung.« Ich musste improvisieren. »Ein hochanständiger Wissenschaftler.«

Na also. Die beiden lächelten. Es war wie beim Angeln – erst den Köder am Haken auswerfen, dann im richtigen Moment den Anhieb setzen und rausziehen.

»Könnt ihr da nicht runterkommen, Mädels? Dann hocken wir uns hin, rauchen eine und reden.«

Anja und Julia blickten sich an. Sie wollten nicht mehr springen. Vielleicht hatten sie es von Anfang an nicht vorgehabt, vielleicht hatten sie sich einfach nur gegenseitig in diesen für ihr Alter so typischen explosiven Gefühlszustand hochgeschaukelt.

»Und Sie werden uns nicht festhalten?«, fragte Anja.

»Nein«, versprach ich.

Anja tippelte unbehaglich auf dem Podest herum. Sie versuchte in die Hocke zu gehen, da erfasste sie eine Böe, sie kreischte auf und drückte sich wieder an die Wand.

»Meine Beine sind eingeschlafen«, rief sie panisch. Julia umfasste sie und geriet dabei selbst ins Schwanken.

»Stopp, stopp«, rief ich und stand auf. »Kommt, ich helf euch.«

Sie konnten sich nicht mehr wehren.

Ich fasste beide fest an der Hand und zog sie runter.

Julia sprang mitten auf den Balkon.

Anja schwankte und wollte sich am Geländer herunterlassen.

»Scheiße!«, heulte ich auf und umfasste das Mädchen mit beiden Armen.

»Halten Sie mich fest, halten Sie mich«, rief Anja panisch. Halb sitzend balancierte sie auf dem Rand des wackeligen Podests und neigte sich dabei immer mehr dem Geländer zu. Ich hätte sie leicht runterziehen können, aber der Wind peitschte mir in den Rücken und drückte mich gegen das Mädchen ...

Die Tür knallte. Michail war mit zwei Sätzen bei uns. Mit einer Hand riss er Anja zu sich heran, mit der anderen stützte er mich. Dann ließen wir uns allesamt auf den dreckigen, mit Taubenscheiße und zerdrückten Kippen übersäten Balkonboden plumpsen.

Julia weinte. Anja klapperte mit den Augenlidern und schob sich einen Finger in den Mund.

»Dumme Gänse«, sagte ich heftig. »Hier habt ihr euer Gift wieder.«

Anja zog den Finger aus dem Mund und nahm sich eine Zigarette, steckte sie in den Mund und zündete sie postwendend an. Am Filter.

Ich stöhnte auf, zog ihr die Zigarette aus dem Mund und drückte sie aus.

Der Sturm machte an diesem Tag einen Bogen um die Stadt. Die Wolken jagten noch über den Himmel, ab und zu kam es zu kurzen heftigen Regengüssen, aber der Wind war nicht mehr so stark.

»Du hättest das nicht tun müssen«, sagte Michail. Ich fuhr wieder, er saß neben mir. Zu seinem alten Anzug trug er jetzt einen zerdrückten Filzhut, den er vorhin vorsorglich im Wagen gelassen hatte. »Du hättest auf den Psychologen warten sollen. Die Mädchen wären nicht gesprungen.«

»Vielleicht wären sie runtergeweht worden«, sagte ich. »Außerdem waren sie zu zweit. Zwei Mädels in dem Alter können sich gegenseitig ganz schön hochschaukeln, im Guten wie im Schlechten.«

»Stimmt«, pflichtete der Quazi bei.

»Soll ich dir beim Umzug helfen?«

Er überlegte.

»Ja, danke. Wir haben nicht viel Zeug, aber eine Einweihungsfeier muss es ja wohl geben.«

»Wer sagt das?«

»Die Leute«, antwortete Michail.

»Ach so.« Ich hielt vor dem Revier. »Hältst du dich etwa für einen Menschen?«

»Ich gehöre zu einer der drei menschlichen Varietäten: Lebende, Aufständische und Quazi.«

»Aufständische sind für dich auch Menschen?«

Michail zögerte, ehe er antwortete.

»Es ist eine Zwischenetappe. Wie ein Kokon. Bei Insekten ist das ja auch so, erst die Larve, dann die Puppe in ihrem Kokon und schließlich das erwachsene geschlechtsreife Exemplar – die Imago. Es gibt jede Menge Parallelen. Larven sind für gewöhnlich Raubtiere, die Imago häufig Vegetarier.«

»Und die Aufständischen sind die Puppen?«

»Es ist nur ein grober Vergleich.«

»Da fällt mir nichts zu ein.« Ich stieg aus. Michail ebenfalls, mit dem Hut in der Hand. »Also bist du dagegen, dass man die Aufständischen tötet?«

»Ich bin ganz allgemein dagegen, jemanden zu töten«, antwortete Michail. »Egal wen. Es sei denn, es gibt keinen anderen Ausweg.«

»Eine Horde Aufständischer greift einen Menschen an. Was machst du?«

»Ich halte sie auf.«

»Es sind zu viele. Auch ein Quazi kann eine große Menge nicht in Schach halten. Die Horde greift den Menschen an, du hast ein MG. Was tust du?«

»Kommt auf die Situation an.« Michail wandte sich ab und ging auf das Revier zu.

Ich folgte ihm.

Er war eben doch ein Gespenst. Das zu vergessen wäre dumm gewesen.

In den Diensträumen war es kühl – die Hitze draußen hatte sich gelegt, aber da es offenbar niemand eilig hatte, die Klimaanlage runterzuschalten, lief sie noch auf Hochtouren. Es waren nur wenige Leute da. Zwei verweint aussehende ältere Frauen weihten den jungen Leutnant von der Tagesschicht in ihre Probleme ein. Seinem Gesichtsausdruck nach zu schließen, hielt er diese Probleme nicht für unerhört und gewaltig, sondern für nichtig und banal. Irina aus der Melde- und Bewilligungsabteilung füllte für einen mageren, intelligent wirkenden Mann ein Formular aus. Wahrscheinlich handelte es sich um die Erlaubnis für ein großes, schweres Schießeisen.

»Du hast doch ein eigenes Büro, oder?«, fragte Michail.

»Ja, klar.« Ich machte eine Bewegung mit dem Kinn. »Da drüben.«

Die Tür klemmte und ließ sich schwer öffnen. Durch das kleine Fenster fiel nur wenig Licht herein. Ich knipste den Schalter an, und die alten Leuchtstofflampen erwachten unter unzufriedenem Summen flackernd zum Leben.

Ich setzte mich an den Tisch, Michail gegenüber. Damit war das Zimmer voll. Der Quazi fuhr mit dem Finger über die Tischplatte, blickte auf seine Fingerspitzen und schüttelte den Kopf.

»Wie hält Oberstleutnant Dauletdinowa dich bloß aus?«, fragte er.

»Ich arbeite gut«, antwortete ich. »Zweimal pro Monat erledige ich den Papierkram. Oder einmal. Vom Morgengrauen bis zum Sonnenuntergang. Hattest du in Piter auch ein Büro?«

»Gewissermaßen ...«, sagte Michail. »Aber bei uns ... bei uns ist alles anders.«

»Ihr schafft es irgendwie, ohne große bürokratische Strukturen auszukommen.« Ich nickte. »Wie?«

»Jeder von uns kennt sein Ziel und seinen Platz.«

Die Tür ging auf und Alexander, ein älterer Major aus der Fahndungsabteilung, schaute herein.

»Du sollst deinen Hintern schleunigst zur Zarin rüberschwingen, Ermittler«, sagte er.

»Was ist los?«

»Neugier ist der Katze Tod ...«, sagte er vage. Vermutlich wusste er es selbst nicht. Vermutlich war er gerade bei der Chefin gewesen, als ihr eingefallen war, dass sie mich sehen wollte. Weshalb sie ihn losgeschickt hatte.

»Jawohl«, sagte ich zackig. Alexander war Deutscher, dessen Vorfahren zur Zeit Peters des Großen nach Russland gekommen waren.

»Halt die Vaseline bereit«, empfahl er noch und schloss die Tür hinter sich.

Offenbar wusste er doch etwas.

»Warum Zarin? Sie heißt doch Dauletdinowa.«, fragte Michail.

»Weil sie aus Schemacha stammt. Wie die Zarin in dem Märchen von Puschkin.«

»Und wozu Vaseline?«

Ich blickte Michail misstrauisch an.

»Nein, nein, schon kapiert, es ist eine Redewendung, nicht wörtlich zu verstehen«, beruhigte er mich. »Aber dein Chef ist eine Frau, was dieser Wendung eine ganz andere Bedeutung verleiht ...«

»Die Tatsache, dass sie eine Frau ist, hindert sie nicht daran, mich ordentlich ranzunehmen, ob mit oder ohne Vaseline«, entgegnete ich seufzend.

»Aber du hast doch gestern und heute tadellos gearbeitet, da kann es eigentlich keinerlei Beschwerden geben ...«

»Michail!«, sagte ich. »Beschwerden wird es erst nicht mehr geben, wenn ich sterbe. Und auch dann nur, wenn ich nicht wieder aufstehe.«

»Ich komme mit«, sagte der Quazi.

Ich hatte keine Lust, mit ihm zu streiten.

Ich verschloss die Tür, und wir machten uns auf den Weg zur Zarin. Als sie den Quazi erblickte, wurde ihre Miene noch finsterer.

»Ich habe nicht nach Ihnen gerufen, Michail Iwanowitsch. Können Sie sich so lange ... ausruhen?«

Die Stellung des Quazi in unserer Abteilung war zweifellos höchst vage und schlecht definiert. Wie es aussah, hatte die Dauletdinowa einen Anruf von oben erhalten. Und zwar von ganz oben. Und jemand hatte angeordnet, Michail zu meinem Partner zu machen und ihm jede nur denkbare Unterstützung zukommen zu lassen. Interessant!

»Danke, Amina Idrisowna«, sagte der Quazi höflich. »Aber für mich wäre es äußerst hilfreich, wenn ich mit ansehen dürfte, wie man mit einem Team arbeitet.«

Dagegen wusste die Dauletdinowa offenbar nichts einzuwenden.

»Denis, wer hat gestern die Durchsuchung der festgenommenen Wiktoria Tomlin vorgenommen?«

Ehe ich noch in meinem Gedächtnis kramen und zu dem Schluss kommen konnte, dass wir sie überhaupt nicht durchsucht hatten, bevor sie dem Einsatzkommando der Polizei übergeben worden war, sagte der Quazi: »Ich habe sie in Augenschein genommen, Amina Idrisowna.«

»Und was hatte sie bei sich?«

»Nichts«, sagte Michail gleichmütig. »Sie trug einen Hosenanzug aus Stretchmaterial. Frauen führen selten etwas in den Hosentaschen mit sich, dafür haben sie ja Handtaschen.«

Oberstleutnant Dauletdinowa warf unwillkürlich einen Blick zum Schrank hinüber, in dem vermutlich ihre eigene Tasche stand.

»An den Ohrläppchen trug sie silberne Ohrringe in Form eines Blattes, um den Hals eine Kette mit Medaillon, ebenfalls in Blattform, offenbar ein Set. An der rechten Hand einen Verlobungsring aus Weißgold mit einem kleinen, aber echten Brillanten von etwa einem Zehntel Karat. An der linken Hand zwei Armreifen mit Anhängern aus Silber und Swarowski-Glas. Das ist alles.«

»Sie sind sehr aufmerksam«, lobte ihn die Dauletdinowa. »Männer können sich nur selten an Schmuckstücke erinnern.«

Sie war sichtlich verwirrt. Der Quazi hatte sie völlig aus dem Konzept gebracht.

»Was ist passiert?«, fragte Michail.

»Sie ist geflohen.«

»Wie – geflohen?«, rief ich. Michail wartete wortlos auf weitere Erläuterungen.

»Als man sie zur Aufnahme in die Einzelzelle des Untersuchungsgefängnisses brachte, stellte sich heraus, dass sie keine Handschellen mehr trug. Sie schaltete die diensthabenden Wachleute aus und floh.«

»Waren die Handschellen aufgeschlossen?«, fragte Michail.

Die Dauletdinowa runzelte die Stirn, nahm ein Blatt vom Schreibtisch und las noch einmal im Bericht nach.

»Nein ... äh, Moment ... sie hatte sie abgenommen, sie lagen auf dem Boden. Aber sie waren noch verschlossen.«

»Quazi können sich aus allen Handschellen befreien«, sagte Michail. »Sie müssen sich nur die Handknochen brechen. Das tut weh und bedarf einiger Zeit der Regeneration, aber es ist möglich. Kennen denn die Wachleute die Instruktionen zum Transport von festgenommenen Quazi nicht?«

»Wir nehmen nur sehr selten Quazi fest.« Immerhin stand die Chefin für ihre Leute ein. »Meistens transportieren wir Aufständische.«

»Quazi sind keine Engel, wir begehen auch Verbrechen«, sagte Michail gleichmütig. »Wenn zu Lebzeiten ein Hang zur Kriminalität bestand, wird dieser sich auch beim Quazi bemerkbar machen. Sie müssen die Instruktionen genau lesen, die wir extra an Ihr Innenministerium geschickt haben.«

Der Oberstleutnant stöhnte.

»Ich werde das anordnen. Na, wenigstens ist es nicht Denis' Schuld ... Das ist schon mal gut. Denis, warum sehen Sie Ihren Partner so scharf an?«

»Ich bin begeistert von seiner Professionalität«, sagte ich. »Sollen wir bei der Suche nach Wiktoria helfen?«

»Sie sind die Einzigen, die sie noch nicht suchen!« Die Chefin winkte ab. »Gehen Sie, schreiben Sie Ihre Berichte.«

»Ich würde lieber ein paar Hausbesuche machen«, sagte ich. »In meinem Revier warten dreiundvierzig ältere Frauen und achtundzwanzig ältere Herren darauf, möglichst bald überprüft zu werden.«

»Dann machen Sie Ihre Besuche«, stimmte die Dauletdinowa zu, woraus ich schloss, dass sie ernsthaft beunruhigt war. Dass sie mich nicht zur Büroarbeit nötigte, war ein absolutes Novum!

Sobald wir wieder auf dem Gang waren, steuerte Michail mein Büro an, aber ich hielt ihn am Arm fest.

»Wie wäre es mit einem kleinen Spaziergang, Michail? Das Wetter ist herrlich und wir brauchen dringend etwas frische Luft.«

Draußen donnerte es.

»Wie du meinst, Denis«, willigte er ein. »Willst du mich etwas fragen?«

»Ja, ja, ja«, brummte ich, während ich einen Zahn zulegte und Michail zwang, ebenfalls den Schritt zu beschleunigen. »Sag mir eins, Partner und Liebling der Götter ... Wie hast du lügen gelernt?«

»Ich habe nicht gelogen.«

»Ho-ho-ho!«, stieß ich in der Manier eines besoffenen Santa Claus aus. »Natürlich nicht!« Die Tür des Reviers knallte hinter uns zu. »Du hast sie nicht durchsucht«, fuhr ich etwas leiser fort. »Und ich auch nicht. Also hast du gelogen.«

»Du hättest sie durchsuchen sollen«, antwortete Michail. »Mein Fehler war, dass ich nicht darauf geachtet habe, dass du es tust.«

»Aber du hast gelogen! Und Quazi lügen nicht!«

»Wer hat dir das gesagt? Ein Quazi?«

Ich blieb abrupt stehen und sah meinem Partner in die Augen.

Michail seufzte.

Ich wusste bereits, dass das eines seiner bevorzugten Mittel nonverbaler Kommunikation war.

»Ja, wir können nicht lügen. Aber das habe ich auch nicht getan. Ich habe der Zarin gesagt, was sie hören wollte …«

»Für uns ist sie die Zarin, nicht für dich!«

»Ich habe unserem Oberstleutnant gesagt, dass ich Wiktoria in Augenschein genommen habe. Und zwar höchst sorgfältig. Aber das ist nicht das Gleiche wie eine Leibesvisitation.«

»Du bist ein Lügner! Du bist ein Paragrafenreiter und Korinthenkacker!«, rief ich begeistert aus. »Du bist ein echter Polizist der alten Schule!«

Und da lächelte er unerwartet.

Wahrscheinlich genau so künstlich und berechnend wie er seufzte. Aber er lächelte.

»Ganz alte Schule sogar. Noch unter Stalin geboren, unter Chruschtschow die Schule besucht, unter Breschnjew gearbeitet und unter Putin in Rente gegangen. Und ich weiß ganz genau, dass Wiktorias Flucht nicht unsere Schuld ist. Sie hat die Handschellen nicht mit einem Dietrich aufgeschlossen, sondern sich die Knochen gebrochen und dann Hände und Füße aus den Ringen gezogen. Wenn überhaupt ist es meine Schuld. Ich hätte die Polizisten warnen sollen.«

»Aber warum ist sie geflohen?«, fragte ich. »Ich dachte, ihr tickt da anders: Wer ein Verbrechen begeht, muss die Strafe auf sich nehmen. Falsch?«

»Wenn es sich um ein Verbrechen aus Leidenschaft handelt, dann schon«, stimmte der Quazi zu.

»Also ging es hier nicht um Liebe.«

»Oder nicht um diese Art von Liebe, oder zumindest nicht nur. Was ist, besuchen wir jetzt ein paar alte Leute?«

»Lass uns noch mal zum Tatort fahren.«

Michail blickte auf die Uhr, ein altmodisches Modell mit Zifferblatt und Zeigern in einem immerhin vergoldeten Gehäuse.

»Ich muss aus dem Hotel auschecken und in die Wohnung umziehen.«

»Okay, tu das. Ich fahr alleine.«

Michail schüttelte den Kopf: »Nein, das ist nicht in Ordnung. Ich hole schnell meine Sachen und den Jungen. Er kann mit uns kommen.«

»Das ist aber auch nicht in Ordnung.«

»Wir haben keine andere Wahl. Ich fahre. Es wird Zeit, dass ich mich an eure Form der Mobilität gewöhne.«

»Na, dann los. Aber denk dran, das hier ist kein Fahrrad.«

Ich blickte Olga an und schüttelte den Kopf.

»Das kaufe ich dir nicht ab. Du fährst Auto, du schwimmst wie ein Fisch. Du kannst schießen und du spielst besser Gitarre als ich!«

»Aber Fahrradfahren kann ich nicht«, sagte meine Frau.

Es besteht immer eine gewisse Chance, etwas Unerwartetes über einen geliebten Menschen zu erfahren. Auch noch nach zwei Jahren des Zusammenlebens.

Wir standen in einem Sportgeschäft. Um uns herum war alles ordentlich und sauber, keine Spur von Verwüstung. Es wirkte, als ob Verkäufer und Kunden nur für einen Augenblick rausgegangen wären. Mitten im Verkaufsraum standen zwei fahrbereite Mountainbikes.

»Auf dem Fahrrad können wir das Dorf durchqueren«, sagte ich. »Bis zum Abend sind wir in Moskau.«

»Wir wissen ja gar nicht, wie es dort jetzt aussieht«, sagte Olga müde. »Und ich habe nur einmal im Leben auf einem Fahrrad gesessen: als Kind, und dann bin ich gleich gegen eine Eisenplatte geknallt ... du hast mal nach der Narbe auf meiner Schulter gefragt, weißt du noch? Danach habe ich es nie mehr versucht.«

»Ich bringe es dir bei«, sagte ich.

»Mit einem Säugling Fahrrad fahren?« Olga lachte mich aus, und ich begriff, dass es sinnlos war, mit ihr zu streiten. *»Nein, nein und*

noch mal nein. Lass es uns lieber mit dem Auto versuchen. Wir könnten auf dem Seitenstreifen am Stau vorbei.«

»Klar, dann fallen sie dort über uns her«, sagte ich. Ich zuckte mit den Schultern. »Okay, dann versuchen wir es eben, aber mit dem Rad ...«

»Das Thema ist erledigt«, schnitt Olga mir das Wort ab. »Von mir aus können die wandelnden Leichen mit dem Fahrrad fahren ... Nimm einen Baseballschläger mit ... vielleicht haben die auch Messer hier ...«

Unser Sohn weinte im Schlaf.

»Warum habe ich blöde Kuh nur mit dem Stillen aufgehört?« Olga begann den Jungen hin und her zu wiegen. »Dann hätte ich immer gute, gesunde, richtig temperierte Nahrung parat ...«

»Auch das Thema ist durch«, seufzte ich. Ich schau mal nach, ob ich einen Campingkocher finde. Dann können wir das Wasser erhitzen und mit dem Pulver verrühren.«

Olga nickte und blickte durch die Glastür nach draußen. Dort war alles leer. Vorläufig. Aber wir wussten, dass die Untoten Lebende wittern konnten.

Die beiden hatten nicht viel. Michail einen großen Koffer und eine Notebooktasche, sein Sohn einen kleinen Koffer. Wir luden das Gepäck in den Wagen. Ich wollte dem Jungen helfen, aber der schüttelte nur den Kopf und warf den Koffer unter ziemlicher Anstrengung selbst in den Kofferraum.

»Wir haben uns gestern gar nicht richtig kennengelernt«, sagte ich. »Ich bin Denis.«

»Ich weiß, Papa hat es mir gesagt«, antwortete der Junge lebhaft. »Ich heiße Najd.«

»Najd? Ist das ein ungarischer Name?«, fragte ich.

»Nein, der ist selbsterfunden. Eine Art Spitzname. Mein Papa ist ein Quazi und meine Mama gibt es nicht. Da passt doch ein ungewöhnlicher Name viel besser, oder?«

Dazu fiel mir nicht viel ein. Ich setzte mich auf den Beifahrersitz, Michail hinters Lenkrad, und der Junge mit dem seltsamen Namen Najd kletterte auf die Rückbank. Er rutschte dort hin und her und sagte schließlich: »Gibt es hier gemischte Schulen?«

»Gemischte? Äh ... ja, natürlich gibt es die.«

»Hör mal, Najd«, sagte Michail leise. »Drei Regeln.«

»Ja, ja. Nirgendwo hinlaufen, alles genau beobachten, Fragen hinterher stellen«, sagte Najd mit einem geräuschvollen Seufzer, und ich kapierte, bei wem sich Michail diese Gefühlsäußerung abgeguckt hatte.

Wir fuhren zurück zum Revier in der Posledni-Gasse. Michail fuhr ziemlich gemächlich, sehr korrekt, und schaffte es trotzdem, an keiner Ampel anhalten zu müssen.

»Wir gehen also davon aus, dass Wiktoria irgendeine uns nicht bekannte Leidenschaft hegt«, sagte er. »Leidenschaft im Sinne von Ziel. Und die Erhöhung ihres Mannes diente diesem Ziel ...«

»Sie konnte doch lediglich damit rechnen, dass er aufsteht«, warf ich ein. »Wann er erhöht worden wäre, war schließlich völlig ungewiss. Sechs Milliarden Aufständische wandeln über die Erde, Erhöhte dagegen gibt es nur etwa hundert Millionen.«

»Hundertvier Millionen sechshunderttausend«, korrigierte mich Michail. »Trotzdem, ich nehme an, dass sie einen Quazi an ihrer Seite wollte und keinen Aufständischen.«

»Das ist logisch«, stimmte ich zu.

»Diese uns unbekannte Leidenschaft steht nicht in direktem Zusammenhang mit Wiktorias Persönlichkeit«, mutmaßte Michail weiter. »Sonst hätte sie nach ihrem Tod ganz demütig ihre Festnahme und Bestrafung akzeptiert. Doch Wiktor ist unwiederbringlich tot, ihre Leidenschaft aber dauert an.«

»Ein anderer Mann?«, tippte ich.

»Nein, das glaube ich nicht«, sagte Michail energisch. »Bleiben wir lieber beim Begriff ›Ziel‹, sonst kommt es nur zu Missverständnissen.«

»Ich denke, es wäre sehr nützlich, wenn wir beide wüssten, was du weißt«, bemerkte ich unschuldig.

»Nämlich?«

»Warum du am Tatort warst.«

»Man hatte mich informiert ...«

»Das weiß ich schon. Aber wem drohte die Gefahr, dem Quazi oder dem Einbrecher? Warum war das Ganze so wichtig, dass man dich nach Moskau entsandt hat, einen Menschen, der ...«

Ich verstummte. Der Junge hinten kicherte leise.

»Najd!«, sagte Michail streng.

Ich litt wortlos.

»Sprich weiter, Denis.«

»Warum hat man dich geschickt? Einen Quazi aus dem engsten Umfeld des Vorsitzenden? Man muss doch mit extrem wichtigen Ereignissen gerechnet haben, wenn der Vorsitzende den Leiter seiner Geheimpolizei losschickt.«

Jetzt fehlten Michail die Worte.

»Das Internet ist mächtig«, sagte ich. »Und ich habe gestern nicht nur getrunken.«

»Wir haben keine Geheimpolizei«, sagte Michail.

»Ach ja, ihr habt ja auch keine normale Polizei. Aber es gibt Quazi, die genau diese Arbeit machen. Auch wenn man das Etikett von einem Hammer entfernt, kann man damit noch Nägel einschlagen.«

»Denis, ich kann solche Fragen nicht beantworten«, sagte Michail.

»Dann erklär mir wenigstens: Wie geschlossen ist die Quazi-Gemeinde?«

»Wir sind alle verschieden.«

»Das ist mir klar. Habt ihr eine gemeinsame Vision für die Zukunft? Habt ihr alle das gleiche Verhältnis zu den Menschen? Worauf basiert die Macht des Vorsitzenden?«

Najd zappelte auf dem Rücksitz hin und her. Offenbar hätte er sich gern in das Gespräch eingemischt, schwieg aber.

»Diese Fragen kann ich wahrscheinlich beantworten«, entschied Michail. Als er seinen Vortrag begann, wählte er seine Worte sehr sorgfältig. »Da wir ganz unterschiedliche Persönlichkeiten sind, haben wir auch über unsere Zukunft verschiedene Ansichten. Eine besonders große Bedeutung kommt der vom Vorsitzenden eingebrachten Idee der kosmischen Expansion zu. Wir vertragen die Bedingungen eines Raumflugs und die Atmosphäre anderer Planeten weit besser als die Menschen. Wir könnten der Menschheit ihre Wiege, die Erde, überlassen, und selbst das Sonnensystem erobern und zu den Sternen fliegen. Da die Lebenszeit eines Quazi unbegrenzt ist, wir wenig empfindlich für Strahlung sind, und aufgrund einer Reihe anderer Faktoren ist das eine höchst attraktive Idee. Auch unser Verhältnis zu den Menschen beurteilen wir unterschiedlich. Zwar will niemand von uns Krieg, dennoch gibt es diesbezüglich erstzunehmende, begründete Befürchtungen. Die Macht des Vorsitzenden beruht auf seiner politischen Genialität. Er ist ein Meister bei der Suche nach gemeinsamen Interessen und im Aushandeln von Kompromissen, die für alle Seiten vorteilhaft sind.«

»Jetzt hast du zwar viel geredet, aber nichts gesagt«, fasste ich zusammen. »Das weiß doch ohnehin jeder.«

Michail parkte das Auto vor dem Haus des verstorbenen Professors und blickte mich an.

»Sicher, aber was kann ich dafür ... Najd, du bleibst hier im Auto. Wir sind in einer halben Stunde zurück.«

»Ich nehme das Tablet«, teilte ihm der Junge mit.

»Drei Regeln fürs Surfen im Internet«, sagte Michail.

Der Junge rollte die Augen und zählte auf: »Keine persönlichen Daten preisgeben, keinen Kontakt aufnehmen, nicht über Lebende und Tote reden.«

Michail überlegte und fügte hinzu: »Und nichts kaufen.«

Meine alte Bekannte, die Concierge, wurde bei unserem Auftauchen ganz nervös und wollte schon von ihrem Tisch aufstehen, an dem sie Tee trank. Ich winkte ab und bedeutete ihr, keine Umstände zu machen.

Wir kamen allein klar.

Die Tür zu Tomlins Wohnung stand offen, der Eingang war kreuz und quer mit rot-gelbem Absperrband verklebt. Ich runzelte die Stirn. War die Spurensicherung immer noch bei der Arbeit? Oder ...

Offenbar kamen Michail und ich im gleichen Moment auf die Idee, Wiktoria könnte, ebenso dreist wie dumm, nach Hause zurückgekehrt sein. Mein Partner tauchte geschickt unter dem Absperrband hindurch und war schon in der Wohnung. Ich folgte ihm und öffnete dabei mein Pistolenholster.

Aber drinnen war alles in Ordnung. Anastasja, unsere Expertin von der Spurensicherung, stand im Arbeitszimmer. Sie trug einen weißen einteiligen Schutzanzug über der Uniform, hatte ihren Koffer mit Werkzeugen, Plastiktütchen und Reaktionsmitteln auf dem Schreibtisch aufgeklappt und war gerade dabei, ein Haar mit der Pinzette vorsichtig in ein Teströhrchen zu schieben.

Unser Erscheinen überraschte sie kein bisschen. Sie nickte uns beiläufig zu, ehe sie ein Tütchen beschriftete, es mit einem Beweismittel bestückte und es dann in ihrem Koffer verstaute.

»Hat dich die Zarin geschickt?«, fragte ich sie, während ich das Holster wieder zuknöpfte.

»Hallo, Denis. Ja, sie meinte, ihr würdet vermutlich auch herkommen.«

Anastasja arbeitete erst seit Kurzem bei uns, sie kam direkt von der Hochschule. Ihre Generation war mir ein Rätsel. Mit Jugendlichen wie den zwei Mädchen auf dem Balkon, die in dieser neuen, veränderten Welt aufgewachsen waren, kam ich ganz gut klar. Mit Gleichaltrigen und Leuten jenseits der dreißig auch. Aber junge Leute um die fünfundzwanzig, deren Welt ausgerechnet in einer ohnehin schon komplizierten Lebensphase total aus den Fugen geraten war, waren mir ein Rätsel, Männer genauso wie Frauen. Irgendwie hatten sie einen anderen Blick auf die Welt. Anders als wir und anders als die Jugendlichen von heute. Ihr Verhältnis zu Aufständischen und Quazi war okay, weit besser jedenfalls als meins. Sie hatten sich so gut wie möglich ans moderne Leben angepasst.

Aber innerlich nagte etwas an ihnen. So etwas wie Phantomschmerzen, die Sehnsucht nach jener untergegangenen Welt, in der man sich in die Regionalbahn setzen und damit aufs Land zockeln konnte, um dort an einem stillen Bächlein einfach sein Zelt aufzuschlagen. Oder ganz Europa mit dem Auto durchqueren und einfach in einem x-beliebigen Städtchen Station machen konnte. Oder in die Ferne reisen konnte, zum Beispiel nach Afrika oder nach Asien. Nach Asien! Haha! Nach China! Auf den Kilimandscharo klettern!

Das hatten sie alles nicht mehr geschafft, und jetzt war es zu spät. In jener anderen Welt hätten sie es tun können. Auch wenn sie es gar nicht gewollt hätten, es wäre möglich gewesen: Die Strände von Goa, die Chinesische Mauer, die Pyramiden ...

Die Jüngeren rechneten mit solchen Möglichkeiten schon gar nicht mehr. Für sie war das genauso weit weg und illusorisch, wie beispielsweise die Vorstellung, an einem Kreuzzug teilzunehmen oder mit Robin Hoods Bande im Sherwood Forest sein Unwesen zu treiben.

»Haben Sie was Interessantes gefunden, Anastasja?«, fragte Michail. Na klar, kannte er das ganze Team etwa schon persönlich?

»Nein, nichts Besonderes, Michail.« Anastasja nahm ein neues Tütchen und ein Skalpell und begann ein Stück von dem Lederbezug des Tisches herauszutrennen. »Es sieht alles genau so aus wie in Denis' Bericht. Ich habe nur das Gefühl, Denis hätte den beiden Aufständischen vielleicht auch ausweichen können, aber ich bin kein Polizist und das geht mich auch nichts an. Was genau wollten Sie sich denn anschauen?«

»Den Computer und die Papiere ...«, sagte ich.

»Die Festplatte wurde bereits entfernt, ein Teil der Unterlagen ebenfalls.« Anastasja zuckte mit den Schultern. »Schaut euch selbst um. Ich habe hier noch etwa eine Viertelstunde zu tun. Die Zarin hat angeordnet, hier alles genauestens zu protokollieren.«

Michail und ich tauschten Blicke aus. Genervt verzog ich das Gesicht.

Tja, was wollten wir hier eigentlich? Nur im Film hat der Ermittler das Glück, an einen bereits untersuchten Tatort zurückzukehren und dort ausgerechnet das ausschlaggebende Dokument, eine übersehene Patrone oder bahnbrechende Fingerabdrücke zu finden.

Im echten Leben passierte das nicht.

Der Ordnung halber zog ich die Handschuhe an, die Anastasja mir reichte, und wühlte noch eine Weile in der Tischschublade. Ich schaute durch verschiedene liegengebliebene Papiere, besah mir auf meinem Tablet einige Mini-USB-Sticks, die im Müll gelegen hatten und blätterte durch die Bücher auf dem Tisch.

Nichts Brauchbares.

Etwas Arbeitskorrespondenz – offenbar hatte der jungenhafte Professor tatsächlich an einem Impfstoff gearbeitet. Einige Dokumente, die belegten, dass der Professor nicht arm, aber ganz sicher auch nicht reich gewesen war. Auf den USB-Sticks befand sich eine Sammlung alter japanischer Animationsfilme, darunter auch einen nach dem Sittengesetz verbotenen Hentai. Nicht gerade ein Kapitalverbrechen.

Ein Tagebuch mit miesen Gedichten. Offenbar hatte der Tote in Liebeslyrik dilettiert.

Ferner ein Bändchen mit populärphilosophischen Überlegungen über Aufständische, in denen er einige Sätze unterstrichen hatte. Vielleicht war Tomlin ja ein großer Virologe gewesen, die markierten Stellen kamen mir jedenfalls allesamt banal vor.

Nach alter Gewohnheit, die ich von einem älteren Kollegen übernommen hatte, zog ich das oberste Blatt aus dem Papierfach des Druckers und drehte es um. Und tatsächlich benutzte der Professor für Probe- und Arbeitsausdrucke die Rückseite von bereits bedrucktem Papier. Auf den ersten zehn Blättern entdeckte ich eine mit Korrekturen übersäte Rohfassung eines Artikels mit der Überschrift »Meine Frau – eine Quazi«. An sich ziemlich interessant, aber bar jeder sensationellen Neuigkeit. Im Großen und Ganzen ging es darum, wie toll Quazi waren. Vielleicht war dieser Artikel inzwischen längst irgendwo erschienen ... Während ich den Text überflog, fühlte ich mich unwohl. Ganz klar, der tote Professor hatte seine Quazi-Ehefrau, die seinen Tod in Auftrag gegeben hatte, wirklich geliebt.

Und sie hatte ihn auch geliebt. Auf ihre Art. Soweit das den Toten möglich ist. Wie der arme Tomlin geschrieben hatte: »Ich weiß nicht, welche ihrer Leidenschaften größer ist, die Liebe zu mir oder die zur Wissenschaft; sie nimmt uns praktisch als Einheit wahr.«

Ich faltete die Blätter in der Mitte und schob sie in meine Jackentasche, um sie später noch einmal in Ruhe durchzulesen. Nicht weil ich mir Hinweise für unseren Fall erhoffte, eher aus krankhafter Neugier: Was empfand ein Mensch, der das Bett mit einem Geist teilte?

Michail wanderte durch das Arbeitszimmer, dann verschwand er eine Zeit lang im Schlafzimmer, im Bad und in der Küche ... Er brauchte keine Handschuhe. Quazi hinterließen keine Fingerabdrücke.

»Hat die Zarin irgendetwas Konkretes gesagt?«, fragte ich Anastasja, die bereits zusammenpackte.

»Nein, Denis. Sie hat nur gesagt, dass die Geschichte stinkt. Besonders nach Wiktorias Flucht.«

»Hattest du keine Angst, dass die Quazi hier auftaucht, während du deine Arbeit machst?«

Anastasja blickte mich überrascht an.

»Warum? Ich hätte sie ja wohl kaum festhalten können, und das auch nicht versucht. Warum hätte sie mich überfallen sollen?«

»Sie hätte ja auch gar nicht erst flüchten müssen«, bemerkte ich.

Ein Moment lang wirkte sie verwirrt. Dann klopfte sie sich auf den Gürtel unter dem knisternden weißen Anzug.

»Für alle Fälle haben wir Sprengpatronen. Die schalten jeden Quazi aus, jedenfalls vorübergehend.«

Ich nickte widerwillig.

Wie gesagt, ich verstand diese Generation einfach nicht ...

»Nichts von Interesse.« Michail trat wieder ins Arbeitszimmer. »Sind Sie auch fertig, Anastasja?«

Sie kam nicht dazu zu antworten. Wir hörten die Absperrbänder im Vorraum knistern, dann schnelle Schritte. Najd kam ins Arbeitszimmer gerannt.

»Papa, da sind zwei Wagen von der Staatssicherheit«, sagte er schnell.

»Du sollst nicht einfach loslaufen«, entgegnete Michail streng, fasste den Jungen an der Schulter und schob in hinter seinen Rücken. »Hast du das Handy vergessen?«

»Ich hab kein Guthaben mehr, Papa.«

Michail warf einen Blick übers Balkongeländer. Wollte er seinen Sprung vom letzten Besuch hier wiederholen, diesmal mit Najd im Arm?

Vielleicht hätte er es getan, aber Anastasja und mich hätte er dann auf jeden Fall zurücklassen müssen.

»Warum findest du bloß immer einen guten Grund, gegen meine Verbote zu verstoßen?«, fragte er rhetorisch.

Wir hörten, wie die Bänder am Wohnungseingang rissen. Wer auch immer hinter Najd her war legte keinen Wert auf Unauffälligkeit. Als Erstes kam ein Mann in einem Herrenanzug von deutschem Zuschnitt und mit einer Pistole in der Hand hereingelaufen. Seine Miene war ebenso unerschütterlich wie die eines Quazi. Erst als er sich nicht nur dem kleinen Jungen, der vor seiner Nase den Aufgang hochgerannt war, sondern auf einmal auch drei Erwachsenen gegenübersah, ließ seine Gelassenheit etwas nach. Einen Moment lang schien es, als wollte er auf uns anlegen, dann ließ er die Hand mit der Waffe sinken. Hinter ihm kamen zwei weitere Männer ins Zimmer gelaufen, unbewaffnet, dafür aber mit übereifrigen Gesichtern.

»Warum verfolgen Sie den Jungen mit einer Waffe?«, fragte Michail.

»Wer sind Sie alle?«, antwortete der erste Mann mit einer Gegenfrage. »Hände hoch!«

Keiner rührte sich.

»Ich bin Hauptmann Denis Simonow, Abteilung 29 der Moskauer Polizeibehörde. Ich wiederhole die Frage meines Kollegen: Warum verfolgen Sie dieses Kind mit einer Waffe in der Hand?«

Der Mann war kein Idiot. Er steckte die Waffe weg. »Hauptmann Wladislaw Markin. Staatssicherheit. Weisen Sie sich aus.«

Ich holte gemächlich meinen Ausweis heraus und hielt ihn dem Hauptmann hin. Mit einem Nicken in Anastasjas Richtung sagte ich: »Leutnant Anastasja, äh ...«

»Anastasja Dejewa«, flüsterte Michail mir zu.

»Anastasja Dejewa, Kriminaltechnikerin. Und Michail Iwanowitsch, Sonderbeauftragter des Vorsitzenden der Quazi.«

»Kann Michail Iwanowitsch sich ausweisen?«, fragte der Mann von der Staatssicherheit stinksauer.

»Selbstverständlich«, entgegnete der, ohne einen Finger zu krümmen. »Ich wiederhole meine Frage: Warum haben Sie meinen Sohn Najd dieser Gefahr ausgesetzt?«

»Dies ist ein Tatort«, sagte der Mann, immer noch tödlich beleidigt. »Nach unseren Informationen könnte die Täterin hier wieder auftauchen. Die Quazi. Als ich sah, dass der Junge in die Wohnung rannte, zog ich die Waffe, um ihn im Notfall zu beschützen.«

»Quazi verletzen keine Kinder«, sagte Michail. »Das ist völlig ausgeschlossen.«

Wladislaw wirkte sichtlich genervt, widerwillig gab er mir meinen Ausweis zurück.

»Das ist ein Missverständnis ... Kollegen. Ich weiß, dass Sie, Denis Simonow, hier eine Säuberung durchgeführt haben.«

»Ich habe mich gegen Aufständische verteidigt«, sagte ich bestimmt.

Um den Mundwinkel des Staatssicherheitsmannes deutete sich ein Lächeln an. »Ja, sicher. Jedenfalls haben Sie sich ... dieses Falls in gewisser Weise angenommen ... aber jetzt wurde er der Staatssicherheit übertragen. Danke für Ihre Hilfe. Am Ende sind wir doch alle Kollegen. Bitte, übergeben Sie mir alle Beweise und räumen Sie die Wohnung.«

Im Gefolge des Trios drängten sich jetzt weitere Leute in den Raum. Ihrem Aussehen nach zu urteilen waren darunter mehrere Kriminaltechniker. Sie mischten sich nicht in das Gespräch; der älteste von ihnen winkte Anastasja sogar freundschaftlich zu. Vielleicht hatte er an der Uni einige ihrer Lehrveranstaltungen gehalten.

»Tut mir leid, das geht nicht«, widersprach ich. Die Haare und Gewebeproben, die Anastasja genommen hatte, waren augenscheinlich nicht viel wert. Aber seit wann trat denn die Polizei ihre Fälle so mir nichts, dir nichts an die Staatssicherheit ab? »Ich habe keine entsprechenden Anweisungen erhalten.«

Wladislaw sparte sich die Spucke, zog ein zweifach gefaltetes Blatt Papier aus der Jacketttasche und hielt es mir hin.

In grausamer Beamtensprache, die mehr bewies als jeder Stempel, stand dort auf einem Briefbogen des Innenministeriums geschrieben, dass der Mordfall Tomlin der Abteilung für Staatssicherheit übertragen wurde und dass alle Mitarbeiter des Innenministeriums zur Kooperation verpflichtet waren. Natürlich war das Ganze mit einem Stempel und einer gerade mal einer Stunde alten Unterschrift versehen.

»Sieht echt aus«, sagte ich, um wenigstens das letzte Wort zu haben. »Anastasja, wir müssen ...«

»Moment«, unterbrach mich Michail. »Ich habe ebenfalls ein Dokument.«

Auch er zog ein gefaltetes Blatt Papier aus der Jacketttasche. Mit skeptischem Blick nahm Wladislaw es entgegen und begann zu lesen. Sein Gesichtsausdruck veränderte sich.

»Tatsache«, gab er zu. »Das ist eine von der Staatssicherheit abgesegnete Verordnung des Innenministeriums, die Sie befugt, den Fall nach eigenem Ermessen zu untersuchen. Hier liegt also ein Interessenskonflikt vor ... ein juristischer Streitfall, denn meine Anordnung wurde später ausgestellt.«

Michail nickte.

»Deshalb schlage ich vor, dass wir alle zusammen ins Ministerium fahren«, sagte Wladislaw. »Dort wird man klären, wer recht hat und wessen Dokument im hier vorliegenden Fall höhere Gültigkeit besitzt. Ich glaube, das wird ein wenig dauern. Aber nicht mehr als zwei, drei Tage.«

Michail streckte die Hand nach seinem Papier aus und steckte es wieder ein.

»In Ordnung, Sie haben mich überzeugt«, sagte er. »Tun wir einfach so, als hätte ich keine Verordnung. Wir verlassen jetzt den Tatort. Aber bitte nehmen Sie meinen Protest in Ihren Bericht auf.«

»In den offiziellen?«, fragte Wladislaw.

»Wie Sie möchten«, entgegnete Michail nach kurzem Zögern. Und da begriff ich, dass er nachgegeben hatte.

»Ich möchte Sie auf keinen Fall noch länger aufhalten«, sagte der Mann von der Staatssicherheit lächelnd und zauste mit der Hand Najds Schopf. »Und warum bist du vor uns abgehauen, Junge?«

»Sie sehen so gefährlich aus, ich habe mich erschrocken«, antwortete der Junge finster.

Wladislaw lachte auf. Es klang absolut aufrichtig.

»Tja, so sind wir eben. Guten Abend, meine Damen und Herren. Und lassen Sie alles da, was Sie hier zusammengetragen haben. Makarow, nimm den Kollegen die Früchte ihrer außerplanmäßigen Untersuchung ab.«

Als wir das Auto erreichten, hielt ich es nicht mehr aus. Immerhin schaffte ich es, um Najds willen meine Wortwahl zu kontrollieren.

»Und das willst du einfach so zulassen, Michail?«, fragte ich.

»Falls du es noch nicht bemerkt haben solltest: Ich habe es gerade getan«, antwortete der Quazi.

»Aber du hättest versuchen können …«

Michail seufzte höchst natürlich. »Was willst du, Denis? Dass ich all die Dokumente und Ausweise missachte und mich mit der menschlichen Staatssicherheit anlege, nur damit wir unsere Beweise behalten können? Und sie in irgendein geheimes Labor bringen? Damit wären sämtliche Beziehungen doch ein für alle Mal ruiniert, alle Kollegen von diesem Wladislaw würden sich an unsere Fersen heften, sie würden den Minister wecken, der würde die Dauletdinowa am Telefon anschnauzen und die würde uns die Hölle heißmachen … Und wozu das Ganze? Für ein paar wertlose Beweise. Wir haben doch nichts Wichtiges gefunden. Oder, Anastasja?«

»Stimmt«, bestätigte diese. »Ich liebe Abenteuer, aber keine Himmelfahrtskommandos.«

»Warum sollte man wegen unwichtigen Dingen streiten?«, erklärte jetzt auch noch Najd sehr erwachsen.

Ich hob die Arme.

»Okay, okay. Also kapitulieren wir.«

»Wir kapitulieren nicht, Denis«, widersprach Michail. »Wir wussten doch, dass man sich in den höchsten Etagen für diesen Fall interessiert. Und wir haben uns rückversichert, dass wir bei unserer ersten Durchsuchung nichts übersehen haben.«

»Hört auf zu streiten, Jungs«, bat Anastasja. »Könntet ihr

mich noch nach Hause fahren? Ich wohne nicht weit von hier, in Marfino.«

»Ich bringe nur erst Michail und seinen Sohn nach Hause«, sagte ich. »Ob nach Marfino oder nach Mitino ... Michail, Sie wohnen in der Perejaslawka-Straße, oder?«

Der Quazi blickte mich überrascht an. Ich grinste. »Dort sind unsere Dienstwohnungen, da habe ich auch mal gewohnt. Steigt ein.«

Michail setzte sich neben mich. Najd und Anastasja rutschten auf die Rückbank. Beim Fahren lauschte ich ihrem Gespräch.

»Also, wir haben uns noch gar nicht vorgestellt«, sagte die Kriminaltechnikerin. »Du kannst mich Nastja nennen.«

»Ich bin Najd.«

»Das bedeutet ›der Findling‹, oder?«

Trotz allem überraschte mich diese Generation immer wieder. Mir wäre es peinlich gewesen, eine solche Vermutung geradeheraus zu äußern, erst recht einem Kind gegenüber. Aber Najd reagierte ganz normal auf die Frage.

»Genau. Papa hat mich kurz nach der Apokalypse gefunden. Also damals war er natürlich noch nicht mein Vater.«

»Klar«, sagte Nastja, als ob es nichts Außergewöhnliches wäre, dass menschliche Kinder von vernunftbegabten Toten erzogen werden. »Und ihr wohnt eigentlich in Piter?«

»Im Winter in Piter und im Sommer in dem Dorf Repino.«

Ich blickte kurz zu Michail hinüber. Der saß ruhig da und hörte völlig teilnahmslos zu.

»Ist es dort nicht gruselig?«

»Ich bin dort nicht allein unterwegs«, erklärte Najd. »Nur mit meinen Quazi-Freunden.«

»Auch Kinder?« Anastasjas Stimme zitterte.

»Mädchen und Jungs. In Wirklichkeit sind sie ja viel älter, aber sie ... naja ...«

»Ich verstehe schon«, sagte Anastasja sanft.

Ich bremste etwas schärfer als nötig, und das Auto hielt recht abrupt an einer roten Ampel.

»Entschuldigung«, sagte ich.

»Mir tun diese Quazi-Kinder auch sehr leid«, sagte Michail leise. »Das Schlimme ist nicht, dass sie sich physisch nicht entwickeln, obwohl das natürlich auch traurig ist. Aber sie sind eben auf eine Sache fixiert, genau wie erwachsene Quazi. Normalerweise interessieren sie sich nur für kindliche Beschäftigungen. Fürs Spielen. Und das ist dann die Ewigkeit, zu der sie verdammt sind.«

»Noch hat keiner bewiesen, dass ihr ewig lebt«, bemerkte ich.

»Natürlich, Denis, da hast du recht. Aber Tote altern nicht.«

»Hier?«, fragte ich und hielt an.

»Nummer 15.« Michail nickte. »Genau. Danke, Kollege. Komm, Najd!«

»Bin gleich da!«, rief Najd, während er Anastasja noch etwas auf dem Tablet zeigte. »Hier, das ist unser Klan: die ›Un-Toten‹, mit Bindestrich geschrieben. Denk bloß nicht, dass es bei uns keine Lebenden gibt. Ich, dann noch ein anderer Junge aus Kaluga, ein Opa aus Warschau ...«

»Weißt du, Najd, ich mag diese Panzerschlachten nicht besonders.« Anastasja lachte. »Trotzdem, danke ...«

»Aber versuch es doch mal!«

»Najd«, wiederholte Michail eine Spur lauter und öffnete die Tür. Ehe er ausstieg, hielt er mir die Hand hin.

Wortlos schüttelte ich seine heiße Hand.

Trotz allem hatte dieser alte tote Polizist ein Menschenkind gerettet. Dafür würde er für immer mein Kollege sein. Bis zum Tod.

Wir fuhren eine Weile schweigend weiter.

»Kommen Sie mit ihm klar?«, fragte Anastasja schließlich.

»Er leistet gute Arbeit«, antwortete ich.

»Das meine ich nicht, Denis. Jeder weiß, dass Sie die Aufständischen nicht mögen.«

»Er ist ein Quazi.«

»Natürlich, das ist etwas völlig anderes«, sagte Anastasja. Und ich war mir wieder mal nicht sicher, ob sie das erst meinte oder ironisch.

Anastasja wohnte in einem alten Haus, das vermutlich noch zu Sowjetzeiten gebaut worden war, mit einem großen stillen Hof, wo sich die Jugendlichen trafen. Man hörte leises Lachen und Reden.

»Danke, Denis«, sagte Anastasja. »Meine Katze wartet sicher schon ungeduldig.«

»Du meinst ein Tier?«

»Manchmal erinnern Sie mich an einen Quazi«, sagte sie. Und nach einer Pause: »Ja, es handelt sich um ein Haustier aus der Familie der Katzen. Ich wohne allein, meine Mutter und mein Bruder ... leben woanders.«

»Gut, wenn man eine Familie hat und dann noch woanders«, sagte ich.

Anastasja lächelte.

»Sorry, der Witz ist irgendwie aus dem Ruder gelaufen.«

»Wollen Sie einen Tee?«

Ich überlegte einen Moment und nickte dann. »Ja. Sogar sehr gern. Und Sie?«

»Wir könnten uns duzen«, schlug Anastasja vor. Sie blickte mir in die Augen. »Das will ich schon sehr lange.«

Ich öffnete das Handschuhfach und nahm eine Thermoskanne raus. Drehte den Deckel auf und schenkte ein.

»Gut, dann also per du. Hier! Den zweiten Becher habe ich verloren, deshalb müssen wir der Reihe nach trinken.«

»Das ist ja nicht die Möglichkeit«, sagte Anastasja, ihre Stimme zitterte. »Du bist doch kein Quazi. Du bist noch mal von einer ganz anderen Sorte.«

Sie öffnete die Tür und stieg aus. Ich blieb sitzen, trank von dem heißen Tee und betrachtete das Haus. Eben ging im fünften Stock Licht an.

»Bei der Arbeit trinke ich nur Tee«, sagte ich laut, schraubte die Thermoskanne wieder zu und ließ den Motor an.

Lieber nicht zu viel vom Leben erwarten. Dann ist man später nicht enttäuscht.

Drittes Kapitel

Schauspieler und Asyl

Michail stand innerhalb der Absperrung und beobachtete die dunklen Türme von Chimki. Die meisten Gebäude standen schon seit Jahren ohne Fensterscheiben, finster und mit blätterndem Putz da. Aber hier und da blitzte noch Glas im Rahmen auf. Nachts brannten vereinzelt Lichter.

Die Grenze am Moskauer Autobahnring bestand aus einer doppelten Absperrung, an deren Innen- und Außenseite Straßen entlangführten, auf denen in der ersten Zeit nach der Katastrophe allerdings kein Mensch mehr fuhr. Damals war der Ring noch nicht unter seiner Abkürzung bekannt gewesen: MAR – Moskauer Autobahnring.

Nachdem sich alles mehr oder weniger normalisiert hatte, wurden die ersten beiden Spuren wieder für den Verkehr freigegeben. Hauptsächlich für den Lastverkehr und Personen mit Sondergenehmigung. Für die Sicherheit in der Stadt war das nur von Vorteil. Ich hatte von mehreren Fällen gehört, bei denen einige besonders geschickte Aufständische die äußere Absperrung überwunden hatten, ehe LKW-Fahrer sie mit der größten Freude auf dem Asphalt plattwalzten.

In letzter Zeit hatte es keine Angriffe auf die Moskauer Außengrenzen mehr gegeben. Die Quazi-Gemeinden jenseits des MAR sorgten dafür, dass die Aufständischen draußen in ihren Reservaten blieben. Aber die MG-Nester, die man oben auf den alten Fußgängerbrücken über die Autobahn errichtet hatte, waren noch da. Und auch die Grenzer mit den Hunden.

Die Absperrung bestand aus Gittern und Stacheldraht, die man seinerzeit in aller Eile herangeschafft hatte. Heute hatte niemand mehr vor, sie durch wirklich unüberwindbare Mauern zu ersetzen. Das schien einfach überflüssig. Weshalb man durch die beiden Gitter, die durch zehn Fahrbahnen getrennt waren, freie Sicht auf die Gegend jenseits des MAR hatte, wo Quazi und Aufständische lebten.

Und einige besonders dickköpfige Menschen.

»In Chimki gibt es eine ziemlich große Gemeinde«, sagte ich. »Dort drüben, siehst du die beiden Hochhäuser? Ab der fünften Etage sind sie bewohnt. Sie bekommen sogar Strom aus Moskau. Auch in anderen Häusern leben noch Menschen, die einigermaßen über die Runden kommen. Gegen die Aufständischen können sie sich halbwegs verteidigen, sie fordern nie Hilfe an. Und dort verläuft die alte Trasse nach Petersburg, am Flughafen vorbei.«

»Ich weiß«, gab mein Partner zurück. »Wir haben die Gemeinde immer im Auge. Die Aufständischen wittern die Menschen und kommen von allen Seiten. Wir fangen sie ab. Das ist zum Vorteil aller: die Aufständischen kommen ins Reservat, wir haben weniger Arbeit damit, sie aufzustöbern und in Moskau gibt es weniger Überfälle.«

»Das heißt, ihr fangt die Aufständischen, indem ihr sie mit den Bewohnern Chimkis ködert? Wie beim Fischen?« Ich war baff.

»Im Prinzip ja. Wir beobachten alle menschlichen Gemeinden auf dem Land und helfen ihnen, soweit wir können.«

Ich nickte widerwillig. Eine vernünftige Politik, kein Zweifel.

»Ich glaube, inzwischen wirken diese Absperrungen vor allem in die andere Richtung«, fuhr Michail fort. »Sie hindern die Leute daran, die Stadt zu verlassen.«

»Warum sollte irgendwer die sichere Stadt verlassen wollen?« Diesmal war meine Überraschung gespielt.

Michail blickte mich von der Seite an. »Die Menschen haben

unterschiedliche Interessen. Angeblich fährt so mancher auf Safari raus. Um Jagd auf Aufständische zu machen. Hast noch nicht davon gehört?«

»Stimmt, solche Gerüchte gibt es.« Ich nickte und blickte in Richtung Vorstadt. »Wie du sagst, die Leute haben unterschiedliche Interessen. Wer will, findet immer einen Weg, seinen Hobbys nachzugehen.«

Michail nickte nur wortlos.

Ich wollte das Thema wechseln.

»Und, lief gestern Abend bei euch alles gut?«

»Ja, ganz okay. Najd hat ein altes Aquarium in der Wohnung gefunden. Jetzt will er Fische ... Warum glaubst du, dass sie ausgerechnet hier durchkommen?«

»Er nimmt die Leningrader Auffahrt, du wirst sehen«, sagte ich und ignorierte das ›sie‹.

»Aber warum? Eine Reise ist natürlich ein guter Vorwand, man schließt sich einer Karawane an und macht unterwegs einfach einen Abstecher ... aber Moskau hat zehn Ausfahrten.«

»Komm«, sagte ich nur. »Das Auto da drüben passt doch zum Steckbrief ...«

Michail warf einen letzten Blick auf die Vorstädte und murmelte: »Seltsam, das alles von der anderen Seite zu sehen.«

Wir kletterten vom Wall herunter und gingen zum Kontrollpunkt, wo sich gerade die Mittagskarawane nach Piter formierte. Mit Sondergenehmigung durfte man die Stadt auch allein verlassen, aber so dämlich waren nur wenige Moskauer. Fast alle wollten lieber in der Gruppe fahren, um acht Uhr morgens, zur Mittagszeit oder um sechs Uhr abends. Vier gepanzerte Schützenwagen, ein Erste-Hilfe-Wagen und zwei gepanzerte Polizeiwagen begleiteten die Karawane, die aus rund fünfzig Liefer- und Pritschenwagen und drei Dutzend PKWs bestand.

Dass es zwischen Moskau und Piter noch Straßenverkehr gab, hatte drei Gründe: Tradition, die Tatsache, dass entlang der Trasse menschliche Siedlungen lagen (viele davon lagen natürlich auch an der Zugtrasse), und die Hartnäckigkeit der Menschen. Nach dem Motto: Wir lassen uns von keinem Aufständischen einschüchtern.

Jetzt hatten sich alle potenziellen Reisenden hier auf dem betonierten Parkplatz, der ehemals zu einem riesigen Einkaufszentrum gehört hatte, versammelt. Gelangweilte Diensthabende gingen zwischen den Autos entlang, warfen flüchtige Blicke auf die Reifen und kontrollierten, ob die Tanks gefüllt waren.

»Da hinten ganz am Rand, der weiße Renault Megane«, sagte ich.

»Ja, die Nummer stimmt«, bestätigte Michail.

Für mich war das Nummernschild aus dieser Entfernung nicht zu erkennen. Zum Kotzen, dass ein Toter besser sehen konnte als ich.

Wir passierten die Scharfschützen, harte Kerle mit den vorgeschriebenen Macheten am Gürtel. Die Scharfschützen bedachten Michail mit unfreundlichen Blicken, blieben aber stumm. Der Fahrer des Renaults stand rauchend neben seinem Wagen und schien auf die Fahrzeugkontrolle zu warten. Der etwas füllige Typ um die vierzig mit Geheimratsecken und teigigem Gesicht wirkte völlig gelassen, ja regelrecht in sich ruhend.

»Albert Jefremowitsch!«, rief ich.

Der Mann wandte sich in unsere Richtung. Und nickte. Er erkannte mich, genau wie ich ihn. Die Gelassenheit wich schlagartig aus seinem Gesicht, und er wirkte mit einem Mal mutlos und erschöpft.

Ganz ehrlich, zu einem derartig radikalen Wechsel der Gefühle ist nur ein Schauspieler in der Lage. Albert Jefremowitsch warf einen Blick zu Michail hinüber – und sein Gesichtsausdruck wurde auch noch wehmütig. Oscarreif!

Übrigens war Albert Jefremowitsch tatsächlich Schauspieler. Und zwar einer der führenden am Moskauer Kunsttheater.

»Weite Fahrt?«, frage ich.

Albert Jefremowitsch ließ die Zigarette fallen und trat sie aus.

»Ach, Hauptmann, können Sie mich nicht einmal in Ruhe lassen?«, fragte er verärgert. »Gibt es in dieser Stadt wirklich nichts Besseres für Sie zu tun?«

»Albert Jefremowitsch ...«, sagte ich vorwurfsvoll.

»Ich fahre nach Piter«, sagte der Mann stur, aber auch defensiv.

Ich warf einen Blick in den Innenraum des Wagens und runzelte die Stirn. »Und die Mama haben Sie allein gelassen? Sie war doch letztes Jahr so krank ...«

Albert Jefremowitsch seufzte tief.

»Bitte nicht, Hauptmann.«

»Mein Name ist Simonow«, half ich ihm. »Öffnen Sie den Kofferraum.«

»Ich weiß, wie Sie heißen«, sagte der Mann. »Hören Sie, wir machen es wie in den alten Fernsehserien, ja? Ich gebe Ihnen eine Freikarte für die Premiere und Sie vergessen den Kofferraum. Bitte.«

»Sie sind ein großer Schauspieler, Albert Jefremowitsch«, sagte ich. »Und ein guter Mensch. Aber was Sie da tun, ist nicht richtig.«

Tränen rollten über seine Wangen. Echte. Er trat zum Kofferraum und öffnete ihn.

Ich blickte hinein. Dort unter einer Decke bewegte sich etwas.

»Lass mich lieber«, mischte sich Michail überraschend ein und streckte die Hand nach der Decke aus.

Aber der Schauspieler war schneller. Vermutlich wollte er nicht, dass es jemand Fremdes tat. Schnell beugte er sich vor und zog die Decke mit einem Ruck weg.

Albert Jefremowitsch hatte seine Mutter offenbar unmittelbar nach dem Tod gefesselt. Sehr fest, sowohl an Händen wie an Füßen.

Aber Aufständische sind unglaublich hartnäckig und erfinderisch, wenn sie Menschen in ihrer Nähe wittern.

Die alte Frau hatte mit ihren fünfundachtzig Jahren fast keine Zähne mehr. Trotzdem hatte sie die feste Schnur durchgebissen oder durchgekaut. Genau in dem Moment, als ihr Sohn die Decke wegriss, erhob sie sich, packte dessen Hand und biss hinein, dass ihre strähnigen grauen Haare flatterten.

Der Schauspieler heulte auf. Stand stocksteif da und schrie – während die Alte unter Knurren auf seinem Handgelenk herumkaute.

Michail kam als Erster zu sich.

»Lass ihn los«, sagte er. »Lass ihn los! Loslassen!«

Ich tastete nach dem Messergriff am Gürtel, zog die Machete aber nicht. Michail beugte sich über die Alte und blickte ihr in die Augen. Der Schauspieler schrie noch immer, machte aber keinen Versuch, sich loszureißen. Jetzt kamen von allen Seiten Menschen angelaufen – auch die Diensthabenden mit ihren Knüppeln, die Wachmänner mit gezückten Pistolen und die Scharfschützen ...

Ich musste handeln. Ich zog meine Pistole mit der einen Hand, mit der anderen hielt ich meinen Dienstausweis hoch, schoss in die Luft und schrie: »Stehen bleiben! Keiner kommt näher! Hier spricht die Polizei! Die Situation ist unter Kontrolle! Stehen bleiben! Das gilt für alle!«

»Lass ihn los«, sagte Michail mit dröhnender Stimme.

Die Alte ließ Alberts blutige Hand los und gab dabei plärrende Laute von sich, dann legte sie sich wieder in den Kofferraum. Michail zog Plastikklammern aus der Tasche und band ihr zügig die Handgelenke zusammen. Dann steckt er ihr einen Plastikknebel in den Mund und fixierte ihn mit mehreren Schnüren am Hinterkopf.

Sie wehrte sich nicht. Aufständische gehorchen einem Quazi nicht immer, sie können sich auch auflehnen, aber dafür muss es schon eine ganze Horde sein.

Der Schauspieler heulte und hielt sich die Hand.

»Seien Sie ein Mann«, sagte ich. »Sie hat Sie gebissen. Macht nichts. Sie wissen doch, dass die Seuche nicht übertragen werden kann oder besser gesagt ohnehin schon überall ist. Solange Sie nicht sterben – werden Sie auch nicht aufstehen.«

»Ich wollte sie retten ...«, flüsterte der Schauspieler. »Wir haben eine Datscha ... in der Region Klin.«

»Ich weiß«, sagte ich. »Deshalb habe ich hier mit Ihnen gerechnet. Was wollten Sie dort mit ihr machen?«

»Leben«, sagte der Schauspieler resigniert. »Warten bis ... Mama erhöht wird.«

»Das kann Jahrzehnte dauern«, sagte ich finster. »Und vielleicht werden auch nicht alle erhöht. Wir wissen doch bis heute verdammt wenig ... Aber darum geht es nicht, Albert Jefremowitsch. Es gibt eine urkundliche Willensbekundung Ihrer Mutter ...«

Wir waren von allen Seiten von Leuten umgeben. Aber Michail knallte den Kofferraum zu, und seine eisige Ruhe – vermutlich zusammen mit meinem Pistolenschuss – sorgte dafür, dass sich die erhitzten Gemüter allmählich beruhigten. Ein junger Arzt des Erste-Hilfe-Teams trat heran. Er öffnete sein Täschchen, während er immer wieder zum Kofferraum rüberschielte, und machte sich daran, die Hand des Schauspielers zu versorgen. Offenbar erkannte er Albert Jefremowitsch nicht. Was war mit dieser Welt bloß los? Der beste Hamlet des letzten Jahrzehnts, dem man sogar in London applaudiert hatte, den die Quazi-Königin zum Ritter geschlagen hatte!

»Ich will nicht, dass sie für immer weg ist ...«, flüsterte der Schauspieler. Als hätte jemand den Stöpsel bei ihm gezogen, schien er vor unseren Augen an Volumen zu verlieren, regelrecht zu schrumpfen. »Ich liebe sie so sehr ...«

»Das war ihr Wille«, sagte ich sanft. »Sie wollte auf christliche Weise sterben. Wir bringen sie in die Kirche ... dort wird alles erledigt. So wie es vorgesehen war.«

»Glauben Sie das auch, ja?«, fragte Albert Jefremowitsch traurig. »Dann sagen Sie mir, dass sie recht hat! Sagen Sie mir, dass sie dort das ewige Leben erwartet ...«

»Ich bin nicht gläubig«, antwortete ich. »Und was wen erwartet, kann ich nicht beurteilen. Ich für meinen Teil habe mich für die Verbrennung entschieden.«

»Wissen Sie, ich habe Ihren Fürst Myschkin besonders gemocht«, warf Michail unerwartet ein. »Mehr als Ihre anderen Rollen. Die Kritiker haben Ihren Hamlet in den Himmel gehoben, Ihren Kutusow und Ihren Putin ... Aber mich hat der Myschkin begeistert.«

»Wirklich!« Der Schauspieler blickte Michail überrascht, ja interessiert an. »Ganz ehrlich? Für diese Rolle habe ich von allen Seiten nur Schelte kassiert ...«

Alberts Hand war fertig verbunden, und der Arzt verschwand. Es war nur eine harmlose Wunde. Offenbar waren die Zähne der Alten beim Durchbeißen der Schnur endgültig stumpf geworden.

»Wir Quazi lügen nicht«, sagte Michail sanft. »Kommen Sie, Albert Jefremowitsch. Wir müssen ihr freiwilliges Schuldeingeständnis aufsetzen. Damit kommen Sie mit einer Strafe für Missachtung des letzten Willens einer Verstorbenen davon. Wenn man noch die nervliche Belastung berücksichtigt, schließlich sind Sie ein emotionaler Mensch mit einer empfindlichen seelischen Konstitution ...«

Er fasste den Schauspieler um die Schulter und führte ihn zu unserem Wagen. Ich bewachte den Renault mit der Aufständischen im Kofferraum. Die Menschen zerstreuten sich allmählich, nur ein Polizei-Sergeant stand noch immer da und drehte finster meinen Dienstausweis in den Händen hin und her. Er hätte nur zu gern einen Streit angezettelt ...

Ich lehnte mich gegen den Kofferraum und blickte auf die feinen Blutstropfen auf dem Asphalt. Rieb mit der Schuhsohle darüber.

Hoffentlich dachte Michail daran, nach einer Freikarte zu fragen.

Im Sportgeschäft gab es keine Baseballschläger, dafür einen Eispickel.

Ich hieb ihn dem Aufständischen etwa zehnmal auf den Schädel, obwohl er schon beim zweiten Schlag zusammenbrach. Olga wartete nicht mal, bis der Aufständische nicht mehr auf dem Asphalt zuckte, sondern öffnete sofort eine Flasche Mineralwasser und begann die Wunde zu säubern. Sie blutete heftig, das Mineralwasser schäumte, und es sah aus, als ob sie eine ungeheure Menge Blut verlöre.

Aus dem gespaltenen Schädel des Aufständischen quoll gräuliche Gehirnmasse, und eine dunkle, dicke Flüssigkeit, die nur entfernt an Blut erinnerte, suppte heraus.

»Ich bin am Ende«, sagte Olga. »Denis, ich bin am Ende.«

Ihre Stimme zitterte nicht einmal. Sie schob die Flasche weg, griff nach dem Fläschchen mit Desinfektionsmittel und leerte es über der Wunde aus. Sie sagte:

»Ich hätte die Jacke nicht ausziehen dürfen. Niemals hätte ich die Jacke ausziehen dürfen.«

Der Überfall des Aufständischen war völlig unerwartet im selben Moment gekommen, als wir einen Fuß vor das Geschäft gesetzt hatten. Er war vom Balkon des dritten Stocks auf uns herabgesprungen, hatte sich, dem Knirschen nach zu urteilen, dabei die Füße gebrochen, aber Olga hatte er doch noch gepackt. Und sich sofort in ihren Arm verbissen. Er hatte eine dichte schwarze Mähne, einen spitzen Bart und erinnerte bis auf die Stupsnase eindeutig an Trotzki. Wenn er Olga nicht gebissen hätte, wäre mir die Ironie, dass diesem Menschen genau wie Trotzki ausgerechnet ein Eispickel den endgültigen Tod brachte, sicher nicht entgangen ...

»Hör auf, Olga«, sagte ich. »Wir wissen nicht, wie sich diese Seuche verbreitet. Denk an den Typen in der Werkstatt. Seine Wunde war doch ganz klar ein Biss, auch wenn er behauptete, dass er sich geschnitten hat. Und mit dem war alles okay, ein Arschloch zwar, aber am Leben ...«

»Das heißt nur, dass es nicht sofort passiert«, antwortete Olga. »Das heißt, dass es noch eine Weile dauert, bis ich zum Monster werde.«

»Das wissen wir nicht!« Mein Ton war scharf. »Wir wissen gar nichts! Mir ist das Blut dieser wandelnden Leiche ins Gesicht gespritzt! Sogar auf die Lippen! Wenn das ein Virus wäre, der übers Blut übertragen wird, hätte ich mich doch angesteckt!«

»Vielleicht muss er direkt ins Blut gelangen? Wie Aids? Vielleicht wirkt er nicht sofort ...«

»Wir wissen es nicht, Olga«, wiederholte ich eindringlich. »Wir wissen gar nichts ...«

Der Körper auf dem Asphalt zuckte wieder. Regte sich ganz leicht. Ich trat einen Schritt zurück, blickte auf den Leichnam, und spürte Ekel aufsteigen, als ich erkannte, wie die graue Gehirnmasse zurück in den gespaltenen Schädel gezogen wurde. Das konnte nicht sein, das widersprach jeglicher menschlichen Physiologie, aber das Gehirn kroch – wie ein Haufen Würmer – wieder zurück. Das gebrochene und unnatürlich verdrehte Bein des Aufständischen zuckte und kehrte ganz langsam in seine normale Form zurück.

»Siehst du das?«, fragte ich.

»Er regeneriert sich«, flüsterte Olga. »Diese Bestie kommt wieder zu sich!«

Ich zog das Messer.

»Scheinbar gibt es nur eine zuverlässige Methode: Kopf ab.«

»Lass mich«, sagte Olga.

»Ich muss es auch lernen.« Ich schüttelte den Kopf. »Du musst die Wunde desinfizieren und verbinden. Ich kümmere mich um ihn ...«

Olga gab nach. Während sie aufmerksam die Straße absuchte – ich bemerkte, dass sie jetzt auch die Dächer und Balkone im Blick behielt –, sagte sie:

»Okay, aber dann trägst du unseren Sohn. Falls ich ... es ist besser, wenn er bei dir ist.«

Wir aßen in einem Piroggen-Restaurant namens *Piraten-Schmaus* in einem großen Geschäftszentrum am dritten Autobahnring zu Mittag. Das Restaurant war auf Familien ausgerichtet. Die meisten Gäste waren Eltern mit Kindern, die nach dem Kino hier einkehrten, ehe sie im Lebensmittelmarkt noch Nachschub für den heimischen Kühlschrank besorgten. Entsprechend war die Einrichtung – piratenmäßig eben. Schatzkarten waren auf die Wände gemalt, Strickleitern hingen von der Decke, der Bug eines alten Schiffes ragte aus der Wand, der Bugspriet stach weit in den Saal hinein ... Ein als Jack Sparrow geschminkter Animateur unterhielt das minderjährige Publikum. Jedenfalls kein Ort, an dem ein Polizeiermittler in Uniform und ein älterer Quazi im altmodischen Anzug als alltägliche Gäste galten.

Ehrlich gesagt, sahen wir eher wie die nächsten Animateure aus – als ob wir den erfolglosesten, aber charmantesten aller Piraten bei der Arbeit ablösen sollten.

Aber hier gab es nun mal die besten Piroggen Moskaus. Und ich pfiff auf die Umstände und führte Michail her, als dieser vorschlug, zu Mittag zu essen.

Wir wurden anständig bedient. Moskau ist natürlich nicht Piter und erst recht nicht das tolerante Paris oder London, wo man Quazi an jeder Ecke trifft. Aber auch hier werden Quazi nicht mit dem Beil gejagt.

Ich bestellte Piroggen mit Fleischfüllung und Bouillon. Michail bestellte Piroggen mit Kartoffel- und Kohlfüllung. »Ist da auch sicher kein tierisches Eiweiß drin?«, erkundigte er sich vorher genauestens.

»Wir braten nur mit Pflanzenöl«, entgegnete die junge, Kaugummi kauende Piraten-Kellnerin, deren Wange ein verschnörkeltes Piercing aus mindestens hundert winzigen Leuchtdioden zierte. Wenn das Mädchen sprach, funkelten die Leuchtdioden in abstrakten Mustern. Quazi mögen so etwas.

»Lass nur«, sagte ich. »Die sind gut, und wenn du einen Wurm im Kohl findest ...«

»Einen Wurm würde ich noch überleben«, unterbrach mich Michail.

Die Kellnerin blickte mich genervt an:

»Bei uns gibt es keine Würmer im Kohl.« Ihre Leuchtdioden leuchteten rot auf und pulsierten.

»War nur Spaß«, sagte ich entschuldigend. »Tolles Piercing.«

»Danke.« Sie blickte wieder Michail an. Ihre Wange leuchtete diesmal grün und rosa. »Nehmen Sie noch das Kompott als Nachtisch. Das ist sehr lecker. Auch die Nicht-Vegetarier bestellen es gerne.«

Wir saßen über unserer ersten Pirogge, und Michail nickte zufrieden, während ich überlegte, ob ein Bier wohl angemessen wäre. Lieber nicht, entschied ich, versprach mir aber eines für den Abend.

»Das ist also ein gutes Lokal, ja?«, fragte Michail und blickte sich um. Die Kinder lärmten durcheinander, die Eltern aßen. Die meisten Erwachsenen tranken Bier. Das schmeckte hier ziemlich gut.

»Für Eltern mit Kindern, wenn du das meinst«, sagte ich.

»Danke, genau das meinte ich.« Michail schwieg eine Weile und drehte sein Glas in den Fingern hin und her. »Es fällt mir oft schwer, der Vater eines lebendigen Kindes zu sein, Denis. Alles, was ihr Lebenden intuitiv begreift, muss ich mir mit Logik erschließen.«

»Hattest du keine Kinder?«, fragte ich.

»Doch, einen Sohn und eine Tochter«, antwortete Michail kurz, und ich begriff, dass es sie nicht mehr gab. »Aber das ist lange her. Für mich ist es sogar schon reichlich spät, um Großvater zu sein.«

»Für dich ist es Zeit, dich in die Erde zu legen«, sagte ich grob.

»Ja, schon. Aber die Welt hat sich eben verändert ... Deshalb danke für den Tipp. Manchmal weiß ich nicht genau, was für ein Kind gut ist und was nicht ... Du hattest doch einen Sohn?«

»Ja. Er ist gestorben, gleich am Anfang ...«

»Mein Beileid.«

Ich nickte. Seine Worte waren nicht mit echten Gefühlen verbunden, und Michail wusste, dass ich das wusste, aber er hielt es trotzdem für nötig, sie auszusprechen ...

»So alt wie Najd«, sagte ich. »Zur gleichen Zeit geboren. Aber er sah Olga ähnlich, meiner Frau ... Er war blond. Er ist kein Jahr alt geworden ... Aber warum tust du so, als wärst du der Vater dieses Jungen? Schließlich liebst du ihn nicht. Ja, ich weiß, du hast ihn während der Katastrophe gerettet. Aber dann? Warum hast du ihn nicht einer Menschen-Familie zur Adoption überlassen?«, sagte er schließlich.

Michail antwortete nicht gleich. »Was ist das, Denis, ein guter Polizist?«

Ich zuckte mit den Schultern. »So einer wie ich zum Beispiel.«

»Im Ernst?«

»Na ja, es gibt ein paar Grundsätze«, sagte ich. »Man muss die Leute schützen. Darf keine Bestechungsgelder nehmen. Soll sich vor dem Essen die Hände mit Seife waschen.«

Michail nickte. »Stimmt alles. Aber das Wichtigste ist Gerechtigkeit. Auch ein guter Polizist kann nicht alle Verbrechen verhindern und alle Fehler wiedergutmachen. Aber er muss dafür sorgen, dass die Gerechtigkeit wiederhergestellt wird. Wenigstens soweit das in seiner Macht steht.«

»Na gut, könnte sein. Du bist also ein guter Polizist, hoffe ich, und ich auch. Aber was hat das mit Najd zu tun?«

»Die Gerechtigkeit besteht darin« – Michail sprach bedächtig und sorgsam wie mit einem Kind – »dass ich sein Vater sein will. Ein entsprechend meinen Anlagen möglichst guter. Und auch die Tatsache, dass ich ihn nicht richtig lieben kann, ändert daran nichts, denn ich muss vor allem Gerechtigkeit anstreben.«

Ich blickte ihn an und schüttelte den Kopf.

»Schade, Michail, dass du kein Mensch bist. Wir hätten Freunde werden können.«

»Aber wir sind doch schon Freunde«, entgegnete der Quazi.

Ich lachte und trank meine Bouillon. »Nein, tut mir leid. Du bist mein Kollege, ohne mein Zutun. Du bist ein guter Polizist, und ich auch, und das hat was zu bedeuten. Aber Freunde sind wir nicht und werden es auch nie sein. Genau wie du Najd kein echter Vater sein kannst.«

Michail überlegte. »Das stimmt nicht. Najd sieht in mir seinen Vater. Und du kannst in mir deinen Freund sehen. Worin besteht denn der Unterschied, wenn ich mich wie ein guter Vater und wie ein guter Freund benehme?«

Ich kratzte mich am Genick und stöhnte. »Verdammt, gute Antwort, wie soll ich es erklären ...«

Jack Sparrow wuselte gerade um den Nachbartisch herum und versuchte einen dicklichen sommersprossigen Jungen zu bespaßen, aber das Kerlchen zog nicht. Es wollte einfach in Ruhe seine Pirogge essen. Ich nahm eine Serviette vom Tisch, knüllte sie zusammen und warf sie dem Piraten an den Hinterkopf. Der Animateur drehte sich auf der Suche nach dem Angreifer um und blickte an Michail und mir vorbei zu den umsitzenden Kindern. Der dickliche Junge, der mich beim Werfen gesehen hatte, kicherte. Ich zwinkerte ihm verschwörerisch zu, er zwinkerte zurück. Jack Sparrow hatte jetzt das Interesse an ihm verloren und schritt auf der Suche nach dem Schuldigen den Speisesaal ab.

»Das war nicht schön«, sagte Michail vorwurfsvoll.

Ich blieb stumm.

»Du wolltest mir damit etwas demonstrieren, mir meine Minderwertigkeit begreiflich machen«, fuhr er nachdenklich fort. »Ich überlege noch. Aber du hast trotzdem nicht recht.«

Ich winkte ab.

»Lassen wir es, Michail«, sagte ich. »Tun wir einfach so, als hättest du mich überzeugt. Komm lieber möglichst bald mit Najd mal hierher. Nächste Woche läuft der neunte *Piraten der Karibik* im Kino an. Da sind die Kinder ganz verrückt danach. Es heißt zwar, dass Johnny Depp kaum noch selbst spielt und hauptsächlich sein computeranimiertes Double zu sehen ist. Seit er Quazi ist, soll er, was die Rollen angeht, extrem wählerisch sein. Aber wen stört's, wenn man den Unterschied nicht merkt?«

Michail kaute gedankenverloren auf seiner Pirogge herum. »Sag mal, ist das deine tägliche Arbeit, was wir heute Vormittag gemacht haben?«

»Das ist der interessante Teil«, gab ich zu.

»Du hast was Besseres verdient«, sagte Michail, und wieder klang er vorwurfsvoll. »Du bist ein guter Polizist.«

»Na gut, wenn ich was Besseres verdiene und du mein Freund bist, dann lass die Hosen runter: Warum bist du wirklich nach Moskau gekommen? In welcher Sache ermittelst du wirklich?«

»Das ist sehr kompliziert«, antwortete Michail.

»Versuch es einfach.«

Michail zögerte. Offenbar war er tatsächlich bereit, mich bis zu einem gewissen Grad einzuweihen.

Da klingelte mein Telefon.

»Ich hasse Handys!«, fluchte ich und zog das Gerät aus der Tasche. »Und die Chefin!«

Ich hatte »Gefährlich ist unser Dienst und schwer dazu«, den Gassenhauer aus einer alten Fernsehserie, als Klingelton speziell für die Zarin eingestellt.

»Ist Michail bei dir?«, fragte sie ohne Begrüßung.

»Ja …«

»Kommt zur Kathedrale, schnell!«

»Zu welcher Kathedrale?« Ich verstand sie nicht.

»Zur großen! Wo das Lazarus-Asyl ist!«

Die Verbindung wurde unterbrochen.

»Auf geht's«, sagte ich und erhob mich. »Deine Pirogge musst du unterwegs fertigessen.«

»Was ist los?«, wollte Michail wissen.

»Keine Ahnung. Aber irgendwas Schlimmes, das spüre ich meinen Eingeweiden.«

Was vor zehn Jahren auf der Welt geschehen war, hatte für alle traditionelle Religionen schlechtes Karma bedeutet. Es ist nicht einfach, einem die »Auferstehung von den Toten« schmackhaft zu machen, wenn rund um dich herum alles voller Zombies ist, die dich fressen wollen. Es bringt wenig, Jungfrauen im Paradies zu versprechen, wenn die wandelnden Leichen kein anderes Ziel haben, als diese Jungfrauen zu verschlingen. Und Samsara funktioniert auch nicht mehr so toll, wenn unsere Welt aus hungrigen Gespenstern besteht.

Aber der Mensch ist ein flexibles Wesen, und sein Glaube ist noch flexibler.

Alle haben sich angepasst. So oder so.

Alle haben diese Welt mit Aufständischen und Quazi in ihren Glauben integriert.

So oder so.

Unter der Christ-Erlöser-Kathedrale, wo sich einst eine Tiefgarage, ein Saal für Kirchenversammlungen und Speisesäle befunden hatten, war vor zehn Jahren ein großes Krankenhaus eröffnet worden. Zunächst hatte man dort versucht, die Aufständischen zu heilen. Unter anderem allen Ernstes mit Gebeten und Weihwasser. Aber dann ... dann wurde aus dem Krankenhaus das Lazarus-Asyl, wo man die Aufständischen bis heute unterbrachte. Jedenfalls die, die noch Verwandte unter den Lebenden hatten.

Verwandte, die ihre Aufständischen in ihrer Nähe behalten und sie nicht den Quazi überlassen wollten.

Und die bereit waren, dafür zu bezahlen. Oder, um es dezenter auszudrücken, der Kirche dafür Spenden zukommen zu lassen.

Unter der Kathedrale wurden vermutlich an die eineinhalbtausend Aufständische beherbergt. Es war ein gefährlicher Ort, der aber längst als traditionsreiche Einrichtung der Stadt galt und an dem die Kirche standhaft festhielt, da sie ihr als Aushängeschild für ihre guten Taten diente. Zum Asyl gehörten

Ärzte, Sanitäter und eine gut ausgebildete Wachmannschaft – sowie, Gerüchten zufolge, ein externes System zur Flutung der Anlage, womit man die Räumlichkeiten unter der Kathedrale im Notfall innerhalb von neunzig Sekunden in ein Schwimmbad verwandeln konnte.

Auf halbem Weg geriet der Verkehr ins Stocken. Es sah nicht nach einem richtigen Stau aus, aber wir krochen nur im Schritttempo vorwärts. Finster blickte ich den Radfahrern hinterher, die auf ihren Radwegen zügig vorankamen, und gedachte der Zeiten, als diese Straße noch vier- anstatt wie heute zweispurig gewesen war. Ich hatte größte Lust, die Sirene aus dem Handschuhfach zu holen, aufs Autodach zu setzen, auf die Radspur einzufädeln und die Radfahrer ordentlich zu erschrecken.

Aber die Dauletdinowa hatte »schnell« gesagt, nicht »augenblicklich«. Weshalb ich mit so einer Aktion den nächsten Anpfiff riskiert hätte.

Was ging im Asyl vor sich?

Das Wahrscheinlichste war ein Ausbruch der Aufständischen. Aber wie war es dazu gekommen? Dort arbeiteten nur sehr erfahrene Aufseher.

Hatten die Aufständischen eine Geisel genommen? Quatsch, und wenn, dann hätten sie diese Geisel umgehend in Stücke gerissen. In diesem Fall ging es höchstens noch um die Frage, ob das Opfer ebenfalls von den Toten aufstehen würde oder nicht. Es gab einen Grad von körperlicher Versehrtheit, der ein Aufstehen nach dem Tod unmöglich machte. Vor allem musste natürlich das Gehirn intakt bleiben. Und auch der Körper, zumindest zu vierzig, fünfzig Prozent. Ohne Herz und Lungen standen nur wenige auf – obwohl, auch das kam vor. Es gab sogar Ratgeber, wie man sich in einer hoffnungslosen Situation am besten gegen die Aufständischen wehrt, um danach a) selbst aufzustehen b) keinesfalls aufzustehen. Diejenigen, die ihre irdische Existenz verlängern wollten, mussten zusehen, dass sie so schnell wie möglich durch Blutverlust starben. Deshalb empfahl es sich, den Angreifern die Hauptschlagadern hinzuhalten. Denn die Aufständischen mochten keine Toten und verloren praktisch augenblicklich das Interesse, wenn jemand das Zeitliche segnete.

Also, was spielte sich im Asyl ab? Das Gelände um die Kirche war bereits weiträumig abgeriegelt. Um unnötige Diskussionen zu vermeiden, stellte ich den Wagen an der Uferstraße ab. Wir zückten unsere Ausweise und wurden durchgelassen.

Unweit der Kirchenmauern war eine zweite Absperrung. Und hier war ein Wortwechsel dann doch unvermeidlich. Wir hatten nicht den notwendigen Rang, gehörten nicht zum hier zuständigen Revier, und meine Position als Ermittler beeindruckte auch niemanden. Erst Michails gestempelte Vollmacht verschaffte uns Einlass.

Unmittelbar vor der Kathedrale sahen wir endlich bekannte Gesichter.

Überraschenderweise handelte es sich um unseren Gesprächspartner vom Vortag, Wladislaw Markin. Sieh mal an! War er wirklich nur Hauptmann, wenn er bei so einem wichtigen Fall die geballten Einsatzkräfte befehligte? Und neben ihm stand unsere Kriminaltechnikerin und meine verhinderte Teepartnerin, Anastasja! Sie stritten heftig, oder besser gesagt, Anastasja stritt heftig, während Markin nur den Kopf schüttelte und sie zu beruhigen versuchte.

Anastasja trug keine Uniform, sondern eine Bluse und Shorts, war also offenbar nicht im Dienst. Ich vermutete sogar, dass sie nur die Hausschuhe gegen Sandalen vertauscht hatte und, ohne in den Spiegel zu schauen, direkt so, wie sie war, aus ihrer Wohnung hergekommen war. Für eine Frau absolut heldenhaft.

Aber was machte sie überhaupt hier? Ihre Arbeit bestand aus Reagenzgläsern, Skalpellen und Multigassensoren.

»Überall die gleichen Gesichter«, sagte plötzlich jemand hinter mir und fasste mich am Ellenbogen. »Wenigstens haben Sie das Kind nicht hergeschleift. Was machen Sie hier?«

Es war der ältere Beamte, den ich am Vorabend für einen Kollegen von Anastasja gehalten hatte. Jetzt war ich mir da nicht mehr so sicher – der Mann trug eine schusssichere Weste und auf dem Rücken eine Schrotflinte mit kurzem Lauf.

»Und Sie?« Ich befreite meinen Arm aus seinem Griff. »Was machen Sie hier?«

»Dass sie« – der Beamte nickte zu Anastasja hinüber – »hier ist, kann man verstehen.« Was meinte er damit? »Aber was suchen Sie beide hier?«

»Was geht hier vor?«, fragte Michail.

Der Mann zögerte. »Gehen Sie zum Chef, soll der es erklären.«

Michail drehte sich um und marschierte los, aber ich wartete noch einen Moment und blickte dem Beamten direkt in die Augen. Der seufzte und sagte leise: »Geiselnahme.«

Völlig verwirrt folgte ich meinem Quazi-Partner. Geiselnahme? Unsinn! Aufständische nehmen keine menschlichen Geiseln. Sie fressen uns!

Als Anastasja und Markin uns erblickten, verstummte ihr Gespräch. Der Hauptmann verdrehte die Augen und breitete theatralisch die Arme aus. Anastasja ließ den Kopf hängen und wandte den Blick ab.

»Guten Morgen, Hauptmann Markin«, sagte Michail. »Was geht hier vor?«

»Das will jeder wissen«, antwortete der Hauptmann. »Aber es ist geheim.«

Ich schob Michail zur Seite. »Hören Sie, Markin, mir ist klar, dass diese Geiselnahme hier in Ihre Zuständigkeit fällt. Aber, verdammt noch mal, was läuft hier?«

»Woher wissen Sie davon?«, fragte der Hauptmann scharf.

»Ein Vögelchen hat es mir gezwitschert.«

»Dem Vögelchen dreh ich den Hals um«, schimpfte Markin. »Und ja, das ist unsere Angelegenheit. Verlassen Sie die Absperrungszone. Zwingen Sie mich nicht, Sie mit Gewalt abführen zu lassen.«

»Wiktoria steckt dahinter!«, rief Anastasja. »Michail! Wiktoria hält die Geiseln gefangen.«

»Eine Quazi, die Menschen als Geiseln nimmt?« Das schien Michail offenbar zu schockieren.

»Nein, Aufständische!«, sagte Markin schroff. »Eure durchgeknallte flüchtige Quazi hat das Heim überfallen und die Aufständischen befreit. Die Menschen hat sie laufenlassen.«

»Alle?«, wollte ich wissen.

»Ja, alle«, sagte Markin finster.

»Aber dann ist doch alles ganz einfach«, sagte ich erfreut. »Stimmt das mit dem Flutungssystem? Oder ist das eine Lüge? Und was ist mit dem Giftgas, das totes Gewebe zersetzen kann?«

Anastasja blickte mich böse an. Michail seufzte und antwortet an Markins Stelle: »Natürlich sind das nur Lügen. Es gibt weder ein Flutungssystem noch haben wir die Möglichkeit, Gas einzuleiten. Es gibt allerdings Magnetrone; das ganze Heim ist praktisch eine einzige große Mikrowelle.«

Ich war hin und weg. Nie hätte ich gedacht, dass die Kirche derartig fortschrittlich war.

»Krass!«, sagte ich unwillkürlich.

»Die stammen noch aus alten Militärbeständen«, erklärte Michail kalt. »Damals wollte man eine spezielle Waffe zur Abschreckung entwickeln, aber im Kriegseinsatz war sie weder gegen tote noch lebendige Gegner besonders effektiv. Irgendwer war so schlau, sie als Sicherheitssystem zu nutzen. Und zwar in Einrichtungen, wo an Aufständischen geforscht wurde und zum ...« Er warf Markin einen finsteren Blick zu und ließ den Satz unvollendet. Dann fügte er im gleichen, tadelnden Ton hinzu: »Und natürlich hat auch die Kirche es für ihre Heime erbettelt.«

»Die Kirche bettelt nicht, Michail«, unterbrach ihn jemand sanft, »die Kirche bittet.«

Der Pope war so lautlos herangetreten wie ein erfahrenes Mitglied eines Sondereinsatzkommandos. Und genau so wirkte er auch. Er war nicht mehr der Jüngste, aber kräftig und ohne die für Popen so typische Dicklichkeit.

Und er trug eine weiße Kutte. Was mich überraschte, denn ich war daran gewöhnt, dass unsere Popen in Schwarz gingen. Obwohl es, soweit ich wusste, tatsächlich auch eine weiße Geistlichkeit gab ... Vielleicht hatte es damit etwas zu tun, vielleicht war er verheiratet.

»Schalten Sie Ihre Magnetrone ein, Vater«, sagte ich so höflich wie möglich. »Möge der Herr sich der Unglücklichen annehmen. Er wartet schon lange genug auf sie, würde ich meinen.«

Der Geistliche lächelte mich nachsichtig an, als wäre ich ein Kind, das irgendwelchen Unsinn verzapfte. Markin sagte eilig: »Verzeihen Sie, Hochwürden, ich lasse die beiden sofort wegschaffen ...«

»Schon gut, Slawa«, sagte der Pope.

Ach so, die beiden kannten sich also.

»Oberpriester Pjotr Melenkow?«, fragte Michail unerwartet. »Leiter der siebten Abteilung?«

»Bedrenez Michail Iwanowitsch, Sonderbeauftragter des Vorsitzenden?«, fragte der Pope liebenswürdig zurück.

Ich fühlte mich ziemlich überflüssig.

Weshalb ich mich augenblicklich ins Gespräch mischte.

»Entschuldigen Sie, ich bin natürlich nur ein einfacher Polizist ohne jedes Mitspracherecht bei größeren Entscheidungen, aber seit wann können Quazi Menschen erpressen, indem sie Aufständische als Geiseln nehmen?«

Michail, Pjotr, Wladislaw und Anastasja starrten mich schweigend an.

Ich fühlte mich etwas unwohl.

»Ich meine«, sagte ich, »sie wird sie ja wohl kaum töten.«

Und fügte hinzu: »Schließlich weiß jeder, dass Quazi zu Aufständischen ein Verhältnis wie zu Kindern haben.«

»Es gibt auch Menschen, die ohne mit der Wimper zu zucken
ein Kind umbringen würden«, sagte Wladislaw trocken.

»Na gut, selbst wenn wir davon ausgehen, dass Wiktoria völlig durchgeknallt ist … selbst für eine Quazi. Entschuldige, Michail. Selbst wenn wir davon ausgehen, führen wir grundsätzlich keine Gespräche mit Terroristen. Quazi hin oder her, Aufständische hin oder her. Soll die Sondereinheit doch einfach …«

»Was soll die Sondereinheit?«, fragte der Oberpriester, wieder
außerordentlich liebenswürdig. »Die Geiseln befreien?«

»Okay, das ist eine doofe Idee«, gab ich zu.

Und das war es wirklich. Wie sollte man eineinhalbtausend
Aufständische befreien, die nur davon träumten, ihre Befreier
zu fressen? Diese Kreaturen waren lebensgefährlich, schließlich
waren das keine frischen, unbeholfenen Aufständischen mehr,
diese hier saßen zum Teil schon zehn Jahre im Kerker. Sie waren
schnell und unermüdlich, und sie zu töten war extrem schwierig. In den Keller der Kirche eine Spezialeinheit zu schicken hie-
ße letztlich nur, die Meute mit Futter zu versorgen.

»Okay, dann lasst euch von einem einfachen Polizisten sagen: Schaltet die Magnetrone ein. Bevor diese Durchgedrehte
die Aufständischen zum Sturm aufruft. Diese dürftige Absperrung hier«, – ich sah mich demonstrativ um –«wird ganz sicher
keine fünfzehnhundert Aufständischen abhalten. Ihr habt ja
weder Flammenwerfer noch Panzer aufgefahren. Wir riskieren,
dass uns hier alles um die Ohren fliegt. Und zwar in ganz großem Maßstab.«

Mir war klar, warum rundherum weder gepanzerte Fahrzeuge
noch Hundertschaften von Soldaten zu sehen waren. Eine Mas-
senpanik im Zentrum Moskaus war kein Spaß. Und ich wartete
nur darauf, dass sie mir widersprechen würden, mir erklärten,
womit ich falsch lag. Aber zu meiner Überraschung schwiegen
sie. Alle. Der Pope in der Kutte genauso wie der dreiste Staatssi-

cherheitstyp und mein Partner. Nur Anastasja schluchzte aus irgendeinem Grund laut auf.

»Er hat recht«, sagte Michail unerwartet. »Zu meinem tiefsten Bedauern hat er recht. Schalten Sie Ihre Magnetrone ein, Hochwürden.«

Pjotrs Gesicht verzerrte sich vor Schmerz. Er schüttelte den Kopf.

»Eineinhalbtausend Seelen ...«

»Als Sie die Panzer Ihrer Brigade auf den Autobahnring rollen ließen, haben Sie nicht gezögert«, sagte Michail. »Sie haben Hunderttausende von Aufständischen und Zehntausende von Menschen getötet. Um Millionen von Menschenleben zu retten.«

Und jetzt begriff ich endlich, wer da vor mir stand. Ich schluckte und unterdrückte den Wunsch strammzustehen.

Der Oberpriester schüttelte den Kopf: »General Melenkow gibt es schon lange nicht mehr.«

»Aber Sie werden ihn rufen müssen, Hochwürden«, sagte Michail. »Verzeihen Sie, aber nur Sie allein können diese Entscheidung treffen. Ich bin vonseiten der Quazi bereit zu bezeugen, dass dies der einzig denkbare Ausweg ist.«

»Tolik ...«, sagte Anastasja plötzlich. »Mein jüngerer Bruder heißt Tolik. Er ist zehn Jahre alt. Er ... ist da drin. Und meine Mutter auch. Selbst ... wenn er ein Quazi würde, bliebe er für immer ein Kind.«

Sie sah mich an, ihre Augen waren trocken. »Wahrscheinlich hat Denis recht. Wahrscheinlich gibt es keinen anderen Ausweg.«

Deshalb war sie also hier. Und das bedeuteten also ihre Worte vom Vorabend, dass ihre Mutter und Bruder »woanders« lebten.

»Sie haben gehört, wie diese Leute die Lage beurteilen«, sagte Wladislaw mit gewisser Erleichterung. »Und leider muss ich mich ihrer Einschätzung anschließen, Hochwürden.«

Ich blickte den ehemaligen General an: Im Zentrum Moskaus hatten die Offiziellen einen Platz nach ihm benennen wollen, es dann aber – angeblich auf seine eigene nachdrückliche Bitte hin – gelassen; dieser Mann war bereits zum Präsidenten des Landes auserkoren gewesen, doch dann war er ganz unerwartet vollständig von der Bildfläche verschwunden. Jetzt sah ich Verwirrung und Furcht in seinen Augen.

Er hatte Angst. Er hatte Angst, zu wiederholen, was er schon einmal vollbracht hatte. Nämlich eintausendfünfhundert Tote zu töten … und ihnen damit die Chance zu nehmen, eines Tages den Verstand wiederzuerlangen und in ein wenn auch hässliches, entstelltes Leben, aber immerhin in ein Leben zurückzukehren …

Wie passte das alles in seinem Inneren zusammen?

Die Vergangenheit beim Militär. Die Flucht in die Religion. Die Karriere in der Kirche.

Und mit welchen Sünden hatte er sich eine solche Prüfung verdient?

Aber es heißt ja auch, dass Gott jedem nur das Kreuz auferlegt, das er zu tragen in der Lage ist …

»Michail, kannst du Wiktorias Einfluss auf die Aufständischen neutralisieren?«, fragte ich.

»Dafür müsste ich vor Ort sein«, antwortete er.

»Und aus einem Sicherheitsabstand?«

»Aus einem Sicherheitsabstand kann ich vielleicht ein, zwei aufhalten … Aber wenn sie ein Dutzend auf mich hetzt, dann zerfetzen sie mich.«

»Sie befindet sich im Hauptwachraum und kann von dort mithilfe der Kameras das gesamte Gebäude überwachen«, sagte Pjotr, aber seine Stimme klang hoffnungsvoll. »Die automatische Nahrungsversorgung funktioniert ganz ohne Personal, und die Vorräte reichen für drei Tage.«

»Gibt es wirklich keine Möglichkeit, näher ranzukommen?«, fragte Michail betont sachlich.

»Ich glaube, mir fällt da etwas ein. Aber wäre es nicht besser,

Inspektor Bedrenez, wenn Sie noch einen zweiten Quazi zur Verstärkung hinzuziehen?«

»Nicht alle Quazi sind gleichermaßen effektiv in der Lenkung von Aufständischen. Unter den Mitarbeitern des Heims gibt es doch auch Quazi, oder?«

»Ja, drei.« Der Oberpriester nickte. »Sie hatten die Aufständischen ganz gut unter Kontrolle. Aber in diesem Fall haben sie versagt.«

»Allein kannst du da nicht rein«, sagte ich.

»Ich habe mir schon gedacht, dass du mitkommen willst«, antwortete Michail. »Wladislaw, können Sie uns mit Waffen und schusssicheren Westen aushelfen?«

Wladislaw nickte.

»Aber meine Leute gehen nicht da rein«, sagte er mit gerunzelter Stirn. »Ich habe das unmissverständliche Verbot, das Gebäude zu betreten ...«

»Das ist auch nicht nötig«, sagte Anastasja. »Ich gehe mit ihnen.«

Sie warf uns einen wilden Blick zu, als rechne sie mit Widerspruch. Aber keiner erhob Einwände. Wladislaw unterzog sie nur einer eindringlichen Musterung, als ob er die passende Größe für die Schutzweste schätzen wollte.

»Wie sieht es mit Ihnen aus, äh ... Hochwürden ...«, begann ich.

Pjotr hatte sich entspannt, er wirkte jetzt gefasst und konzentriert.

»Ja, ich gehe selbstverständlich mit Ihnen. Sie benötigen einen Ortskundigen. Was man von außen tun kann, werden meine Mitarbeiter tun.«

Ein gut gehaltener Aufständischer ist kein halbabgenagter Leichnam mit der Fähigkeit, sich zu bewegen und lebendiges Gewebe zu fressen. Alle geschädigten Teile des Körpers regenerierten sich mit der Zeit. Innerhalb von zwei, drei Jahren konnte sich der Körper eines Aufständischen, der zu Hälfte versehrt war, vollkommen wiederherstellen – allerdings nur, wenn er gefüttert wurde. Das nachwachsende Gewebe war blassgrau. In ihren Adern kreiste dickflüssiges Pseudoblut ohne rote Blutkörperchen, das Sauerstoff bestens vertrug. Dieses scheußliche Zeug konnte nicht in die Kapillaren vordringen, was den Aufständischen allerdings nicht schadete. Wenn sie keine Nahrung bekamen, fielen sie in einen lethargischen Zustand des Dämmerns, in dem sie Jahre aushalten konnten. Soweit ich wusste, war in den zehn Jahren, seit es Aufständische gab, noch keiner vor Hunger gestorben. Normalerweise bewegten sich Aufständische langsam und nicht sehr koordiniert, aber wenn sie Nahrung witterten – wurden ihre Bewegungen sehr zielstrebig.

Alles in allem unterscheiden sie sich nicht dramatisch von den Quazi. Auch sie sind stark und ausdauernd. Nur haben die Aufständischen keinen Verstand und sind definitiv keine Vegetarier.

Ich knöpfte die schusssichere Weste zu, schlug den harten Kevlar-Kragen nach oben un lud die Schrotflinte.

Wir waren alle gleich ausgerüstet. Für einen Kampf gegen Aufständische gab es bis heute nichts Besseres als eine halbautomatische Flinte mit grobem Schrot, Pistolen mit runden Projektilen wegen der hohen Mannstoppwirkung – und schließlich die Machete als letztes Mittel. MGs und Granaten waren allesamt wertlos. Ein Flammenwerfer schien im ersten Moment effektiv zu sein, aber die Aufständischen spürten keinen Schmerz und konnten so lange kämpfen, bis sie verbrannten.

Unsere Truppe war ziemlich schräg. Ein Oberpriester, ein Quazi, ein Polizeioffizier und eine Kriminaltechnikerin.

»Wenn das hier ein Computerspiel wäre, könnten Sie, Hochwürden, ein wenig zaubern«, sagte ich.

Der Oberpriester, der gerade das Magazin seiner Schrotflinte überprüfte, warf mir einen schiefen Blick zu. »Wenn das ein

Computerspiel wäre, würden die Zauberer zaubern und die Priester heilen und göttliche Mächte beschwören«, gab er zurück. »Was das Heilen angeht, gebe ich keine Garantie, aber immerhin bete ich von früh bis spät.«

Darauf fiel mir nichts ein.

Wir standen im Kesselraum, der sich zwischen den Räumlichkeiten der eigentlichen Christ-Erlöser-Kathedrale und dem unterirdischen Asyl befand. In den Rohren gluckerte und rauschte das Wasser, irgendwelche Relais schnalzten. Die etwa ein Dutzend Polizisten, die hier Wache hielten, wichen unseren Blicken aus. Immerhin durften sie hier in der relativen Sicherheit zurückbleiben, während wir zu viert eineinhalbtausend hungrigen Aufständischen entgegentreten würden.

»Die Tür führt in den unteren Kesselraum, von dort geht es in die Waschräume«, sagte der Oberpriester und zeigte auf eine schwere Eisentür, die von unserer Seite mit einem dicken Riegel gesichert war. »Im Duschbereich werden sie uns nicht sofort bemerken.«

»Warum nicht?«, fragte Michail verwundert.

»Es gibt einen Verein, der sich für die Rechte der Aufständischen einsetzt«, erklärte der Oberpriester. »Und unter den Patienten sind auch Minderjährige.«

»Wahnsinn«, stöhnte ich.

»Wenn es Sie tröstet, ich halte das auch für Quatsch«, entgegnete Pjotr. »Aber im Moment kommt es uns zupass. Hinter den Waschräumen gelangt man in die fünfte Abteilung. Wir passieren hier die Schlafräume.« Beim Sprechen wies sein Finger auf verschiedene Stellen des laminierten Plans vor uns auf dem Tisch. »Dann kommt das Labor für Mikrobiologie, die Küche …«

»Die Küche?« Ich konnte ein nervöses Kichern nicht unterdrücken.

»So nennen wir es jedenfalls. Dann noch mal ein Gang, die Personalräume und schließlich der Hauptwachraum.«

»Sagen Sie mal, was fordert Wiktoria eigentlich?«, wollte Michail wissen. »Dass sie die Menschen freigelassen hat, lässt ja hoffen. Vielleicht könnte man ihr ja entgegenkommen ...«

»Sie fordert einen Hubschrauber mit Geiseln, denen sie die Möglichkeit garantiert, mit einem Fallschirm abzuspringen, außerdem die persönliche Habe ihres verstorbenen Mannes und drei Millionen Rubel.«

Ich pfiff laut und hob den Finger an meine Stirn.

»Interessant«, sagte Michail nachdenklich. »Vielleicht gibt es bei uns ja doch psychische Störungen. Drei Millionen Rubel ...«

»Irgendwas stimmt da doch nicht«, sagte ich. »Absolut idiotische Forderungen im Verein mit einer vernünftigen ... das soll doch nur von ihren eigentlichen Absichten ablenken.«

»Am besten, wir fragen sie persönlich«, sagte der Oberpriester. »Folgt mir, Schwestern und Brüder.«

Darauf sagte niemand etwas, und Michail setzte sich in Bewegung.

Hinter der Eisentür schlossen sich ein kurzer Gang und eine hallende Eisentreppe an, die vier Etagen abwärts führte. Dann standen wir wieder vor einer Tür.

»Herr, steh uns bei ...« sagte der Oberpriester.

Michail hielt seine Codekarte vor das Schloss – wir hatten jeder eine Karte bekommen. Ein Lämpchen blinkte grün, offenbar hatte Wiktoria den Zugang entweder nicht blockieren können oder das nicht für nötig gehalten. Michail öffnete vorsichtig die Tür, und wir traten wieder in einen Raum mit Rohren und Kesseln, eine kleinere Version des oberen Kesselraums.

Auch hier war niemand. Leise und beruhigend summte die vollautomatische Anlage vor sich hin.

»Achter Stock, Flug normal«, sagte ich, um die Stimmung aufzulockern. Der Oberpriester warf mir einen vorwurfsvollen Blick zu. Ich sah seinen festen Griff um die Schrotflinte; der Mann war bereit, sie jeden Moment abzufeuern. Offenbar hatten alle Erlebnisse, die dazu geführt hatten, dass er nicht länger zur Gegenwehr unfähige Aufständische töten konnte, nichts gegen seine Bereitschaft zum erbitterten Nahkampf mit ihnen ausrichten können.

Wieder eine Tür, ein kurzer Zwischengang, dann standen wir plötzlich im Waschraum.

Zum Glück war niemand hier. Weder sich duschende noch sich föhnende Aufständische, keine Erwachsenen oder Minderjährige.

Aber der Anblick war irre!

Ich war natürlich noch nie hier gewesen und hatte auch keine Vorstellung davon gehabt, wie man die massenweise Säuberung der aggressiven Wesen in solchen Einrichtungen organisierte.

Fast vollautomatisch, wie sich zeigte.

In dem nicht sonderlich großen Raum herrschte ein feuchtwarmes Klima. An der Decke verlief eine Art Schiene mit Kettenantrieb; von dieser Schiene ragten metallische Bolzen nach unten. Jetzt war die Anlage ausgeschaltet, aber ich konnte mir gut ausmalen, wie sie klirrte und rasselte, wenn sie in Betrieb war. An den Bolzen waren Metallhalsbänder befestigt, die im Moment offen runterhingen. Der Boden bestand aus Abtropfgittern. An verschiedenen Stellen ragten Rohre mit Duschbrausen aus der Wand.

Aha, hier ging das Ganze offenbar los. Ein Aufseher, vermutlich ein Quazi, legte etwa zehn Aufständischen die Halsbänder an. Dann trat er zur Seite. Der Kettenantrieb setzte die Bolzen in Bewegung und die angehängten Aufständischen mussten wohl oder übel unter den Wasserstrahlen, die von allen Seiten auf sie niedergingen, im Kreis gehen ... an einer Seite gab es eine Vorrichtung, die Flüssigseife verspritzte ... dann wurden sie wieder abgespült ... Und hier gingen sie dann an großen vergitterten Ventilatoren vorbei, aus denen heiße Luft strömte. Fünf Minuten, dann war eine Runde geschafft. In einer Stunde konnte man an die fünfzig Aufständische waschen, am Tag fünfhundert, in drei Tagen das ganze Kontingent. In Wirklichkeit lief das sicher nicht so schnell ab. Und vermutlich wusch man sie nicht öfter als einmal pro Woche. Die Malereien an den Wänden passten überhaupt nicht zu dieser grausamen technischen Anlage. Sie waren grob und an manchen Stellen schon ganz dunkel vom Wasser, an anderen aber – das war deutlich zu erkennen – gerade frisch übermalt. Es handelte sich um friedliche Landschaftsbilder, Wälder, Felder, Flüsse, Seen, das Meer ... aber nicht ein Mensch oder Tier. Konnte man die Aufständischen wirklich damit beruhigen?

»Ich dachte, hier wären überall Ikonen und Kreuze.« Ich konnte meine Neugier nicht im Zaum halten.

»Wir haben es versucht, aber das hilft nicht«, sagte der Oberpriester mit fast fröhlicher Verzweiflung. »Denis, ich verstehe, dass Sie der Stress so unverschämt werden lässt. Versuchen Sie sich zu entspannen. Sie müssen nicht an Gott glauben und Sie müssen mir Ihren Unglauben nicht ständig beweisen.«

»Glauben Sie denn an Gott, Herr General?«, fragte ich. »Nach allem, was in der Welt passiert ist?«

»Es spielt keine Rolle, ob ich an Gott glaube oder nicht«, antwortete Pjotr. »Wichtig ist nur, dass er an mich glaubt.«

»Die Armen, Armen ...«, flüsterte Anastasja, während sie sich umschaute. Aber sehr leise, dass es außer mir keiner hören konnte.

Ich sagte nichts. Wahrscheinlich dachte sie an ihren Bruder und ihre Mutter, wie sie an diese rasselnde metallische Folteranlage gekettet waren und durch die Waschstraße geschleust wurden wie Autos.

Wir verließen den Badebereich und traten in einen heruntergekommenen Gang. Die Wände sahen so verwahrlost und abgewetzt aus, dass der Oberpriester sich zu einer Erklärung genötigt fühlte.

»Der Unterhalt des Asyls verursacht gewaltige Ausgaben.«

»Ich weiß, ich bezahle für meine Mutter und meinen Bruder«, sagte Anastasja schroff.

»Nur für ein Drittel der Patienten wird überhaupt Unterhalt bezahlt. Und nach der Wäsche sind sie nervös und kratzen an den Wänden ...«

Die Furchen in den Wänden waren tief. Der Putz war an vielen Stellen abgebröckelt, und der nackte Beton war darunter zu sehen.

Wurde der Nutzen dieser Waschungen vielleicht überschätzt?

Wieder öffnete der Priester mit Hilfe der Code-Karte eine Tür. Wir hatten uns von der anhaltenden Stille und dem Ausbleiben jeglicher Gefahr schon ein wenig entspannt, aber als jetzt der erste Aufständische auftauchte, zuckten wir zusammen.

Ein Mädchen, an die vierzehn Jahre alt. Zu Lebzeiten war es wohl sehr hübsch gewesen. Jetzt trug es kurz geschorene Haare, und seine Haut war extrem blass – ein Anblick zum Fürchten.

Genau wie sein Benehmen.

Knurrend und mit klappernden Zähnen rannte es durch den langen Korridor, in dem es eben noch ziellos umhergeirrt war, auf uns zu. Auf beiden Seiten des Korridors befanden sich offenstehende Stahltüren. Aber wie es aussah, war das Mädchen hier allein unterwegs.

Die Szene war gleichzeitig läppisch und schockierend, sodass wir vor Schreck stehen blieben und der Aufständischen wie gelähmt entgegenblickten.

»Stehen bleiben!«, sagte Michail und streckte dabei eine Hand vor sich aus. »Stehen bleiben!«

Das Mädchen verlangsamte seinen Lauf, das tiefe Knurren wich einem leisen Winseln.

»Stehen bleiben!«, wiederholte Michail.

Das Mädchen hielt inne, schwankte. Sie trug eine Pyjamahose und ein zerrissenes Hemd. Schuhe schienen die Aufständischen nicht zu benötigen.

»Hinsetzen!«, sagte Michail.

Das Mädchen fiepte wie vor Schmerz und hockte sich auf den Betonboden.

»Sie ist sehr stark«, sagte Michail, und mir war klar, dass er damit nicht die kleine Aufständische auf dem Boden meinte. »Aus irgendeinem Grund habe ich sie zuerst falsch eingeschätzt ...«

Er beugte sich über das Mädchen und fesselte ihm Arme und Beine mit Plastikklammern. Dann legte er es auf den Boden und strich mit der Hand über ihre kurz geschorenen Haare.

»Bleib liegen. Rühr dich nicht. Schlaf.«

Ich weiß nicht, ob das Mädchen einschlief oder nicht. Aber es lag still da, als wir an ihm vorbeigingen.

»Hier gibt es leider Überwachungskameras«, sagte Pjotr traurig. »Ich fürchte, sie haben uns schon bemerkt ... Muss Wiktoria den Aufständischen die Befehle persönlich geben?«

Michail schüttelte den Kopf. »Nein. Aber es hilft, den gedanklichen Befehl präziser zu formulieren, wenn man ihn wörtlich ausspricht.«

»Dann seid ihr also doch Telepathen«, sagte Anastasja triumphierend. »Dabei habt ihr es immer geleugnet!«

»Wir sind keine Telepathen. Wir können keine Gedanken lesen. Wir können die Aufständischen zwar lenken, aber in unterschiedlichem Maße. Und wir wissen nicht, wie es funktioniert. Vielleicht sind es Pheromone ...«

»Oder vielleicht auch Fermione«, sagte Anastasja ironisch und blickte sich nach dem Mädchen um. »Aber so löchrige Klamotten sind trotzdem nicht schön, Herr Pfarrer.«

»Sie zerfetzen alles innerhalb von einer Woche«, entgegnete Pjotr und seufzte. »Es tut mir leid, junge Frau, aber wir sind wirklich nicht so reich, wie die Leute glauben.«

»Sie kommen«, unterbrach ihn Michail. »Ich spüre es ...« Mit einem Griff zog er die Schrotflinte von der Schulter. Er zögerte noch eine Sekunde, dann fügte er hinzu: »Wenn es mehr als fünf ... nein, mehr als vier sind, müsst ihr schießen.«

Es waren an die zwanzig.

Zwanzig Aufständische stürmten aus der Tür zum Labor. Ich erblickte sie und freute mich nur über ein einziges Detail: Es waren keine Kinder dabei.

Dann fingen wir an zu schießen.

Auch Michail machte keinen Versuch, mit seinen Pheromonen oder Fermionen auf sie einzuwirken. Das Einzige, was wir alle jetzt verströmten – war Angst.

Die Aufständischen waren stark und wirkten, als ob sie gerade gefüttert worden wären. Einige kamen in großen Sätzen auf allen vieren auf uns zu, andere rannten höchst sportlich auf zwei Beinen. Und zwei bewegten sich hoch oben unter der Decke mit Sprüngen von Korridorwand zu Korridorwand vorwärts.

Ich hatte nicht gewusst, dass das überhaupt möglich war.

Um die beiden seltsamen Springer kümmerte ich mich nicht, denn ich sah, dass sich der Oberpriester und Michail auf sie konzentrierten. Stattdessen feuerte ich in die Masse der Aufständischen im Gang. Mit einigen Sekunden Verzögerung schoss auch Anastasja. Vielleicht hatte sie erst nach bekannten Gesichtern Ausschau gehalten.

Das Schrot tötet die Aufständischen nicht, und Schmerz und Angst kennen sie nicht. Aber jeder Treffer bringt in den toten Körpern jene Kraft durcheinander, die ihnen Vitalität verleiht.

Einem der Aufständischen zerfetzte eine konzentrierte, gut platzierte Schrotladung das Gesicht, er begann sich auf der Stelle zu drehen, schlug mit den Armen um sich und traf dabei seine Artgenossen. Einem anderen konnte ich das Knie durchschießen, er stürzte und kroch weiter. Die übrigen verlangsamten ihren Schritt.

Pjotr zerfetzte einem der Springer mit drei Schüssen sauber den Kopf. Dessen Existenz war damit endgültig beendet, auch wenn sein Körper vielleicht noch eine Weile zappeln oder kriechen würde, ehe auch dieser starb.

Michail hatte schon vier Ladungen Schrot in seinen Springer versenkt. Vergeblich, der Schädel war unversehrt, die Extremitäten funktionierten noch und er war schon ganz nah.

Ich packte die Machete. Als der Aufständische zum Sprung ansetzte und auf uns zuschnellte, hieb ich ihm auf den Kopf. Es überraschte mich, dass er auf Michail zuhielt, obwohl ihm der Oberpriester und ich näher waren und normalerweise auch interessanter für ihn gewesen wären. Schließlich waren wir seine bevorzugte Nahrungsquelle.

Einem Aufständischen den Schädel zu spalten ist genauso schwierig wie bei einem Menschen. Aber ich hieb mit voller Wucht zu, die sich durch den Gegendruck seines Sprungs noch potenzierte. Sein Schädel teilte sich vom Scheitel bis zum Hals in zwei Hälften. Er krachte vor mir auf den Boden und schlug im Todeskampf um sich. Seine Finger kratzten über den Boden. Ich hieb noch einmal mit der Machete zu, diesmal traf ich den Hals. Mit einem Tritt beförderte ich den Kopf in Richtung der übrigen Angreifer, von denen ihn einer geschickt auffing, stehen blieb, ihn sich besah und beschnüffelte. Leider interessierte ihn diese Delikatesse nicht länger. Ich versenkte die Machete in dem reglosen Körper zu meinen Füßen und griff wieder nach meiner Schrotflinte.

Die Aufständischen kamen immer näher. Es waren noch etwa zehn.

Mit meinen letzten beiden Geschossen schaltete ich zwei von ihnen erfolgreich aus. Einem schoss ich den Kopf weg, dem anderen ein Loch in den Bauch, was selbst für einen Aufständischen eine zu starke Beeinträchtigung ist, um einfach weiter anzugreifen.

Neben mir hallten noch einige Schüsse, schließlich waren nur noch fünf übrig. Wir hatten keine Zeit zum Nachladen – Pjotr hatte bereits die Pistole gezogen, auch Anastasja schoss bereits mit ihrer. Ich zog die Machete aus dem Leichnam unter mir und stellte mich auf den Nahkampf ein.

»Stehen bleiben!«

Michail trat einen Schritt vor.

»Stehen bleiben! Hinsetzen! Hinsetzen!«

Die Aufständischen, die noch auf den Beinen waren, setzten sich gehorsam auf den Boden. Und auch die Verletzten versuchten sich hinzusetzen.

»Mir nach! Alle mir nach!« Wie der Rattenfänger von Hameln trat Michail in eine der leeren Zellen (diese Betonlöcher konnte man unmöglich als Zimmer bezeichnen). »Mir nach!«

Die Aufständischen beruhigten sich.

Die einen krochen auf allen vieren, die anderen gingen, einige zuckten im Versuch, dem Befehl zu folgen, lediglich mit den Gliedern. Michail scheuchte alle Aufständischen in die Zelle, die Bewegungsunfähigen zog er eigenhändig an Armen und Beinen in den Raum. Dann schloss er die Stahltür hinter ihnen, die zwar mit einem elektronischen Schloss ausgestattet war, aber zusätzlich noch über einen einfachen Riegel an der Außenseite verfügte. Michail schob ihn vor.

Erst in diesem Moment wurde mir klar, dass ich immer noch mit der Machete in der Hand dastand. Ich wischte sie am schmutzigen Pyjama des getöteten Aufständischen vor mir ab. So ohne Kopf und ganz reglos kam er mir nur noch armselig vor, ich empfand sogar Mitleid. Und mit einem Mal begriff ich, dass ich nicht einmal mehr wusste, wie er ausgesehen hatte. War es ein Mann gewesen? Ja, offenbar. Alter, Herkunft, Aussehen? In meinem Gedächtnis hatte er keinerlei Spuren hinterlassen. Ich hatte keine Ahnung, ob ein junger Schwarzer oder ein älterer Weißer gewesen war.

Genauso gut hätte es eine koreanischen Frau mittleren Alters gewesen sein können.

Ich hatte null Erinnerung.

»Zu einem bestimmen Zeitpunkt nahm der Druck auf sie plötzlich ab«, sagte Michail jetzt. »Sonst hätte ich die restlichen fünf niemals aufhalten können.«

Ich dachte insgeheim, dass es zu einem verdammt harten Nahkampf gekommen wäre, wenn Michail nicht eingegriffen hätte. Zu den fünf Unversehrten wären noch die Verletzten gekommen, die sich wieder regeneriert hatten. Schlechte Chancen für uns.

»Lasst uns weitergehen«, sagte Pjotr.

Vorsichtig näherten wir uns der nächsten Tür, hinter der wir eine Horde Aufständischer vermuteten. Das Labor. Ich wollte mir lieber nicht ausmalen, was da vor sich ging. Ein Elefant im Porzellanladen konnte nicht so viel Schaden anrichten wie ein Dutzend Aufständischer ...

Überraschenderweise herrschte im Labor penible Ordnung. Weiße Wände, gläserne Schränke, eine Unmenge von Geräten – alles höchst kompliziert, wie die Kulisse eines Science-Fiction-Films.

»Nicht schlecht«, lautete Anastasjas erster Kommentar. »Hier ist ja alles aufs Feinste ausgestattet, Hochwürden. Jetzt weiß ich auch, was mit meinem Geld passiert.«

Pjotr wandte den Blick ab. Für einen nicht mehr ganz jungen Mann mit seiner Biografie war diese Reaktion das Äquivalent des Errötens.

»Haben Sie also doch beschlossen, sich mehr auf die Wissenschaft als auf den Glauben zu verlassen?«, fuhr Anastasja fort.

»Glaube und Wissenschaft widersprechen sich nicht«, entgegnete Pjotr. »Und was ist denn auch dabei ...«

»Natürlich, klar«, sagte Anastasja sarkastisch. »Elektronenmikroskop, Massenspektrometer, Bioreaktoren, Dilutoren, Thermometer, eine Anlage zur temperaturprogrammierten Desorption ... also an der Uni waren wir nicht so gut ausgerüstet ...«

Plötzlich trat sie an eines der Geräte und blickte auf das Display. »Hier wurde eben noch gearbeitet«, sagte sie verwundert. »Vor fünf Minuten wurde hier noch gearbeitet.«

»Diese dämlichen Forderungen nach einem Hubschrauber und Geiseln und Geld – dienten nur zur Ablenkung«, sagte Michail plötzlich. »Wir sind doch Idioten. Das Asyl interessiert sie überhaupt nicht. Sie brauchte nur ein gut ausgestattetes Labor, wo sie ein paar Stunden in Ruhe arbeiten und dann verschwinden konnte ...«

»Wie – verschwinden?«, fragte ich.

»Wie würdest du dich denn von hier verdrücken?«, antwortete Michail mit einer Gegenfrage.

»Sie lässt die ganze Horde frei«, sagte ich ohne nachzudenken. »Und in der Panik haut sie ab. Ohne Hubschrauber.«

»Egal, wo sie ist – das Steuerzentrum ist im Hauptwachraum«, sagte Pjotr. »Wir dürfen keine Zeit verlieren.«

Dann lief alles wie ab in einem Film. Wir durchquerten rennend die »Küche«, die man besser als Hühnerstall oder Vivarium bezeichnet hätte. Masthähnchen gackerten nervös in ihren Käfigen, wo sie auf ihr trauriges Ende warteten, Ratten kreischten, durch das trübe Wasser der Aquarien glitten verträumte Karpfen. Ein Käfig war aufgebrochen. Die Ratte war nicht mehr zu sehen, dafür aber Blutspuren. Es stank so ekelerregend wie in dem Tiertheater, in das mich meine Eltern als Kind einmal mitgenommen hatten.

Immerhin war die Ernährung der Aufständischen durchaus abwechslungsreich ...

In den Räumen für das Wachpersonal wanderten zwei Aufständische herum. Sie wirkten desorientiert und langsam. Vermutlich hätte Michail sie unter seine Kontrolle bringen können, aber uns fehlte die Zeit dazu.

Wir erschossen sie.

Sie waren übrigens nicht endgültig tot. In einem halben Jahr würden sie wieder aufstehen.

Und dann stürmten wir in den zentralen Wachraum. Zu unserer Überraschung stand die Tür offen, die Bildschirme funktionierten. Von Wiktoria natürlich keine Spur.

Pjotr stand wie versteinert vor der Wand mit den Bildschirmen. Nach wenigen Sekunden hatten wir alle begriffen, was da vor sich ging: Die ganze Horde Aufständischer, eineinhalbtausend abzüglich der wenigen, die wir ausgeschaltet hatten, bewegte sich langsam durch die Gänge. Ein grauer Strom floss auf den Haupteingang des Asyls zu.

»Sie taucht in der Menge unter«, sagte Michail. »Wenn die erst alle draußen sind ... Kann man von hier aus eure Mikrowelle einschalten, Pjtor?«

»Ach was, die Magnetrone gibt es nicht«, sagte der Oberpriester genervt. »Das sind doch alles nur Gerüchte der Regenbogenpresse, genau wie die Überschwemmungsanlagen und Giftgasleitungen. Wir dementieren das nur nicht, damit die Leute nicht beunruhigt sind.«

»Wenn die Aufständischen jetzt freikommen, werden die Leute aber ganz sicher beunruhigt sein.«

»Am Eingang ist ein weiterer Wachposten ...« Pjotr zögerte. »Dort kann man eine Notfallisolierung von Hand auslösen. Dann fährt eine Betonmauer vor den Eingang und blockiert ihn.«

»Ich gehe«, sagte Michail.

»Hast du nicht gemerkt, dass die Aufständischen sich als Erste auf dich gestürzt haben?«, fragte Pjotr.

»Doch, das hat Wiktoria ihnen befohlen. Ihr war natürlich klar, dass sich in einem gegen sie vorrückenden Sonderkommando auch ein Quazi befinden würde.«

»Im Grunde ist das aber gut«, sagte Pjotr unerwartet. »Das gibt uns eine Chance, besser gesagt, das gibt der Stadt eine Chance.«

»Wir gehen alle«, sagte Anastasja. Sie starrte immer noch auf die Bildschirme. Versuchte sie, in dem Gewimmel der sich langsam vorwärtsschiebenden Aufständischen ihre Verwandten auszumachen?

»Nicht nötig«, sagte Pjotr. »Zwei Leute sind völlig ausreichend.«

Er zögerte noch eine Sekunde, dann lächelte er.

»Ach was ... eigentlich reicht auch einer.«

Wahrscheinlich ist es ein gutes Gefühl, wenn man die Sicherheit hat, dass vor einem das ewige Leben liegt.

Wenn man ans ewige Leben glaubt.

Viertes Kapitel

Moskau und jenseits des MAR

Ich beendete meinen Bericht. Las das Geschriebene noch zweimal durch. Druckte es aus und korrigierte es noch einmal. Fand drei Grammatikfehler und vier fragliche Satzzeichen. In Interpunktion war ich nicht gerade sicher, und für alle Fälle formulierte ich die entsprechenden Stellen um. Dann druckte ich den Text erneut aus und unterschrieb ihn.

Die Dauletdinowa war hochgradig pedantisch, wenn es um sprachliche Korrektheit ging. Es kam vor, dass sie einen normalen, ordentlichen Bericht völlig mit roten Korrekturzeichen versehen zurückgab. Darunter stand dann: *Sie sind entweder kein Russe oder gingen in den Neunzigerjahren zur Schule.* Nicht umsonst heißt es immer, dass die eifrigsten Verfechter des korrekten Sprachgebrauchs ausgerechnet die Nichtrussen sind, die russisch perfekt beherrschen. Und in diesem Fall, war es wirklich nicht einfach, etwas zu erwidern, da die Dauletdinowa ihr Russisch in Dagestan erlernt hatte – und zwar in den Neunzigern.

Hätte sie nicht anstatt Polizistin Lehrerin werden können? Sie wäre heute Bildungsministerin ...

»Denis.«

»Michail?«, sagte ich seufzend und drehte mich um.

Der Quazi, der schon an die zehn Minuten geduldig auf mich wartete, blickte auf seine Uhr. Eine alte mechanische Uhr. Wenn es einem Quazi möglich wäre, sich gezielt ein bestimmtes Image zuzulegen, hätte man denken können, dass die Uhr Teil seiner Staffage war, genau wie der abgewetzte Anzug und die altmodische Krawatte.

»Frische Luft.«

Ich legte die Stirn in Falten. »He, ich glaube, du hast das nicht als Frage intoniert.«

»Hab ich auch nicht. Es war keine Frage, sondern eine Ansage.«

Ich musste an einen alten Witz denken: *Mama ruft Söhnchen vom Balkon aus: Komm nach Haus! Söhnchen fragt: Wieso? Ist mir kalt? Mama: Nein, du hast Hunger.*

Aber im Grunde fand ich die Aussicht, mich hinter dem Quazi mit seiner besonderen Vollmacht zu verstecken, sehr verlockend.

Ich brachte der Zarin den Bericht – sie war zum Glück nicht in ihrem Büro – und folgte Michail. Wenn im Verlauf eines Einsatzes jemand stirbt, wächst die Rechenschaftspflicht innerhalb der Behörde noch mal gewaltig. Zum Glück war der Verstorbene kein Angehöriger der Polizei. Dafür hatte er ein kirchliches Ressort geleitet und sich um Aufständische gekümmert.

Sogar im Auto verkniff ich es mir, Fragen zu stellen, und hoffte, Michail würde sich von sich aus zu einer Erklärung herablassen. Ich verkniff es mir so lange, bis ich merkte, dass wir zur Sklif-Klinik fuhren.

»Schon gut«, sagte ich. »Aber erzähl mir jetzt bitte nicht, dass Pjotr überlebt hat.«

Michail warf mir einen schiefen Blick zu.

»Schwarzer Humor«, gab ich zu. »Es tut mir wirklich leid um ihn. Er war ein echter Held. Aber unsere Arbeit macht hart, und die Ironie ist wie ein Schutzpanzer gegen allzu starke Verlustgefühle, wenn ein Kampfgefährte stirbt.«

»Ihr habt in zehn Jahren genau zwei Mitarbeiter verloren«, sagte Michail. »Und davon nur einen durch Aufständische. Schieb dein schlechtes Benehmen nicht auf sie.«

»Oh, Herr im Himmel!« Ich stöhnte laut. »Jetzt muss ich mir auch noch von einem Quazi die Leviten lesen lassen! Aber es tut mir wirklich leid um Pjotr. Ganz ehrlich!«

»Du glaubst doch nicht an Gott«, sagte Michail.

»Ja, das stimmt. Ich glaube nicht an ihn. Das war nur eine Redewendung.«

»Der Oberpriester war tatsächlich tief gläubig, auch wenn ich am Anfang meine Zweifel hatte«, sagte Michail.

»Obwohl er so ein hohes Amt bekleidete, hattest du Zweifel?« Ich war überrascht.

»Denis, wenn du wüsstest, wie viele Menschen für Dinge einstehen, an die sie überhaupt gar nicht glauben.«

Ich zuckte mit den Schultern. Mit einem Quazi zu streiten war genau so sinnlos wie eine Diskussion in einem Internetforum.

»Also, warum fahren wir zur Sklif?«

»Wir fahren nicht zur Klinik«, entgegnete Michail. »Sondern zum angeschlossenen Hubschrauberlandeplatz. Außerdem können wir praktischerweise gleich einen Arzt mitnehmen. Unsere Leute haben mich informiert, dass eine Karawane in der Nähe von Wologda gesichtet wurde; sie kommt aus Norden, irgendwo aus der Gegend von Archangelsk. Wir müssen sie in Empfang nehmen und herauskriegen, um wen es sich handelt und was sie vorhaben. Dafür braucht es einen Quazi und einen Menschen.«

»Gehört der Hubschrauber euch?«, fragte ich.

Michail bejahte, während er das Auto parkte.

Aber das hätte ich auch selbst herausgefunden, sobald ich die Maschine sah. Zwar war der Mi-2 weder besonders gekennzeichnet noch bemalt, aber unsere Hubschrauber, selbst die ganz leichten, sind grundsätzlich bewaffnet. Und wenn nur ein MG in der offenen Tür montiert ist.

Nur Quazi können es sich erlauben, immer und überall unbewaffnet unterwegs zu sein.

»Und wozu der Arzt?«, fragte ich, während wir auf den Hubschrauber zugingen. Bei unserem Auftauchen schaltete der Pilot den Motor ein. Mit einem Zittern begann der Propeller sich zu drehen.

»Möglicherweise müssen wir einzelne Leute evakuieren«, sagte Michail. »Wenn ich das richtig verstehe, waren sie lange unterwegs. Sehr lange. Und hatten auf ihrer Reise einige Kämpfe zu bestehen.«

Mir kam ein ebenso unerwarteter wie unglaublicher Gedanke.

»Willst du damit etwa sagen, dass diese Leute seit der Katastrophe keinen Kontakt zur Zivilisation hatten?«

»Ja, das will ich!«

Fünfhundert Kilometer ist kein Katzensprung für einen alten Mi-2, viel weiter flog er nicht. Was im Prinzip auch für viele andere Hubschraubertypen gilt.

Das wurde mir allerdings erst nach etwa einer halben Stunde klar. »Und wie kommen wir zurück?« rief ich Michail über das dröhnende Motorengeräusch hinweg zu.

»Die Karawane ist mit Tankwagen ausgestattet«, sagte Michail. »Wenn sie uns keinen Treibstoff zur Verfügung stellen wollen, ziehen wir mit ihnen nach Wologda, dort gibt es einen Vorposten. Zur Not können wir auch zu Fuß gehen.«

Offenbar meinte er das nicht im Scherz. Ich fragte nicht weiter nach, sondern konzentrierte mich auf die Landschaft unter uns.

Der Hubschrauber flog über wildes Land, in dem nur Aufständische ihr Unwesen trieben. Sie dämmerten dort in einem Schlaf des Vergessens vor sich hin, oder wandelten durch Wälder und über Wiesen auf der Jagd nach Mäusen, Katzen, verwilderten Hunden und anderem Getier. Es hieß übrigens, dass der Bestand an Hasen, Füchsen und Wölfen im Land in den letzten zehn Jahren trotz der Aufständischen stark gewachsen sei. Offenbar waren sie für die Tierwelt weniger bedrohlich als lebendige Menschen.

Ab und zu überflogen wir bestellte Felder. Einige waren verlassen, auf anderen arbeiteten Aufständische unter der Aufsicht von Quazi. An Viehzucht war natürlich nicht zu denken, aber simple Arbeiten wie das Pflügen der Felder oder Getreideernte konnten die Aufständischen ausführen. Alles, was intellektuelle Anstrengungen verlangte, mussten die Quazi übernehmen, aber in der Landwirtschaft gibt es ja immer eine ganze Menge einförmige, mechanische Tätigkeiten zu erledigen. Dafür konnte man einen Traktor nutzen – oder aber Aufständische, wenn man sie beherrschte.

Hatten die Leute dieser Karawane wirklich zehn Jahre lang keinen Kontakt mit der Außenwelt gehabt? Hatten sie die Zeit irgendwo in der Einöde abgesessen?

Ich konnte das nicht glauben. Was für ein Unsinn! Es gab ja Fernsehen, schließlich waren immer noch Satelliten in der Umlaufbahn. Auch das Mobilfunknetzwerk rund um die großen Städte funktionierte (Wologda hatte in dieser Hinsicht Pech gehabt, aber viele Städte waren ganz geblieben).

Und was war mit Radio?

Es gab doch immer noch ganz normalen Radioempfang! Auf Kurz- und Langwelle. Zum Zeitpunkt der Katastrophe hatte das Internet es fast verdrängt gehabt, aber in den ersten chaotischen Jahren hatte ein regelrechtes Funk-Revival stattgefunden. Die Leute mussten doch Radio gehört haben.

Und was war mit den Flugzeugen? Natürlich flogen viel weniger Flugzeuge als früher. Aber es gab sie noch und man sah sie gelegentlich am Himmel!

Obwohl ... im Norden gab es vermutlich Regionen, über die keine Flugroute mehr verlief. Unser Norden ist derartig rau, dass sich sogar die Aufständischen da nicht recht wohl fühlen. Sie liegen den ganzen Winter lethargisch im Schnee, und erst wenn es wärmer wird, treiben sie sich auf der Suche nach Beute in der Gegend herum.

Nun, wir würden es bald herausfinden.

Eine Quazi flog den Hubschrauber. Sie war noch ziemlich jung, vielleicht sechzehn. Erstaunlich, dass sie sich in diesem

Alter nicht für Jungs und Klamotten interessiert hatte, sondern fürs Fliegen.

Der Arzt war ein Mensch, trotz seiner Jugend bereits etwas gebeugt, mit Bart und Stirnglatze. Er trug eine Brille und hatte eine lederne Arzttasche bei sich.

»Waren Sie dabei, als die Aufständischen aus dem Asyl ausgebrochen sind?«, fragte er mich.

»Ja.«

»Ein Priester war auch vor Ort, oder? Ist er umgekommen?«

»Ja.« Ich nickte und überlegte, ob sich der Umgang mit einem Quazi negativ auf meine eigene Kommunikationsfähigkeit auswirkte.

»Schade um ihn«, sagte der Arzt. »Endgültig tot ... ohne jede Hoffnung, wieder aufzustehen.«

»Wollen Sie denn nach dem Tod aufstehen?«, fragte ich.

»Natürlich«, entgegnete der Arzt kaltblütig.

»Schauen Sie mal, da unten ist eine Horde, die seit zehn Jahren durch die Gegend zieht, ohne Sinn und Verstand.«

»Manche haben Glück, und manche eben nicht«, sagte der Arzt beipflichtend.

Wenn man es so sah, hatte Pjotr jedenfalls kein Glück gehabt. Er hatte sich erfolgreich zum Wachposten am Eingang durchschlagen und diesen blockieren können, es anschließend aber selbst nicht mehr nach draußen geschafft. Zwar waren die Aufständischen tatsächlich auf Michail abgerichtet gewesen, aber entweder waren es einfach zu viele, oder Wiktorias Befehl hatte bereits seine Kraft verloren – jedenfalls hatte sich ein Teil von ihnen, mehrere Dutzend, auf Pjotr gestürzt.

Auf dem Weg zum Wachposten hatte Pjotr ohne zu zögern einige Aufständische erschossen. Aber nachdem die Betonplatte vor den Eingang geglitten war, hatte er seine Waffe fortgeworfen, sich nicht länger verteidigt. Sie hatten ihn zerfetzt, und als die Quazi mit vereinten Kräften die Aufständischen in ihre

Räume zurückgescheucht hatten, war von Pjotr nichts mehr übrig gewesen.

Aus meiner Sicht war das Fieseste an der ganzen Sache, dass Wiktoria entkommen hatte können. Sie war durch den gleichen Zugang im Kesselraum verschwunden, durch den wir gekommen waren. Sie hatte eine Meute von zwanzig Aufständischen auf die am Ausgang postierten Polizisten gehetzt und im Chaos flüchten können.

Wiktoria hatte jeden einzelnen unserer Schritte im Voraus berechnet. Sie hatte zusammen mit ihren willenlosen Sklaven in einer Abstellkammer im Duschbereich gewartet, bis wir an ihr vorbeigezogen waren. Und war erst herausgekommen, als wir uns vor dem Labor das glorreiche Gefecht geliefert hatten.

Ich weiß nicht, wie Michail über all das dachte. Ich an seiner Stelle hätte vor Wut geheult, geflucht, gespuckt und mit den Fäusten gegen die Wände geschlagen. Er blieb ruhig, hatte aber gestern den ganzen restlichen Tag über kein einziges Wort mehr geredet.

»Michail, weißt du, ob Anastasjas Mutter und Bruder verletzt wurden?«, fragte ich.

»Ja, ich weiß es, und nein, es geht ihnen gut.«

»Wenigstens etwas«, sagte ich. »Es hätte mir sonst für Anastasja leidgetan.«

»Sie waren Teil der Meute, die Pjotr zerfetzt hat.«

Ich konnte einen derben Fluch nicht unterdrücken. Obwohl ich das junge Piloten-Mädchen auf keinen Fall verunsichern wollte.

»Mich beunruhigt vor allem Wiktorias Benehmen«, sagte Michail. »Aufständische so zynisch und skrupellos für die eigenen Ziele zu nutzen, ist moralisch unverantwortlich.«

»Aber Menschen anfallen ist okay, ja?« Ich war sauer.

»Faktisch hat sie selbst niemanden umgebracht«, bemerkte Michail. »Sie hat den Mord an ihrem Mann angezettelt, ihm den Killer zum Fraß vorgeworfen, die Asylbewohner aufgestachelt ... Aber eigenhändig hat sie niemanden getötet! Ihr Verhalten weist eine gewisse Logik auf.«

»Eine ziemlich simple Logik, wenn du mich fragst«, entgegnete ich. »Glaub mir, solange sie selbst niemanden umlegt – und ihr Mann zählt in diesem Zusammenhang nicht – wird man sie natürlich ... sagen wir, energisch suchen, aber nicht mit vollem Aufgebot. Aber wenn sie erst einmal einen Menschen getötet hat, dann kannst du sicher sein, dass sich jeder einzelne Polizist der Stadt voll in die Sache reinhängt.«

»Du meinst also, sie verschont Menschen nicht aus moralischen Erwägungen, sondern aus Kalkül?«, fragte Michail. »Weil uns ihre Verhaftung dann rein psychologisch gesehen nicht ganz so dringlich erscheint?«

Ich nickte.

»Interessante Theorie.« Nach diesem Kommentar schwieg Michail bis zum Ende unseres Fluges.

Es war keine Karawane, sondern ein Tross!

Wir kreisten zweimal über den Fahrzeugen, ehe wir in einer Entfernung von etwa hundert Metern landeten. Die Karawane bewegte sich aus irgendeinem Grund nicht auf der Straße vorwärts, obwohl die ganz anständig aussah – abgesehen von verlassenen Autowracks hier und da, die noch aus den Tagen der Katastrophe stammten. Stattdessen zog sie ein wenig abseits über ein von Unkraut überwuchertes Feld.

Etwa ein Dutzend Jeeps – UAS-Geländefahrzeuge, Hummer und Lexus. Ich wäre vor Freude fast in Tränen ausgebrochen, denn es war ewig her, dass ich ein japanisches Auto in Betrieb gesehen hatte. Japan war durch die Katastrophe komplett verwüstet worden, dort gab es nicht eine einzige menschliche Siedlung mehr. Nur auf Hokkaido existierte ein kleines Quazi-Dorf. (Seltsam, wie unterschiedlich sich die beiden großen asiatischen Länder Japan und China entwickelt hatten. Chinas Bevölkerung war zwar auf ein Drittel geschrumpft, aber dort hatte man alle Aufständischen beseitigt – wobei man angeblich auch mit den Quazi nicht gerade zimperlich umging. Das Land existierte weiter, wenn es auch nonstop damit beschäftigt war, immer neue Epidemien zu bekämpfen. Genau wie früher diente China als Fabrik für die ganze Welt, das Land konnte sogar Reis und Fisch exportieren. Japan dagegen war als Staat von der Landkarte verschwunden. Es hieß, ihre Mentalität hätte die Japaner daran gehindert, kurzen Prozess mit ihren aufständischen Verwandten zu machen ...)

Außer den Geländewagen, die die Karawane anführten, gab es etwa ein Dutzend Busse, mehrere mit Hausrat und Gerätschaften vollgestopfte Lastwagen, etwa fünfzig Motorräder, ein Dutzend Tankwagen, zwei Rettungswagen, zwei Abschleppwagen, einige Militärtransporter in Tarnfarbe und zwei Panzerfahrzeuge.

»Wenn sie bloß nicht mit ihren Flugabwehrraketen auf uns schießen«, sagte ich sorgenvoll.

»Unsere Leute haben sie gestern schon vom Hubschrauber aus beobachtet. Sie haben nicht geschossen«, beruhigte mich Michail. »Na los. Du gehst zuerst, und wenn alles glatt läuft, gibst du mir Bescheid. Dann komme ich mit dem Arzt hinterher.«

Ich nickte, schob das Funkgerät in meine Tasche und sprang aus dem Hubschrauber. Der Propeller stand still, der Motor erstarb, nichts war zu hören.

Auch der Tross stand reglos auf dem Feld, nur aus einem der Busse hörte man leise Bluesklänge. Immerhin hatten sie Musik ...

»Habt keine Angst vor mir, haltet mich einfach für einen Idioten«, murmelte ich vor mich hin, während ich auf die Fahrzeuge zuging. Am liebsten hätte ich mit einem weißen Tuch gewedelt, aber meines war rotkariert und nicht mehr ganz sauber.

Das Bluesstück – Chuck Berrys zeitloser Song »Viva viva Rock n'Roll« – war vorbei. Jetzt erklang »One Chance« von Eric Clapton.

Irgendwer in dieser Karawane schätzte jedenfalls die Klassiker.

Und dann traten mir endlich mehrere Leute entgegen. In der Mitte schritt ein kräftiger Typ in Lederjacke; jeder sichtbare Zentimeter seiner Haut war tätowiert. An seinem Gürtel hingen ein Beil, eine Pistole, ein Messer und noch weiteres Eisen.

Neben ihm gingen zwei kräftige junge Burschen, die dem Anführer so ähnlich waren, wie es nur Brüder oder Söhne sein können. Ihrem Alter nach war beides möglich. Hinter ihnen kam ein kleiner Junge von etwa acht Jahren mit leicht asiatischen Gesichtszügen. Auch er ähnelte den Älteren. Das Messer, das von seinem Gürtel bis zum Boden baumelte, sah wie ein Kavalleriesäbel aus. Alle trugen Jeans und Leder und waren von oben bis unten tätowiert. Nur der Junge hatte lediglich ein kleines Kreuz auf der Wange.

»Hallo!«, rief ich ihnen entgegen. »Ich bin Denis Simonow, Hauptmann der Moskauer Polizei.«

Die vier blieben wie versteinert stehen.

Der Anführer legte die Hand auf den Griff seiner Pistole. Würde er etwa auf einen Moskauer Polizisten schießen?

Die Moskauer sind in Russland nicht sehr beliebt, und das Verhältnis der Bevölkerung zur Polizei ...

»Moskau lebt!««, schrie der Anführer triumphierend, hob die Pistole über seinen Kopf und schoss in den Himmel. »Moskau lebt, ihr Reußen!«

Daraufhin brach totales Chaos aus. Die Leute strömten aus den Fahrzeugen – es waren weit über hundert. Alle bewaffnet.

Hundert Läufe hoben sich und feuerten in den Himmel. Jagdgewehre krachten, Pistolen schnalzten trocken. Aus automatischen Waffen ratterten kurze Feuerstöße. Aber das begeisterte Johlen der Menschen übertönte alles.

»Brüderchen! Deniska! Polizeihauptmann! Aus Mütterchen Moskau!« Der Anführer quetschte mich in seine Umarmung.

Er roch nach Schweiß, Leder, Schießpulver. Wie ein echter Macho. Während ich in seinem Griff zappelte und versuchte, nicht durch die Nase zu atmen, dachte ich, dass ich als Frau wohl allein von dieser einzigen Umarmung schwanger werden würde.

»Es lebt, Russland lebt!«

»Es lebt ...« stöhnte ich. »Woher seid ihr, Brüderchen?«

»Wir kommen aus dem Norden«, antwortete der Anführer und löste seine Umarmung, hielt mich aber weiter an den Schultern gepackt auf Armeslänge vor sich. Dann betrachtete er mich genauer und küsste mich auf beide Wangen. »Wir bekamen ein Zeichen, vor etwa einem Jahr. Wir sahen ein Flugzeug am Himmel. Und begriffen, dass die Welt irgendwie noch lebt.«

»Ja, sie lebt, aber nicht die ganze Welt«, gab ich zu und blickte mich um.

Aus der Nähe wirkte die Karawane noch malerischer. Ein Teil der Fahrzeuge war auf selbstgezimmerte, mit großen Reifen versehene Unterbauten montiert. Und alle waren mit stacheligen Stoßfängern bestückt, die mit ziemlicher Sicherheit dazu gedacht waren, sich gegen Horden von Aufständischen zu verteidigen. Die Seiten der Wägen waren mit starken angeschweißten Gittern geschützt – so ähnlich wie jene, die die Mitglieder der Strafkommandos während des Bürgerkriegs an ihre selbst gebauten Transportpanzer angehängt hatten.

Diese Leute hatten sich gründlich auf ihre Reise vorbereitet.

»Väterchen Denis!« Der Junge mit den schräg stehenden Augen zog mich sanft am Aufschlag meiner Uniformjacke. »Gibt es in Moskau wirklich einen Zoo, mit Elefanten?«

»Äh ...« Die Frage traf mich völlig unvorbereitet. Aber ich riss mich zusammen und antwortete im gleichen ernsthaften Ton: »Ja, Junge, den gibt es.«

Der Kleine strahlte und fingerte aufgeregt an seinem Säbel herum.

Ich betrachtete die Menge, die auf mich zuströmte, blickte

in die Gesichter der Menschen. Was für eine Freude und Begeisterung!

»Es gibt auch noch zwei Zirkusse«, fügte ich aus irgendeinem Grund hinzu.

»Aber es laufen doch überall Leichen durch die Gegend«, sagte der Anführer seufzend. Plötzlich fiel ihm etwas ein und er streckt mir energisch die Hand entgegen. »Wir sind schon ganz verwildert, Brüderchen, verzeih. Ich bin Maxim, und durch Gottes Willen Vater und Lehrer unserer Gemeinschaft.«

Ich nickte. »So sprich, Brüderchen Max, wie begab es sich, dass ihr der gewaltigen Veränderungen auf der Erde nicht früher gewahr wurdet? Es will mir scheinen, so ich euer Benehmen richtig deute, dass dem so ist.«

Maxim runzelte die Stirn. Wahrscheinlich kam es ihm total albern vor, dass ich mich so altmodisch ausdrückte.

»Woher hätten wir es denn wissen sollen?« Er streckte die Arme in einer hilflosen Geste aus. »Schließlich lebten wir in der tiefsten Provinz, als die Apokalypse begann, und wir waren völlig von der Welt abgeschnitten.«

»Und das Radio?«

Maxim brach in lautes Gelächter aus.

»Radio? Wer hätte das denn hören wollen? Schließlich hat sich die Seuche über Radiowellen und Internet überhaupt erst ausgebreitet!«

Ich schwieg und überlegte einen Moment.

Maxim hörte auf zu lachen. Und blickte finster drein. Er fasste mich am Arm und führte mich ein paar Schritte von seinen Verwandten fort.

»Oder etwa nicht?«, fragte er im Flüsterton.

»Nein«, sagte ich leise. »Was hat die Seuche denn mit dem Radio zu tun?«

»*Epic fail*«, murmelte Maxim und rieb sich die Nasenwurzel. »Wir haben alle Computer und Empfangsgeräte zerschlagen und verbrannt ... ist das schlimm?«

»Kann passieren«, sagte ich. »Lass gut sein, Brüderchen. Sag mir lieber, braucht ihr einen Arzt? Im Hubschrauber wartet einer und dazu ein Quazi ...«

»Quazi, was ist das denn?«, fragte Maxim misstrauisch.

»Das sind die, die krank waren und dann wieder gesund wurden«, log ich. Innerlich knirschte ich mit den Zähnen. Na ja, sie würden schon noch früh genug selbst dahinterkommen. »Macht euch keine Sorgen, sie sind nicht gefährlich.«

»Ach, du meinst die Eingefrorenen«, entgegnete Maxim, schon wieder entspannt. »Die kennen wir. Bei uns gibt es auch fünf davon. Sie sind ein bisschen seltsam, aber dafür können sie mit den wandelnden Leichen umgehen. Halt uns bloß nicht für Wilde!«

Ich nickte. Sehr gut. Ein Problem weniger. Sie würden also nicht auf Michail schießen.

»Aber einen Arzt brauchen wir wirklich dringend«, fuhr Maxim fort. »Meine jüngere Frau erwartet Zwillinge, und wir haben Angst, dass wir das nicht ohne Hilfe schaffen.«

»Na, du hast dich unterwegs ja nicht auf die faule Haut gelegt, Brüderchen«, sagte ich. »Wir helfen euch. Wenn ihr Kerosin für den Hubschrauber übrig habt, kann deine Frau in ein paar Stunden im besten Krankenhaus Moskaus entbinden.«

Olgas Wunde heilte allmählich. Wir hatten sie mit antibiotischer Salbe behandelt, außerdem hatte sie auch noch Antibiotikum-Tabletten eingenommen. Vielleicht hatte das geholfen, vielleicht hatte ja auch die Spucke der Aufständischen heilende Wirkung – jedenfalls gestattete ich mir gegen Ende des zweiten Tages, als klar war, dass Olga nicht über uns herfallen würde, einen Witz. Olga sah mich schief von der Seite an, sagte aber nichts. Ihre Panik ließ allmählich nach, obwohl sie mich weiterhin bat, sie über Nacht anzubinden. Wenn wir in einem Haus übernachteten, fesselte ich sie an die Heizung, wenn wir im Wald nächtigten, an einen Baum.

»Wenn es keine Bakterien sind und keine Viren, was dann?«,

fragte ich. »Wir haben doch mit eigenen Augen gesehen, wie die Toten wieder aufstehen.«

Wir saßen in einem Café mit großen Glasscheiben. Von dort aus konnte man die Umgebung gut überblicken, außerdem gab es dort noch jede Menge Lebensmittel und eine Herdplatte, die dank Gasflasche noch funktionierte. Wichtig war nur, den Kühlschrank nicht zu öffnen, aus dem der Gestank nach Verdorbenem aufstieg. Ich hatte dem einzigen Aufständischen weit und breit, der das Café immer wieder umrundet hatte, mit dem Eispickel den Kopf erst gespalten und ihn dann abgehackt. Dabei hatte ich unvermittelt festgestellt, dass es mir Spaß machte und inzwischen auch ziemlich gut von der Hand ging.

Der Aufständische trug eine schmutzige Schürze. Offenbar mussten wir unser Essen selbst zubereiten.

»Vielleicht tötet der Erreger seinen Wirt ja gar nicht«, schlug Olga vor. »Vielleicht überlebt er im Organismus, bis der Körper stirbt. Und erst dann wird er aktiv und sorgt dafür, dass der Tote wieder aufsteht.«

»Aber warum gibt es dann so viele von diesen wandelnden Toten?«

»Jeden Tag sterben haufenweise Menschen«, sagte Olga. »Und jeder, der wieder aufsteht, wird zu einem blutrünstigen Raubtier, das alle Lebenden um sich rum in Stücke reißt. Und die stehen wiederum auf und reißen weitere Menschen in Stücke ...«

Ich nickte. Vielleicht war es so.

»Aber im Grunde lässt das der Menschheit ja noch eine gewisse Chance«, sagte ich. »Wenn wir uns erst einmal daran angepasst haben ... na ja, toll ist es natürlich nicht ... aber dann macht man es sich einfach zur Gewohnheit, jedem frisch Verstorbenen den Kopf abzuhauen.«

»Aber es wird immer ein paar Drecksäcke geben, die sich irgendwo zum Sterben verkriechen, damit sie wieder als Monster auferstehen«, gab Olga zu bedenken.

»Ach komm, lassen wir das«, sagte ich, während ich unseren Sohn beobachtete, der durchs Café trippelte.

»Der Mensch kann sich an alles gewöhnen«, sagte meine Frau. Auch sie beobachtete unseren Sohn. »Schau ihn dir an, er hat sich daran gewöhnt, dass wir immerzu unterwegs sind, dass es keine Spielsachen gibt, dass wir irgendwo schlafen ... Er hat sich sogar daran gewöhnt, leise zu weinen, Denis! Die Menschen werden sich auch an den Gedanken gewöhnen, zu sterben und sich anschließend in Monster zu verwandeln. Der eine oder andere wird das sogar ganz super finden und für sich beschließen: Na, dann laufe ich eben als Monster rum, vielleicht finden sie ja noch ein Medikament, dass uns wieder gesund macht ...«

»Wilde Phantasien hast du.« Ich lachte und küsste Olga auf die Stirn.

Die war kühl. Die Wunde hatte sich tatsächlich geschlossen.

»Jetzt ziehen die Leute von überall her in die großen Städte«, sagte ich. »Dort werden wir unsere Vorposten errichten. Wir verschanzen uns in den Städten, schützen uns mit Mauern. Es wird nicht einfach, aber wir schaffen das. Und wir werden die Welt zurückerobern.«

»Wer hat hier wilde Phantasien!« Jetzt lachte Olga. Und küsste mich ebenfalls auf die Stirn.

»Hast du es kapiert?«, fragte ich.

»Erst dachte ich, du suchst nach neuen erogenen Zonen bei mir. Aber ja, dann habe ich es kapiert: Du wolltest nachschauen, ob ich noch Fieber habe.«

Ich sah wieder zu unserem Sohn hinüber.

Der stand an der Glastür zum Café und blickte auf die Straße hinaus. Und dort hinkte gerade ein älterer Mann auf die Tür und unseren Sohn zu. Er lächelte über das ganze Gesicht. Er war so alt und runzelig, dass ich nicht gleich wusste, ob er tot oder lebendig war.

Eigentlich sah er lebendig aus.

Aber das lange Küchenmesser in seiner Hand gefiel mir überhaupt nicht.

Ich sprang auf, rannte zur Tür, hob unseren Sohn hoch und übergab ihn Olga, die mir hinterhergeeilt war. Ich trat von der Tür zurück.

Der Alte schob sie auf und stolperte herein. Er war ganz eindeu-

tig noch am Leben, stank nach Urin, Scheiße und Alkohol. Was für ein Ding, sich in seinem Alter so gnadenlos zu besaufen, anstatt zu sterben!

»Erlösen wir den Kleinen von seinem Leid!«, rief der Alte. Seine Augen wanderten hektisch von unserem Sohn zu mir, zu Olga und wieder zu dem Jungen. »Erlösen wir ihn?«

Wir schwiegen. So einen durchgeknallten Typen hatten wir bisher noch nicht gesehen.

»Bringen wir Satan das Opfer?«, schlug der Alte unvermittelt vor.

»Verschwinden Sie«, sage Olga. »Lassen wir ihn besser«, fuhr sie zu mir gewandt fort. »Sonst steht er auch noch als Monster wieder auf ...«

»Er ist doch schon ein Monster ...«, sagte ich.

»Denis ...«

»Und wenn er sich auf den Kleinen gestürzt hätte, als wir gerade nicht nach ihm geschaut haben? Und wenn er sich auf uns stürzt, wenn wir nachher weggehen?«

»Erlösen wir ihn?«, wiederholte der Alte mit fast schon flehender Stimme und hickste.

Olga trat wortlos einige Schritte zurück.

Ich zog den Eispickel aus der Schlaufe an meinem Gürtel.

Michail fuhr gut Auto, allerdings mit dieser für ältere Leute typischen Korrektheit, die jungen Leuten schnell mal auf die Nerven gehen kann. Mit zunehmendem Alter fuhren die Leute entweder extrem lahmarschig – bloß keine Eile – oder im Gegenteil aggressiv und mit überhöhter Geschwindigkeit: »Ich habe so viel Praxis, und außerdem: Was habe ich noch zu befürchten?«

Für Quazi galt scheinbar das Gleiche. Michail hatte es jedenfalls nicht eilig.

»Ich bin kein besonders guter Gast«, sagte ich. »Und überhaupt, wieso eine Einweihungsfete? Du bist doch im Grunde hier nur auf Dienstreise. Wenn dein Auftrag erledigt ist, gehst du wieder.«

»Vielleicht bleiben wir auch«, sagte Michail.

»Die rechte Hand des Vorsitzenden beschließt, ins Menschenland zu emigrieren?«, fragte ich zweifelnd.

»Wegen Najd. Ich bin mir nicht sicher, ob es für ihn gut ist, unter uns aufzuwachsen.«

»Ach so.« Ich blickte zu Michail hinüber. Warum?«

»Für ihn ist der Quazi die einzig richtige Daseinsform. Wie eine höhere Rasse. Normale Menschen kommen ihm minderbemittelt vor. Bisher verkraftet sein Verstand den Widerspruch zwischen dieser Einstellung und seiner eigenen Existenz als Mensch noch so einigermaßen, aber wenn er erst mal in die Pubertät kommt, könnte das übel werden. Es gab schon Fälle ... wo sich Kinder, die bei Quazi aufwuchsen, das Leben genommen haben, um dann möglichst bald in der, wie sie glaubten, richtigen Form aufzustehen.«

»Und das macht dir Angst?«

»Natürlich. Das menschliche Leben ist anders als unseres, aber es hat genau so seine Vor- und Nachteile. Ihr seid schwächer und vergeudet eure Zeit oft mit Unfug. Aber dafür seid ihr vielseitig, ihr könnt verschiedene Dinge ausprobieren, euch unterschiedliche Beschäftigungen suchen und eure Ansichten und Überzeugungen ändern. Wir können das nicht. Ich wäre froh, wenn Najd eines Tages ein Quazi wird, aber erst soll er bitte sein Leben als Mensch leben. Und er soll herausfinden, was er gern tut, womit er sich für immer beschäftigen möchte.«

»Für immer«, sagte ich verächtlich. »Ich bin mir nicht sicher, ob das Universum mit dir einer Meinung ist.«

»Sicher, wir sind auch endlich«, pflichtete Michail mir ohne zu zögern bei. »Gut möglich, dass auch wir nur eine bestimmte und einfach nur sehr lange Zeitspanne leben. Und selbst wenn nicht – man kann uns töten. Früher oder später wird jeden von uns ein Unglück treffen. Aber aus menschlicher Perspektive gesehen sind wir unsterblich.«

»Weil ihr schon tot seid.«

Michail schwieg, dann nickte er, ohne zu mir herüberzusehen.

»Ja. Unsere Körperzellen sind modifiziert. Es handelt sich nicht um Leben im üblichen Wortverständnis. Unser Stoffwechsel ist völlig anders als der des Menschen, gleiches gilt für die Zellerneuerung und unser Nervensystem, das nicht mit Neurotransmittern funktioniert. Aber wir sind nicht tot. Es ist ein Zustand, für den es in der menschlichen Sprache früher keinen passenden Begriff gab.«

»Und jetzt gibt es ihn?«

»Natürlich. Quazi. Quazi-Leben.«

Ich hatte keinen Nerv, mit ihm zu diskutieren. Irgendwie hatte er ja recht.

»Nun, das ist ein anständiger Zug von dir«, sagte ich. »Und es ist richtig, dass du den Jungen unter Menschen bringen willst. In gewisser Weise opferst du ihm damit sogar deine Karriere.«

»Ist ja nicht für lange«, entgegnete Michail. »Wie lange wird er mich noch brauchen? Fünf Jahre vielleicht. Oder zehn. Dann kann er selbst entscheiden, wo er leben möchte.«

»Die Hormone werden es ihm schon verraten«, sagte ich ironisch.

»Ja, die sind ein weiterer Grund«, erklärte Michail weiter. »Mir ist aufgefallen, dass er sich für ein Mädchen aus der Nachbarschaft interessiert.«

»Ein Quazi-Mädchen?« Ich war schockiert.

»Ja. Sie ist in seinem Alter, gewissermaßen.«

»Das ist ja abartig«, sagte ich. »Ja, du hast recht, dass du ihn von dort weggebracht hast ... Aber ich muss dich trotzdem warnen: Ich bin kein toller Gast.«

»Es ist nicht nur eine Einweihungsparty«, sagte Michail. »Heute hat Najd Geburtstag. Und er hatte ja noch keine Gelegenheit, hier Gleichaltrige kennenzulernen.«

»Und warum bin ausgerechnet ich als Gast auserkoren?«

»Du und außerdem noch Anastasja. Sie braucht jetzt Ablenkung.«

Ich sah mich um, versuchte mich an die Gegend zu erinnern.

»Halt doch mal da vorne hinter der Kreuzung an.«

»Warum? Da ist Halteverbot!«

»Macht nichts. Wir sind Polizisten, unser Kennzeichen ist in der Datenbank.«

»Aber das ist ein schlechtes Vorbild ...«

»Da ist ein Geschäft. Ich will nicht ohne Geschenk bei einem Geburtstag auftauchen. Oder soll ich deinem Jungen etwa meine Pistole schenken?«

»Er hätte nichts dagegen.«

Ich warf ihm einen Blick zu, konnte aber nicht erkennen, ob er gescherzt oder lediglich eine Tatsache festgestellt hatte.

Es war kein Spielwarengeschäft, sondern ein kleiner Elektronik-Markt. Aber Najd war auch nicht mehr im richtigen Alter für Spielsachen. Wie alt wurde er eigentlich? Zehn, elf?

Mein Sohn wäre diesen Herbst elf geworden. Wenn er noch am Leben wäre.

Ich ging zügig die Regale entlang. Griff mir eine Plastikschachtel mit dem Erzeugnis eines fleißigen chinesischen Genies: eine Armbanduhr mit Telefon, MP3-Player und weiß der Teufel was noch; fehlte eigentlich nur noch eine integrierte Kaffeemaschine, aber Kaffee ist ja eh noch nichts für Kinder. Multifunktional, schön und billig.

Vermutlich besaß Najd längst so ein Teil. Egal, die Geste zählte.

Und wenigstens musste Michail nicht lange im Halteverbot auf mich warten.

Der Quazi schloss die Tür auf. Wir traten ein und stellten fest, dass wir nicht die Ersten waren. Anastasja saß barfüßig und in einem leichten Kleidchen mit einer Tasse in der Hand in der Küche. Jetzt wurde mir bewusst, dass ihr die Uniform nicht sonderlich gut stand. Frauen sollten etwas »Frauliches« tragen, fand ich. Najd wuselte in einer übergroßen geschmacklosen Schürze mit aufgedruckten grellbunten Früchten und Gemüsen wie ein Zauberer um die Herdplatten herum und rührte immer wieder in einem gewaltigen Kochtopf. Es roch ziemlich gut nach Gewürzen. Den Tellern mit Käse und Salaten nach zu urteilen hatte der Junge die Vorbereitungen für sein Geburtstagsfest selbst in die Hand genommen.

»Entschuldigt«, sagte Michail zu Anastasja. »Die Nordlichter hatten kein Kerosin dabei. Wir mussten warten.«

»Macht doch nichts, Mischa.« Anastasja ignorierte mich demonstrativ. »Najd und ich haben uns prächtig unterhalten. Allerdings weigert er sich, meine Hilfe anzunehmen.«

»Ich koche immer selbst«, warf Najd energisch ein. »Papa kann das nicht.«

»Kann ich wohl«, sagte Michail, klang dabei aber selbst nicht überzeugt.

»Nein, kannst du nicht. Du gehst viel zu technisch an die Sache ran.«

»Hier, für dich.« Ich hielt dem Jungen mein Päckchen hin. »Stell dir vor, dass es in hübsches rotes Papier eingewickelt ist und eine Glückwunschkarte beiliegt: Happy Birthday, wie schön, dass du geboren bist und so weiter.«

»Danke!« Najd griff erfreut nach dem Päckchen. »Genau so eine habe ich mir gewünscht!«, rief er zu meiner Überraschung.

Vielleicht war er einfach nur ein besonders wohlerzogener Junge, oder aber vielleicht begriff Michail tatsächlich nicht den Reiz solcher nutzlosen Gadgets für Jungs in Najds Alter.

»Ich koche ausgezeichnet«, sagte Michail jetzt. »Und ich habe dieses Abendessen geplant ...« Er stockte. »Oh, ich habe vergessen, Alkohol zu kaufen.«

»Macht nichts«, sagte Anastasja wieder. »Dann trinken wir eben Tee. Und wenn der ausgeht, hat Denis noch welchen in seiner Thermoskanne.«

Ganz schön rachsüchtig, die Frau!

»Ich will nicht, dass etwas fehlt«, wandte Michail ein. »Ich gehe schnell noch mal los. Unten im Haus ist ein kleines Geschäft, wo sie auch alkoholische Getränke verkaufen.«

»Das ist überhaupt nicht nötig. Ich trinke nicht«, widersprach Anastasja.

»Das stimmt nicht«, sagte Michail vorwurfsvoll. »Ich rieche es doch. Sie, Anastasja, haben gestern Abend trockenen Weißwein getrunken, Chardonnay. Und anschließend Cognac. Und du Wodka, Denis.«

Anastasja lief rot an. Aber ehrlich gesagt: Sie hätte schon eine Quazi sein müssen, um nach dem gestrigen Tag nüchtern zu bleiben.

»Seht ihr, wie soll er da gut kochen können?«, sagte Najd abfällig und schaltete die Herdplatte höher. »Quazi sind wandelnde Luftgütesensoren. Er würzt das Essen grammweise!«

»Ich koche sehr gut!«, wiederholte Michail leicht beleidigt.

»Wisst ihr was, ich gehe«, entschied ich. »Ich habe das Geschäft gesehen. Nastja, Wein oder Tee für Sie?«

»Ich komme mit«, sagte Anastasja. »Ich suche meinen Wein selbst aus. Ich bin ohnehin entlarvt, aber aussuchen werde ich den Wein selbst.«

»Aber das gehört sich nicht!«, protestierte Michail. »Ich habe euch schließlich eingeladen!«

»Einen Wein mitzubringen gehört doch auch zum guten Ton«, sagte Anastasja. »Außerdem kennen Sie sich doch sowieso nicht aus.«

Wir verließen eilig die Wohnung und stießen in der Tür fast zusammen. Der Aufzug wartete auf Michails Etage. Während wir ihn betraten, sagte Anastasja leise: »Wie peinlich. Warum habe ich dumme Kuh auch behauptet, dass ich nie trinke.«

»Ich finde es viel schlimmer, dass man in Michails Gegenwart nicht heimlich pupsen kann«, sagte ich.

Anastasja brach in Lachen aus. Dann sah sie mich streng an:

»Sagen Sie mal, Denis, versuchen Sie absichtlich, einen möglichst schlechten Eindruck zu machen?«

Ich überlegte eine Weile.

»Ja, vermutlich schon.«

»Warum?«

»Sie sind jung, hübsch und klug«, sagte ich. »Aber weshalb sollten wir etwas miteinander anfangen? Es würde sowieso nicht lange halten, und anschließend werde ich depressiv und endgültig zum Alkoholiker.«

»Wie kommen Sie darauf, dass ...« Anastasja war empört. Dann verzog sie das Gesicht. »Sie wollen mich einfach auf die Palme bringen ...«

Ich zuckte mit den Schultern.

»Sie werden wohl was mit mir anfangen müssen, wie Sie sich auszudrücken belieben, Herr Hauptmann«, sagte Anastasja.

»Was soll das denn jetzt heißen?«, fragte ich.

»Schließlich sind Sie nicht aus Eisen«, entgegnete Anastasja und legte ihre Lippen plötzlich auf meine.

Nein, ich hatte überhaupt nichts dagegen.

Und wollte es nicht weniger als sie.

Wir küssten uns, bis der Aufzug im Erdgeschoss ankam und die Türen aufgingen. Davor stand ein alter Mann mit einer Tüte mit Früchten in der einen Hand und einem Stock in der anderen. Als er uns erblickte, wäre er fast ins Taumeln geraten, als ob er selbst mitgemacht hätte.

»He, he!«, sagte er lebensfroh. »Ach, die Jugend, so romantisch!«

»Was ist daran romantisch?«, sagte ich. »Ich habe meiner Kollegin nur gezeigt, wie Mund-zu-Mund-Beatmung funktioniert.«

»Du solltest ihr auch noch die indirekte Herzmassage beibringen.« Ein Alterchen von der schlagfertigen Sorte. »Deine Kollegin muss bestimmt noch einiges lernen. He, he!«

Als wir nach draußen vors Haus traten, hatte ich ein Déjà-vu.

Etwas Ähnliches war mir mal in der achten Klasse passiert, als ich ein Mädchen aus der Parallelklasse geküsst hatte.

Nur dass ich damals total durcheinander gewesen war.

Wir liefen ganz artig, wie im Dienst und ohne miteinander zu reden, das Haus entlang. Erst am Eingang zum Geschäft sagte Anastasja:

»Ist dir klar, dass Michail uns verkuppeln will?«

»Was?« Ich blieb überrascht stehen.

»Er hat mit Absicht nur uns beide eingeladen. Und auch zum Asyl hat er uns beide mitgenommen, auch wenn ich dort natürlich inoffiziell war. Der Quazi versucht uns zu verkuppeln.«

»Aber warum? Warum will er mein Privatleben arrangieren?«

»Das ist einer seiner Ticks, hast du das nicht gemerkt? Er will, dass alles und jeder im Leben seinen richtigen Platz hat.«

»Er nennt das Gerechtigkeit«, belehrte ich sie.

»Egal. Jedenfalls hat er beschlossen, dass sein Partner zu Unrecht allein ist. Und er hat bemerkt, dass ich dich mag. Deshalb versucht er uns zu verkuppeln.«

Ich dachte ein Weilchen darüber nach. Das klang ziemlich schlüssig.

»Macht dir das nichts aus?«, fragte ich.

»Kein bisschen. Quazi sind eine Naturerscheinung. wie die Schwerkraft oder die Windrichtung. Ich habe nichts gegen sie.«

Ich schüttelte den Kopf, öffnete die Tür für Anastasja und wir traten ein. Der Laden war winzig, die Auswahl aber gar nicht übel.

»Ich nehme Wein«, sagte Anastasja. »Chardonnay aus der Region Krasnodar, einen ordentlichen Jahrgang.«

»Ich auch«, stimmte ich zu und warf einen Blick auf eine Flasche schottischen Whiskeys. Sogar der Preis war akzeptabel, keine schlechte Marke, wenn auch ein Blend. Über dem Etikett, das noch genau wie früher aussah, klebte ein Schild mit der Aufschrift: *no animals, no revived, no quazi.*

Wieso eigentlich warf man alle Gewohnheiten über Bord, sobald man ein Mädchen geküsst hatte?

Najds hatte Curry gemacht. Das hatte ich bereits vermutet. Wenn man ehrlich ist, haben die Vegetarier ja auch nicht allzu viel Auswahl.

Im Gegensatz zum Quazi aß Najd übrigens den Käse mit großem Appetit. Insgeheim träumte ich von einem Stück Fleisch oder zumindest einer Wurst (und an den Whiskey dachte ich auch wieder).

Aber das Curry schmeckte richtig gut.

Wir erhoben die Gläser. Anastasja und ich tranken Wein, Michail Wasser und Najd Limonade.

»Wenn ihr nichts dagegen habt, sage ich erst noch ein paar Worte«, begann Michail.

Wir hatten nichts dagegen.

Der Quazi schwieg einen Moment. Dann begann er seine Rede: »Vor zehn Jahren wurde ich vom Aufständischen zum Quazi und ich bekam einen Sohn. Ich weiß nicht, was davon wichtiger ist. Ich erinnere mich noch sehr gut an den Moment. Ich kam abrupt zu mir. Wusste auf einmal wieder, wer ich war. Erinnerte mich daran, wie ich gestorben war ... aber das ist jetzt egal. Ich wunderte mich, dass ich überhaupt keine Schmerzen hatte. Dabei dachte ich nicht mal an meine tödlichen Verletzungen; aber wenn man alt ist, tut einem immer irgendetwas weh. Und ich fühlte mich auf einmal wieder jung und stark. Sogar besser als als junger Mann. Ich befand mich in einem mir unbekannten Raum. Und als ich den Blick hob, sah ich ein Baby, wohl noch kein Jahr alt. Die Sonne ging gerade unter und ihre Strahlen blendeten mich, sodass ich das Baby nur schemenhaft erkannte ... der kleine Junge war erschrocken, hungrig und müde. Aber er weinte nicht, sondern sah mich einfach nur an. So bin ich zu meinem Sohn gekommen. Zum Geburtstag alles Gute, mein Junge!«

»Danke, Papa ...« Najd erhob sich, drückte Michail einen

Kuss auf die Backe und setzte sich dann wieder. Er war sichtlich durcheinander.

Ich blickte den Jungen an.

Also war heute nicht sein wahrer Geburtstag. Heute vor zehn Jahren hatte Michail ihn irgendwo gefunden. War zum Quazi mutiert in dem Moment, als er sich über das blonde Baby gebeugt hatte – was dem Jungen das Leben gerettet hatte ...

Das Weinglas in meiner Hand begann zu zittern und stieß gegen Anastasjas Glas. Zum Glück hielt sie es für Absicht: »Herzlichen Glückwunsch zum Geburtstag, Najd!«

»Ja, herzlichen Glückwunsch«, presste ich hervor, leerte das Glas in einem Zug und blickte Michail an.

Der Quazi gab ruhig und traurig meinen Blick zurück.

»Toll, dass ihr nach Moskau umgezogen seid«, sagte ich hölzern. »Hier wird es dir gefallen.«

»Ich wäre lieber in Piter geblieben«, sagte Najd gedehnt. »Aber wahrscheinlich ist es hier auch ganz okay. Nur ein bisschen wenig Leute.«

»Leute gibt es hier viele«, korrigierte Michail. »Aber Quazi gibt es wenige.«

»Meine ich ja«, sagte Najd stirnrunzelnd.

»Kann ich mal einen Moment mit dir allein sprechen, Michail?«, sagte ich.

»Ja, natürlich.«

Wir verließen die Küche, in der das Festmahl wegen der überschaubaren Anzahl an Gästen stattfand, durchquerten den Flur und betraten wortlos ein kleines Zimmer, das – wie ich vermutete – Najd gehörte, denn überall lagen Kleidungsstücke verstreut herum. In der Ecke stand ein Koffer, auf dem Tisch lag ein Tablet, angehängt ans Ladekabel. Ich schloss die Tür und blickte Michail an. »Hast du mir nicht etwas zu sagen, du verdammter Quazi?«, fragte ich flüsternd.

»Alles was ich zu sagen habe, hast du schon gehört«, entgegnete Michail ebenso leise.

»Najd ...« Ich stockte, sprach weiter: »Ist Najd mein Sohn?«
Michail verzog das Gesicht, wie vor Schmerzen.

»Ich weiß es nicht ...«

»Was soll das heißen? Du hast die ganze Story doch nur für mich aufgetischt!«

»Ja, das stimmt.«

»Wo hast du ihn gefunden?«

»Ich weiß den genauen Ort nicht. In der ersten Zeit nach der Erhöhung ist man noch nicht völlig klar im Kopf. Außer mir waren dort jede Menge Aufständische. Und ich wusste noch nicht, dass ich sie lenken kann. Ich war auf der Flucht, mit dem Kind auf dem Arm. Musste mich verstecken. Das war irgendwo im Umland von Moskau ... In deiner Akte ist eine Aufzeichnung von einem Gespräch zwischen dir und einem Psychologen ...«

»Hast du die etwa gelesen?« Ich konnte mich nur mit Mühe zurückhalten, Michail zu schlagen. Aber wozu ...

»Sonst hätte ich diese Geschichte heute nicht erzählt. Ich habe versucht, die Verwandten des Jungen ausfindig zu machen, nachdem sich die allgemeine Lage einigermaßen beruhigt hatte. Ich durchforstete die sozialen Netzwerke, wandte mich an Suchdienste. Es gab einige ähnliche Geschichten, aber wie sich rausstellte, waren es nie seine richtigen Eltern.«

»Ich habe mich nicht an einen Suchdienst gewandt. Ich weiß, dass Olga starb. Was meinen Sohn angeht ...« Ich verstummte. Michail nickte.

»Dem Psychologen hast du gesagt, dass du seinen Tod nicht gesehen hast, aber dass er keine Überlebenschancen hatte.«

Ich schloss die Augen. Stand einfach nur so da, zählte im Kopf bis zehn. Und beruhigte mich allmählich.

»Ja, Michail ... Er hatte ... keine Chance. Keiner von den beiden, weder Olga noch er. Er ist nicht Najd. Besser gesagt, Najd ist nicht mein Sohn.«

Michail blickte mir forschend ins Gesicht.

»Bist du sicher?«

Ich atmete einige Male tief ein und aus.

»Ja. Ich will es nicht erzählen. Aber ich bin sicher. Entschuldige, dass ich so heftig war. Entschuldige den ›verdammten Quazi‹. Die Tatsache, dass die beiden etwa gleich alt sind und ... dass beide als Baby blond waren ... hat nichts zu sagen, das ist Zufall.«

»Ich wollte dir vorschlagen, einen Vaterschaftstest zu machen.«

»Unsinn.« Ich schüttelte den Kopf. »Es gibt keine Wunder. Du bist also extra nach Moskau gekommen, nur um mich zu treffen?«

»Nein, nach Moskau bin ich aus einem anderen Grund gekommen. Aber in deine Abteilung habe ich mich mit Absicht versetzen lassen. Nachdem du mich in der Wohnung des Professors angegriffen hast, habe ich mir deine persönliche Akte besorgt. Und gelesen ...«

»Und du hast gedacht, dass uns das Schicksal zusammengeführt hat.« Ich lachte auf. »Nein, Michail, das Schicksal lacht dich nur aus. Und mich auch.«

»Klar, ich wusste, dass die Wahrscheinlichkeit gering ist«, gestand Michail ein. »Aber ich hatte die Hoffnung, dass du dem Psychologen vielleicht nicht alles erzählt hast. Und selbst wenn doch ...

»Was?«

Michail zögerte erneut. »Ich habe einen riskanten Job, Denis, wirklich riskant. Der Tod des Professors und auch dieser sinnlose Überfall auf das Asyl sind nur die Spitze des Eisbergs. Es ist gut möglich, dass mich überhaupt keine Ewigkeit erwartet, dass man mich bald umbringen wird. Und dann ... Ich dachte, selbst wenn Najd nicht dein Sohn im eigentlichen Sinne ist, also biologisch gesehen, dass du ihn schon allein wegen der Ähnlichkeit der Umstände ... ums so mehr, als wir durch unsere Zusammenarbeit ja Freunde geworden sind ... dass du ihn vielleicht adoptieren würdest.«

»Von allen idiotischen Ideen über zwischenmenschliche Beziehungen, die ich jemals zu hören bekommen habe, ist dies – die allerdämlichste überhaupt!«, rief ich aus. »Wenn ich wieder eine Familie wollte, hätte ich doch längst geheiratet! Wenn ich ein Kind adoptieren wollte, hätte ich das längst getan! Und selbst wenn wir die allerbesten Freunde wären, was wäre ich für ein Vater für einen Elfjährigen? Ein alleinstehender Polizeihauptmann und Alkoholiker mit wechselnden Freundinnen, dessen liebste Beschäftigung es ist, Zombies den Kopf abzuhauen? Du bist ja wirklich ein liebevoller Papa, Quazi ...«

Und plötzlich durchschaute ich, wie alles zusammenhing.

»Ach, deshalb willst du mich mit Anastasja verkuppeln?«, rief ich. »Du versuchst eine vollwertige Familie zu schaffen, wohin man das angenommene Kind abschieben kann für den Fall, dass sie dich ausschalten?«

Wenn es so was wie einen verwirrten Quazi überhaupt gibt, war Michail jetzt einer.

Ich musste lachen.

Die ganze Anspannung der letzten Tage, Wiktorias Verhaftung und Flucht, der Sturm aufs Asyl, diese Typen in ihren apokalyptischen Gefährten auf dem Weg nach Moskau, Nastja, die mir ihre Verliebtheit gestanden hatte, dieses verrückte Aufflammen von Hoffnung, als Michail seine Geschichte zum besten gegeben hatte, und meine bittere Enttäuschung, als ich mich gezwungen hatte, mich ehrlich an die Ereignisse zu erinnern – all das wich schlagartig von mir. Ich blickte Michail an, dessen untadliger Intellekt einen so wahnsinnigen Plan ausgetüftelt hatte, und lachte dröhnend.

»Hör mal, Michail, menschliche Beziehungen sind nicht gerade deine Stärke«, sagte ich, nachdem ich mich wieder beruhigt hatte. »Glaub mir. Rette du die Welt und mach Kriminelle dingfest. Nimm beim Kochen eine Waage für die Gewürze. Kümmere dich um anständige Beziehungen zwischen euch und uns. Aber von Gefühlsdingen solltest du dich fernhalten.«

»Ich wollte nur das Beste für Najd«, sagte Michail gekränkt. »Ich mache mir wirklich Sorgen und werde dir auch erzählen, warum ... wahrscheinlich schon morgen, ich verspreche es. Es ist sehr gut möglich, dass ich sterbe, und Najd ...«

»Bitte, beruhige dich. Er ist ein großer, kluger Junge. Wenn was passiert, verspreche ich dir, dass ich mich darum kümmere, dass er in eine gute Pflegefamilie kommt.«

»Danke, Denis. Deine Worte bestätigen nur meinen Eindruck, dass du eigentlich ein guter Mensch bist und meine Idee an sich gar nicht so abwegig war.«

Ich musste wieder lachen. In diesem Moment ging die Tür auf. Najd blickte vorsichtig ins Zimmer und fragte: »Was macht ihr hier?«

Es tat mir immer noch weh, ihn auch nur anzuschauen. Aber nicht mehr so stark.

»Dein Vater hat mir einen Witz erzählt«, sagte ich. »Ziemlich komisch, aber nichts für Kinder. Tut mir leid.«

»Denkste«, sagte Najd etwas überheblich. »Jedenfalls langweilt sich Nastja. Sie sind kein guter Kavalier, Denis.«

»Ja, schrecklich«, stimmte ich ihm zu. »Komm, Michail. Ich glaube, deinem Sohn geht es gar nicht so sehr um Nastja, sondern er hätte jetzt gerne mal seine Geburtstagstorte mit den Kerzen. Oder hast du die vergessen?«

»Ich habe sie selbst gekauft, denn ich vergesse so was nicht«, erklärte Najd.

Den Wagen ließ ich bei Michail stehen. Erstens hatte ich getrunken, zweitens sollte er ruhig ab und zu durch Moskau kutschieren, schließlich waren wir nicht im ökologisch korrekten Piter. Anastasja und ich brachen gleichzeitig auf, und schon im Aufzug nach unten rief ich ein Taxi. Da Nastja nichts dazu sagte, bestellte ich nur einen Wagen.

»Warte noch eine Minute«, sagte ich. »Ich laufe noch mal kurz in das Geschäft ...«

Sie nickte und ich rannte los. Der Verkäufer lächelte, als er mich sah, und griff nach dem Whiskey. »Richtig? Sie haben vorhin so einen verliebten Blick auf das Fläschchen geworfen.«

»Das stimmt wohl«, gab ich zu. »Aber schließlich gab es noch mehr verliebte Blicke.«

Als ich mit der Tüte in der Hand aus dem Geschäft trat, stand das Taxi schon da.

»Ist der Tee alle, Hauptmann Simonow?«, fragte Nastja.

»Nein, Tee habe ich noch«, entgegnete ich. »Ich hab Sekt gekauft.«

Anastasja blickte mich nachdenklich an.

»Hast du Schokolade zu Hause, Hauptmann?«, fragte sie schließlich.

»Nein.« Ich wandte mich schon wieder zur Ladentür. »Bei uns hieß es immer, dass Sekt und Schokolade nicht zusammenpassen.«

»Auch kein schlechter Plan«, sagte Anastasja mit süßer Stimme. »Ich schicke dich noch mal los und mache mich inzwischen mit dem Taxi aus dem Staub.«

»Es wäre nur gerecht«, musste ich nach kurzem Zögern zugeben.

»Aber dann würde ich mich ja selbst bestrafen ...«, fuhr sie fort. »Komm, wir fahren zu mir. Ich habe zu Hause noch eine Schachtel mit richtig guten Pralinen. Ich bringe dir bei, wie man Sekt mit Schokolade trinkt.«

»Das wird mir sicher gefallen«, stimmte ich zu.

Man kann sich dagegenstemmen, wie man will, sich Regeln und Verbote auferlegen, am Ende fordert das Leben seinen Tribut. Solange du lebst – ist das Leben stärker als du.

Fünftes Kapitel

Glaube und Quazi

In Moskau gab es keine Ghettos für Quazi. So viele lebten gar nicht hier, als dass sich ethnisch geprägte Viertel ausbilden konnten, so wie das traditionell islamische Butowo oder Kapotin, wo die wenigen Überlebenden aus der Ukraine unterkamen, nachdem Städte wie Kiew und Dneprpetrowsk auf grauenvolle Weise untergegangen waren.

Trotzdem hatten sich die wenigen Quazi, die Moskau St. Petersburg vorzogen, von jeher eher im Südwesten der Stadt angesiedelt. Vielleicht, weil die Leute dort besser mit ihnen auskamen oder weil ihnen das Klima gut bekommt.

Hier befand sich auch die einzige Quazi-Kirche Moskaus (einschließlich der Enklaven jenseits des MAR).

Wir fuhren gleich am nächsten Morgen dorthin. Im Revier hatten sie mich offensichtlich schon abgeschrieben und ohne offiziellen Befehl ganz und gar zu Michails Verfügung abgestellt. Kaum war ich durch die Tür getreten – genau drei Minuten nach Anastasja, mit der zusammen ich gefahren war (bei der Arbeit ankommen wollten wir lieber jeder für sich) –, als Michail mich zu sich rief und wir uns zur Neschinskaja-Straße aufmachten, wo auf dem Anna-German-Platz seit etwa fünf Jahren eine Quazi-Kirche stand. Architektonisch erinnerte sie an traditionelle orthodoxe Kirchen, nur dass die Kuppel kein Kreuz, sondern der Buchstabe »Z« zierte. Wenn ich es richtig in Erinnerung hatte, symbolisierte die untere horizontale Linie aus vernickeltem Stahl die Basis – die einfachen normalen Menschen; die diagonale Linie aus geschwärztem Metall die

Aufständischen und ihren schweren und bitteren Weg zur Erhöhung. Die obere horizontale Ebene, natürlich in Gold ausgeführt, steht für die Quazi.

Wir stellten das Auto an der Neschinskaja auf einem Parkplatz vor dem Haus Nummer acht ab, einem monolithischen Gebäude mit zwanzig Stockwerken, das hier und da mit Ziegeln verbrämt war. Die Hausmauern waren mit Graffiti übersäht. An mehreren Stellen war auch hier deutlich der Buchstabe »Z« zu sehen. Offenbar waren nicht alle Einwohner mit der Quazi-Nachbarschaft glücklich.

»Was ist in jeder Religion das Wichtigste?«, fragte Michail.

»Der Glaube«, sagte ich und zuckte mit den Schultern.

»Woran?«

Ich blickte ihn misstrauisch an.

»An Gott natürlich.«

Michail schüttelte den Kopf: »Falsch. Gott ist zu groß, um ihn zu begreifen. Jede Religion propagiert in erster Linie den Glauben an die Unsterblichkeit. An die Wiedergeburt, die Auferstehung oder ein Leben nach dem Tod.«

»Du bist ein Quazi. Du kannst das Geheimnis des geistlichen Lebens nicht erfassen. Und das sage ich dir als Atheist.«

»Trotzdem habe ich recht«, widersprach Michail stur. »Religion ist Opium fürs Volk.«

»Du bist nicht nur Quazi, sondern auch noch Kommunist«, stellte ich schadenfroh fest. »Ein guter Kommunist ist ein toter Kommunist, wie unser amerikanischer Partner zu sagen pflegte ... Und was soll Religion den Quazi dann bitte bringen? Ihr seid ja sowieso schon unsterblich. Scheinbar.«

»Ich habe auch ewig versucht, das herauszufinden.« Michail fasste mich unter, und so eingehakt gingen wir auf das Kirchengebäude zu. Aus der Entfernung hätte man meinen können, dass ein artiger Sohn seinen ältlichen Papa stützte. Jedenfalls hoffte ich, dass wir diesen Eindruck machten.

Heutzutage trifft man nur selten Männer, die Arm in Arm

spazieren, das war eher typisch fürs 19. Jahrhundert, zumindest unter Gentlemen und vornehmen Herrschaften. Vielleicht nicht in Los Angeles oder Amsterdam. Doch ansonsten war es gut vorstellbar, dass etwa Holmes und Watson so die Baker Street entlangspaziert waren und dabei ihren aktuellen Fall diskutiert hatten.

Aber Michails altmodische Art, selbst wenn sie eigentlich künstlich, weil sorgfältig einstudiert war, ließ unsere Pose überraschend natürlich wirken.

»Wir brauchen keine Träume vom ewigen Leben, weil wir es ja schon haben«, fuhr Michail fort. »Wir brauchen auch keine Vergebung der Sünden, weil wir nicht sündigen ... jedenfalls die meisten von uns nicht. Wir brauchen keinen Trost, denn ohne Leidenschaft gibt es keine Trauer. Wir brauchen keine Gebote, denn sie alle basieren auf absolut nachvollziehbaren, nützlichen Mechanismen des menschlichen Zusammenlebens. Wozu brauchen wir also eine Kirche?«

Ich überlegte und sagte:

»Zum Angeben. Damit alles wie bei den Menschen ist?«

»Richtig«, rief Michail zu meiner großen Überraschung. »Genau deshalb. Uns ist doch klar, dass unsere Existenz gewisse Nachteile aufweist. Wir sind natürlich keine Roboter, wir haben durchaus Gefühle, aber sie sind vergleichsweise schwach und reduziert. Der eine ist zur Liebe fähig, der andere hat eine Neigung zum Hass, der eine kann traurig sein, ein anderer fröhlich. Aber dieser sogenannte Glaube, ich würde es lieber religiöses Gefühl nennen, ist uns fremd. Vollkommen fremd. Uns allen.«

»Verstehe ich nicht«, sagte ich. Ein Quazi-Paar kam uns entgegen, eine Frau und ein Mann; die beiden musterten uns neugierig. »Wozu dann eine Kirche?«

»Wie du schon sagst: Damit es wie bei den Menschen ist. Wir versuchen den Teil des menschlichen Lebens wiederherzustellen, den wir verloren haben. Auch wenn wir ihn gar nicht brauchen.«

»Finde ich ziemlich dämlich«, sagte ich.

»Letzten Endes sind wir auch nur Menschen«, sagte der Quazi.

Ich hatte keine Lust, mit ihm über diese zweifelhafte Theorie zu streiten.

»Und wozu schleppst du mich in eine Quazi-Kirche, wenn dir das Quazitum selbst fremd ist?«

»Mir mag es fremd sein«, stimmte Michail zu. »Aber ich habe auch in meinem menschlichen Leben nicht an Gott geglaubt. Wiktoria dagegen hat diese Kirche regelmäßig besucht.«

»Ach so!« Sofort flackerte ein Verdacht auf. »Das ist ja interessant. Hat sie hier etwa Asyl bekommen? Vielleicht versteckt sie sich sogar hier.«

»Genau deshalb werden wir jetzt mal nachschauen«, erklärte Michail gutmütig.

Am Eingang der Kirche hingen wie üblich Bettler herum. Professionelle Kirchenbettler – nicht echte Mittellose wie diese alten Mütterchen, die jede Kopeke dreimal umdrehen müssen, aber niemals die Hand nach einem Almosen ausstrecken, oder jene vom Alltag gestressten Frauen, die sich für einen Hungerlohn abschuften, um ihre große Familie durchzubringen, sondern Berufsbettler, die zum Betteln gingen wie andere zur Arbeit. Es waren zwei adrett auf bedürftig getrimmte alte Frauen und ein einbeiniger Mann, dem Aussehen nach ein Trinker. Der Mann hatte ein Schild um den Hals hängen, auf dem – vermutlich absichtlich falsch – geschrieben stand: »Habe bein bei Apokalipse feloren, kann nich arbeite Bitte helfe, in Quazi namen!« Das sollte wohl heißen, dass ihm die Aufständischen das Bein weggefuttert hatten, weshalb jeder anständige Quazi sich verpflichtet fühlen musste, dem Opfer etwas zu geben.

Meiner Meinung nach hatte er das Bein durch die Sauferei verloren, und arbeiten würde er auch nicht, wenn ihm drei neue nachwachsen würden.

Aber Michail warf jedem eine Münze zu, senkte den Kopf und zeichnete den Buchstaben Z von oben nach unten vor seine Brust, wie es das Ritual aus welchen Gründen auch immer vorsah.

In Wirklichkeit bin ich nicht ganz so areligiös wie ich mich gebe; und über die Welt der Quazi weiß ich auch einiges ...

Ich beschloss, mich auf keinen Fall zu verbiegen. In einer menschlichen Kirche hätte ich mich vielleicht aus Höflichkeit bekreuzigt. Schließlich beherzigen wir auch seltsame Rituale, wenn wir ein fremdes Haus betreten – schlüpfen wir in abgewetzte Schlappen, trinken Tee, der uns nicht schmeckt, bewundern stinkende Katzen. Aber sich in einer Quazi-Kirche zu bekreuzigen kam mir unpassend vor, weshalb ich einfach den Kopf senkte und ein ernstes Gesicht machte.

Im Inneren der Kirche sah alles völlig normal aus. Es gab eine Ikonenwand mit absolut normalen Ikonen, Kerzen und dem vertrauten Geruch nach Weihrauch. Eine wenig hübsche Frau im Kleid verkaufte im Kirchenlädchen allerhand Kleinkram: Bücher, Zeitschriften, Kerzen, Bildchen. Die Frau war übrigens ein Mensch.

»Sind Sie zum ersten Mal bei uns?«, fragte sie mich schroff. »Hat Ihr Vater sie mitgebracht?«

In Sachen Aufgeschlossenheit und Toleranz unterschied sie sich in nichts vom durchschnittlichen Mitglied einer menschlichen Kirchengemeinde.

»Zum ersten Mal, ja«, sagte ich.

»Sie leben.« Ihre Stimme klang etwas vorwurfsvoll.

»Stimmt! Zu leben ist mein Job. Ist das schlimm?«

»Natürlich nicht!« Die Frau klang empört. »Unsere Kirche steht Quazi und Menschen gleichermaßen offen.«

Michail stieß mir unerwartet den Ellenbogen in die Seite, und ich verkniff mir die Frage nach den Aufständischen.

»Wir hätten gerne zwei Kerzen«, bat Michail.

»Welche?«

»Die großen, für vierzig Rubel.«

Die Frau wurde schlagartig freundlicher.

»Für wen stellen Sie sie auf? Sie habe ich auch noch nie hier gesehen ...«

»Ich habe bisher in Piter gelebt«, erklärte Michail.

Die Frau begann geradezu zu strahlen.

»Ach, in Piter! Ich möchte so gerne eine Pilgerreise dorthin machen! Bitte, hier sind Ihre Kerzen. Es heißt, dass in der Isaakskathedrale ganz wunderbare Gottesdienste abgehalten werden ...«

»Behalten Sie den Rest«, sagte Michail und hielt ihr einen Hundertrubelschein hin, woraufhin es ihr vor Glück fast die Sprache verschlug. »Könnten wir Vater Johann sprechen?«

»Ich rufe ihn«, sagte die Frau nach einer Sekunde des Zögerns. »Warten Sie.«

Während wir warteten, sahen wir uns in der Kirche um. Nun erkannte ich, dass die Ikonen hier doch gewisse Eigenheiten hatten. Neben solchen von Christus, der im Quazitum ebenfalls verehrt wurde, gab es auch Ikonen vom Propheten Simeon und seinen Söhnen, selbstverständlich von Lazarus, und einige komplizierte, sujetlastige Ikonen, die mehr an Gemälde erinnerten und die »Auferweckung vom Schlaf der Toten« zum Thema hatten. Am Anfang überraschte mich die Qualität der Darstellung, aber dann wurde mir klar, dass schon zwei, drei Quazi-Maler ausreichten, um mit dem für sie typischen Talent und Arbeitseifer sämtliche Kirchen in Moskau und Piter mit Ikonen auszustatten.

»Sie suchen mich, meine Brüder?«, fragte ein Geistlicher, der aus einem Seitenschiff aufgetaucht war, mit leiser Stimme. Seine Kleidung jedenfalls war eindeutig von der russisch-orthodoxen Kirche kopiert. Der Geistliche war mittelgroß, sehr dünn, mit eingefallenen Wangen, einem spitzen Kinn, großen abstehenden Ohren und einem Gesicht, das an eine fünfeckige geometrische Form erinnerte. Dazu trug er auch noch eine kleine Brille mit runden Gläsern. Extrem merkwürdig für einen Quazi.

»Vater Johann?«, sagte Michail, der seine Kerze soeben vor der »Kreuzigung Jesu« aufgestellt hatte, und trat auf den Quazi zu. Ich platzierte meine Kerze eilig vor der Ikone des Apostels Johannes, der ein Kind taufte, dann wandte ich mich ebenfalls dem Geistlichen zu.

»Sie gehören nicht zu meiner Kirchengemeinde«, sagte Vater Johann freundlich. »Aber wir freuen uns hier über jedes neue Gesicht.«

»Ich komme nicht in Glaubensangelegenheiten«, erklärte Michail. »Mein Name ist Michail. Ich bin so eine Art Ermittler. Und mein Kollege Denis ist von der Polizei. Möchten Sie unsere Ausweise sehen?«

Der Geistliche schüttelte feierlich den Kopf. »Wozu? Wer würde im Tempel Gottes lügen?«, rief er.

»Der, der dies Gebäude nicht für einen Tempel hält?« Ich konnte mich einfach nicht zurückhalten.

Vater Johann sah mich vorwurfsvoll an und schüttelte traurig den Kopf.

Mir wurde etwas unwohl.

»Entschuldigen Sie meinen Kollegen«, sagte Michail. »Natürlich haben wir nicht gelogen. Könnten Sie uns wohl etwas über eine bestimmte Quazi aus Ihrer Gemeinde erzählen ...«

»Wiktoria?«, sagte Vater Johann seufzend.

»Ja.«

»Jetzt ist mir alles klar«, nickte Vater Johann. »Es ist schrecklich ... Das arme Mädchen!«

Michail zog die Brauen zusammen. »Wie meinen Sie das, Vater Johann?«

»Sie quält sich wegen einer bevorstehenden schweren moralischen Entscheidung«, sagte Vater Johann. »Ich weiß leider nicht, worum es bei diesem seelischen Zwiespalt ging. Aber sie kam immer wieder her und beriet sich mit mir. Sie wollte wissen, ob es vertretbar sei, vielen Menschen im Namen des allgemeinen zukünftigen Wohlergehens Leid zuzufügen.«

»Sie sind ja gut!« Wieder konnte ich mich nicht beherrschen. »Ich verstehe ja, Beichtgeheimnis und so fort, aber hier geht es um Terrorismus!«

»Und woher hätte ich das wissen sollen?« Vater Johann blickte mich ironisch an. »Manchmal quälen die Leute mich stundenlang mit Erzählungen über ihre schrecklichen Sünden, und am Ende stellt sich raus, dass es nur um Ehebruch oder einen unfairen Karrieresprung ging.«

Er hatte natürlich recht.

»Aber wenn sie Ihnen erzählt hätte, dass sie ihren Mann umbringen lassen und eine Horde Aufständischer als Geisel nehmen will, dann hätten sie uns davon berichtet?« Ich musste trotzdem noch mal nachhaken.

»Ja, dann hätte ich sie höchstpersönlich zu Ihnen gebracht«, erwiderte der Geistliche unerschütterlich.

»Nun gut, Sie kannten also keine Details, und die Ereignisse haben Sie ebenfalls überrascht«, fasste Michail geduldig zusammen. »Können Sie uns vielleicht sonst noch irgendetwas Interessantes oder Außergewöhnliches über Wiktoria erzählen?«

Vater Johann dachte nach.

»Wie soll ich sagen … Sie war eine überzeugte Kirchgängerin, zwar ganz ohne Exaltiertheit und Fanatismus, aber die Dogmen kannte sie gut … Kennen Sie sich mit unserer Religion aus?«

»Ja«, sagte Michail.

»So mittelprächtig«, bekannte ich.

»Es ist an sich nicht sehr kompliziert.« Vater Johann lächelte. »Unser Glaube basiert auf dem Christentum, dessen grundsätzliche Dogmen wir nicht infrage stellen. Immerhin basiert das Christentum ja selbst auf der Auferstehung. Beispiele dafür sind mehr als einmal bezeugt. Außerdem stellten der Erlöser selbst wie auch die Propheten mehrfach die Wunder der Auferstehung von den Toten unter Beweis.«

»Aber doch nicht so eine Auferstehung!« Wieder musste ich widersprechen. »Ich bin ja vielleicht Atheist, aber schließlich wird doch auch das jüngste Gericht angekündigt ...«

»Das hat schon stattgefunden«, antwortete Vater Johann lächelnd.

»Und die Wiederkunft Christi ...«, sagte ich gedehnt.

»Hat ebenfalls schon stattgefunden.« Der Geistliche nickte.

»Na klar. Wie konnten wir die nur verpassen.«

»Sie sollten *Die große Offenbarung* lesen«, sagte Vater Johann. »Oder wenigstens *Lazarus,* unsere Zeitschrift für Konvertiten. Wenn Sie möchten, können Sie bei mir ein Probe-Abo bestellen.«

»Und was ist mit den Aufständischen, die unsere Welt bevölkern und lebendige Menschen fressen?«, fragte ich genervt.

»In ihnen offenbart sich die Verdorbenheit der menschlichen Natur seit dem Sündenfall«, erklärte Johann feierlich. »Genau diese Verderbnis verursacht den Leidensweg der Aufständischen, die nicht gleich zum normalen Quazi werden, sondern erst sich und ihre Umwelt in Stücke reißen. Je mehr Sünden jemand auf sich geladen hat, desto länger ist sein Leidensweg.«

Ich schwieg und versuchte mir den verstorbenen Oberpriester Pjotr vorzustellen, wie er Vater Johann mit einem schweren Gegenstand auf den Kopf hämmerte. Oder wenigstens mit einem Weihrauchfass.

Aber dann wurde mir klar, dass Pjotr so eine ungewöhnliche Persönlichkeit gewesen war, dass er womöglich trotz seines um vieles höheren Ranges in der Kirche mit diesem Johann einen Disput angefangen hätte. Oder, noch schlimmer, vielleicht sogar eine Übereinstimmung mit ihm gefunden hätte.

»Und Wiktoria hat also ganz aufrichtig an all das geglaubt?«, fragte Michail.

»Natürlich. Immer betete sie für die baldige Erhöhung aller Aufständischen, für endgültigen Frieden und wahre Liebe zwischen Menschen, Aufständischen und Quazi.

»Wissen Sie, wo Wiktoria sich jetzt befindet?«, fuhr Michail fort und zum ersten Mal klang das Gespräch nach einem Verhör.

»Ach herrje!« Vater Johann seufzte. »Wenn ich es erfahren sollte, teile ich es Ihnen unverzüglich mit. Aber ich bin mir fast sicher, dass sie nicht mehr hierherkommen wird. Wiktoria weiß genau, was ich von ihren Aktionen halte.«

Michail hielt ihm wortlos seine Visitenkarte hin. »Gehen wir, Denis«, sagte er.

Ich blickte den fromm lächelnden Geistlichen an und bemerkte noch: »Wissen Sie, was Sie da eben gesagt haben, ist kompletter Wahnsinn ...«

»Von außen betrachtet wirkt jede Religion wahnsinnig«, stimmte der Geistliche mir zu.

»Wenn Sie mal ab und zu vor Ihre Kirche treten und sich das Leben ringsherum ansehen würden, dann würden Sie vielleicht ins Grübeln kommen«, sagte ich vorwurfsvoll.

»Junger Mann, ich habe ein langes Menschleben gelebt«, entgegnete Vater Johann. »Ich war russisch-orthodoxer Priester, habe als Präsident kandidiert und Raketen gebaut. Man könnte auch sagen, ich war Arzt, Verbrecher, Geheimdienstler, Professor und Narr. Was war ich nicht! Ich habe das Leben in all seinen Facetten kennengelernt, das können Sie mir glauben.«

Wir verließen die Kirche und ich sagte leise zu Michail: »Hä ... wieso hat er als Präsident kandidiert?«

»Ja, das stimmt ...« Michail winkte ab. »Er ist eine bemerkenswerte Persönlichkeit. Du solltest lieber nicht mit ihm streiten, am Ende kommst du noch zum Gottesdienst her. Aber wir waren trotzdem nicht umsonst hier.«

»Sieh mal an.« Ich war überrascht. »Lügt der Alte? Versteckt er Wiktoria bei sich?«

»Nein, natürlich nicht. Aber wir haben etwas höchst Unerfreuliches erfahren. Sie hat Ideale. Sie ist der Überzeugung, dass sie Gutes tut. Das ist sehr schlecht, Denis. Ein Feind, dessen Handlungen durch Geldgier, Machthunger oder Ruhmessucht motiviert sind, ist verletzlich. Selbst einer, der aus Hass handelt, hat eine Schwachstelle. Aber ein Feind, der aufrichtig glaubt, dein Wohltäter zu sein, dich zu lieben – ist ein sehr ernster Gegner.«

Ich nickte. Michails Worte klangen plausibel.

»Na gut«, entgegnete ich. »Dann würde ich sagen, der Vorspann ist zu Ende und du könntest mir endlich erzählen, um was es hierbei geht. Okay? Bitte vertröste mich nicht wieder.«

»Komm, wir setzen uns«, sagte Michail.

Wir hockten uns auf eine Bank. Auf dem Platz vor der Kirche war nicht viel los.

»Wir Quazi vertreten verschiedene Auffassungen, was unser künftiges Zusammenleben mit den Menschen angeht«, sagte Michail schließlich.

»Kein Zweifel.«

»Die überwiegende Mehrheit ist natürlich für eine friedliche Lösung. Wenn sich die Lage erst völlig normalisiert hat, wird man die Aufständischen in Reservaten unterbringen, wo sie auf ihre Erhöhung warten, ohne Schaden anzurichten, und unsere Kulturen können harmonisch und glücklich miteinander koexistieren.«

»Diesen Teil kannst du überspringen«, sagte ich. »Genauso wie die utopische Idee von der Eroberung des Kosmos mit Quazi-Kräften.«

»Warum utopisch?«

»In erster Linie, weil niemand den Kosmos braucht. Auf dieser Erde können mehrere Milliarden Menschen problemlos leben, weit mehr als heute jedenfalls. Uns Menschen treiben Neugier und die Lust an der Expansion ins All. Beides ist eine Folge unserer kurzen Lebensfrist und unserer intensiven Vermehrung. Ihr vermehrt euch überhaupt nicht, und eure Neugier ist längst nicht so stark ausgeprägt wie bei den Menschen. Vielleicht wird es in ferner Zukunft einmal so viele Quazi geben, dass man anfängt, den Weltraum zu erobern. Aber das ist eine sehr langfristige Perspektive.«

»Du hast recht«, sagte Michail nach kurzem Schweigen. »Das ist eine sehr langfristige Perspektive. Aber es könnte sein, dass uns die fehlende Akzeptanz der Menschen schließlich von der Erde vertreibt. Aber im Moment geht es um etwas anderes. Es gibt Quazi, die für eine Unterteilung der Welt in Einflusszonen und für eine strikte Trennung sind.«

»Das ist doch schon so.«

»Nur teilweise. Diese Quazi wollen das radikal umsetzen. Die Quazi sollen demnach in Nord- und Südamerika leben, die Menschen in Europa und Asien, in Afrika schafft man ein Schutzgebiet für Aufständische und in Australien eine Zone des gemeinsamen Zusammenlebens.«

»Das wäre nicht die schlechteste Variante«, meinte ich.

»Außerdem gibt es Radikale. Die gibt es ja immer und überall. Unsere Radikalen sind der Ansicht, dass die menschliche Gesellschaft unsere Existenz niemals akzeptieren wird. Daher muss man sie auslöschen. Weil ihr immer Aufständische vernichten und uns Quazi hassen werdet.«

»Wir vernichten die Aufständischen nur, weil sie uns bedrohen«, sagte ich.

Michail blickte mich vielsagend an.

»Zum Teufel.« Ich konnte mich nicht beherrschen. »Bei uns gibt es natürlich auch Radikale. Und ich gehöre dazu! Aber Quazi töte ich nicht. Und ich rufe auch nicht zum Genozid auf. Eure Radikalen sind ja völlig durchgeknallt! Wollen sie allen Ernstes die ganze Menschheit auslöschen? Wie denn?«

»Du hast mir nicht genau zugehört«, sagte Michail.

Ich dachte nach.

»Verstehe. Nicht alle Menschen, sondern nur die menschliche Gesellschaft. Was Idiotischeres habe ich selten gehört! Ein Quazi ist doch nur eine Fortführung des Menschen. Sein

Abguss im Moment des Todes. Ihr könnt euch nicht aus euch selbst entwickeln.«

»Ganz so ist es nicht.«

»Ihr könnt euch auch im übertragenden Sinne des Wortes nicht weiterentwickeln. Ein Quazi-Astronom kann sich auf seinem Gebiet natürlich entwickeln, aber er wird nie im Leben Klempner werden oder Komponist. Nehmen wir an, eure Radikalen würden auf irgendeine Weise die menschliche Zivilisation zerstören. Was wären wir dann? Wilde, die in einer archaischen oder feudalen Gesellschaft leben? Sicher, für die Quazi wären wir ungefährlich. Aber genau diese Leute werden dann auch nach ihrem Tod Wilde sein. Quazi-Wilde.«

»Genau. Und nun überleg mal, wie man diesen Widerspruch überwinden kann?«

»Hm ...« Ich zuckte mit den Schultern. »Wilde und trotzdem Entwicklung? Kluge Wilde?«

Eine Schar kleiner Mädchen zog an uns vorbei. Sie waren in dem Alter, in dem sie nicht mehr mit Jungs spielen, sich aber auch noch nicht anderweitig für sie interessiert. Eines der Mädchen blickte Michail an und flüsterte seiner Freundin etwas zu. Die beiden kicherten und schauten sich mehrmals nach uns um.

»Kinder ...«, sagte ich und blickte ihnen nach. »Ihr wollt die Kontrolle über ihre Ausbildung? Sie im Geiste der Liebe zu Quazi erziehen, ihnen die freudige Erwartung auf einen Übergang in ein besseres Dasein einpflanzen?«

»Nicht wir«, korrigierte Michail. »Die Radikalen.«

»Ja, ja«, sagte ich. »So mit zwanzig, einundzwanzig hat der Mensch das notwendige Basiswissen erworben und ist in der Lage, seinen zukünftigen Beruf zu bestimmen. Damit die Menschheit nicht ausstirbt, kann bis zu diesem Alter jeder bereits ein, zwei Kinder in die Welt gesetzt haben, wenn nötig sogar drei. Und dann ergeben sich die jungen Männer und Frauen freudig der Euthanasie und verwandeln sich in Quazi.«

»Wieso Euthanasie? Wenn das mit der Erziehung klappt, werden die jungen Leute feierlich Selbstmord begehen.«

»Klar«, sagte ich. »Logisch. Aber das wird nicht funktionieren. Aus zwei Gründen.«

»Nämlich?«

»Erstens: Weil man den Mechanismus kennen müsste, der aus Aufständischen Quazi macht, ansonsten überschwemmt man die Welt mit neuen Horden von Aufständischen.«

»Nehmen wir mal an, der ist schon bekannt«, sagte Michail.

»Gut«, stimmte ich zu und senkte den Blick. »Nehmen wir das an ...«

Ich hatte sowieso noch nie daran gezweifelt, dass irgendwer diesen Mechanismus bereits kannte. Vielleicht die Wissenschaftler, unsere und die der Quazi. Vielleicht die Regierenden. Oder sogar Michail.

»Okay«, sagte ich. »Aber der zweite Grund wiegt schwerer: Wir werden es nicht zulassen. Selbst die, die nach dem Tod zum Quazi werden wollen, möchten erst ein langes, erfülltes Menschenleben leben. Und das wünschen sie sich auch für ihre Kinder. Krieg? Auch keine Lösung, die Atomwaffen unterstehen der Kontrolle der Menschen, wir sind in der Überzahl, und eine Infanterie aus Aufständischen wäre ein totaler Reinfall.«

»Und wie könnte man all diese Hindernisse überwinden?«, fragte Michail.

»Hm.« Ich überlegte. »Na, ist doch ganz logisch. Man müsste alle Erwachsenen umbringen und die Erziehung und Ausbildung der Kinder den Quazi übertragen. Internate einrichten, wo weise und starke Quazi die Kinder unterrichten und wo die Kinder nur davon träumen, so schnell wie möglich erwachsen und dann zum Quazi zu werden. Die Aufständischen kann man dabei allerdings nicht gebrauchen, denn den Kindern würde der Gedanke, Jahrzehnte lang umherirren zu müssen, sicher nicht gefallen. Falls es also einen Weg gibt, die Erhöhung zu beschleunigen ...«

»Nehmen wir mal an, den gibt es«, sagte Michail seufzend.

»Wollen wir das Nehmen-wir-mal-an weglassen?«

»Also gut, es gibt ihn«, sagte Michail.

»Warum wird das geheimgehalten?«, fragte ich aggressiv.

»Aus verschiedenen Gründen. Aber der wichtigste ist, dass die Regierung der Menschen strikt gegen eine Bekanntmachung ist. Denk doch mal nach. Wenn wir Aufständische gezielt in Quazi verwandeln, dann werden wir automatisch zur führenden Zivilisation auf der Erde.«

So hatte ich das noch nie betrachtet. Aber er hatte recht! Verdammte Politik ...

»Also, alle Erwachsenen töten und nur die Kinder am Leben lassen. Außerdem alle Aufständischen in Quazi verwandeln. Die Kinder im Geiste der Quazi erziehen ... das geht nicht ohne massenweise Opfer ab ...«

»Man würde gewisse Regionen ausweisen, wo nur Kinder und Quazi-Erzieher zugelassen sind. Soweit ich weiß, haben die Radikalen dafür Cuba, Sardinien, die Krim, Neuseeland und Formosa vorgesehen.«

»Wie kann man denn gezielt nur Erwachsene umbringen?« fragte ich.

Und da begriff ich, dass ich die Antwort schon kannte.

»Erraten?«

»Professor Tomlin«, sagte ich. »Und das Windpocken-Virus?«

»Varizella-Zoster«, sagte Michail. »Für Kinder völlig harmlos. Für Erwachsene das Gegenteil. Laut unseren Informationen wurde unter der Leitung von Tomlin versucht, das Virus zu modifizieren und es für Erwachsene tödlich zu machen. Mein Auftrag in Moskau war es, die Lage zu klären ... aber ich kam zu spät.«

»Aber der Professor ist doch tot«, sagte ich.

»Möglicherweise hat er es vorher noch geschafft, eine Kultur anzulegen. Schließlich hat Wiktoria vermutlich nicht zum Spaß im Labor des Asyls gearbeitet, oder?«

»Warum hat sie ihn umgebracht?«

»Ich vermute, er hat Zweifel an der Richtigkeit seines Tuns bekommen«, sagte Michail. »Entweder hat sie ihn heimlich für ihre Ziele eingesetzt, und er hat das herausbekommen ... Oder er hat es sich einfach anders überlegt und konnte ihre radikalen Überzeugungen nicht mehr teilen ... Jedenfalls beschloss sie, ihn in einen Quazi zu verwandeln – in der Hoffnung, dass er dann endgültig auf ihre Seite wechseln würde.«

»Scheiße, scheiße, scheiße!«, sagte ich panisch.

Nein, mich erschreckte nicht so sehr die Aussicht, dass mich morgen irgendein niesender Mitbürger in der Metro mit dem tödlichen Virus anstecken konnte. Wir müssen alle irgendwann sterben. Selbst diese dünkelhaften Quazi würden eines Tages sterben. Auch die Vernichtung der Menschheit als solche schreckte mich nicht allzu sehr, denn genau genommen ging die Menschheit ja nicht unter, sie würde sich nur verändern.

Aber wenn ich mir vorstellte, dass überall in Moskau die Erwachsenen starben und Quazi-Kommandos weinende, traumatisierte Kinder einsammelten und irgendwohin auf die Krim oder nach Sardinien verfrachteten ...

»Hej«, sagte Michail. »Ich gehöre nicht zu den Bösen. Ich bin auf deiner Seite. Auf der Seite der Menschen, wenn es recht ist.«

Ich sah ihm ins Gesicht. Michails Augen unter der Krempe seines alten, weichen Huts hielten meinem Blick stand.

»Weil das gerecht ist?«, fragte ich.

»Ja. Weil niemand das Recht hat, für andere zu entscheiden, ob sie leben oder sterben.«

»Wir müssen dieses Miststück finden«, sagte ich. »So schnell wie möglich. Und sei mir nicht böse, aber dann werde ich entscheiden, ob sie leben wird oder stirbt.«

»Es ist alles noch weit komplizierter«, sagte Michail. »Das ist nur ein Teil des Problems.«

»Wie bitte? Dann spuck den Rest aus!«

»Wir müssen nicht nur Wiktoria finden. Die Radikalenorganisation hat in verschieden Bereichen Forschungen betrieben. Es gibt noch andere Wissenschaftler, die an Viren arbeiten, deren Wirksamkeit vom Alter des betroffenen Menschen abhängt. Leider kennen wir ihre Identität nicht. Es können Quazi-Wissenschaftler sein oder auch Menschen. Wir müssen Wiktoria finden und die Einzelheiten über die Organisation aus ihr herauspressen. Kontaktdaten, Anführer ...«

»Heilige Scheiße«, sagte ich. »Ist das alles?«

»Nein.« Michail nahm seinen Hut ab und richtete die Krempe. Er wirkte ziemlich nervös. »Eure Regierungen ... wissen auch davon. Sie ahnen es. Und bereiten sich auf jedes denkbare Szenario vor. In Russland, den USA, in China und in Schottland wird an biologischen Waffen geforscht, die Aufständische und Quazi töten. Deshalb informieren wir derzeit auch nicht die Regierungen der Menschen, um keinen Präventivschlag zu riskieren.«

»Super«, sagte ich. »Ihr bringt alle Erwachsenen um. Und wir alle Quazi und Aufständischen. Und unsere Kinder erben eine wunderbar reine Welt ohne Idioten.«

Ich stand auf.

»Wo willst du hin?«, fragte Michail.

»Zu Vater Johann. Für alle Fälle auf die Schnelle ein Z oder was für ein Zeichen auch immer anstatt eines Kreuzes schlagen.«

»Das Zeichen des Kreuzes wird in jeder christlichen Konfession anerkannt. Ansonsten säufst du ja wohl eher, um Trost zu suchen, und das kannst du auch zu Hause machen.«

»Warum hast du mir das alles nicht gleich erzählt?«, fragte ich herausfordernd.

»Ich wollte dich erst besser kennenlernen.«

»Und warum hast du es mir jetzt erzählt? Ich werde tagelang nicht schlafen können.«

»Trink weniger, dann kannst du auch besser schlafen«, entgegnete Michail und stand ebenfalls auf. »Komm, wir gehen.

Noch besteht kein Grund zur Panik, ich habe mit Absicht etwas dick aufgetragen. Erstens glaube ich nicht, dass Tomlin die erwünschte Mutation des Virus bereits erzielt hat. Und zweitens können die Radikalen nicht so einfach loslegen. Um möglichst viele Kinder vor ihren frisch aufgestandenen Eltern zu retten braucht es eine Vielzahl operativer Gruppen. Bisher gibt es keine Anzeichen einer solchen Mobilisierung.«

»Wie hoch ist der Anteil an Radikalen bei euch?«, fragte ich.

Michail wich meinem Blick aus.

»Na?«

»Dreißig, vierzig Prozent«, antwortete er. »Natürlich haben die meisten davon keine Ahnung, was da läuft. Aber sie würden diejenigen unterstützen, die das Virus unter die Leute bringen wollen.«

»Und dann ist da noch die träge Masse derjenigen, die keine eigene Meinung haben«, sagte ich. »Sie machen sicher auch noch mal so viel aus.«

»Eher fünfzig Prozent, würde ich sagen«, korrigierte mich Michail.

»Ich gratuliere, du bist in der Minderheit.«

»Mein Freund, wenn dir der Gedanke, alle Aufständischen und alle Quazi mit einem Schlag zu vernichten, kein Vergnügen bereitet, dann bist du das auch«, sagte Michail.

»Das würde er schon, und wie!«, entgegnete ich. »Wenn es auch nur das kleinste bisschen ändern würde.«

Wir näherten uns Moskau von Norden her. Besser gesagt gingen wir auf Dolgoprudny zu. Wir hofften, dass man in der Hauptstadt und in den umliegenden größeren Städten irgendwie mit der Katastrophe fertig geworden war. Die Dmitrowski-Chaussee lag verlassen vor uns. Hier und da standen Fahrzeuge herum, kaputt oder ohne Benzin, vermutlich in Panik zurückgelassen. Ich hatte insgeheim gehofft, dass wir auf einen Posten stoßen würden, oder eine Armeepatrouille. Aber offenbar hatte man sämtliche Kräfte in Moskau zusammengezogen.

»Alles wird gut«, sagte Olga. Nachdem klar war, dass ihre Wunde verheilte und sie sich nicht in ein Monster verwandelte, war ihr Optimismus zurück. »Wenn wir erst mal in Dolgoprudny sind, fahren wir mit der Metro nach Moskau ...«

»Hä?« Ich konnte es nicht glauben.

Olga lachte.

»Hast du nie von der Story gehört? Das war so eine Art Aprilscherz der Studenten der Moskauer Physikalisch-Technischen Uni. Du weißt ja, dass die in Dolgoprudny ist. Jedenfalls ließen die Studenten Aufkleber in Metro-Optik machen, mit der Aufschrift ›Phystech‹, und klebten sie überall in den Metrozügen auf die Übersichtspläne. Und tatsächlich glaubten manche Leute eine Zeit lang, dass es diese neue Station bereits gab oder dass sie zumindest im Bau war.«

»Schade, dass es nur ein Scherz war«, sagte ich. »Komm, ich nehme ihn.«

Olga trug unseren Sohn im Tragetuch. Er schlief nicht, sondern blickte ernst und schweigend in die Welt.

»Er ist nicht schwer ...«, sagte Olga. »Sieh mal, ein Dorf ... komm, das schauen wir uns an!«

Ich besah mir das Ortsschild, Scholochowo stand da. Die Magistrale führte um den Ort herum, aber der kürzeste Weg führte direkt durchs Dorf.

»Sieht ganz friedlich aus«, gab ich zu.

»Ich habe Hunger«, sagte Olga. »Und will mich hinsetzen. Einfach in einem Sessel setzen und die Beine ausstrecken ...«

»Mit einer Flasche Bier«, ergänzte ich. »Oder einem Glas Cognac.«

Olga lachte.

»Na, komm, übertreib nicht! Ich hab dich nur ein einziges Mal mit einem Glas gesehen, auf unserer Hochzeit. Und nicht mal da hast du den Sekt ausgetrunken ...«

»Hab ich wohl.« Ich war beleidigt. »Deinetwegen. Aber ich mag nun mal keinen Alkohol, mir reicht das Chaos in meinem Kopf auch so ...«

Wahrscheinlich löste die Nähe Moskaus diese Entspanntheit bei

uns aus. Und vielleicht die Tatsache, dass wir seit vierundzwanzig
Stunden keinen Aufständischen mehr zu Gesicht bekommen hatten.
Womöglich glaubten wir sogar, dass wir alle umgebracht hätten oder
sie von selbst verendet waren ...

In Wirklichkeit zog es sie einfach in die großen Städte. Vor allem
nach Moskau. Ihr Instinkt, oder was davon übrig war, trieb sie dort-
hin, wo auch die Menschen waren.

Von unserem Verstand war offenbar auch nicht mehr viel übrig-
geblieben.

Wir zogen also tatsächlich nach Scholochowo. Ein ganz gewöhnli-
ches Dörfchen im Großraum Moskau mit etwa hundert bis zweihun-
dert Einwohnern und etlichen Datschen für die Großstädter. Ordent-
liche Häuschen mit ein bis zwei Stockwerken, für Moskauer Verhält-
nisse nichts Protziges, viel Grün ... Und Stille.

Wir schritten entlang der verschlafenen begrünten Hauptstraße
tiefer in das Dorf hinein.

Wo kann sich eine Quazi in Moskau verstecken? Die Kirche hatten wir gecheckt. Auch die drei Hotels, in denen die Quazi übli-
cherweise abstiegen, waren überprüft worden. Ebenso das Dutzend vegetarischer Restaurants.

Im letzten Lokal, einem hippen Laden mit dem Namen *Grüne
Freunde* auf der Pretschistenka-Straße, blieben wir zum Mittagessen. Michail verspeiste einen Salat aus Gurken und Tomaten,
dazu Brot. Ich aß eine Erbsensuppe und stocherte anschließend
in einem Steinpilzrisotto herum.

»Sie muss doch irgendwo schlafen«, sagte ich. »Leider gibt
es in Moskau jede Menge Orte, wo man auch ohne Dokumente unterkommen kann. Privatwohnungen, billige Stundenho-
tels.«

»In Moskau gibt es auch jede Menge Parks, Plätze und Keller«,
ergänzte Michail. »Aber sie wurde zur Fahndung ausgeschrieben, und das weiß sie auch. Ich würde an ihrer Stelle kein Hotel
ansteuern. Und sie ist bestimmt nicht dümmer als ich.«

Ich nickte. Moskau ist eine große Stadt. Und auch wenn es verhältnismäßig wenige Quazi gibt, sind sie doch nicht so selten, dass man sich jeden merkt.

»Wenn man ihr Foto im Fernsehen zeigen würde ...«, sagte ich seufzend.

»... würde das nur unnötige Panik hervorrufen«, antwortete Michail. »Ihr Bild ist zur Fahndung an alle Hotels, Polizeireviere und private Sicherheitsfirmen verschickt worden. Außerdem wurde es in das System der öffentlichen Überwachungskameras eingespeist.«

»Dann verstehe ich nicht, wie sie sich weiter versteckt halten kann«, sagte ich. »Normalerweise verhaften wir alle Verbrecher innerhalb von vierundzwanzig Stunden, nachdem die Fahndung ergangen ist.«

»Sie ist eine Quazi«, sagte Michail. »Sieh her.«

Er legte die Gabel zur Seite und erstarrte einen Moment. Dann schob er den Unterkiefer leicht nach unten und nach vorne. Das Ganze sah nicht nach einer Grimasse oder nach einem Frankenstein-Monster aus, aber sein Gesicht wirkte schlagartig anders. Er öffnete die Augen weiter und runzelte die Stirn, um den Schwung seiner Brauen zu verändern. Dann hob er die Hände an die Ohren und strich die Muscheln nach hinten, nahm die Finger wieder weg, und nein, die Ohren kehrten nicht in die Ausgangsposition zurück.

»Und wie lange kannst du mit dieser Visage rumlaufen?«, fragte ich.

»Solange ich will.«

Ich wandte den Blick ab und blickte Michail dann wieder an.

Im ersten Moment hatte ich das Gefühl, dass mir ein völlig fremder Quazi gegenüber saß.

»Wir haben eine andere Gewebestruktur«, erklärte Michail, und es klang wie eine Entschuldigung. »Natürlich sind wir keine Werwölfe, aber während ein Mensch eine Grimmasse höchstens ein paar Minuten durchhält, können wir Tage und Wochen damit rumlaufen. Dazu noch eine andere Frisur, etwas Schminke, ein veränderter Gang, neue Kleidung ... Du würdest Wiktoria natürlich erkennen, wenn du genau hinschaust. Aber auf den ersten Blick sähe sie wie eine andere Frau aus. Und wenn man die Haut gut tönt, merkt man nicht mal auf Anhieb, dass sie eine Quazi ist.«

»Die Temperatur«, sagte ich.

»Stimmt, die lässt sich nicht verändern. Wenn alle Überwachungskameras mit einem Temperatursensor ausgestattet wären, hätten wir es leichter. Aber davon gibt es maximal zwanzig Stück.«

»Ich wusste nicht mal, dass wir überhaupt welche haben ...«, brummte ich und spießte ein Pilzstückchen auf, betrachtete es aufmerksam, probierte es. »Dann ist die ganze Fahndung total sinnlos. Die Streifenpolizisten werden sie nicht erkennen. Und die Computer auch nicht ... Nimm doch bitte deine Maske wieder ab, ja?«

»Entschuldige, hab ich ganz vergessen«, sagte Michail, entspannte seine Muskeln und sah wieder aus wie vorher. »Und das sind nur die einfachsten Möglichkeiten. Außerdem stehen ihr immer noch Tätowierungen, Kontaktlinsen, Watte für die Wangen, Polster für die Kleidung, Korsette etc. zur Verfügung. Sie könnte inzwischen auch wie ein Mann aussehen, verstehst du? Wie ein lebendiger Mann.«

»Danke, das beruhigt mich richtig«, sagte ich. »Und wie sollen wir sie finden? Vielleicht müsste man doch die zuständigen Behörden darüber informieren.«

»Denis, du glaubst doch nicht etwa, dass Hauptmann Markin sich rein zufällig mit dem Mord am Professor beschäftigt?«, fragte Michail.

»Ach so«, sagte ich. »Spionageangelegenheiten.«

»Ich bin kein Spion.« Michail wirkte etwas gekränkt.

»Dann eben ein Agent. Gib zu, dass Menschen und Quazi de facto wie verschiedene Staaten auf einem Territorium nebeneinanderher existieren. Im letzten Jahr gab es in den USA doch auch irgendwelche Reibereien, erinnerst du dich noch? Zwischen dem Präsidenten der Lebenden und dem der Toten? Fast hätte es einen neuen Bürgerkrieg gegeben. Ost gegen West.«

»Jordan ist der Präsident der Quazi, nicht der Toten«, korrigierte mich Michail. »Und Wiktoria werden wir trotzdem suchen. Wir sind gegenüber Markin und seinen Leuten im Vorteil.«

»Wieso?«

»Ich bin ein Quazi«, erklärte Michail.

»Ach was! Ist mir noch gar nicht aufgefallen. Und was bringt das? Kannst du sie vielleicht am Geruch wittern?«

»Wir riechen nach nichts. Sogar Hunde können unsere Spur schlecht aufnehmen. Es geht eher darum, dass ich noch eine weitere Ahnung habe, wo die Unsrigen sich gerne rumtreiben. Ich wollte dort eigentlich nicht hin, aber ...« Michail tupfte sich die Lippen mit der Serviette ab. »Bist du fertig?«

Ich sah auf mein Risotto. Die Pilzstückchen wirkten verloren im Reis. Das mit den Steinpilzen war gelogen. Hauptsächlich waren Champignons drin.

»Ich hab irgendwie keinen Appetit.«

»Tut mir leid«, sage Michail. »Beim nächsten Mal essen wir wieder in einem normalen Restaurant. Und jetzt gehen wir ein Stück zu Fuß, das tut gut nach dem Mittagessen.«

Da Michail offenbar damit rechnete, dass ich Fragen stellte, schwieg ich. Wir bezahlten (leider hatte die Fleischlosigkeit unserer Mahlzeit keine Auswirkung auf den Preis) und verließen das Restaurant. Unseren Wagen ließen wir stehen. Aus einem plötzlichen Impuls heraus rief ich Nastja an, aber sie ging nicht an den Apparat. Nach drei höflichen Klingelzeichen steckte ich das Telefon wieder weg. Michail wartete geduldig. Wir liefen eineinhalb Blocks die Pretschistenka entlang und wandten uns dann nach rechts in die Pomeranzew-Gasse und in Richtung Turgenew-Platz.

»Ich weiß, dass du mich absichtlich nichts fragst«, sagte Michail. »Das ist dein Protest gegen meine Andeutungen.«

Ich knurrte etwas Unverständliches.

»Aber du sagst mir schließlich auch vieles nicht«, fuhr der Quazi vorwurfsvoll fort. »Das Thema ist für uns beide sehr schmerzlich und unangenehm, aber du willst einfach nicht zulassen, dass Najd ...«

»Nein«, sagte ich. »Ich werde keine Nachforschungen anstellen. Er ist nicht mein Sohn, und für mich ist das Thema damit erledigt.«

»Seltsam«, sagte Michail. »Aber bitte, es ist dein Leben.«

»Wohin gehen wir?«, frage ich.

»Hausnummer drei, auf dem Platz dort. Das Zentrum für postmortale Psychologie.«

Ich warf ihm einen misstrauischen Blick zu, aber er meinte es offenbar ernst.

Das Zentrum für postmortale Psychologie war im Souterrain eines fünfstöckigen Hauses untergebracht. Ich konnte mich daran erinnern, dass sich hier früher ein Geschäft mit dem Namen »Laden des Lebens« befunden hatte. Jetzt hing hier eine strenge schwarz-weiße Tafel mit der Aufschrift ZPP. Ohne jede weitere Erklärung.

Ich empfand das Ganze als Ironie.

»Glaubst du, dass Sie nun bei der postmortalen Psychologie Hilfe sucht, nachdem die Kirche ausfällt?«, fragte ich.

»Könnte man so sagen, ja«, antwortete Michail vage.

Wir betraten die nicht besonders großen Räumlichkeiten des ZPP. Ein kleines Empfangszimmer, frisch renoviert und im selben strengen Design gehalten wie das Schild draußen – weiße Wände, schwarze Möbel. Hinter dem Tresen saß ein hübsches schwarzhaariges Mädchen. Lebendig. An der Wand hinter ihr hingen verschieden gerahmte Diplome und große Schwarzweiß-Fotographien von alten Kirchen und Kathedralen. Auf einem Fernseher unter der Decke lief ein alter Charlie-Chaplin-Stummfilm.

Mehrere Türen führten zu weiteren Räumen.

»Guten Tag«, sagte das Mädchen mit weichem ukrainischem Akzent und lächelte liebenswürdig. Auf dem Namensschild an ihrer Bluse, die gerade so weit zugeknöpft war, dass sie den Blick auf den Ansatz der festen jungen Brust darunter lenkte, war nur ein Vorname zu lesen: Oksana. »Füllen Sie bitte die Fragebogen aus ...«

Sie sah mich an und sagte: »Sie sind nur zur Begleitung dabei, oder?«

»Ja«, stimmte ich zu. »Das ist in letzter Zeit mein Job.«

Michail nahm zu meiner Überraschung den Fragebogen, setzte sich an ein Tischchen, setzte den Hut ab, holte einen Kugelschreiber aus der Tasche und begann in ordentlicher Schrift die Blätter auszufüllen. Ich besah mir die Bögen – es waren die gleichen Fragen wie in jeder anderen Arztpraxis auch. Name, Vorname, Geburtsdatum, Wohnort, Arbeitsplatz ... Hier wurde noch zusätzlich das Todesdatum und das Datum der Erhöhung abgefragt. In letzter Zeit wurde viel darüber diskutiert, ob man diese Fragen nicht grundsätzlich in alle Fragebögen aufnehmen sollte, um die Diskriminierung von Quazi zu unterbinden. Aber aus irgendeinem Grund wurde die Angelegenheit immer wieder verschleppt und am Ende würde es wohl wie mit dem Gesetz zur Einführung der Homo-Ehe ausgehen. Na ja, das war eben Russland, Leute. Wir hatten hier eine echte Demokratie: In dem Sinne, dass stets der Wille der Mehrheit umgesetzt wurde.

»Dürfte ich vielleicht auch einen Fragebogen ausfüllen?«, sagte ich zum Scherz.

Oksana machte kugelrunde Augen.

»Ja, aber wie ... das heißt, natürlich ... Aber was erhoffen Sie sich davon?« Sie war vollkommen verwirrt.

»Stellen Sie sich vor, dass ich nichts über Ihren Laden hier weiß«, sagte ich lächelnd. »Und erzählen Sie mir etwas über Ihre Arbeit hier.«

Das Mädchen blickte etwas aufgeschreckt zu einer der Türen. Offenbar überlegte sie, ob sie ihren Chef rufen sollte. Aber ich lächelte weiter, und da ich in Zivil gekleidet war, entschied Oksana, dass sie selbst mit der Lage fertig würde.

»Unser Zentrum für postmortale Psychologie bietet psychologische Dienstleistungen für Quazi an. Unter anderem die Erforschung tieferer Schichten der Psyche sowie der psychischen Veränderungen im Vergleich zum lebendigen Zustand. Außerdem erarbeiten wir Empfehlungen für eine seelische Weiterentwicklung und beraten in Einzelfragen«, ratterte sie herunter.

»Toll!«, sagte ich. »Und wie geht das?«

»Wir wenden vom Ministerium für Gesundheit genehmigte Methoden der psychologischen Konsultation an und setzen dabei zugelassene medizinische Präparate der neuesten Generation ein«, fuhr sie mit ihrem einstudierten Sermon fort.

Bei den Worten »medizinische Präparate« regte sich augenblicklich der Polizist in mir.

»Und bei mir wirken die nicht?«, fragte ich immer noch lächelnd.

Oksana kicherte. »Ich bitte Sie! Doch nicht bei lebendigen Menschen.«

»Bitte, hier ist der Fragebogen.« Michail reichte Oksana die ausgefüllten Blätter.

Sie sah sie flüchtig durch und fragte: »Möchten Sie jetzt gleich die erste Sitzung wahrnehmen?«

»Ja.«

»Tausend Rubel für die Erstsitzung, jede weitere kostet 750 Rubel«, erklärte Oksana. »Soll Ihr Freund Sie begleiten?«

»Ja.«

»Die Begleitperson kostet 250 Rubel. Ein Foto und Videoaufnahmen sind gegen weitere Zuzahlung erlaubt.«

»Nicht nötig.« Michail schüttelte den Kopf. »Ich bin bereit.«

Oksana trat hinter ihrem Tresen hervor. Der bislang verborgen gebliebene Teil von ihr war genauso attraktiv wie jener oberhalb der Taille, den wir von Anfang an zu sehen bekommen hatten.

»Marina Abramowna!« Das Mädchen klopfte an die Tür, zu der sie zuvor gelinst hatte, und öffnete sie vorsichtig einen Spalt. »Der Patient Michail Iwanowitsch Bedrenez ist da. Zur Erstsitzung.«

»Kann reinkommen«, antwortete eine derbe Frauenstimme.

Im Gegensatz zu der hübschen Oksana war Marina Abramowna eine kräftige, untersetzte, nicht mehr ganz junge und ziemlich unattraktive Frau. Auf ihrer Oberlippe konnte man die Reste von schlecht depilierten Barthaaren erkennen. In ihrem Zimmer roch es trotz eines Luftreinigers stark nach Rauch, und auf dem Tisch stand wie zur Provokation ein nur nachlässig verdeckter Aschenbecher.

»Sind Sie mit der Arbeit unseres Zentrums vertraut?« Die Frage galt Michail, mir warf sie nur einen flüchtigen Blick zu. Ein Namensschild trug sie nicht, aber eine Tafel auf ihrem Tisch bestätigte, dass es sich bei der Frau um Marina Abramowna, Doktorin der Medizin und der Psychologie sowie Neuropsychologie handelte.

»Absolut«, sagte Michail.

»Machen Sie das zum ersten Mal?«

Michail nickte.

»Nun, dann sparen wir uns den Smalltalk, kommen Sie mit ...« Marina Abramowna erhob sich und bewegte sich so gleichmäßig und zielstrebig durchs Zimmer wie ein Schlepper durchs Hafenbecken.

Wir durchquerten den Empfangsraum und betraten ein anderes Zimmer. Oksana saß wieder hinter ihrem Tresen und bedachte uns im Vorbeigehen mit ihrem dienstlichen Lächeln.

Das nächste Zimmer war ein länglicher Raum ohne Fenster, mit schmalen Liegen, die durch Vorhänge von der Decke voneinander abgetrennt waren. Mich erinnerte das an das Zimmer für »Elektroschlaftherapie« in einer staatlichen Kureinrichtung, wo ich mich einmal zehn Tage lange pflichtbewusst hatte gesund pflegen lassen. Da liegt man mit diesen Elektroden an den Schläfen da, es ziept ganz leicht auf der Haut ...

Aber hier gab es keine Apparate, die noch aus der sagenumwobenen, großen Zeit der Sowjetunion stammten. Nur Liegen mit weißen Laken darauf und ein gläserner Medizinschrank.

»Stellen Sie sich auf die Waage und nennen Sie mir Ihr Gewicht. Ziehen Sie die Hose und das Jackett aus, krempeln Sie einen Ärmel bis zum Ellbogen hoch und legen Sie sich auf eine beliebige Liege«, befahl Marina Abramowna.

Michail führte alle Anweisungen folgsam aus. Er wog 82 Kilo, was mir für seinen Körperbau ziemlich viel vorkam. Aber Quazi sind grundsätzlich etwas schwerer als Menschen.

Die Ärztin holte inzwischen eine Einwegspritze aus dem Medizinschrank, außerdem eine große Flasche mit einer gelben Flüssigkeit, aus der sie etwa fünf Kubikzentimeter aufzog.

»Was ist das?«, fragte ich.

»Ein innovatives medizinisches Präparat«, entgegnete Marina Abramowna trocken. Sie trat zu Michail, beugte sich über ihn und setzte mit einer geschickten Bewegung die Nadel an.

Quazi haben nicht das gleiche Blut wie Menschen. Es ist zähflüssig und dringt schlecht in die Nadel ein. Aber Marina Abramowna machte das nicht zum ersten Mal. Sobald ein dunkelroter Schleier in der Spritze auftauchte, injizierte sie die Lösung.

»Diese Flüssigkeit nennt sich Kaliumchlorid«, sagte Michail unerwartet. »Sie wird schon seit hundert Jahren in der Medizin verwendet. Für Menschen wäre so eine schelle Zufuhr des Stoffes tödlich. Bei Quazi ruft sie ... eine andere Wirkung hervor.«

Marina Abramowna erstarrte mit der Spritze in der Hand. »Warum haben Sie bezahlt, wenn Sie das wissen?«, fragte sie verwirrt.

»Der Anschauung wegen«, sagte Michail vage. Er runzelte die Stirn. »Es brennt ein bisschen.«

»Das soll es auch«, sagte Marina Abramowna. Sie warf mir einen Blick zu. »Jetzt legen Sie sich erst einmal ein wenig hin, Michail. Das Präparat wirkt in etwa zehn Minuten.«

»Wie wirkt das Kaliumchlorid auf Quazi?«, fragte ich.

Marina Abramowna blickte mich mit gehörigem Misstrauen an, als ob sie überlegte, ob ich eine Erklärung verdiente.

Wortlos zog ich meinen Polizeiausweis. Postwendend legte die Doktorin verschiedener Wissenschaften äußerste Kooperationsbereitschaft an den Tag und hielt mir eine kleine Vorlesung: »Es verursacht eine vorübergehende Aktivierung der Nekroneuronen im präfrontalen Cortex.«

»Und verständlicher?«

Marina Abramowna wirkte ziemlich nervös. »In diesem Hirnareal findet die emotionale Bewertung statt. Mitleid, Mitgefühl, Mitempfinden ... das Gewissen.«

»Empathie im Allgemeinen also.« Ich wollte auch mit einem Fachwort glänzen.

Offenbar hatte ich es nicht ganz korrekt verwendet, denn die Ärztin runzelte die Stirn. »Nun ja ... könnte man so sagen.«

»Aber Quazi kann man doch nicht als gefühllos oder als unfähig zum Mitgefühl bezeichnen«, sagte ich.

»Nein, nein, natürlich nicht!«, sagte Marina Abramowna eilig. »Aber sie ... wie soll ich sagen ... Ihre moralische Urteilskraft ist stark rational geprägt. Stellen Sie sich vor, ein Schiff geht unter. Sie haben die Möglichkeit, fünf Menschen zu retten. Oder einen. Wie entscheiden Sie sich?«

»Eine alberne Frage«, sagte ich. »Fünf natürlich.«

»Gut. Jetzt nehmen wir die gleiche Situation, nur dass der sechste Mensch auch noch ins Rettungsboot springt. Sie haben eine Pistole. Wenn Sie den sechsten nicht loswerden, geht das Rettungsboot unter. Wie handeln Sie?«

»Ich bleibe zurück«, sagte ich.

Marina Abramowna lächelte.

»Nehmen wir an, das geht nicht. Nur Sie können das Rettungsboot manövrieren. Ohne Sie sterben alle. Nun?«

»Ich weiß es nicht«, sagte ich.

»Aber es hat sich doch nichts geändert. Sie hätten den Menschen, der auf dem untergehenden Schiff zurückbleibt, ohnehin umgebracht und dafür fünf gerettet.«

»Das ist etwas anderes«, sagte ich.

»Für uns nicht«, sagte Michail von seiner Liege aus. »Für jeden Quazi ist diese Situation eindeutig.«

»Das hat alles mit dem präfrontalen Cortex zu tun.« Offenbar war dieses Thema eines ihrer liebsten. »Der übt sozusagen die emotionale Kontrolle über die Logik aus. Die einfache Logik selbst kennt keinen Unterschied zwischen, ›jemanden zum Sterben zurücklassen‹ und ›jemanden erschießen‹. Und hier greift dann das ein, was Freud das Über-Ich genannt hat.«

»Das heißt ... Quazi können praktisch Menschen werden?«, fragte ich überrascht. »Ich meine, tot bleibt natürlich tot, aber sie werden sozusagen menschlicher?«

»Das ist nur vorübergehend«, sagte Michail seufzend. »Für eine Viertelstunde etwa. Und die Wirkung des Mittels nimmt mit jedem Mal ab, am Ende ist sie gleich null ...«

Er wandte sich mir zu und ich erschrak. Sein Blick war lebendig. Als ob etwas in ihm angeknipst, aufgeweckt worden wäre.

»Du fragst dich vermutlich, warum die Quazi dieses Zentrum hier aufsuchen ... Aus dem gleichen Grund, aus dem sie in die Kirche gehen. Um sich lebendig zu fühlen. Um etwas zu empfinden, das außerhalb unseres rationalen Verständnisses liegt. Das ist wie Hunger. Der gleiche Hunger, den wir empfinden, wenn wir nach dem Tod aufstehen. Nur dass jener Hunger vergeht, aber dieser hier ... nicht ...«

Der Quazi verstummte.

»Ich dachte, nach der Erhöhung erinnert ihr euch nicht mehr an die Zeit davor«, murmelte ich.

»An den Hunger erinnern sich alle. Nur spricht keiner darüber.« Michail sah jetzt zu Marina Abramowna hinüber, die einen Schritt zurückgetreten war. »Eine Quazi-Frau. Jung. Könnte sich als Wiktoria ausgegeben haben. Könnte sich als Mann ausgegeben haben. Doch das ist eher unwahrscheinlich, denn aus der Nähe hätten Sie das bemerkt.«

Er holte ein altes Mobiltelefon aus der Tasche und zeigte der Ärztin Wiktorias Foto.

»Sie war gestern da. Hatte kurze grellrote Haare. Nannte sich Marija Neswannaja«, gab die Ärztin knapp, fast militärisch Auskunft. »Sie war zum ersten Mal hier.«

»Waren Sie bei ihrer Sitzung dabei?«

»Nein, das ist nicht zwingend so.«

»Haben Sie Aufzeichnungen davon? Audio- oder Videoaufzeichnungen?«

»Natürlich nicht« Marina Abramowna war sichtlich gekränkt. »Wir haben sehr strenge Vorschriften zum Schutz der Privatsphäre ...«

»Hat sie denn nichts gesagt?«, fragte Michail hoffnungsvoll.

»Ach, im Vorgespräch hat sie dasselbe gesagt wie alle anderen! Nichts Besonderes! Dass sie große Probleme hat, dass die Lage sie zwingt, die Ihrigen zu verraten, dass sie ihr Problem gerne aus unserer ... also aus menschlicher Perspektive betrachten würde ... Sicher, das klingt ein wenig naiv, aber viele von Ihren Leuten kommen genau mit diesem Wunsch her ...«

»Hat sie wirklich von Verrat an den Ihrigen gesprochen?« Michail hakte nach. »Sind Sie sich da sicher?«

Marina Abramowna nickte.

»Dann warten Sie jetzt bitte draußen«, sagte Michail. »Und bereiten Sie eine Kopie ihres Fragebogens für uns vor. Ich muss mich mit meinem Kollegen unterhalten.«

Die Ärztin glitt unerwartet geschmeidig aus dem Zimmer.

»Verstehst du das mit Wiktoria?«, fragte ich zweifelnd.

»Vielleicht«, sagte Michail und blickte mich an. »Ich muss mir das noch durch den Kopf gehen lassen. Aber dafür hätte ich mich nicht spritzen lassen müssen. Ich wollte ein anderes Problem noch einmal aus menschlicher Sicht betrachten.«

»Welches denn?«

»Das mit Najd.«

»Ach, darum geht es also wieder«, sagte ich seufzend. »Das ist doch längst geklärt.«

»Nein. Die Wahrscheinlichkeit, dass du der Vater bist, ist sehr groß. Du weichst einer eindeutigen Antwort aus, das heißt, dass du selbst nicht genau weißt, ob dein Sohn tot ist oder nicht. Du hast keine neue Familie. Du leidest noch immer unter dem Verlust deiner Frau und deines Kindes. Ich kann mit meiner Logik nicht verstehen, warum du einen Vaterschaftstest ablehnst. Deshalb habe ich jetzt das getan, was ich schon immer mal tun wollte: Mir Kaliumchlorid injizieren lassen.«

»Um das Problem aus menschlicher Sicht zu betrachten, verstehe.« Ich nickte. »Also gut, ich erklär es dir.«

»Bitte, Denis.« Michail sah mich voller Hoffnung an.

»Erstens habe ich Angst davor, auf ein Wunder zu hoffen«, sagte ich. »Wenn sich herausstellt, dass du dich getäuscht hast, ist es umso schlimmer.«

»Das nehme ich dir nicht ab«, sagte Michail. »Wenn du das früher gesagt hättest, hätte ich dir vielleicht geglaubt. Aber jetzt ... kenne ich dich schon etwas besser. Der Mensch hofft immer auf ein Wunder. Der Mensch ist auf Wunder angewiesen, denn für nichts anderes lohnt es sich zu leben.«

»Du hast recht«, stimmte ich ihm zu. »Aber so merkwürdig es ist, ich habe mich mit dir angefreundet, du alter Leichnam. Du bist ein super Partner und ein guter Freund. Du hast diesen Jungen wie einen eigenen Sohn angenommen. Und wenn sich nun plötzlich herausstellen würde, dass ich der Vater bin, wäre das ein Schock für alle. Das will doch keiner, verstehst du? Ich leide, klopf auf Holz, nicht an Impotenz. Ich kann noch Kinder bekommen. Und dieser Junge – ist dein Kind.«

»Danke«, sagte der Quazi. »Aber ich bin nicht dein Freund, und selbst wenn ich dein bester Freund wäre, würdest du überprüfen, wer dieser Najd ist. Selbst wenn du ihn mir nicht wegnehmen wolltest. Nur um Gewissheit zu haben. Lüg mich nicht weiter an, du dämlicher lebendiger Polizist!«

»Okay«, sagte ich. »Du kannst deine Probe haben.«

Ich trat zum Schrank und öffnete ihn.

Ich hatte Glück. Unter dem ganzen Krimskrams befand sich auch ein Gestell mit hermetisch verschlossenen Reagenzgläsern und eine Packung sterile Watte. Keine Ahnung, wozu das hier gebraucht wurde. Vermutlich nur zur Dekoration.

Ich öffnete ein Reagenzglas, wischte mir mit einem Wattebausch über den Gaumen und warf den Bausch in das Gefäß. Ich verschloss das Glas und hielt es Michail hin. »Schäm dich«, sagte ich.

Michail schwieg. Nahm dann nach kurzem Zögern das Reagenzglas aus meiner Hand und nickte. »Danke, Denis. Ich bin sehr froh, dass du jetzt doch noch dazu bereit warst.«

»Der Test wird beweisen, dass Najd nicht mein Sohn ist«, sagte ich. »Also kannst du mir ruhig schon mal einen anständigen Whiskey besorgen, zur Wiedergutmachung für deine Penetranz.«

»Warum bist du so sicher?«, fragte Michail. »Hast du doch mit angesehen, wie dein Sohn gestorben ist?«

»Nein!«, schrie ich. »Ich habe es nicht gesehen! Aber das Kind war nicht von mir, kapiert?«

Ich trat in den Vorraum und schloss die Tür hinter mir. Blickte zu Oksana rüber. Hatte sie meinen Ausbruch mitbekommen? Ihrem neugierigen Blick nach zu schließen war das der Fall.

Was sie wohl dachte?

Das Telefon in meiner Tasche vibrierte. Ich zog es hervor: Nastja.

Irgendwas Schönes musste es in diesem Leben doch geben, etwas Besseres als diese drohende Gefahr für die ganze Menschheit, diese ergebnislosen Nachforschungen und dieses Wühlen in alter, schmutziger Wäsche.

»Ja, Nastja«, sagte ich in den Apparat und wandte mich von

Oksana ab, als ob das meinem Gespräch mehr Intimität verleihen könnte. »Ich habe es auch schon bei dir versucht. Wollen wir uns treffen?«

»Heute geht's nicht, Denis!« Nastja schrie beinahe vor Aufregung. »Denis, du glaubst nicht, was passiert ist! Denis!«

»Was?«, fragte ich misstrauisch.

»Mama und mein Bruder! Sie wurden erhöht! Sie werden schon heute aus dem Asyl entlassen und kommen nach Hause!«

»Ich freue mich unheimlich für dich«, sagte ich fassungslos. »Wirklich ...«

»Ich muss jetzt gleich los, zum Asyl, Denis«, sagte Nastja. »Wir telefonieren später, okay? Morgen? Ich muss los. Morgen, okay?«

»In Ordnung«, sagte ich. »Morgen.«

Nastja beendete das Gespräch.

Ich steckte das Telefon weg und blickte Oksana an.

»Abgeblitzt?«, fragte sie.

»Das kann man so nicht sagen«, entgegnete ich. »Was machen Sie denn heute Abend?«

»Ich koche meinem Mann Borschtsch«, sagte Oksana lächelnd.

»Manche Männer haben einfach Glück.« Ich seufzte. »Richten Sie meinem Kollegen bitte aus, dass ich vor der Tür auf ihn warte.«

Draußen sah ich mich um. Das Wetter war fantastisch, was im Moskauer Sommer selten genug vorkommt.

Irgendwas Schönes musste es doch in diesem Leben geben.

Außer dem Leben selbst.

Sechstes Kapitel

Gerupfter Fuchs und die Kartoffel

Bis zum Abend war es noch lang, aber ich hatte keine Lust, ins Revier zurückzukehren.

Erst recht nicht, da Papierkram anstand.

Michail stieg im Stadtzentrum aus. Er wollte in Ruhe nachdenken und eventuell noch ein paar Besuche machen. Sein Ton verriet mir, dass er allein sein wollte, aber ich fragte trotzdem nach. Nein, er benötigte keine Hilfe. daher beschloss ich, nach Hause zu fahren.

Selbst in einer Megapolis wie Moskau war der Sommer eine schöne Zeit. Natürlich leerte sich die Stadt nicht mehr so wie früher, denn viele konnten es sich gar nicht leisten, in die Natur zu fahren. Dafür gab es immer noch viel zu wenige gesicherte Anlagen und Kurorte. Trotzdem waren spürbar weniger Menschen unterwegs.

Ich bog um die Ecke in meine Straße. Auf dem Bürgersteig näherte sich ein etwa zehnjähriges Kind dem Zebrastreifen – ich konnte nicht erkennen, ob es sich um ein Mädchen oder einen Jungen handelte. Ich hätte es noch geschafft, aber ich hielt vorsichtshalber an. Kinder rennen immer wieder ohne zu schauen über die Straße, wenn dann hinter mir irgendein Heißsporn zu schnell um die Ecke schoss, zack, gab es einen Aufständischen mehr auf der Welt.

Das Kind verstand, dass ich es vorbeilassen wollte, und lief über die Straße – hüpfend, wie nur Kinder das tun. Offenbar ein Junge. Als er auf meiner Höhe war, lächelte er und hob die Hand zum Dank.

Auch ich musste unwillkürlich lächeln. In diesem Jungen brodelte das Leben, junges, jauchzendes, übersprudelndes Leben. Er verfügte nicht über jenen ruhigen, mächtigen Verstand oder über eine verschärfte Wahrnehmung der Sinnesorgane, weder über eine unvorstellbare Kondition noch über perfekte Regenerationsfähigkeit.

Aber er war lebendig.

Die Quazi dagegen waren tot.

Der arme Najd, den Michail mir so hartnäckig als Sohn anhängen wollte, wirkte wie ein Zwitterwesen aus Mensch und Quazi. Ich war mir sicher, dass Najd nicht so hüpfend über die Straße rannte, sondern am Straßenrand stehenblieb und sorgfältig die Lage überprüfte. Und er würde auch einem unbekannten Fahrer zulächeln, der ohne Notwendigkeit für ihn anhielt. Die Quazi hatten ihn gerettet, aber sie hatten ihn sich selbst ähnlich gemacht ...

Der Fahrer hinter mir hupte ungeduldig. Erst jetzt wurde mir klar, dass ich immer noch an der Ecke stand und dem fremden Jungen hinterherstarrte wie ein Perverser. Hinter mir warteten schon zwei Autos. Ich fluchte leise und drückte aufs Gas. Eine Frau, die sich gerade dem Zebrastreifen näherte, sprang erschrocken einen Schritt zurück und rief mir eine Beleidigung hinterher.

Meine gute Laune hielt trotzdem an, als ob der unbekannte Junge mir mit seinem Gruß etwas von seiner Lebensfreude hatte zuteilwerden lassen.

Ich parkte das Auto in nächster Nähe zum Hauseingang, stieg lächelnd aus, öffnete mit der Codekarte die Tür und trat ein. Ich wohne in einem alten Haus mit kleinem Eingangsbereich; hier gibt es keinen Empfangstresen, denn es wäre gar kein Platz dafür da. Es gibt nicht mal Videokameras im Eingangsbereich.

Als also eine Hand von hinten meinen Hals umfasste und mir mit gezieltem Griff die Luft abdrückte, bekam das kein Mensch mit.

Ich röchelte, versuchte einzuatmen, stieß mit den Ellbogen mehrmals hinter mich. Doch vergeblich, jemand hielt mich gekonnt fest.

Mit unmenschlicher Kraft.

Nach ein paar Augenblicken ließ der Griff ein wenig nach.

»Bist du allein, Hauptmann Simonow?«, flüsterte mir eine Frauenstimme ins Ohr.

Es war eine rhetorische Frage. Aber zur Sicherheit antwortete ich dennoch. »Ja.«

»Gut«, sagte Wiktoria. (Wer sonst?). »Arbeitest du noch mit gerupfter Fuchs zusammen?«

»Mit wem?«, fragte ich überrascht.

»Bedrenez. Der Sonderbeauftragte des Vorsitzenden. Wir nennen ihn gerupfter Fuchs.«

»Wer ist denn ›wir‹?« Ich begriff, dass ein Mensch, der jetzt zufällig das Haus betrat, wenig helfen konnte. Nur ein anderer Quazi konnte mit Wiktoria fertig werden. Trotzdem versuchte ich auf Zeit zu spielen.

»Wir Quazi«, entgegnete Wiktoria geduldig. »Ich sehe, dass ihr zusammen unterwegs seid ... Hör mir jetzt gut zu, Hauptmann Simonow. Hör mir zu, begreife, was ich dir sage, und merk es dir genau.«

Ach du Schande!

Erstens hatte sie offenbar nicht vor, mich umzubringen!

Und zweitens war sie eine gebildete Frau.

»In Ordnung«, sagte ich.

»Trau gerupftem Fuchs nicht. Trau den Quazi nicht. Alles ist ganz anders, als es scheint.«

»Na gut«, sagte ich. »Dann darf ich dir also auch nicht trauen, oder?«

»Richtig«, stimmte Wiktoria zu. »Auch mir solltest du nicht trauen. Ich bin auf eurer Seite, aber trau mir nicht.«

»Wenn du auf unserer Seite bist, dann gib das Virus zurück.«

Die Hand auf meiner Luftröhre erzitterte.

»Michail hat mir von dem Virus erzählt«, erklärte ich. »Stimmt es etwa nicht?«

»Was er erzählt hat, ist nur ein Teil der Wahrheit«, sagte Wiktoria. »Das verstehst du nicht.«

»Dann erklär es mir. Ich bin ein vernunftbegabtes Wesen, ich werde es verstehen.«

Wiktoria überlegte. Dann sagte sie: »Nein. Es ist zu kompliziert. Du musst Hauptmann Markin kontaktieren. Sag ihm, dass ich mich ihm persönlich stellen werde. Hier ... das ist meine Telefonnummer.« Sie schob mir raschelnd ein Stück Papier in die Hosentasche meiner Jeans. »Aber nur Markin persönlich. An einem menschenleeren Ort. Du darfst als Zeuge mitkommen. Sonst niemand. Und auf keinen Fall darf gerupfter Fuchs dabei sein.«

»Aha!«, sagte ich. »Super. Ein Mensch gegen einen Quazi. Du zerreißt Markin doch in Stücke, und mich dazu.«

»Markin ist nicht so einfach zu erledigen«, entgegnete Wiktoria. »Aber das müsst ihr schon selbst entscheiden.«

Sie schwieg.

Und auch ich blieb einen Moment lang stumm. Wartete. Bereitete dabei meinen Angriff vor. Ich würde mich in Wiktorias Hand krallen, in die Hocke gehen, sie von hinten über mich hinwegschleudern und mich so aus ihrem Griff befreien.

Deshalb verpasste ich den Schlag auf den Kopf.

Eben hatte ich noch aufrecht dagestanden, bereit zum Kampf.

Jetzt lag ich auf dem Boden unter den Briefkästen, den Oberkörper gegen die Wand gedrückt.

Ich sah bunte Kreise, in meinen Ohren dröhnte es.

Womit hatte sie mich dermaßen umgenietet?

Mit ihrer eigenen Stirn etwa?

»Lebst du noch?« fragte sie. »Es wird ja wohl in der Nähe ein Krankenhaus geben, das noch in Betrieb ist. Für den Fall, dass du dich untersuchen lassen willst.«

Wie fürsorglich!

»Ich lebe noch«, krächzte ich. »Mach dir keine Sorgen. Ich komme schon zurecht.«

»Ohne Bedrenez«, wiederholte Wiktoria, leicht über mich gebeugt. »Vergiss das nicht ...«

Sie nahm mir nicht mal meine Pistole ab. Aber bis ich so weit zu mir gekommen war, dass ich die Waffe ziehen und zur Tür humpeln konnte, war von Wiktoria keine Spur mehr zu sehen. Die Straße lag leer und friedlich vor mir.

»Ich wollte doch noch was sagen«, brummte ich vor mich hin, während ich mir den Nacken rieb.

Eine Gehirnerschütterung hatte ich offenbar nicht. Wiktoria hatte heftig, aber gezielt zugeschlagen. Sehr human.

Im Übrigen hatte ich alles, was die Quazi mir mitteilen wollte, genau verstanden.

Erstens: Sie war zu Verhandlungen bereit und sogar dazu, sich zu stellen.

Zweitens: Sie vertraute Bedrenez nicht und nannte ihn bei seinem alten Spitznamen: gerupfter Fuchs.

Drittens: Sie hatte ihre gute Absicht unter Beweis gestellt, indem sie mich nicht getötet hatte.

Leider konnte das alles auch völlig anders motiviert sein: Vielleicht störten Markins Ermittlungen sie so sehr, dass sie ihn unbedingt loswerden wollte. Oder sie versuchte, einen Keil zwischen mich und den alten Quazi zu treiben ...

Gerupfter Fuchs.

Was sollte das bedeuten?

Schlauer Fuchs, okay, oder alter Fuchs – das hätte mich nicht gewundert, aber warum gerupft?

Ich betrat den Aufzug und drückte den Knopf für die dritte Etage. Normalerweise nahm ich die Treppe, das war gut für die Kondition. Aber heute war ich irgendwie zu faul.

In meiner Wohnung hielt ich erst einmal für zehn Sekunden den Kopf unter kaltes Wasser. Dann trocknete ich mich mit einem Handtuch ab und hoffte, dass die Schmerzen sich gelegt hatten.

Nein, es war keinen Deut besser!

Ich holte einige Ibuprofen aus der Hausapotheke, schluckte sie mit etwas Wasser, setzte mich vor den Fernseher und zappte durch die Kanäle. Auf *Rossija24* wurde über eine neue landwirtschaftliche Anlage im Oblast Wologda berichtet – ein eingezäuntes Gebiet, das von Aufständischen bereinigt und gut abgesichert war, wo Kühe frei weiden konnten und großartige Milch gaben. Im Kinderkanal *Karussell* lief ein alberner alter Fantasy-Film über zwei Jungs, die es entweder in die Zukunft oder in die Vergangenheit oder auf einen anderen Planeten verschlagen hatte. Im *Ersten Kanal* lief eine dieser unzähligen Talkshows, die nur Hausfrauen und Menschen im Ruhestand anschauen. Eine ältere, aber verzweifelt auf jung getrimmte Schauspielerin lauschte der Erzählung ihrer Gesprächspartnerin, einem jungen, »aufgehenden« Star, mit demonstrativem Mitgefühl: Es ging um Männer. Die junge Schauspielerin erklärte, dass ihr an einem Menschen seine Persönlichkeit wichtig sei, nicht aber sein Äußeres oder sonst irgendwelche Vorzüge. Plötzlich war ich mir sicher, dass sie im nächsten Moment öffentlich ihre Liebe zu einem Quazi gestehen würde, oder zumindest etwas in der Art sagen würde wie, »mir ist es egal, ob einer tot oder lebendig ist, Hauptsache, er respektiert mich als Person«. Ich schaltete den Fernseher aus.

Gerupfter Fuchs!

Ich durfte Michail nichts von meinem Zusammentreffen mit Wiktoria sagen.

Ich musste Markin Wiktorias Vorschlag unterbreiten.

Ich zog den Zettel aus der Hosentasche. Er war aus einem Notizbuch herausgerissen. In ordentlicher Schreibschrift waren zwei Telefonnummern darauf notiert. Die von Markin. Also hätte sie sich auch direkt an ihn wenden können, doch offenbar bevorzugte sie einen Vermittler. Die zweite war ihre eigene

Nummer. Daneben stand: *Das Telefon ist täglich um 9.00 Uhr, um 15.00 Uhr und um 21.00 Uhr für 90 Sekunden lang eingeschaltet.*

Alles klar. Sie wollte nicht geortet werden. Vermutlich nahm sie sogar den Akku aus dem Telefon.

Ich schaltete die Taschenlampenfunktion meines Handys ein und betrachtete den Zettel im hellen Licht. Leider waren keinerlei Abdrücke von einer auf dem darüberliegenden Papier geschriebenen Adresse oder Telefonnummer zu erkennen. So was gab es nur bei Sherlock Holmes.

Ich überlegte, dann wählte ich Michails Nummer.

Sein Handy war ausgeschaltet.

Als Nächstes wählte ich seine Festnetznummer.

»Hallo?«

Najd war am Telefon.

»Hallo«, sagte ich. »Hier ist Denis Simonow. Ist Michail zufällig zu Hause?«

Am anderen Ende war es still.

»Hallo?«, wiederholte ich verwirrt.

»Nein, er war kurz da, ist aber wieder weggegangen«, entgegnete Najd.

Und schwieg wieder.

»Zum Teufel mit ihm!«, schimpfte ich, als ich plötzlich begriff, womit dieses Schweigen zusammenhing. »Entschuldige, Najd.«

»Macht nichts«, entgegnete der Junge. »Denis?«

»Ja?«

»Sind Sie wirklich mein Vater? Mein biologischer Vater?«

»Ich weiß es nicht. Nein.« Erst jetzt merkte ich, dass ich aufgestanden war und im Zimmer herumtigerte. »Dein ... Michail täuscht sich. Nein, du bist nicht mein Sohn.«

»Normalerweise täuscht er sich nicht«, erklärte Najd. »Eigentlich nie.«

»Diesmal hat er sich getäuscht.«

»Ich will mich nicht aufdrängen, glauben Sie das bloß nicht«, sagte Najd. »Ich … na ja. Ich hätte es einfach gern gewusst. Nicht wegen Ihnen! Wegen …« Er stockte.

»Najd, du kannst mir glauben, dass …« Jetzt verstummte ich. »Es ist alles sehr kompliziert, Najd.«

»Warum kompliziert? Entweder ja oder nein«, sagte der Junge absolut nüchtern. »Entweder ich bin Ihr Sohn oder nicht. Michail sagte, dass er heute einen Test machen lässt.«

»Najd, ich komme morgen bei euch vorbei und wir reden darüber.« Ich wollte dieses Gespräch unbedingt beenden. »Einverstanden?«

»Und warum nicht heute?«

»Ich habe noch zu tun. Arbeit.«

»Okay.« Der Junge lenkte ein. »Dann eben morgen. Und bringen Sie ein Foto mit, ja? Von Mama.«

Ich unterbrach das Gespräch.

Zuvor sagte ich noch: »Okay«.

Dann erst drückte ich auf die grüne Taste.

»Gerupfter Fuchs!«, stieß ich wütend hervor.

Eine Minute lang stand ich mit dem Telefon in der Hand da, als sei es eine Bombe, die jede Sekunde explodieren könnte.

Najd rief nicht wieder an.

Vielleicht war er ja der Meinung, dass alles gesagt war. Er war ein sehr logisch denkendes Kind, fast wie ein Quazi.

Dann sah ich noch mal auf den Zettel und wählte die Nummer von Hauptmann Markin.

Ich stand am Fenster und blickte auf einen Panzer.

Ein alter Panzer aus der Zeit des Zweiten Weltkriegs.

Nicht schlecht. Ich hatte gar nicht gewusst, dass es in diesem Kaff ein Museum mit einem legendären T-34 gab.

Und ich hätte nur zu gern auf dieses Wissen verzichtet.

Wären wir bloß daran vorbeigegangen.

»Sie scheinen ab und zu helle Momente zu haben«, sagte ich.

»Vielleicht ist das so eine Art kollektive Vernunft.«

Das Häuschen, in dem wir in Deckung gegangen waren, seit wir die ersten Aufständischen erblickt hatten, stand direkt neben dem Museum. Hier drin war alles sauber und leer. Keine Menschen, keine Waffen und auch keine Lebensmittel – die Eigentümer hatten alles ausgeräumt, bevor sie gegangen waren. Als langfristige Deckung taugte dieses Haus sicher nicht, aber wie es aussah, konnten wir uns hier für eine Weile verstecken. Auch wenn die Aufständischen uns witterten, orten konnten sie uns vorerst noch nicht.

Wie orientierten sie sich eigentlich? Mit dem Geruchssinn? Oder nach Gehör? Mit den Augen?

Die Aufständischen strebten von allen Seiten auf uns zu – so zielstrebig, dass es tatsächlich nach einer vernunftgesteuerten Aktion aussah.

Erst viel später begriff ich, dass es genau andersherum war. Die Bewohner des Dorfes hatten sich eine ganze Zeit lang im Museum verschanzen können. Vielleicht hatte ihnen die große Zahl der dort geparkten Panzer unterbewusst das Gefühl gegeben, dass es Hoffnung gab, mit dem Feind fertig zu werden.

Allerdings waren diese Panzer schon lange nicht mehr betriebsbereit. Es waren nur noch Exponate. Irgendwann waren die Aufständischen ins Museum eingedrungen und hatten die Menschen dort überwältigt. Aber nachdem sich jeder einzelne der Aufständischen sattgefressen hatte, hatten sie sich völlig chaotisch und ohne jedes Ziel in alle Richtungen zerstreut.

Es war reiner Zufall, dass es uns ins Epizentrum des eben erst vorgefallenen Massakers verschlagen hatte. Als uns die Aufständischen zu wittern begannen, kehrten sie von allen Seiten zurück. Und was für uns nach Verstand aussah, war in Wirklichkeit sein Fehlen.

Aber davon hatten wir keine Ahnung. Weder ich noch Olga.

»Wir müssen auf jeden Fall von hier abhauen«, sagte ich. »Sie sind langsamer als wir. Wir können ihnen entwischen.«

»Der da drüben ist schnell«, entgegnete Olga. Ihre Stimme war ganz ruhig.

Ich blickte auf einen Aufständischen, dem der linke Arm fehlte. Er hinkte zwischen den Panzern entlang. Aus seinem zerfetzten Ärmel ragte ein lächerlicher grauer Stumpf hervor. Wuchs seine Hand etwa nach? Es sah ganz danach aus.

Und tatsächlich hatte der Hinkende einen ziemlichen Zahn drauf. Vermutlich konnte er auch rennen. Zu Lebzeiten war er wohl jung und sportlich gewesen. Bestand da ein Zusammenhang?

»Wir schlagen uns durch«, sagte ich und wog das Messer in der Hand. Der Eispickel hing noch immer an meinem Gürtel, aber das lange Messer, das ich dem Alten im Café abgenommen hatte, erschien mir handlicher. Es war ein billiges Werkzeug, aber immerhin gut geschliffen und so lang wie eine Machete. »Ich laufe voraus, und wenn uns einer angreift, hacke ich ihm den Kopf ab.«

»Klar, du Held«, sagte Olga. Sie war ruhig, unheimlich ruhig. Aber da ich keinerlei Erfahrungen mit Schockzuständen hatte, begriff ich nicht, dass diese übertriebene Ruhe ein Zeichen dafür war, dass in ihrem Innern bereits totale Panik herrschte. »Du kannst tun, was du willst, Denis. Aber wir bleiben hier. Moskau ist um die Ecke. Sie werden Hilfe herschicken.«

»Olga, hier sind wir schutzlos«, sagte ich möglichst gelassen. »Wir schaffen das. Glaub mir.«

»Ich werde nicht rennen. Wir verschanzen uns im Museum. Schau dir die Fenster an, sie sind schmal wie Schießscharten. Und die Türen sind stark. Das ist doch ein Militärmuseum, da sind die Türen sicher besonders solide.«

»Und warum stehen sie dann offen?«, fragte ich.

Zum Museum war es wirklich nicht weit. Und es sah massiv und solide aus. Außerdem waren keine Aufständischen zwischen dem Häuschen und dem Museum zu sehen. Noch nicht.

»Weil keiner es bis dorthin geschafft hat«, sagte Olga. »Aber wir können es schaffen. Und uns dort verschanzen, bis sie sich verziehen.«

»Die verziehen sich aber nicht«, sagte ich. »Sobald sie uns sehen, werden sie ein Schlupfloch suchen. Sie werden die Fenster und Türen einschlagen. Irgendwie kommen sie rein.«

»Nein«, sagte Olga. Sie drückte unseren Sohn an sich, der nicht

schlief, aber stumm blieb, als ob er den Ernst der Lage begriffen hätte. Er sah mich einfach nur an. Als ob er um etwas bitten würde.

Dass ich mich Olgas Meinung anschloss. Oder, im Gegenteil, sie von meinem Vorschlag überzeugte.

»Olga ...«

»Wir bleiben hier«, sagte meine Frau fest. »Ich habe mich entschieden.«

Vielleicht lag es an der Müdigkeit oder daran, dass uns die Zeit davonlief – in wenigen Momenten würden uns die Aufständischen eingekreist haben.

»Du kannst nicht für unseren Sohn entscheiden«, sagte ich. »Wenn du unbedingt willst, bleib hier, aber wir hauen ab. Verstanden?«

Das würde sie doch niemals zulassen, oder?

Wir würden zusammen fliehen.

Und später würde ich mich für mein schroffes Benehmen entschuldigen.

»Du kannst nicht für meinen Sohn entscheiden«, sagte Olga. Sie war blass geworden.

»Das kann ich sehr wohl«, sagte ich. »Er ist unser Sohn. Unser gemeinsamer Sohn.«

»Er ist nicht von dir«, sagte Olga.

»Wie? Nicht von mir?«

»Er ist mein Sohn. Und der von Andrej.«

»Welcher Andrej?«

»Erinnerst du dich nicht? Mit dem war ich vor dir zusammen. Andrej, der Banker.«

»Das war doch nichts Ernstes«, murmelte ich. »Und als wir uns kennengelernt haben ... hast du doch mit ihm Schluss gemacht ...«

»Nicht sofort«, sagte Olga und blickte mir fest in die Augen. »Ich musste mich entscheiden, mit wem ich zusammenbleiben will. Ich wurde von ihm schwanger, aber er sagte, dass er mich nicht heiraten will. Da hab ich mich für dich entschieden. Tut mir leid. Aber er ist nicht dein Sohn. Und du hast nicht das Recht, sein Leben aufs Spiel zu setzen.«

Ich schwieg. Die Stille war so gewaltig, dass sie in meinen Ohren dröhnte.

Nur der einarmige Aufständische da draußen zwischen den Panzern jaulte aus irgendeinem Grund: »Uähäh! Uähäh!«

Warum tat er das?

Rief er seine Artgenossen?

»Entschuldige, aber so was passiert öfter«, sagte Olga.

Ich nahm das Beil in die linke Hand und gab Olga mit der rechten ganz ruhig eine Ohrfeige.

Sie schwieg. Blickte mich an, als ob sie nicht glauben könnte, was soeben passiert war.

Wir hatten uns bisher noch kein einziges Mal gestritten.

Das Kind auf Olgas Arm begann leise vor sich hin zu weinen.

»Wir hauen ab von hier«, sagte ich. »Wir müssen nur bis zur Hauptstraße kommen. Ich bin mir sicher, dass uns keiner einholt. Und dann ... können wir in Ruhe reden. Den Papieren nach bist du meine Frau und er ist mein Sohn. Und ich entscheide, was wir tun. Auch das passiert öfter.«

»Denis ...«, sagte Olga.

»Später«, sagte ich. »Wir haben keine Zeit mehr. Ich laufe voraus, du bleibst hinter mir. Verstanden?«

Olga nickte.

»Lass ... deinen Sohn nicht fallen«, fügte ich noch hinzu.

Vielleicht hätte ich dieses »deinen« nicht sagen sollen. Manchmal kann das kleinste Wörtchen grausam sein.

»Los jetzt«, sagte ich und schubste Olga in Richtung Tür. Sie ging gehorsam mit. »Auf drei. Eins, zwei ... drei!«

Ich zog die Tür auf und wir rannten nach draußen auf den geteerten Platz, auf dem die für immer erstarrten Panzer standen.

»Bleib dicht hinter mir!«, rief ich und lief direkt auf den einarmigen Aufständischen zu.

Der hatte uns schon entdeckt und kam uns entgegen. Und zwar richtig flink. So einem konnte man nur entwischen, wenn man Vollgas gab ...

Ich schlug ihm mit dem ersten Schlag den noch existierenden Arm ab.

Mit dem zweiten den Kopf.

Das Küchenmesser war überraschend gut geeignet, um verwesendes Fleisch zu zerhacken.

»Bleib nicht zurück!«, befahl ich Olga über die Schulter, während ich zwischen den Panzern hindurchrannte.

Aber als ich mich das nächste Mal umdrehte, etwa auf halber Strecke zurück zur Hauptstraße, lief Olga in die entgegengesetzte Richtung.

Auf den Museumseingang zu.

»Olga!«, schrie ich. »Bleib stehen! Zurück! Olga!«

Aber es war zu spät. Die Aufständischen waren jetzt zwischen uns, an die zwanzig.

Und auch von der Seite stießen immer neue hinzu. Der größte Teil eher langsam, aber einige von ihnen waren genauso schnell wie der Einarmige, den ich eben geköpft hatte.

Olga drehte sich erst am Eingang zum Museum um. Sie sah mich an. Hob die Hand – vielleicht zum Abschied oder als Entschuldigung. Und schlug dann die schwere Tür hinter sich zu.

Hinter ihr war keiner her. Doch, zwei verkrüppelte Aufständische humpelten auf den Eingang zu.

Als echter Held hätte ich mich zu ihr durchschlagen müssen. Aber da waren rund zwanzig Aufständische zwischen uns.

Sich durchschlagen …

Und dann anklopfen …

Mit einer Frau reden, die mir gerade gestanden hatte, dass sie mich betrogen hatte …

Vor mir auf dem Weg zur Hauptstraße waren nur zwei Aufständische.

Einem rammte ich den Eispickel in den Schädel. Damit hatte ich ihn nicht endgültig getötet, aber er drehte sich auf der Stelle, versuchte den Griff zu packen und die Waffe herauszuziehen, als ob sie nur ein Splitter in seiner Haut wäre.

Um den zweiten schlug ich einfach einen Bogen. Die Zeit war zu knapp, um ihm den Kopf abzutrennen. Von hinten näherten sich schon die anderen.

In der Absperrung zur Hauptstraße gab es eine Lücke: Irgendwer hatte den Zaun mit einem Fahrzeug gerammt und war auf das Museumsgelände gefahren. Ich rannte auf die Straße und blickte mich um. Fast alle Aufständischen waren hinter mir her. Die einen schnell, die anderen langsam.

Wenigstens lockte ich sie von Olga fort. Waren die Aufständischen in der Lage, sich zu merken, dass es im Museum noch mehr Beute gab?

Hoffentlich nicht.

Blöd nur, dass ich nicht vergessen würde, was ich eben gehört hatte.

Hauptmann Markin hatte für unser Treffen ein Eiscafé vorgeschlagen. Ein merkwürdiger Ort für ein vertrauliches Gespräch zwischen einem Mitarbeiter der Staatssicherheit und einem Polizisten, aber vielleicht war genau das der Sinn der Sache.

Es wurde bereits dunkel, und das Café füllte sich, hauptsächlich mit jungen Paaren, die miteinander über Schönes und Albernes tuschelten, dazu einige etwas ältere Leute, abgehetzte Mütter mit Kindern und Sonntagspapas mit ihrem Nachwuchs. Wir setzten uns nach draußen, wo es retromäßig nach Ende des 20. Jahrhunderts aussah: verschieden große Sonnenschirme mit dem Schriftzug einer amerikanischen Getränkemarke, dazu ein nach Mafioso aussehender Barmann im himbeerfarbenen Jackett mit Goldkettchen. Auch die Kellnerinnen waren sehr viel freizügiger gekleidet, als man das in einem Café erwartet hätte – extrem kurze Röcke und schreiend bunte Strumpfhosen. Alles war so grell wie in einem Lokal für Jugendliche am Meer.

Über die Fernsehbildschirme liefen alte Shows aus derselben Epoche mit längst vergessenen Moderatoren und Sängern. Dazu spielte leise Musik – auch ein alter Song:

Versteck die Musik nicht, sie ist Opium für niemanden außer
uns.
Abends sterben wir gemeinsam fröhlich, spielen auf Dekadenz.
Tötest du mich, tötest du dich, nichts wird sich ändern,
  denn diese Geschichte hat kein Ende, nichts wird sich
  ändern …

Welche Ironie, dass die Zeilen dieses alten Liedes so verdammt zeitgemäß klangen. Ohne Hast verzehrte ich mein Vanilleeis, berichtete Markin von meinem Treffen mit Wiktoria und reichte ihm den Zettel mit der Nummer.

Markin nickte. Er aß sein Eis höchst konzentriert, als ob er damit eine Aufgabe von staatstragender Bedeutung erfüllte. Vermutlich hatten die Krieger der unsichtbaren Front es in diesen Zeiten alles andere als leicht. Einen Spion bei den Quazi einzuschleusen war aussichtslos, man musste immer aus der Entfernung arbeiten. Vermutlich wegen des warmen Wetters trug Markin einen hellen Leinenanzug. Ohne Jackett ging es in seinem Job nicht, wo sonst hätte er die Pistole verstecken sollen.

»Ich verstehe, Denis«, sagte Markin und leckte den Löffel säuberlich ab. »Wirklich alles. Sogar Wiktorias Benehmen.«

»Aber?«, fragte ich.

»Aber!«, bestätige Markin freudlos. »Aber ich kann nicht verstehen, warum du auf sie hörst und Bedrenez nichts davon erzählst.«

»Sie hat darauf bestanden«, sagte ich.

»Warum?«, wiederholte Markin. Sein Blick war sehr ernst.

»Ich mag keine Quazi.«

»Das weiß ich. Deshalb frage ich dich auch so direkt. Du magst keine Quazi, und du hast allen Grund dazu. Aber du hast ein ziemlich ausgeprägtes Verständnis von Freundschaft. Du würdest diese Information niemals einfach so vor deinem Partner verheimlichen.«

»Michail ist nicht mein Freund.«

»Er ist dein Partner. Das bedeutet sogar noch mehr.«

Ich überlegte, während ich mit meinem Löffelchen den klebrig süßen Film am Boden des Kelches abkratzte.

»Ich habe meine Gründe. Persönliche Gründe.«

»In unserem Job gibt es kein Privatleben«, sagte Markin.

»Aber ich mache nicht euren Job«, bemerkte ich.

»Das stimmt. Allerdings hätte ich dich gern in meiner Mannschaft.«

Ich gestattete mir eine ironische Grimasse.

»Hauptsache es stört dich nicht, dass wir den gleichen Rang haben«, sagte Markin. »Das ist nur formal so.«

»Das können wir besprechen, wenn es je soweit kommen sollte«, antwortet ich.

»In Ordnung«, stimmte Markin zu. »Was hat dir Bedrenez erzählt?«

Ich zuckte mit den Schultern.

»Hat er dir von dem Virus erzählt?«

Ich hatte keine Lust, mich dumm zu stellen.

»Hat er. Die Quazi machen Experimente mit Viren, die die ... erwachsenen Menschen vernichten sollen. Die Kinder will man zur Vorstellung erziehen, dass der Quazi die höchste aller Daseinsformen ist. Sie wollen die menschliche Zivilisation nach ihrem Geschmack umformen.«

»Nach ihrem Geschmack.« Markin lachte. »Ja, da hat er dir die Wahrheit erzählt.«

»Wiktorias Mann forschte an ein entsprechendes Virus. Er war wohl nicht mehr weit vom erfolgreichen Abschluss seiner Arbeit entfernt. Im Labor des Asyls hat Wiktoria an dem Virus gearbeitet ... oder ihn überprüft, Irgendetwas in der Richtung. Michail hat auch gesagt, dass wir ... also wir Menschen ähnliche Waffen gegen die Quazi entwickeln.«

In Markins Gesicht zuckte nicht ein Muskel.

»Michail will die Quazi aufhalten. Aber er wollte sich nicht an unsere Regierung wenden, weil er einen Präventivschlag gegen die Quazi befürchtet.«

»Glaubst du ihm das?«, fragte Markin.

»Ich weiß es nicht«, sagte ich nach kurzem Zögern. »Ich würde es ihm gerne glauben. Aber er ist nicht leicht einzuschätzen. Selbst für einen Quazi.«

»Wir sind alle schwer einzuschätzen«, sagte Markin. »Okay, Denis, ich werde dich nicht weiter ausquetschen. Wollen wir versuchen, Wiktoria zu fassen?«

»Sie scheint sich doch stellen zu wollen«, bemerkte ich vorsichtig.

Markin lachte wieder auf.

»Wir stellen uns alle ... früher oder später.«

Er zog sein Telefon aus der Tasche und tippte die Nummer ein, ohne dabei auf den Zettel oder die Uhrzeit zu schauen. Ich warf einen Blick auf meine Uhr und stellte fest, dass es genau 21.00 Uhr war.

Nach einer Sekunde stand die Verbindung. »Wiktoria, hier ist Markin. Was wollen Sie mir mitteilen?« Markin lauschte eine Weile schweigend. »Selbstverständlich. Ja«, sagte er schließlich.

Ich wartete.

»In Ordnung, ich habe verstanden«, sagte er dann. »In einer schwarzen Tüte ... im Mülleimer. Wir versuchen, rechtzeitig dort zu sein ... Ja, nur Denis und ich. Sonst niemand.«

Er steckte das Telefon in die Tasche und erhob sich abrupt.

»Gehen wir. Wir haben gerade mal zwanzig Minuten, um halb Moskau zu durchqueren.«

Ich stand auch auf. Wieder erklang ein altes Lied:

Ich habe einen Schuss parat für alle deine Freunde,
Wie eine Medizin gegen alle Verletzungen,
Und glaub mir eins, an allen Türen vorbei,
Ich liebe dich und ich will, ich will,
Ich will dich töten.

»Die Neunziger waren keine besonders tolle Zeit«, sagte ich. »In allen Liedern geht es um den Tod. Idiotisch, ihn so zu romantisieren.«

»In einem guten Lied geht es immer um den Tod«, antwortete Markin.

Was halb Moskau anging, hatte Markin übertrieben. Höchstens ein Viertel. Wiktoria hatte einen Ort im Süd-Westen der Stadt bestimmt. Im Grunde keine Überraschung, denn hier lebten die meisten Quazi, und es war leichter für sie, sich dort zu verstecken.

Wiktoria hatte Sicherheitsvorkehrungen getroffen wie eine Spionin in einem alten Film. Markin musste eine schwarze Tüte aus einem Mülleimer unweit der Metro-Station Prospekt Wernadski fischen. Offenbar würden wir darin weitere Anweisungen finden.

»Mir gefällt das mit den zwanzig Minuten überhaupt nicht«, sagte Markin und hielt in einer Parkbucht neben einem Verkaufswagen für gebackene Kartoffeln. Eine dunkelhäutige Verkäuferin mit Locken langweilte sich hinter der Theke. Neben der Bude befand sich der angegebene Mülleimer. »Und was jetzt? Wird die Tüte gleich explodieren?«

Markin stieg aus, ohne sich weiter um mich zu kümmern, und trat auf den Stand zu. Entweder hatte er das mit der Explosion zum Spaß gesagt, oder er hatte keine Angst zu sterben.

Dabei wäre das wirklich ein höchst effektiver Weg, um den Staatssicherheitsmann loszuwerden!

Ich stieg ebenfalls aus, trat aber nicht näher an den Mülleimer heran. Aus Richtung des Metro-Eingangs kam eine Frau mit Kinderwagen ohne Eile auf uns zu. Der Kartoffelstand befand sich eigentlich an einem ungünstigen Platz. Hier gab es wenige Fußgänger, und nur gelegentlich kamen Leute aus der Metro.

»Entschuldigen Sie!«, sagte ich eilig und stellte mich so, dass ich Mutter und Kind gegen den Mülleimer abschirmte. »Entschuldigen Sie die Frage. Ich weiß, es klingt blöd, aber meine Frau hat mich gebeten, Windeln zu kaufen, und ich weiß die Marke nicht. Sie kennen sich doch bestimmt aus …«

Die Frau hatte unwillkürlich eine abwehrende Haltung eingenommen, als ich vor ihr aufgetaucht war. Jetzt lachte sie. »Sie sind mir ja ein toller Papa! Jedes Kind ist doch anders! Rufen Sie lieber Ihre Frau an!«

»Die ärgert sich nur«, sagte ich mir Seitenblick auf Markin, der im Mülleimer wühlte. Witzig, wenn er sich geirrt hatte und im falschen Müll forschte.

»Dann fragen Sie eine Verkäuferin«, schlug die Frau vor. »Wenn Sie da lang weitergehen, am Metro-Eingang vorbei, kommen Sie zu einer Apotheke. Die haben Windeln.«

Jetzt richtete sich Markin auf. In den Händen hielt er eine Tüte. Er blickte hinein. »Denis!«, rief er.

»So werde ich es machen!«, sagte ich und drückte meine Hand gegen die Brust. »Besten Dank! Und entschuldigen Sie bitte die Störung!«

Als die Frau sah, dass der Kumpel des ahnungslosen Vaters im Müll gewühlt hatte, wurde sie wieder misstrauisch. Zügig schob sie den Wagen mit dem Säugling weiter.

Und ich ging hinüber zu Markin. Was war schon dabei, sich vor einer Unbekannten zum Volltrottel machen? Passierte mir nicht zum ersten Mal.

»Schau mal«, sagte Markin und zeigte mir den Inhalt des Paketes.

Es war ein Fläschchen mit einer durchsichtigen Flüssigkeit. Sie war nicht nur mit einem Korken verschlossen, zusätzlich war der Hals mit einer festen Plastikmasse verstopft.

»Ist es das, was ich denke?«, fragte ich.

Markin nickte.

»Gut, dass nicht irgendein Alkoholiker eine schwere Tüte mit Flaschen obendrauf gedonnert hat«, sagte ich. »Ist keine Nachricht dabei?«

»Nein«, entgegnete Markin zerstreut. Vorsichtig schob er das Fläschchen in die Innentasche seines Jacketts. »Weißt du, was das bedeutet?«

Ich überlegte.

»Vermutlich ist Wiktoria hier in der Nähe ...«

»Genau.« Markin blickte sich um und fragte: »Hast du nicht auch Hunger? Nach dem Eis brauch ich was Salziges. Was meinst du? Kartoffeln? Mit eingelegtem Fisch?«

»Mit Schinken«, sagte ich und trat an Markin vorbei auf den Stand zu. Ich wollte mein Essen wirklich nicht aus den Händen einer Person entgegennehmen, die eben noch im Müll gewühlt und dabei ein tödliches Virus zutage gefördert hatte. »Zwei Kartoffeln bitte. Einmal mit Matjes und einmal mit Schinken.«

»Vielleicht möchten Sie die vegetarische Füllung probieren?«, schlug die Verkäuferin vor. »Mit Gürkchen oder mit Tofu?«

Ich blickte sie an.

In Russland gibt es nicht viele Schwarze. Im Gegensatz zu den USA haben die Russen nie Sklaven aus Afrika in ihr Heimatland gebracht. Afrikaner mögen unser Klima nicht. Auch als Emigranten haben sie sich immer reichere Länder ausgesucht. Ein Schwarzer erregt natürlich kein Aufsehen, aber es gibt hier trotzdem nicht so viele wie in New York oder Paris. Die meisten Russen mit dunkler Haut stammten aus gemischten Beziehungen.

Diese Verkäuferin aber war so dunkelhäutig, wie man sich es nur vorstellen konnte. Schwarze, fast violette Haut, krauses Haar, üppige Lippen. Sie wirkte wie eine Karikatur, als wäre sie eben aus Äthiopien oder Uganda eingeflogen und hätte unterwegs mal eben perfektes Russisch mit hiesigem Akzent gelernt. Sie sprach das Wort »Gürkchen« typisch moskauerisch aus.

»Ihre Fähigkeiten sind bemerkenswert, Wiktoria«, sagte ich.

»Ich gebe mein Bestes«, entgegnete die Quazi.

Klar, am besten lässt sich graublaue Haut natürlich mit Schwarz übertünchen.

Markin schob mich mit der Schulter vom Fensterchen weg. Wir standen jetzt nebeneinander vor dem Stand.

»Wo ist die echte Verkäuferin?«, fragte er.

»Ich bin die echte Verkäuferin«, entgegnete Wiktoria. »Gestern habe ich eröffnet. Alle erforderlichen Papiere liegen vor. Wie Sie sehen, Herr Hauptmann, hätte ich das Virus ohne Weiteres unter den Leuten verbreiten können.«

»Hätten Sie es in die Soße gegeben?«, wollte Markin wissen.

Wiktoria schob wortlos ein kleines Luftbefeuchtungsgerät in Richtung Fenster. Aus dem Zerstäuber stieg ein zarter Wasserdampfschleier auf.

»Sie haben mich überzeugt«, stimmte Markin zu. »Ist das Virus in dem Kolben aus dem Müll?«

»Im Kolben ist Alkohol«, sagte Wiktoria gelassen. »Den können Sie ruhig trinken. Das war nur, um die Dramatik der Lage zu verdeutlichen.«

Markin nickte. »Was wollen Sie, Wiktoria?«, fragte er.

»Dass sie den Schwarzen Schimmel vernichten. Dann gebe ich das Virus zurück.«

»Ich habe eine vage Vorstellung, was Sie meinen, aber ich bin mir nicht sicher, ob der überhaupt existiert«, antwortet Markin vorsichtig. »Und es liegt gänzlich außerhalb meiner Kompetenz, eine solche Entscheidung zu treffen oder eine entsprechende Zusage zu machen. Außerdem gibt es außer Russland noch eine Reihe weiterer Länder, die in der Lage sind, solche … Dinge zu entwickeln.«

Wiktoria nickte.

»Wir alle müssen vom Machbaren ausgehen, nicht von dem, was wir uns wünschen«, fuhr Markin fort. »Ich kann Ihnen versprechen, dass man vor Gericht Ihre Kooperationsbereitschaft berücksichtigen wird. Sowohl bei der Verhandlung über den

Mord an Ihrem Mann als auch die Geiselnahme im Asyl. Kommen Sie mit.«

Wiktoria schwieg.

»Brauchen Sie Zeit zum Überlegen?«, fragte Markin.

Die Quazi nickte wieder

»Dann können Sie uns ja in der Zwischenzeit jedem eine Kartoffel geben«, sage Markin locker und lächelte. »Egal welches Topping, ganz nach Ihrem Geschmack.«

Wiktoria holte zwei in Alufolie eingewickelte Kartoffeln heraus und schaffte es dabei, nicht einmal den Blick von uns abzuwenden.

»Es sind schlimme Dinge passiert«, fuhr Markin fort. »Aber mir ist klar, dass Sie niemandem etwas antun wollten. Um genau zu sein, nicht einmal Ihrem Mann. Aus Ihrer Perspektive wäre es ja für ihn besser gewesen. Nein, ich will nicht lügen! Ich kann Ihrer Logik nicht folgen! Aber wir alle wünschen uns gegenseitig nur das Beste. Nur sind unsere Vorgehensweisen nicht immer aufeinander abgestimmt. Und das ist unlogisch, denn es ist ja bewiesen, dass echte Zusammenarbeit nur funktioniert, wenn beide Seiten davon profitieren. Wenn es keine Bedrohung auf Seiten der Quazi gibt, wird es auch keine von Seiten der Menschen mehr geben.«

Ich wusste, was er vorhatte. Und Wiktoria wusste es auch. Markin appellierte an die eine Größe, die für Quazi unumstritten ist: die Logik.

Wortlos gab Wiktoria irgendwelche Beilagen auf die zerkleinerte Kartoffel und übergoss sie mit Soße, bevor sie als Antwort auf Markins Worte nickte.

»Wir dürfen die Widersprüche zwischen unseren Kulturen nicht auf ewig unter den Teppich kehren«, fuhr Markin fort. »Vielleicht bringt uns diese Tragödie ja endlich dazu, dass Menschen und Quazi ihre Situation gemeinsam und offen diskutieren. Wie vernünftige Wesen.«

Das hätte er lieber nicht sagen sollen. Quazi mögen es nicht, wenn wir Menschen uns von ihnen abgrenzen, sie nicht ebenfalls als – wenn auch besondere – Menschen sehen. Das hatte ich längst kapiert.

Aber wir sind eben nur Menschen, und die machen Fehler. Markin stellte da keine Ausnahme dar.

»Na gut, lassen Sie uns die Bedingungen besprechen, zu denen ich mich stelle«, sagte Wiktoria. »Erstens …« Sie stockte. »Gerupfter Fuchs!«, schrie sie plötzlich.

»Gerupfter Fuchs?«, fragte Markin verständnislos.

Aber Wiktoria war schon aus dem Fenster verschwunden. Die Tür an der Rückseite schwang auf, sie sprang aus dem Wagen und riss sich im Laufen die weiße, gerüschte Schürze vom Leib.

Ich drehte mich um.

Michail Bedrenez kam von der Metro auf uns zugeschlendert. Offenbar hatte er Wiktoria noch nicht einmal bemerkt, jedenfalls beschleunigte er seinen Schritt nicht.

»Alpha, Gamma!«, bellte Markin und schlug sich ins Gebüsch. »Sie haut ab!«

Ich machte mir nicht die Mühe, hinterherzuhetzen. Offenbar war Markin doch nicht allein gekommen. Dass er niemanden kontaktiert hatte, hatte offenbar nichts zu sagen. Vermutlich war er mit Sender und Empfänger ausgestattet und Alpha und Gamma sowie vermutlich auch Beta und weitere einundzwanzig griechische Buchstaben waren uns still und leise zu diesem Treffpunkt gefolgt.

»Was ist hier los?«, fragte Michail, als er mich erreicht hatte. »Was tust du hier?«

»Wiktoria festnehmen«, sagte ich. »Ist zumindest ein Versuch. Aber was anderes: Warum bist du hier?«

»Ich wollte mit ihr reden, und wenn daraus nichts geworden wäre, hätte ich sie festgenommen«, entgegnete Michail ruhig. »Schade, dass du mir vorher nichts von der Aktion gesagt hast.«

»Weil du mir ja immer alles vorher sagst«, platzte es aus mir raus.

»Schon gut.« Michail nickte. »So ist es eben. Aber was diese Festnahme hier angeht: Ich wollte keine lebendigen Menschen dabei haben.«

»Wieso, hätte ich was zu hören bekommen, was mir nicht gefallen hätte?«, fragte ich und unterdrückte mühsam einen derben Fluch.

»Es ist zu gefährlich«, erklärte Michail geduldig.

»Und willst du ihr nicht auch hinterherrennen?«, fragte ich.

»Hier im Park, am Abend? Das ist sinnlos. Wiktoria hat ganz sicher Fluchtwege vorbereitet.«

»Markin hat eine ganze Horde seiner Leute dabei«, sagte ich.

»Keine Chance«, sagte Michail gleichgültig. Er streckte die Hand aus, nahm die Kartoffel aus dem Fensterchen und zog die Folie auseinander. »Hat sie das Virus?«

»Woher soll ich das wissen?«

Markin tauchte wieder aus dem Gebüsch auf. Sein Anzug war seltsamerweise weder aufgerissen noch zerknittert. Er warf Michail einen wütenden Blick zu, und auch auf mich war er sichtlich stinksauer.

»Woher hast du es gewusst?«, fragte er ins Leere.

»Ich habe den Tipp aus einem Typen rausgepresst, der mit falschen Dokumenten für Quazi handelt«, sagte Michail, probierte gelassen von der Kartoffel und kaute auf dem Bissen herum. »Wenn du glaubst, dass mein Partner mich informiert hat, liegst du falsch.«

»In Moskau gibt es Leute, die mit falschen Dokumenten für Quazi handeln?«, fragte Markin überrascht.

»In Moskau gibt es alles. Und wie hast du sie gefunden? Und warum hast du Denis mit hergeschleppt?«

»Sie hat dieses Treffen selbst vorgeschlagen. Über Denis.« Markin runzelte die Stirn. »Und sie hat ausdrücklich verlangt, dass du nicht dabei bist.«

»Na ja, dumm, dass ihr mir nicht Bescheid gegeben habt«, sagte Michail. »Seit wann sind eigentlich die Wünsche einer flüchtigen Verbrecherin wichtiger als die Loyalität unter den Behörden?«

Der lebendige und der tote Geheimdienstler starrten sich finster an.

»Gibt es eine Vermutung, wohin sie geflohen ist?«, fragte Markin.

»Nein«, entgegnete Michail. »Leider nicht.«

Markin winkte gleichgültig ab und verzog sich ohne ein weiteres Wort ins Innere der Imbissbude.

»Bleibst du oder fährst du nach Hause?«, fragte Michail.

Ich blickte Markin hinterher, der im Stand herumwühlte und so tat, als wäre er völlig damit beschäftigt, Spuren zu sichern.

Aber vielleicht tat er nicht nur so. Vielleicht hoffte er wirklich, etwas zu finden.

»Ich fahre nach Hause«, sagte ich. »Mit der Metro.«

»Gehen wir«, gab Michail zurück, knüllte die Folie zusammen und warf sie in den Mülleimer. »Diese Kartoffel war richtig lecker. Ich verstehe nicht, warum es in Piter so wenige solcher Läden gibt. Alle verkaufen sie nur vegetarisches Schawerma.«

»Woraus ist das?«

»Aus Soja.«

Wir gingen am Parkplatz vorbei zum Metro-Eingang. Hinter den Bäumen trat ein kräftiger junger Mann im Anzug hervor und schritt uns entgegen, dann blieb er stehen, lauschte auf das Kommando aus seinem Kopfhörer und ließ uns dann links liegen.

»Du hättest es mir sagen sollen«, wiederholte Michail vorwurfsvoll.

»Warum hast du Najd Hoffnungen gemacht?«

»Wir haben uns gestritten«, erklärte Michail. »Du weißt schon, er ist in diesem speziellen Alter. Er hat schwere Stimmungsschwankungen. Najd sagte, er hätte lieber einen normalen Vater, einen wie dich zum Beispiel. Da musste ich ihm einfach erzählen, dass sein Wunsch vielleicht in Erfüllung gehen wird.«

»Idiot«, sagte ich.

»Wer?«

»Du natürlich!«

Michail schwieg eine Weile. Dann seufzte er.

»Das muss am Kaliumchlorid liegen«, sagt er. »Das sind die Nachwirkungen: Gewisse irrationale Reaktionen. Außerdem musste ich ihm ja auch irgendwie erklären, weshalb ich bei ihm einen Gentest habe machen lassen.«

»Sag mal, hast du gar nicht daran gedacht, dass Najd und ich genau genommen in der gleichen Situation sind? Hast du mich nach meiner Meinung gefragt?«

Michail blieb unvermutet stehen. Und nickte.

»Stimmt. Das war nicht richtig. Hier ...« Er schob seine Hand in die Tasche und zog einen verschlossenen Umschlag hervor.

»Das ist das Untersuchungsergebnis des Vaterschaftstestes.«

»So schnell?« Ich konnte es kaum glauben.

»Wir leben nicht mehr im 20. Jahrhundert. Der Test dauert keine Stunde.«

»Und ...?«

Ich nahm den Umschlag, aber noch hielt ihn Michail auch fest. So standen wir einige Sekunden lang da, beide mit dem Papier in der Hand.

»Ich weiß es nicht. Ich wollte Najd den Umschlag geben. Verschlossen. Aber es stimmt natürlich: Du hast das gleiche Recht darauf.«

»Wirf ihn weg!«

»Wirf ihn selbst weg.« Michail öffnete die Hand.

Im gleichen Moment wie ich. Der Umschlag segelte zu Boden.

Wir bückten uns und stießen mit den Köpfen zusammen.

»Verdammte Seifenoper!«, fluchte ich. »Nimm ihn! Öffne ihn, wirf ihn weg oder gib ihn Najd. Mach, was du willst, aber lass mich damit in Ruhe!«

»Denis, das ist nicht richtig«, sagte Michail streng.

»Warum nennen sie dich gerupfter Fuchs?«, fragte ich.

Michail zuckte zusammen. Und zwar richtig, da war ich mir sicher. Das war keine Imitation einer menschlichen Reaktion.

»Na?«, fragte ich.

Michail schwieg.

Ich drehte mich um und schritt zügig auf die Metro zu. Michail holte mich erst in der Vorhalle ein. Er stoppte mich, indem er mir die Hand auf die Schulter legte.

»Denis, wenn du willst, erkläre ich es dir«, begann er. »Als ich ... zu mir kam ... und das Kind rettete ... waren rund um uns herum überall Aufständische. Jede Menge. Ich wusste damals noch nicht, dass ich sie lenken kann. Das merkt man erst später. Ich war verwirrt und zu Tode erschrocken. Ich rannte los. Und die Aufständischen hinter mir her. Ich hatte den Jungen auf dem Arm, der auch verängstigt war und weinte. Die Aufständischen wollten ihn mir entreißen. Und ich schützte ihn, so gut ich konnte. Legte meine Arme um ihn, drehte ihnen den Rücken zu, schlug Haken. Sie zerrten und rissen an mir, bis ich endlich begriff, dass ich viel schneller als zu Lebzeiten laufen konnte. Ich erreichte eine kleine Gruppe Quazi ... die schon etwas früher zu sich gekommen waren. Sie wussten bereits, was vor sich ging, konnten die Aufständischen aufhalten und vertreiben. Sie kümmerten sich die ersten Tage um das Baby. Ich war wie gerupft ... keine heile Stelle mehr am Körper. Unter diesen Quazi war auch der Vorsitzende ... Er erzählte mir später, dass ich wie ein gerupfter Fuchs auf der Flucht ausgesehen hätte. Und der Spitzname ist mir geblieben.«

Ich schwieg.

Stellte mir vor, wie der tote Alte, noch völlig ahnungslos und unter Schock, mit einem weinenden Kind auf dem Arm flüchtete. Wie rund um ihn herum die Aufständischen verrückt spielten und ihm zusetzten.

»Eigentlich kein schlechter Spitzname«, sagte Michail.

»Wenn man nicht absichtlich etwas Negatives hineininterpretiert.«

»Najd ist dein Sohn«, sagte ich. »Jetzt bin ich mir sicher. Und dabei lassen wir es.«

Ich schob seine Hand von meiner Schulter und tauchte in das Halbdunkel der Metro ein.

Ich stieg die Treppe zu meiner Wohnung nach oben – ein zweites Mal am Tag mit dem Fahrstuhl zu fahren wäre der Anfang vom Ende.

Weshalb Anastasja meine Schritte hörte und von meinem Auftauchen nicht überrascht wurde.

Trotzdem blieb sie auf dem Fußabtreter vor meiner Tür sitzen, die Beine in den aufgerissenen Designer-Jeans zu sich herangezogen, und nahm gerade einen Schluck Weißwein aus der Flasche. Angeblich waren die Verkaufszahlen von Rotwein um ein Drittel eingebrochen, seit es Aufständische gab.

»Ich will dich nicht kompromittieren«, sagte sie.

»Ich bin ein Bulle«, entgegnete ich. »Mich kann nichts kompromittieren.«

»Wollen wir es hoffen.« Anastasja hielt mir die Flasche hin.

Ich nahm einen Schluck und gab sie zurück. Der Wein schmeckte warm und sauer. »Auf dem Beton verkühlst du dir den Hintern«, sagte ich.

»Das wäre nicht das Schlimmste«, sagte Nastja sarkastisch.

»Ist es so heftig?«

»Mama tigert durch die Wohnung und räumt die ganze Zeit auf«, sagte Anastasja. »Sie hat Ordnung schon immer geliebt. Aber jetzt macht sie nichts anderes mehr als aufräumen. Sie hat übrigens deine Socken gefunden.«

»Ach, habe ich die vergessen?«

»Allerdings! Und sie hat sie gewaschen. Ohne zu fragen, von wem sie sind. Sie wollte auch nicht wissen, ob ich mit jemandem zusammen bin. Und mein Bruder hat sich sofort an sein

Notebook gesetzt. In seinem Zimmer war ja noch alles wie früher, ich habe da nur ab und zu Staub gewischt.«

»Spielt er?«, fragte ich.

»Nein. Er hat alle Spiele gelöscht, um Platz für ein neues Betriebssystem zu machen. Er sucht sich jetzt Lernprogramme für Mathematik. Mathematik hat er schon immer gemocht. Aber ich wusste nicht, dass er so sehr darauf steht.«

Ich setzte mich neben Nastja und legte den Arm um sie.

»Du weißt, was das heißt«, sagte sie. »Das heißt, dass ich ihnen schon zu Lebzeiten nichts bedeutet habe.«

»Das stimmt nicht.«

»Aber jedenfalls nicht genug. Im Vergleich zur Mathematik und zur Ordnung.«

»Wir bedeuten alle nicht genug im Vergleich zur Ordnung«, sagte ich und musste an Markin und seinen Redestil denken. »Gib ihnen etwas Zeit. Sie müssen erst mal ankommen.«

»Sie werden niemals ankommen«, entgegnete Nastja. »Oder im Gegenteil, sie sind längst da ... Darf ich reinkommen?«

»Okay, aber dafür musst du aufstehen.«

»Meine Beine sind eingeschlafen ...«

Ich half ihr hoch. Wir standen ganz nahe beisammen. Nastja blickte mir in die Augen.

»Warum leben wir, Denis?«

»Um lebendig zu sein.« Mehr fiel mir nicht ein. Ich schob die Tür auf.

Siebtes Kapitel

Kinder und Dinosaurier

Die Schule Nummer 57 wurde von einem Mann geleitet, was in unserem höchst emanzipierten Bildungssystem an sich schon eine Seltenheit ist. Er war jung, trug eine schicke Brille und war auch sonst eine modische Erscheinung. Insgesamt sah er eher nach erfolgreichem Jungunternehmer als nach Lehrer aus. Aber das wirkte sich nicht negativ auf seine Gastfreundschaft aus. Auf dem Tisch standen ein Samowar – der ja in den letzten Jahren wieder total in Mode gekommen war – sowie kleine Schälchen mit Schokolade, Gebäck und Schaumkonfekt.

»Unsere Schule hat einen ausgezeichneten Ruf«, teilte uns der Direktor mit, während Michail und ich unseren Tee tranken. »Wir blicken auf eine lange und erfolgreiche Geschichte zurück. Insbesondere unsere mathematische Ausbildung ist eine der besten des Landes, wenn nicht der Welt.«

»Vermutlich haben Sie viele Quazi-Kinder?«, fragte ich.

»Quazi?« Der Blick des Direktors huschte zu Michail rüber. »Nein, eigentlich nicht besonders viele. Leider bewahren sich Quazi-Kinder nur selten ein Interesse für Mathematik. Aber das heißt nicht, dass wir nicht eine anständige Schule wären. Wir haben einige Quazi-Kinder, und die Beziehungen unter den Schülern sind freundschaftlich, ganz ohne … äh, Vorurteile … allerdings haben wir leider keine Quazi-Lehrer …«

»Ich kenne nämlich einen Quazi-Jungen, der Bruder einer Bekannten, der sich seit seiner Erhöhung extrem für Mathematik interessiert«, erklärte ich. »Vielleicht …«

»Natürlich, selbstverständlich.« Der Direktor wirkte aufrichtig erfreut. »Mathematik ist einer der Bereiche, in dem die Quazi in den letzten Jahren eine maßgebliche Rolle spielen. Bitte geben Sie der Dame meine Visitenkarte ...«

Er hielt mir sein Kärtchen hin. »Werden Sie ... zu zweit auftreten?«, fragte er vorsichtig. In den letzten Jahren kam immer nur ein ... Fachmann ...«

»Ja, zu zweit«, sagte ich. »Das ist ein Pilotprojekt. So sollen die Kinder den Stoff besser erfassen.«

»Ich muss nicht unbedingt mit dabei sein«, sagte Michail. »Ich habe ohnehin noch etwas zu erledigen.«

»Nein, nein!«, sagte der Leiter. »Das ist absolut richtig so, sehr gut. Dass sie zu zweit sind, meine ich. Haben Sie schon vor Kindern vorgetragen?«

»Nur ein paarmal«, bekannte ich.

»Ihnen ist sicher klar, dass es sich bei Ihrem Publikum um jüngere Schüler handelt – erste bis vierte Klasse«, sagte der Direktor. »Man möchte es nicht glauben, aber wir haben immer wieder Erstklässler, die noch nie etwas von Aufständischen oder von Erhöhung gehört haben. Die Eltern halten es offenbar nicht für nötig, ihre Kinder über den Tod und die Auferstehung aufzuklären; sie glauben, dass die Kinder das irgendwann schon von selbst mitbekommen ... Aber wir wissen ja, wie das oft endet ...« Er stockte, dann fügt er noch hinzu: »Deshalb kann es sein, dass es unangemessene Kommentare oder seltsame Reaktionen gibt ... bitte, fühlen Sie sich dadurch nicht gekränkt.«

»Ich fühle mich nie durch etwas gekränkt«, sagte Michail.

An die hundertfünfzig Schüler zwischen sechs und zehn Jahren lärmten, redeten und zappelten auf ihren Stühlen in der Aula herum. Vielleicht waren sie wirklich Mathe-Genies, weil sie diese besonders renommierte Schule besuchten, aber sie benahmen sich wie ganz normale Kinder.

Auf mein Erscheinen hin reagierten die Kinder fast gar nicht, aber Michails Auftauchen wurde mit enthusiastischem Lärm quittiert.

Besser gesagt, mit nicht enthusiastischem Lärm, denn ich konnte sehr deutlich hören, wie ein dünnes Stimmchen sagte: »Quaze.«

Wir betraten die Bühne. Der Direktor hob die Hand und forderte die Schüler auf, still zu sein.

Allmählich beruhigte sich der Saal.

»Kinder! Heute findet unser jährlicher Kurs zum Thema Todes-Erziehung statt«, sagte der Lehrer. »Dafür sind der Ermittler ... äh, für Todesangelegenheiten Denis Simonow und sein Kollege, der Quazi-Polizist Michail ... äh, Bedrenez zu uns gekommen. Das Thema ist für uns alle sehr wichtig und auch etwas heikel, denn nicht alle Eltern sprechen gern darüber. Aber ihr seid ja bereits große, kluge Kinder und wisst ... Kurz und gut – ich übergebe das Wort an unsere Gäste!«

Lebhafter Applaus, aber wieder quietschte einer: »Quaze!«

Der Direktor tat so, als hätte er nichts gehört.

Ich trat an das Rednerpult, während Michail und der Lehrer an einem Tisch seitlich davon Platz nahmen.

»Kinder!«, sagte ich. »Ihr wisst natürlich, dass die Menschen verschieden sind. Solange ihr noch jünger wart, habt ihr vermutlich nicht darauf geachtet, aber jetzt denkt ihr vielleicht manchmal darüber nach. Es gibt lebendige und es gibt tote Menschen. Aber auch die toten sind nicht alle gleich! Die, die unmittelbar nach ihrem Tod wieder aufstehen, heißen Aufständische. Sie verstehen nicht viel, haben Angst und können uns angreifen. Deshalb muss man sich vor jedem Aufständischen in Acht nehmen, auch wenn er eure Mama, Papa, Oma oder Opa ist. Aber wenn die Aufständischen später zu sich kommen, werden sie Quazi-Menschen oder kurz: Quazi. So wie mein grauer Freund hier.«

Im Saal erklang unterdrücktes Gelächter.

»Hat wer von euch tote Verwandte?«, fragte ich.

Ein Mädchen in der ersten Reihe hob sofort die Hand.

»Ich habe einen toten Großvater«, sagte sie und blickte stolz in den Saal. »Aber er ist ganz tot, er wollte verbrannt werden. Meine Großmutter lebt noch. Sie sagt, dass Opa dumm war und dass sie aufstehen will nach dem Tod. Sie trägt ein spezielles Armband, das ein Signal abgibt, wenn sie stirbt. Dann muss man sie ganz fest fesseln und ins Krankenhaus bringen.«

»Das macht deine Großmutter ganz richtig«, sagte ich. »Dass sie ein Armband trägt.«

»Haben Sie schon Tote umgebracht?«, rief jetzt jemand aus der Mitte des Saals. Dieselbe Stimme, die über Michail gelästert hatte.

»Das kam vor«, sagte ich. »Wenn die Aufständischen nicht rechtzeitig ins ... Krankenhaus kommen ... werden sie sehr gefährlich. Manchmal muss man sie dann leider ganz töten.«

»Den Kopf abschlagen?« Das Kind führte ein richtiges Verhör. Jetzt hatte ich ihn ausgemacht: ein pausbackiger, frecher Kerl von etwa acht Jahren.

»Stimmt«, sagte ich.

»Blutet es?«

»Ein bisschen.« Ich runzelte die Stirn. Ich musste dem Gespräch eine andere Wendung geben. »Hast du tote Verwandte?«

»Ja«, sagte der Junge. »Mama wurde von einem Auto überfahren. Jetzt lebt sie im Reservat.« Mit Bezug auf das Mädchen, das zuerst auf meine Frage geantwortet hatte, fuhr er fort: »Die wandelnden Leichen kommen nicht ins Krankenhaus, sie sind ja nicht krank. Sie werden vor die Stadt gejagt, wo sie sich rumtreiben und lebendige Menschen und Tiere überfallen. Uhhhäh!« Er hob die Hände und schüttelte sie mit gekrümmten Fingern.

»Na gut«, sagte ich eilig und wartete, dass das Gelächter nachließ. »Jetzt haben wir unseren Spaß gehabt, aber als Nächstes wird es noch mal ernst. Was müsst ihr tun, wenn ihr einem Aufständischen begegnet?«

»Weglaufen!«, erklärte immer noch derselbe Junge. »Schnell und möglichst weit weg. Und dann die Polizei anrufen. Oder es einfach einem Erwachsenen sagen.«

»Das ist absolut richtig«, stimmte ich zu. »Versucht niemals, mit einem Aufständischen zu sprechen, lasst nicht zu, dass er euch berührt, lasst ihn nicht an euch ran. Selbst wenn ihr seht, dass der Aufständische eueren Lieblingswelpen gepackt hat oder euren Hasen – ihr müsst ganz schnell weglaufen!«

Im Saal herrschte Schweigen, die Kinder schienen sich diesen Horror gerade auszumalen: Ein Welpe in den Händen eines Aufständischen.

»Und ein Kätzchen?«, fragte der Junge und grinste hässlich.

Wehmütig gedachte ich der klassischen englischen Erziehung, die durchaus körperliche Züchtigung beinhaltete.

»Erst recht, wenn er ein Kätzchen hat«, sagte ich. »Aufständische essen keine Katzen.«

Unerwartet erhob sich Michail und trat zu mir hinüber.

»Das stimmt nicht ganz, Denis«, sagte er. »Das tun sie schon. Nur sind Katzen schwer zu fangen.«

»Haben Sie Katzen gegessen, als sie tot waren?«, fragte der Junge.

»Gut möglich«, entgegnete Michail ruhig. »Aufständische essen jede Art von lebendiger, organischer Materie. Insekten, Würmer, Mäuse. Deshalb empfehle ich euch, nicht allzu vorwitzig zu sein, auch wenn ihr eurem Banknachbarn etwas beweisen wollt.«

Der Junge wurde rot und setzte sich eilig.

»Man kann sagen, dass der Tod die Menschen schon immer beunruhigt hat. Beunruhigt und erschreckt. Die Leute fragten sich, was kommen würde, wenn sie die Schwelle des Todes überschreiten. Was erwartete sie dort? Wären dort nur Dunkelheit und Leere? Die Menschen, die an Gott glaubten, hofften darauf, nach dem Tod ins Paradies zu kommen. Oder als ein anderer Mensch wiedergeboren zu werden. Allerdings würden diejenigen, die sich zu Lebzeiten schlecht benommen hatten, als Welpen, Kätzchen oder Regenwürmer wiedergeboren.«

Aus dem Saal erklang fröhlicher Lärm.

»Habt ihr alle den Zeichentrickfilm *Peter Pan* gesehen?«, fragte Michail weiter. »Erinnert ihr euch, was Peter Pan auf Captain Hooks Drohung, ihn umzubringen, antwortet? ›Der Tod wäre mir ein großes Abenteuer!‹«

»Das kommt nicht im Zeichentrickfilm vor, sondern in dem anderen Film«, rief einer.

»Und im Buch auch!«, ergänzten einige andere sofort.

»Genau. Und heute ist der Tod tatsächlich ein großes Abenteuer geworden«, fuhr Michail fort. »Danach werden die Menschen zu Quazi und existieren weiter.«

»Aber das ist kein Leben?«, fragte ein Mädchen plötzlich sehr ernst.

Ich zog mich ganz leise zurück und überließ Michail die Bühne.

»Nein. Das ist etwas anderes. Wenn man unsere Zellen aus Sicht der menschlichen Biologie beurteilt, sind sie tot, da in ihnen nicht die gleichen Prozesse ablaufen wie bei normalen, lebenden Menschen. Außerdem sind die Zellen in eurem Körper ganz verschieden – es gibt Hautzellen, Muskelzellen, Nervenzellen ...

»Geschlechtszellen!«, fügte das Mädchen, das gefragt hatte, streng hinzu und blickte sich stolz im Saal um.

»Auch die.« Michail nickte. »Dazu kommen wir gleich. Bei uns Quazi dagegen sind die Zellen alle gleich. Natürlich spezialisieren sie sich auf die eine oder andere Aufgabe, aber sie können jederzeit auch eine andere Funktion übernehmen. Deshalb werden wir nach Verletzungen so schnell wieder gesund. Dafür können wir keine Kinder bekommen, denn wir haben keine entsprechenden Zellen. Und darum soll der Mensch ein normales, schönes Leben führen. Er soll aufwachsen, sich verlieben, Kinder bekommen und sie großziehen. Und dann kann

man nach dem Tod ein Quazi werden. Es ist anders als Mensch-
sein, aber auch schön ... Was muss man dafür tun?«

»Fleißig lernen?«, fragte das Mädchen.

»Unbedingt. Und sich vor den Aufständischen in Acht nehmen! Denn sie sind wirklich dumm und gefährlich. Also denkt
dran, wenn ihr einen Aufständischen seht, lauft davon! Ihr
habt doch bestimmt im Kindergarten dieses Gedicht gelernt:
Liebe Oma, lieber Opa, hab euch gern, bin brav und lieb ...«

»*... Aber wenn der Opa stirbt, lauf ich weg so weit es geht. Ruf die
Polizei von fern, denn er hat mich nicht mehr gern. Und auch wenn
die Oma stirbt, renn ich vor die Tür, damit sie mich bloß nicht berührt*«, deklamierte das kleine Mädchen fröhlich.

»Genau«, sagte Michail. »Und daran wollen mein Freund Denis und ich euch heute erinnern! Und jetzt dürft ihr mir Fragen
stellen, über alles, was euch interessiert, denn wahrscheinlich
hattet ihr noch nicht so oft die Gelegenheit, mit einem ›Quaze‹ zu sprechen, oder?«

Das war's. Der Saal gehörte ihm.

Als wir über den Schulhof gingen, hielt ich es nicht mehr aus.
»Michail, ich hatte ja keine Ahnung, dass du ein solches Talent hast, mit Kindern umzugehen. Normalerweise beißen die
einem doch die Hand ab, wenn du ihnen den kleinen Finger
hinhältst.«

Michail sah mich schief an.

»Bildlich gesprochen«, sagte ich.

»Wir haben spezielle Handbücher«, erklärte Michail. »Wie
man mit Kindern bis fünf Jahren am besten über Aufständische und Quazi spricht, und wie mit Kindern zwischen fünf
und neun oder dann zwischen neun und fünfzehn ... Und auch
wie man mit erwachsenen Männern darüber redet. Und mit erwachsenen Frauen.«

»Und mit alten Männern und mit alten Frauen?«

»Sicher.«

»Ihr seid wirklich so was von berechnend«, sagte ich.

»Ja. Und darauf sind wir stolz.«

»Der Satz war doch bestimmt aus dem Handbuch: ‚Wie ich mit Menschen spreche, die Quazi nicht mögen‘?«

Michail nickte. »Genau. Ich sage es ja – du bist ein guter Polizist. Du vergeudest deine Zeit mit dieser Routinearbeit.«

»Wo sonst kann man ungestraft Aufständischen den Kopf abschlagen?«, knurrte ich. »Erzähl mir lieber, ob dein Sohn sich beruhigt hat.«

»Warum?«, fragte Michail vorsichtig zurück. »Er war doch gar nicht aufgeregt.«

»Na ja, nachdem du das Thema nicht mehr angesprochen hast, nehme ich an, dass ihr euch davon überzeugen konntet, dass ich in keinem verwandtschaftlichen Verhältnis zu Najd stehe.«

Michail blieb stehen und blickte mich verständnislos an.

»Ich konnte ihm doch überhaupt nichts über das Testergebnis sagen, der Umschlag steckt in deiner Tasche«, sagte er.

»Hä?«

»Ich habe ihn dir gestern in die Jacketttasche geschoben«, erklärte Michail. »Während wir uns gestritten haben.«

»Du Taschendieb«, rief ich begeistert.

»Na ja, im umgekehrten Sinne. Du hast da ja eine ganze Bibliothek drin.«

»Vermutlich nur gebrauchte Taschentücher«, sagte ich.

»Blöd, dass ich in Uniform bin. Da kann ich dir den Umschlag nicht zurückgeben, aber du bekommst ihn, da kannst du sicher sein.«

Michail atmete nur geräuschvoll ein und aus. Öffnete die Autotür und setzt sich hinters Steuer.

»Fahren wir, Hauptmann.«

»Wohin?«

»Wir suchen weiter nach Wiktoria, was sonst?«

Ich setzte mich neben ihn.

»Du und Hauptmann Markin, ihr habt mir gestern die ganze Arbeit kaputtgemacht. Die Quazi-Kirche hat uns nicht weitergeholfen, die Psychologie auch nicht. Deshalb habe ich schließlich Kontakt zu kriminellen Elementen gesucht. Dabei musste ich diesen Leuten garantieren, dass wir sie in Ruhe lassen ... Hast du eine Ahnung, wie unangenehm das war?«

»Erzähl mir nicht, dass du zu Lebzeiten nie solche Deals machen musstest«, schnaubte ich. »Tu bloß nicht so scheinheilig. Darin besteht doch unsere ganze Arbeit, die großen Fische zu fangen und die kleinen zu verschonen ... Gibt es unter euch rechtschaffenen Quazi allen Ernstes Verbrecher?«

»Wir sind genauso wie zu Lebzeiten, nur dass unser Hauptwesenszug extrem verstärkt ist«, sagte Michail gelassen. »Wenn einer als lebendiger Mensch nichts aufs Gesetz gegeben hat, sich durchmogelte und krumme Dinger drehte, dann wird er als Quazi ein richtiger Bösewicht. Aber ehrlich gesagt, Denis, jetzt weiß ich nicht mehr weiter. Ich habe alle meine Möglichkeiten ausgeschöpft.«

»Und wohin willst du jetzt fahren?«, fragte ich.

»Ich hoffe, du hast eine Idee«, erklärte Michail. »Vielleicht fällt dir was ein, das mir bisher entgangen ist.«

»Quazi ...«, knurrte ich. »Na gut, warte ...«

Ich nahm das Tablet, öffnete die Fallakte und begann durch die Hintergrundinformationen zu scrollen.

»Verwandte?«, fragte Michail neugierig. »Nein, nein. Wiktoria hat praktisch keine Verwandten mehr, weder Quazi noch lebendig. Nur sehr entfernte. Aber die wurden alle überprüft und gewarnt. Das Gleiche gilt für ehemalige Freunde.«

»Verwandte sind gut und schön«, sagte ich. »Freunde auch. Aber manchmal ... sind Fremde einem weit näher ... Na gut. Los, bieg in die Profsojusnaja-Straße ... Inzwischen sind wir ja sowieso schon ständig in Moskaus Süd-Westen ...«

»Und wohin genau?«

»Zum Paläontologischen Institut.«

Michail runzelte die Stirn. Dann nickte er unwillig.

»Ach ja, Ich weiß. Da hat sie mal gearbeitet, zu Lebzeiten. Aber nicht lange.«

»Egal. Das war in ihrer Jugend. Enthusiasmus, die erste wissenschaftliche Anstellung. Die Promotion.«

»Sie hat doch nicht promoviert.«

»Sie ist nicht mehr dazu gekommen, weil sie starb. Aber ich habe nachgesehen Ihr Doktorvater arbeitet immer noch da. Wie heißt es bei den Klassikern: Das Leben gewährt dem Menschen drei Freuden: Familie, Freunde und Arbeit. Familie hat Wiktoria nicht mehr und Freunde ebenso wenig, wie es aussieht. Bleibt noch die Arbeit. Immerhin ist das Paläontologische Institut eine wissenschaftliche Einrichtung mit einer technischen Basisausstattung, falls sie noch weiter an dem Virus arbeiten muss. Außerdem kann sie sich dort leichter verstecken.«

»Und warum, glaubst du, sollte ein Beinahe-Doktorvater einer ehemaligen Doktorandin helfen? Dazu noch einer so ungewöhnlichen?«

»Er ist auch ein Quazi«, sagte ich.

Michail fuhr schweigend los.

Ich riss die Tür auf und stürmte polternd in das Büro.

Aber dann schloss ich sie sorgfältig hinter mir, was den ersten Eindruck vermutlich ruinierte.

»Ich bin kein Schweißer!«, verkündete ich ohne große Vorrede.

»Der Mann mit den grauen Haaren hinter dem Schreibtisch hob den Kopf. »Ich bin auch kein Bauleiter. Sondern Ökonom. Hatte immer nur mit internationalen Finanzderivaten zu tun. Aber so ist es nun mal.«

»Aber ich …«

»Und wenn du Flötist bist, wir brauchen Schweißer. Und Zimmermänner für die Verschalung. Wir brauchen dringend Bauarbeiter, egal welche.«

»Meine Frau und mein Kind sind dortgeblieben, auf der anderen

Seite des Autobahnrings«, sagte ich. »Teilen Sie mich einem Trupp zu, der dorthin unterwegs ist.«

»Die Trupps durchkämmen die Baumärkte und versuchen dort Material zu beschaffen. Kannst du einen Bulldozer fahren? Oder einen Schwertransporter?«

Hasserfüllt blickte ich den Leiter des siebten Sektors der Moskauer Verteidigung an, in dessen Büro ich so formlos gestürmt war.

»Haben Sie nicht zugehört? Meine Frau und mein Sohn sind noch dort.«

»Da hast du Glück«, sagte der Grauhaarige. »Meine sind umgekommen.«

Ich geriet ins Stocken. »Ich kann Aufständische umlegen«, sagte ich einen Moment später.

»Das können alle, die überlebt haben«, sagte mein Gegenüber. »Ich habe meiner Frau eigenhändig den Kopf abgeschlagen, als sie aufgestanden ist. Wo ist deine Familie, junger Mann?«

»In Scholochowo. Ein Dorf mit einem Panzermuseum ... Es ist ganz in der Nähe!«

Der Grauhaarige nickte. »Ich weiß. Das Dorf wurde von einer richtigen Welle Aufständischer aus Dubna und Dmitrow überrannt. In den nächsten Tagen rücken wir nicht in diese Richtung aus, wir müssen erst die Stadt sichern. Dann wird es wieder einen Konvoi geben. Das hat das Militär versprochen.«

»Dann gehe ich allein«, sagte ich.

Der Grauhaarige zuckte mit den Schultern. »Das ist deine Sache. Geh. Schade, denn du wirst einen sinnlosen und schrecklichen Tod sterben. Stattdessen könntest du helfen, eine Stadt zu retten, in der Millionen von Frauen und Kindern leben. Aber es ist dein gutes Recht.«

»Die beiden haben sich im Museum verbarrikadiert«, sagte ich und setzte mich dem Grauhaarigen gegenüber. »Sie haben sich dort verschanzt und halten auch eine gewisse Zeit lang aus. Aber irgendjemand muss sie retten. Das muss man einfach tun. Wenn man jemanden retten kann, muss man es doch tun!«

Der Blick des Mannes wurde weicher. Und plötzlich wurde mir klar, dass er eigentlich nicht alt war, Anfang, höchstens Mitte vierzig vielleicht. Er war nur völlig ergraut.

»Wenn du hier so reinplatzt und meine Sekretärin dich bis jetzt noch nicht am Schlafittchen rausbefördert hat, musst du ein sehr hartnäckiger junger Mann sein«, sagte er. »In drei Tagen zieht eine Truppe nach Dubna los. Ich werde dich dazubeordern und dafür sorgen, dass sie den Weg über Scholochowo nehmen, das verspreche ich dir. Immerhin ist da ein Panzermuseum ... Vielleicht funktioniert ja noch einer, wäre ja möglich, oder? Aber bis dahin arbeitest du hier für uns als Schweißer oder du mischst Beton.«

Ich nickte.

»Es wundert mich wirklich, dass Ljudmila Iosifowna dich noch nicht rausgeschmissen hat«, fügte der Mann hinzu und blickte auf die Tür.

»In Ordnung, ich gehe ja schon. Aber denken Sie dran, mich zu diesem Zug abzukommandieren.«

»Das werde ich.«

»Dann binde ich Ljudmila Iosifowna jetzt los«, sagte ich.

Alexandr Pawlowitsch Poloskow, Akademiemitglied, Professor, Doktor der Wissenschaften, Autor von drei Monographien und mehreren hundert Artikeln sowie allgemein anerkannter Spezialist für fossile Grillen, befand sich nicht an seinem Arbeitsplatz. Sein derzeitiger Doktorand, der wie das Klischee eines jungen Wissenschaftlers in einem Hollywoodfilm aussah, runzelte die Stirn, rückte sich die Brille zurecht, strich sich die zerzausten Haare aus dem Gesicht und teilte uns mit, dass ›Alpalytsch‹ gerade eine Führung durch das Museum leite.

»Der Professor leitet die Führung selbst?«, fragte ich überrascht. »Vermutlich handelt es sich dann um internationale Fachleute für fossile Grillen, oder?«

»Oh nein.« Der Doktorand kniff verärgert die Augen zusammen. »Es ist eine ganz normale Gruppenführung. Sie können sich sicher vorstellen, dass unser Budget nicht gerade groß ist, und das gilt auch für unser Gehalt. Besucher bedeuten reales Geld. Wenn wir über Mammuts und den Diplodokus sprechen, verdienen wir uns beide etwas dazu.«

»Sind Sie auch Grillen-Fachmann?«, fragte ich.

Der junge Mann lachte.

»Um Gottes willen! Nach unserem verehrten Alpalytsch gibt es in der Paläontologie nichts mehr über Heimchen, ich meine, Grillen zu erforschen. Und in seinem aktuellen Zustand kann er sich für alle Zeiten damit beschäftigen! Warum sollte man einem echten Spezialisten dazwischenfunken? Ich bin auf Meereseinzeller aus dem Phanerozoikum spezialisiert, hauptsächlich auf Ostrakoden und Conodonten.«

Mir wurde klar, dass wir verschiedene Sprachen sprachen, trotzdem versuchte ich es noch mal: »Aber das sind keine Insekten, oder?«

»In der Protistologie gab es keine Doktorandenstelle«, sagte der junge Mann seufzend. »Aber meine Diplomarbeit kam hier im Institut sehr gut an, deshalb hat man mich fürs Erste hergeholt. In einem Jahr kann ich wechseln. Das kommt manchmal vor. Der Professor hatte auch schon Doktoranden, die zu fossilen Vögeln forschten oder im Bereich der bakteriellen Paläontologie. Manchmal ist es sogar ganz nützlich, ein wenig abseits der eigenen Kernthemen zu arbeiten, da kommen interessante Sachen bei raus.«

»Sicher«, stimmte ich zu. »Dürfen wir durch die Ausstellung gehen und dort mit Alexandr Pawlowitsch sprechen?«

»Aber stören Sie ihn bitte nicht während der Führung«, bat uns der Fachmann für Einzeller.

Also gingen wir in den Ausstellungsbereich des Instituts.

»Von Saal zu Saal schiebt sich das Volk«, deklamierte ich in Anlehnung an das berühmte Gedicht »Im-Lenin-Museum« gefühlvoll.

Michail sah mich vorwurfsvoll an.

»Des ... äh... Einzellers Leben seh ich nun vor mir«, dichtete ich eilig weiter.

»Mach dich nicht über Lenin lustig«, sagte Michail. »Ich bin Kommunist.«

»Ach was, wirklich?« Ich war ehrlich überrascht. »Entschuldige, ich wollte deine Gefühle nicht verletzen. Warum steht Lenin eigentlich nicht von den Toten auf?«

»Du weißt, dass nur frisch Verstorbene aufstehen.«

»Er wurde doch einbalsamiert.«

»Mumifiziert. Und deshalb ist er auch nicht aufgestanden.« Michail zog die Brauen zusammen. »Und woher bitte kennst du dieses Gedicht? Dafür bist du doch viel zu jung.«

»Meine Eltern hingen ähnlichen Überzeugungen an«, erklärte ich. »Übrigens sind wir hier auch in einem historischen Gebäude. Aus der Sowjetzeit. Ich war als Schüler hier.«

»Und ich wusste nicht mal, dass es so ein Museum gibt«, bekannte Michail. »Dafür kenne ich das Lenin-Museum, von dem das Gedicht handelt.«

Ich war mir immer noch nicht sicher, ob er sich einen Spaß machte oder ernst meinte, was er sagte.

Tatsächlich erwies sich das Paläontologische Museum als ziemlich interessant. Hier herrschte die seltsame Atmosphäre längst vergangener Epochen: Es gab Majoliken und Vitrinen mit Bildern von Mammuts und Dinosauriern, in den schmiedeeisernen Fenstergittern waren Pterodaktylen zu erkennen, hinzu kamen die zyklopischen Ausmaße des Gebäudes. Das Museum war offensichtlich regelmäßig renoviert worden, auch wenn das Budget klein war, und verfügte über jede Menge Exponate, angefangen von allen möglichen Versteinerungen (vermutlich befanden sich darunter auch jene Meereswesen, mit denen sich der junge Doktorand befasste) bis hin zu den Skeletten von allen möglichen Urtieren. Ich konnte mich dunkel daran erinnern, dass ein ziemlich bedeutender Science-Fiction-Autor, der als Paläontologe gearbeitet hatte, viele Skelette nach

Moskau gebracht hatte. Beljaew? Nein, nicht Beljaew, nicht die Strugazki-Brüder – Golowatschow? Nein …

»Schau dir das an!«, rief Michail plötzlich begeistert. Er stand vor einem Täfelchen, das an der Wand hinter einem ungeheueren Skelett hing: *Aus der Mongolei, eingeführt von Iwan Jefremow.*

»Genau, Jefremow war es«, sagte ich erleichtert. »Mir sind alle möglichen Namen eingefallen, Perumow, Didow! Aber es war natürlich Jefremow! Ich hab ihn nie gelesen, deshalb hatte ich seinen Namen nicht gleich parat.«

Michail sah mich an, als ob ich ihm erklärt hätte, dass ich Analphabet sei und Feuer mit Hilfe von Feuersteinen machte. In seiner Jugend war Jefremow wohl sehr beliebt gewesen.

»Lies ihn nicht«, sagte der Quazi. »Belaste dein Hirn nicht damit.«

Irgendwie war ich leicht gekränkt und beschloss, mir das Werk dieses SF-Paläontologen bei nächster Gelegenheit genauer anzusehen.

Wir fanden Professor Poloskow im Saal 5, wo sich die interessantesten Exponate befanden: Dinosaurierskelette. Hier drückten sich auch die meisten der ohnehin nicht besonders vielen Besucher herum. Im Vergleich zu meinem Besuch als Schüler gab es eine Neuerung: Man hatte 3-D-Projektoren installiert, die alle paar Minuten angeschaltet wurden und die Skelette in durchsichtige Körper tauchten. Die »belebten« Dinosaurier klapperten böse mit ihren gewaltigen Kiefern, bewegten die Augen, atmeten, schnupperten witternd in die Luft. Die Kinder waren begeistert, und auch die Erwachsenen zuckten zusammen und lachten irritiert.

Sonst hatte sich anscheinend nichts verändert.

Die Paläontologie gehört zu den Wissenschaften, die es nicht eilig haben – sie befasst sich mit Ereignissen, die Jahrmillionen zurückliegen. Was ist da schon ein Vierteljahrhundert?

Alexandr Pawlowitsch, den sein Doktorand so vertraulich Alpalytsch nannte, beendete gerade seinen Vortrag. Er hatte nicht vor Kindern, sondern vor einer Gruppe älterer Frauen gesprochen. Offenbar eine organisierte Führung. Obwohl er ein Quazi war, wirkte der Professor ungewöhnlich lebendig und schwungvoll. Offenbar war seine geliebte Arbeit nach seiner Erhöhung zu seinem ganzen Lebenssinn geworden.

Außerdem erinnerte mich Alpalytsch an ein riesiges anthropomorphes Exemplar einer Grille. Er sah aus wie eine Karikatur seines Forschungsgegenstands. Entweder ging meine Phantasie mit mir durch, oder der Professor setzte die ausgeprägte Fähigkeit der Quazi zur Mimikry ein, ohne sich dessen bewusst zu sein. Mit seinem spitz zulaufenden Gesichtchen, den großen hervorquellenden Augen und zwei wie Antennen abstehenden Haarsträhnen auf der Glatze sah er eins zu eins aus wie die sprechende Grille aus *Pinocchio*.

»Damit darf ich mich nun von Ihnen verabschieden.« Er machte tatsächlich eine angedeutete Verbeugung. »Ich hoffe, die wunderbare Welt der Paläontologie ist Ihnen durch meinen Vortrag etwas nähergekommen, ja vertrauter geworden!«

Vielleicht hatte er noch etwas sagen wollen. Aber in diesem Moment erblickte er Michail und mich.

Und lief los.

Der ältliche Paläontologe bewegte sich sogar ähnlich wie sein Lieblingstier fort. Zwar hüpfte er nicht, aber bei jedem zweiten Schritt machte er einen kleinen Satz in die Höhe.

»Bleiben Sie stehen, Alexandr Pawlowitsch!«, schrie ich und stürzte hinterher. »Stehen bleiben!«

Aber der Professor raste davon, manövrierte geschickt zwischen den Skeletten und Aufstellern herum.

Musste das wirklich sein?

Ich konnte doch schlecht auf ihn schießen!

Die Polizei jagt ein ehrbares, allseits geachtetes Akademiemitglied – wenn das kein Skandal ist!

Zum Glück war Michail dabei. Nach dem Motto: Wenn du einen Quazi fangen willst, nimm einen Quazi mit.

Wie damals bei Wiktorias Festnahme überholte mich Michail leicht, erreichte den Professor und brachte ihn vorsichtig neben dem Skelett eines Pterodaktylus oder Pteranodons zu Fall. Alle Anwesenden verfolgten gebannt die Ereignisse. Eines der kleineren Kinder begann zu weinen.

Ein richtiger Skandal – als ob wir nicht schon genug davon hätten ...

»Professor!«, rief ich durch den Saal. »Verzeihen Sie, aber Sie können doch den Staatspreis nicht schon wieder ablehnen.«

Die Panik, die sich gerade unter den Museumsbesuchern verbreitet hatte, verwandelte sich in Neugier.

»Was für ein Preis?«, fragte der Professor und starrte mich an.

Michail half ihm auf und hielt ihn dabei fest am Ellenbogen.

»Die Auszeichnung der Akademie der Wissenschaften im Bereich Biologie!«, erklärte ich gut hörbar. »Für die Entdeckung der Säbelzahn-Grille: Gryllus macharodus poloskowus!«

Während Michail den völlig verwirrten Professor abführte, wandte ich mich noch mal zu den Museumsbesuchern im Saal.

»Entschuldigen Sie, wenn wir Sie erschreckt haben!«, erklärte ich. »Aber er lehnt den Preis ab! Sagt, dass ihn allein die Wissenschaft interessiert! Das Perlman-Syndrom! Ein echter Wissenschaftler muss doch von der Gesellschaft gewürdigt werden.«

Die Gesellschaft applaudierte und pflichtete mir dahingehend bei, dass man den klugen Wissenschaftler notfalls eben mit Gewalt auszeichnen müsse.

»War die Säbelzahn-Grille groß?«, fragte ein neugieriger Junge. Was für ein Tag – überall neugierige Kinder! Und Michail hatte auch noch eines zu Hause sitzen, das auf das Ergebnis eines Vaterschaftstests wartete ...

»Nein!«, sagte ich. Als der Junge enttäuscht seufzte, hielt ich großzügig die Hand etwa eineinhalb Meter über dem Boden. »Nicht sehr groß, aber dafür extrem gefährlich. Sogar die Tiger hatten Angst vor ihr!«, fügte ich hinzu.

Nachdem ich dem Publikum diese überraschende Information mitgeteilt hatte – vermutlich hatte ich diese Leute damit für immer für die Paläontologie verdorben –, verließ ich eilig den Saal und folgte den beiden Quazi. Im dunklen Korridor fasste ich den Professor unter dem noch freien Arm und flüsterte finster einige Zeilen aus einem Puschkin-Gedicht:

»Vater! Ein ertrunkner Mann
Hat im Netze sich gefangen!«

Der Professor gab einen traurigen Seufzer von sich und sah abwechselnd Michail und mich an. »Sie verstehen das nicht, Sie haben keine Ahnung!«

»Wollen Sie etwa sagen, dass Wiktoria nicht bei Ihnen war?«, fragte ich.

»Natürlich war sie bei mir! Aber Sie verstehen ihre Absichten nicht! Sie will sie doch nur retten!«

»Wen?«, fragte Michail.

»Wie wen? Sie! Die Menschen!«

»Danke vonseiten der Menschen«, sagte ich. »Aber jetzt erzählen Sie mal der Reihe nach, Herr Professor.«

Poloskow beruhigte sich ein wenig.

»Setzen wir uns doch! Wir haben ein recht nettes Café ...«

»Gut«, stimmte Michail zu.

»Ist sie hier?«, wollte ich wissen.

»Wika? Nein, nein. Sie ist heute Morgen gegangen. Ich weiß nicht, wohin!«, erzählte der Professor bereitwillig. »Sie war ohnehin nur dreimal hier. Zum ersten Mal, als sie vor der Polizei geflüchtet ist ...«

Meinem Gefühl nach sprach er die Wahrheit. Und er schien auch nicht mehr abhauen zu wollen.

Wir gingen in das kleine Café, vorbei an einem monströsen Relief an der Wand, das die Evolution von den wimmelnden Mikroben im Urozean über die scharfzahnigen Dinosaurier bis hin zum Menschen abbildete und gerade von einigen Museumsbesuchern fotografiert wurde. Für uns interessierte sich niemand.

Im Café (ein kleiner Selbstbedienungsladen im ersten Stock) bestellte ich Kaffee, Michail ein Glas Wasser und der Professor »einen Kamillentee, wie immer«. Normalerweise haben Quazi nicht viel für aromatische Getränke übrig, sie trinken Wasser oder sehr süße Limonade. Aber jeder hat das Recht auf seine Marotten. Auch nach dem Tod.

»Erzählen Sie, Poloskow«, sagte Michail.

»Sie wissen über das Virus Bescheid?«, fragte der Professor und sah mich an.

»Ja«, bestätigte ich.

»Sie scheinen ja ein höchst furchtloser junger Mann zu sein«, entgegnete Poloskow respektvoll. »Nun, also, als Wiktoria begriff, dass sie Professor Tomlin nicht von ihrer Sache überzeugen konnte, beschloss sie ... äh, ihm zu helfen, schneller ein Quazi zu werden. Sie hoffte, dass er dann diese extreme Haltung und seinen Hang zu übereilt getroffenen Entscheidungen ablegen würde. Aber sie kam zu spät ...«

Michail runzelt die Brauen:

»Wovon sprechen Sie, Poloskow?«

»Von dem Virus«, sagte der Professor genervt. »Von dem Windpocken-plus-Virus, das Tomlin kultiviert und eingesetzt hat.«

»Wo eingesetzt? Wann?«, fragte Michail scharf.

»Kurz vor seinem ... Tod.« Poloskow blickte wieder zu mir. »Wiktoria hat mir das erzählt, Genaueres weiß ich nicht. Die Inkubationszeit beträgt zwanzig Tage ... und sie glaubt, dass in einer Woche ...« Alexandr atmete geräuschvoll aus.

Ich spürte einen Stich in der Brust. Keinen Schauer, keine Gänsehaut, kein Rauschen in den Ohren, nichts Prägnantes, wie man es in einer solchen Situation erwarten würde. Lediglich mein Atem setzte einen Moment lang aus.

Ich dachte einige Sekunden über das Gehörte nach.

»Unsinn«, sagte ich dann.

»Totaler Unsinn«, kam mir Michail zu Hilfe. »Das hat Wiktoria Ihnen gesagt?«

»Ja!«, sagte Poloskow gekränkt. »Sie bat mich um Hilfe. Sie versucht einen Impfstoff gegen das Virus zu entwickeln.«

»Das ist vollkommener Quatsch!« Michail hob die Stimme. »Wiktoria hat das Virus entwickelt. Mit Hilfe ihres Mannes natürlich. Besser gesagt, er forschte auf ihren Befehl hin daran. Aber dann bekam er Zweifel, weshalb sie beschloss, ihn ganz auf ihre Seite zu ziehen ...«

»Ja, sie hat mir gesagt, dass Sie das glauben.« Poloskow nickte. »Aber in Wirklichkeit ist es genau andersherum. Tomlin wollte die Menschheit vernichten. Sie war dagegen!«

Michail und ich blickten uns an.

»Nein«, sagte ich. »Das glaube ich nicht. Und zwar nicht nur deshalb, weil es mir nicht gefällt. Vielleicht war Tomlin verrückt und wollte die Welt ins Grab bringen. Aber wie ich das verstanden habe, war ihre Beziehung sehr vertrauensvoll.«

»Na und?«, wollte Poloskow wissen.

»Denkbar ist alles Mögliche. Dass Wiktoria ihrem Mann geholfen hat. Dass sie ihn gelenkt hat. Dass sie ihn geliebt hat. Und dass sie ihn hat umbringen lassen.« Ich machte eine Pause. »Letzteres hat sie tatsächlich getan, weil sie glaubte, dass sein Tod nicht endgültig war. Aber unvorstellbar ist, dass sie seinen Tod angezettelt hatte, nachdem das Virus schon in Umlauf war. Der Professor hätte es ihr gesagt. Entweder davor oder unmittelbar nachdem er den Terrorakt begangen hatte. Und Rache für etwas, was bereits passiert ist ... das ist bei euch doch nicht üblich, oder?«

»Richtig.« Michail nickte. »Also, ich verstehe ihr Verhalten immer weniger. Wenn sie gegen den Virusangriff ist, hätte sie doch nur gestehen und uns alles Material übergeben müssen ...«

»Sie fürchtet, dass die Menschen uns dann vernichten werden«, sagte der Professor leise.

»Sie hätte mir das Material übergeben können«, sagte Michail. »Wir hätten den Impfstoff selbst entwickeln können. Warum macht sie das alles im Alleingang? Und dann diese Geiselnahme im Asyl, die Flucht durch die ganze Stadt? Sie benimmt sich wie eine Terroristin, die versucht, mit allen Mitteln einen Anschlag vorzubereiten.«

»Dazu wäre Wika niemals fähig«, sagte der Professor erregt. »Glauben Sie mir. Ich kenne sie gut. Ich kannte sie schon als Mensch. Sie könnte ihr Wesen niemals so stark ändern, dass sie in der Lage wäre, im Ernst einen Genozid vorzubereiten.«

»Jeder kann sich ändern«, sagte Michail starrköpfig.

»Nein«, entgegnete Poloskow fest. »Undenkbar. Wenn Sie wüssten, wie schwer das Verschwinden all dieser Arten sie mitgenommen hat. Und das nicht auf eine kindlich romantische Art ... Da ging es nicht darum, dass sie gerne mal einen lebenden Dinosaurier gesehen hätte.«

Poloskow blickte mit sichtlichem Missfallen zu einer Gruppe Kinder hinüber, die sich um den Verkaufstisch mit Souveniren versammelt hatte. Ein kleiner Junge setzte sich eine Dinosauriermaske auf, sprang auf und ab und schrie:

»Hüpf hopp hopp, hüpf hopp hopp,
Ich bin der wilde Diplodok!«

Ich zuckte mit den Schultern und sagte:

»Na ja,... da ist aber nichts Schlimmes dran, wenn man davon träumt, einen lebenden Dinosaurier zu sehen ... oder eine fossile Grille ... Schließlich haben wir es doch schon in frühester Kindheit gehört: *Wir wollen alle alle alle auf ihm reiten, auf dem T-Rex, auf dem T-Rex!*«

Die beiden Quazi starrten mich an, als ob ich den Verstand verloren hätte.

»Das alte Kinderlied«, erklärte ich. »Egal, nicht weiter wichtig. Also, wenn es Wiktoria nicht um Dinosaurier ging, worum dann? Um Mikroben? Darum ging es doch auch bei ihrer Doktorarbeit, über frühe, einfache Lebensformen ...?«

»Sie machte sich über alles Gedanken«, erklärte Poloskow. »Begreifen Sie eigentlich, wie arm an Arten unser Planet inzwischen ist – im Vergleich zu der Artenvielfalt, die früher herrschte? Aber gerade die Artenvielfalt ist das Unterpfand fürs Überleben, der Garant für Wachstum und Vervollkommnung! Vielleicht ist irgendein uralter Schachtelhalm unser Schlüssel zu … äh …«

»Zur Unsterblichkeit?«, fragte ich.

»Wozu das, die gibt es ja längst!« Poloskow winkte ab. »Sagen wir: zu einem gesteigerten Intellekt.«

»Sind denn all diese Schachtelhalme und Grillen auch wegen der Kometen ausgestorben?«, fragte ich.

»Kometen?« Poloskow kicherte hämisch. »Aber ganz bestimmt! Sie schauen sich wohl gerne Zeichentrick-Filme an? Da fliegt erst so ein Komet, plumpst dann auf die Erde und päng – schon sterben die Dinosaurier aus.«

»War es denn nicht so?«

»Sechsmal hintereinander sogar«, gab Poloskow zurück. »Und Sie glauben allen Ernstes, das massenhafte Sterben der Tiere ereignet sich über Millionen Jahre?«

»Was wollen Sie mir damit sagen?«, fragte ich kleinlaut.

Der Quazi blickte mich resigniert an und zuckte die Schultern.

»Ach, junger Mann! Wie schade, dass man Astronomie als Schulfach eingeführt hat, aber nicht Paläontologie! Ich sage Ihnen, solange wir die Geschichte unseres Heimatplaneten nicht kennen, sollten wir erst gar nicht von den Sternen träumen!«

Er steckte die Hand in die Innentasche seines Jacketts, zog eine Brille heraus und setzte sie auf. Die Gläser waren nicht geschliffen, sondern aus Fensterglas. Damit sah Poloskow sah noch mehr wie eine Grille aus.

Er begann seinen Vortrag. »Nun gut, ich werde es Ihnen erklären. In der Geschichte der Erde zählt man sechs Perioden des Massenaussterbens. Was die im Eozän angeht, gehen die Meinungen zwar auseinander, aber ich bin der Ansicht, dass allein schon der Tod des Palaeotheriums, der Omomyidae und der Archeoceti eine Katastrophe bedeuteten. Ganz zu schweigen vom Aussterben des Benthos.«

»Des Benthos ...« Ich fühlte mich wie in einem Zauberland.

»Ja! Also, selbst wenn man das Aussterben im Eozän-Oligozän nicht dazuzählt, gibt es fünf dieser Perioden. Und dabei ist die im Kreide-Paläogen, als die Dinosaurier ausstarben, bei Weitem nicht die bedeutendste! Das ordovizische Massensterben und das Kellwasser-Ereignis und die Perm-Trias-Grenze ... Das waren echte Tragödien!«

»Hat das was mit der Stadt Perm zu tun?«, fragte ich.

»Natürlich, allerdings indirekt – Städte gab es damals natürlich noch nicht«, entgegnete der Professor teilnahmslos. »Das war vor 251 Millionen Jahren. Damals starben fünfundneunzig Prozent aller lebenden Arten aus! Von den Insektenarten starben dreiundachtzig Prozent aus! Ohne das Perm-Trias-Ereignis hätte unser Planet vielleicht vernunftbegabte Insekten ausgebildet!«

Ich musste unserem Major Iwanzow, der aus Perm stammte, unbedingt bei Gelegenheit eine Runde ausgeben. Immerhin hatte er die Welt vor vernunftbegabten Grillen gerettet. Wenn auch nur indirekt.

»Dann fand das Aussterben der Trias-Jura-Grenze statt und erst danach das an der Kreide-Paläogen-Grenze, als die Dinosaurier ...« Der Professor machte ein schnalzendes Geräusch mit den Lippen. »Plopp!«

Offenbar hatte der Fachmann für fossile Grillen nicht viel für die vielzähnigen Riesen übrig.

»Ja, ... aber das hing doch mit den Kometen zusammen?«, hakte ich nach. »Asteroiden. Fünf oder sechsmal fiel einer auf die Erde, wenn ich mich richtig erinnere. Vier große, ein sehr großer und ein kleiner. Plopp.«

»Ja ja, sicher.« Poloskow schien aufrichtig amüsiert. »Da fielen also ein paar Asteroiden auf die Erde. Ja, stimmt, das war der

Fall, und danach starben die Dinosaurier aus ... über Jahrmillionen hinweg? Dauert das nicht etwas zu lang? Entweder war die Auswirkung auf die Biosphäre so gewaltig, dass alle innerhalb weniger Jahrhunderte oder Jahrtausende ausstarben. Oder sie hätten sich angepasst! Aber über Millionen Jahre hinweg auszusterben – das passt nicht! Außerdem waren einige dieser Dinosaurier so freundlich, schon lange vor dem Fall des Asteroiden massenhaft auszusterben. Merkwürdig, oder?«

»Warum sind sie denn dann ausgestorben?« wollte ich wissen.

»Das weiß niemand so genau«, erwiderte Poloskow gutmütig. »Und ich sage Ihnen noch etwas, junger Mann: Wir wissen auch noch nicht genau, wie und warum Leben auf der Erde entstanden ist. Wir wissen nicht, wie sich Erdöl bildet ... ja, ja, aber alle diese Theorien von sich über Jahrmillionen ablagerndem Plankton und von brav dahinsterbenden Dinosauriern – sind letztlich nur Theorien. Es gibt so vieles, das wir nicht wissen!«

Michail hustete höflich. »Sehr informativ, was Sie uns da mitteilen, Herr Poloskow«, sagte er. »Aber das Ganze hat keinerlei Verbindung zu unserer Frage.«

»Hat es wohl«, sagte der Professor beleidigt. »Wiktoria hat großen Respekt gegenüber jeglicher Form von Leben. Sie würde niemals die Vernichtung der Menschheit anstreben, selbst wenn es für diese das Beste wäre. Dazu wäre sie gar nicht in der Lage!«

»Ich wünschte, Sie hätten nicht gesagt, dass es für uns das Beste wäre ...« Ich konnte mir die Bemerkung nicht verkneifen.

»Gut, nehmen wir an, dazu wäre sie nicht in der Lage. Aber ich kann Ihnen auch nicht glauben, dass sie im Alleingang und auf die Schnelle einen Impfstoff gegen ein schon verbreitetes Virus entwickeln will. Diese Version mag Ihnen, lieber Professor, ja zusagen, aber uns nicht!«

»Sie hat große Angst vor den Quazi-Radikalen, von denen es ja so viele gibt«, murmelte der Professor und blickte Michail an. »Sie hat Angst vor Ihnen und glaubt, dass Sie auch dazugehören.«

»Zu den Radikalen?«, fragte Michail.

Der Professor nickte.

»Ich bin Polizist«, sagte Michail einfach. »Da kann ich unmöglich ein Radikaler sein.«

»Doch, das ist sehr wohl denkbar, wenn man davon ausgeht, dass Ihre Vorgesetzen den gleichen Ansichten anhängen!«, sagte Poloskow stur.

Michail und Alpalytsch starrten sich an.

Menschen hätten in einer solchen Situation wohl die Fäuste sprechen lassen.

Die beiden Quazi blickten sich nur finster an und dachten nach.

»Wenn man von der Annahme ausgeht, dass der Vorsitzende und die gesamte Quazi-Führung die Vernichtung der erwachsenen menschlichen Bevölkerung vorbereiten, dann ist es durchaus möglich, dass ich ein Radikaler bin«, erklärte Michail unerwartet. »Und dann würde ich Wiktoria in der Absicht verfolgen, ihr das Virus abzunehmen und es einzusetzen.«

»Oder den Impfstoff zu zerstören.« Der Professor nickte.

»Logisch«, sagte Michail. »Selbstverständlich bin ich der Ausnahme-Quazi, der allen seit Tagen etwas vorlügt.«

»Was um so leichter fallen würde, als das Ganze von unserer Warte aus kein Genozid wäre«, ergänzte der Paläontologe fröhlich. »Wir würden den Menschen ja nur auf ihrem Weg zur Vervollkommnung beistehen!«

»Tut mir leid, wenn ich störe«, warf ich sarkastisch ein. »Das heißt, Sie sind selbst auch ... ein Radikaler?«

»Nein, natürlich nicht. Aber ich finde die Argumente diese Leute nachvollziehbar und respektabel. Allerdings bin ich auch der Ansicht, dass es uns Quazi nicht zusteht, den Menschen etwas gegen ihren Willen aufzuzwingen! Deshalb habe ich Wiktoria geholfen, so gut ich konnte ...«

»Wo ist sie?«, fragte Michail.

»Ich sagte es doch schon: ich weiß es nicht! Sie hat die erste Nacht auf der Flucht hier geschlafen, im Museum. Dann ist sie gegangen. Sie sagte, es ist besser für mich, wenn ich nicht weiß, wo sie ist. Und sie sagte, dass sie alles daransetzen wird, die Menschheit zu retten.«

Ich fand das alles einfach nur lächerlich.

Eine Verbrecherin, die sich als Superheldin aufspielte. Die die Menschheit retten wollte.

»Haben Sie uns denn gar nichts Nützliches mitzuteilen, Alexandr Pawlowitsch?«, fragte ich.

»Sie wollte Gerätschaften für mikrobiologische Untersuchungen, aber so etwas haben wir nicht.« Der Professor seufzte. »Ich habe ihr Geld gegeben und ihr auch meine Kreditkarte angeboten. Aber sie wollte nur Bares, weil sie Angst hatte, dass man ihr sonst auf die Spur kommen würde.«

»Weshalb ist sie dann noch zweimal hierhergekommen?«, fragte Michail. »Hat sie etwas dagelassen?«

Nein.«

»Warum dann?«

»Sie werden es nicht glauben, aber ...« Poloskow zögerte einen Moment lang. »Es ging ihr schlecht. Offenbar verlief ihre Mission nicht gerade erfolgreich ... dazu war sie ständig auf der Flucht ... Sie wollte Tee trinken. Und mit mir reden.«

»Worüber?«, fragte Michail weiter.

»Über die Paläontologie«, erklärte der Professor. »Über die Herkunft der Arten sozusagen. Über das Sterben der Arten. Über meine Arbeit. Über die neuesten Entwicklungen in der Wissenschaft ... sie wollte einfach nur plaudern. Sie sagte, dass ihr das hilft, sich zu entspannen, dass die Paläontologie ihr alles bedeutet. Tja, mehr nicht. Ich fürchte, das ist nicht besonders nützlich für Sie!«

Michail blickte mich an.

Ich zuckte die Schultern.

Für mich sah es nicht so aus, als ob der Quazi log.

»Beim letzten Mal sagte sie, sie würde nicht wiederkommen«,

fügte Poloskow noch an. »Dass Sie ihr auf die Pelle rückten. Und vermutlich hier auftauchen würden. Entweder kommt nur einer – ein Mensch, das ist gut. Oder sie sind zu zweit, ein Mensch und ein Quazi. Das ist nicht so gut.«

»Hat sie gesagt, warum das nicht gut wäre?«, fragte ich. »Schon klar, weil sie Michail für einen Radikalen hält ...« Michail warf mir einen schnellen Blick zu. »Professor Poloskow, ich muss Sie warnen. Wiktoria ist eine Verdächtige. Sie sind verpflichtet, die Polizei über ihr Auftauchen zu informieren, beziehungsweise über ihren Aufenthaltsort, so Sie ihn kennen. Ich werde in meinem Bericht angeben, dass Sie wussten, dass sie auf der Flucht war, uns aber nicht kontaktiert haben, als sie hier eintraf. Vermutlich wird man Ihnen dafür einen Strafbefehl zukommen lassen und möglicherweise wird man Sie zu ein, zwei Wochen gemeinnütziger Arbeit verurteilen.«

Der Professor nahm die Nachricht stoisch auf.

»Auch ich werde darauf hinweisen, dass Sie nicht rechtzeitig mit den Behörden kooperiert haben«, sagte Michail und erhob sich.

Wir ließen den Professor bei seinem Kamillentee sitzen und verließen das Institut.

»Er lügt nicht, oder?«, fragte ich. »Aber was Wiktoria angeht, bin ich mir da nicht so sicher.«

»Ich habe nicht das Gefühl, dass er lügen könnte«, sagte Michail. »Er ist ein normaler, also ehrlicher Quazi. Aber was Wiktoria für ein Spiel treibt, ist mir ein Rätsel.«

»Und was du für ein Spiel treibst ...«, murmelte ich.

Der Quazi warf mir einen Blick zu.

»Glaubst du, dass ich ein Radikaler bin und die ganze Menschheit vernichten will?«

»Die erwachsene Menschheit. Ja, das glaube ich.«

»Das ist eine sehr unangenehme Nachricht«, sagte Michail nachdenklich.

»Wenn du emotional im menschlichen Sinne wärst, würde

ich versuchen, dir zu vertrauen«, sagte ich. »Ich würde mich auf meinen Instinkt verlassen. Aber was Emotionen angeht, bist du aus Holz wie alle Quazi. Du spielst sie deiner Umgebung vor, soweit du eine Ahnung hast, welche gerade passend sind und erwartet werden. Manchmal haut es hin, manchmal nicht. Aber ich kann dich nicht durchschauen.«

»Trotzdem ist das kränkend«, sagte Michail. »Selbst wenn ich die Emotionen nur vorspiele, wie du sagst ... Was hat dir Wiktoria bei eurem Treffen über mich erzählt?«

»Es war ein sehr kurzes Gespräch, bei dem ich fast ausschließlich die Rolle des Zuhörers übernommen habe«, sagte ich und rieb mir über den Hals. »Sie sagte, dass das Virus nur ein Teil der Wahrheit sei, so drückte sie sich aus. Dass sie auf unserer Seite ist. Und dass ich euch nicht glauben soll. Keinem von euch. ›Trau gerupftem Fuchs nicht, trau den Quazi nicht.‹ Sie verlangte ein Treffen mit Markin. Sie wollte sich angeblich stellen, aber nur ihm persönlich. Und du solltest auf keinen Fall dabei sein ... Ich rief Markin an. Gegen meine Anwesenheit hatte Wiktoria nichts ... Eigentlich wollten wir gerade Nägel mit Köpfen machen – da bist du aufgetaucht.«

»Höchst unglücklich«, bekannte Michail. »Sie hätte sich möglicherweise gestellt, wenn ich nicht erschienen wäre. Oder ich hätte sie festnehmen können, wenn ich allein gewesen wäre ... Aber so haben wir uns gegenseitig gestört.«

Wir erreichten den Wagen. Michail warf noch einen finsteren Blick auf das Museum und schlug mit der Faust in die Luft.

»Irgendwas entgeht mir bei der Sache!«, schimpfte er. »Wiktorias Verhalten ergibt überhaupt keinen Sinn, weder wenn sie eine Kriminelle ist, noch wenn sie den Menschen wirklich helfen will. Aber es muss einen Sinn geben! Es gibt immer einen!«

»Also ich habe jede Menge Verbrechen erlebt, die vollkommen sinnlos waren ...«, brummte ich.

Überraschenderweise beruhigte dieser Einwand Michail.

»Du kannst mir glauben, dass ich noch viel mehr solcher

sinnlosen Verbrechen gesehen habe. Aber die wurden allesamt von lebendigen Menschen begangen. Und Wiktoria ist eine Quazi. Bei uns ist das einfacher, wir sind besessen, jeder hat seine fixe Idee ...«

»Und wie sieht Wiktorias fixe Idee noch mal aus?«, fragte ich.

Michail blickte mich nachdenklich an. »Am Anfang dachte ich, sie ist eine von diesen ... Quazi-Ehefrauen«, sagte ich. »Sie möchte einfach unbedingt jemandes Frau sein, und das bedeutet ihr alles. Und ich dachte, sie würde die Arbeit ihres Mannes nur aus Liebe zu ihm unterstützen. Dann dachte ich, dass sie eine fanatische Wissenschaftlerin ist und sich deshalb einen Mann aus diesem Umfeld ausgesucht hat. Aber als sie uns erklärte, wie sehr sie Tomlin vergötterte und sich wünschte, ihn als jungen, schönen Mann zum Quazi zu machen, klang sie absolut aufrichtig. Ich habe ihr das jedenfalls abgenommen. Und jetzt erzählt uns dieser renommierte Professor, dass sie eine fanatische Paläontologin und Artenschützerin ist.«

Michail nickte.

»Also, was hat sie für eine Manie?«, fragte ich wieder. »Liebe zum verstorbenen Tomlin? Wissenschaftliches Interesse an biologischen Waffen? Leidenschaft für ausgestorbene Tiere?«

Du hast die richtige Frage gestellt«, sagte Michail. »Aber ich weiß die Antwort nicht. Was tun wir jetzt?«

»Tun?«, fragte ich zurück. »Lass mich überlegen ... Ich habe eben zu hören bekommen, dass ein tödliches Virus im Umlauf ist und ich bald an einer neuen Form von Windpocken sterben werde. In dieser riesigen Stadt versteckt sich eine verrückte Quazi, die wir einfach nicht zu fassen bekommen und die jedem eine andere Geschichte auftischt. Ein anderer Quazi versucht mir einzureden, dass das Kind, das er großzieht, mein Sohn ist ... Hey! Jetzt weiß ich, was ich tue. Ich fahre ins Revier, zumal sich der Arbeitstag noch längst nicht dem Ende zuneigt. Ich ziehe einen beliebigen Ordner mit einem nicht abgeschlossenen Fall aus dem Regal und versuche, ihn zu lösen. Denn irgendetwas muss man ja tun, da hast du recht.«

Michail blickte mich verblüfft an.

Ich zuckte die Schultern.

»Richtig so«, sagte er dann unerwartet. »Ich habe im Moment keine bessere Idee. Du offenbar auch nicht. Vielleicht steht das Ende der Welt bevor. Das endgültige. Aber bis dahin geht das Leben weiter, wir müssen leben.«

Ich hob ironisch die Brauen.

»Selbst wenn man schon tot ist, muss man leben«, sagte er. »Ich stehe dir zur Verfügung, Partner.«

Achtes Kapitel

Liebe und Mäuse

Irgendwie hat die Vorstellung, sich im Angesicht einer drohenden globalen Tragödie mit dienstlichen Routineaufgaben zu beschäftigen, etwas Absurdes.

Aber selbst in den Tagen der Katastrophe ging das Leben weiter!

Die Taschendiebe klauten Geldbörsen, die Bäcker backten Brot, die Künstler malten ihre Bilder und die Bauarbeiter bauten – und zwar nicht nur Mauern und Absperrungen.

Das Leben geht weiter. Das Leben geht immer weiter.

Wir blieben nicht lange auf dem Revier. Ich sah mir die Liste der Fälle an, die nicht sonderlich eilig waren und verweigerte mich geschickt den Versuchen der Dauletdinowa, mich zu meinem Papierkram zu zwingen (dafür musste ich Michail ins Feld führen, der mir, wie ich behauptete, keine freie Minute ließ). Schließlich wählte ich eine der unbearbeiteten Anzeigen aus und schickte sie mir auf mein Dienst-Tablet.

Wir fuhren in die Wyscheslawki-Gasse im Stadtteil Marina Roschtscha.

»Das Viertel unterliegt normalerweise nicht unserer Zuständigkeit«, erklärte ich unterwegs. »Aber der dortige Ermittler für Todesangelegenheiten ist im Urlaub. Deshalb brummen sie uns das Tagesgeschäft auf. In dringenden Fällen ermittelt die lokale Behörde selbst, aber bei Kleinigkeiten geht alles den Dienstweg …«

»Geht es hier um eine Kleinigkeit?«, fragte Michail.

»Wer weiß? … Warte, hier ist die Anzeige des Nachbarn …«

Ich schaltete das Tablet ein. »›Ich, Sinaida Lwowna Muchlynina ... wohnhaft ...‹ Achtung, jetzt kommt's! ›... teile mit, dass es sich bei der in der Nachbarschaft ansässigen Familie Tschalenko um höchst gefährliche Quazi handelt. Sie kaufen regelmäßig rohes Fleisch, außerdem habe ich beobachtet, dass sie im Zoofachgeschäft *Gib Pfote, mein Freund* eine Kundenkarte haben und dort regelmäßig lebende Mäuse kaufen, was für Quazi höchst verdächtig ist!!!‹ Immerhin mit drei Ausrufezeichen.«

»Wir essen keine Mäuse!«, regte sich Michail auf.

»Vermutlich nicht.« Ich fand das Ganze höchst amüsant. »Aber vielleicht isst nur du keine Mäuse, weil du dich beherrschen kannst. Aber andere tun es sehr wohl. Nachts, unter der Decke.«

Auf Michails Gesicht war echter Abscheu zu lesen.

»Ich habe schon früher bemerkt, dass ihr Quazi etwas Katzenhaftes an euch habt«, fuhr ich fort. »Aber ich hätte nicht gedacht, dass das so weit geht.«

»Denis, das ist ekelhaft.«

»Okay«, stimmte ich zu. »Aber irgendwie muss man sich bei dieser Arbeit doch seinen Sinn für Humor bewahren, sonst wird man verrückt. Zum Beispiel, wenn du einem Quazi-Fleischesser begegnest.«

Michail verzog das Gesicht: »Glaubst du allen Ernstes, dass ein Quazi Fleisch essen könnte? Dazu noch lebende Mäuse?«

»Nein, natürlich nicht«, beruhigte ich ihn. »Aber du weißt doch, die Menschen sind verschieden. Und die meisten, vor allem die der älteren Generation, haben nun mal das gleiche Verhältnis zu euch wie ich: Ein negatives.«

»Wir essen kein Fleisch«, knurrte Michail und starrte vor sich hin. »Ich erinnere mich manchmal daran, wie ich ein Kotelett gegessen habe, oder Schaschlik«, ergänzte er nach einer Minute. »Ich weiß, dass es mir geschmeckt hat. Und ich habe auch ganz gern getrunken ... in Maßen. Aber das ist alles vorbei. Ich kann keine tierischen Produkte essen, rein physiologisch. Mir dreht sich der Magen um!«

Mir war die Sache plötzlich peinlich.

Das Wissen darüber, dass man eine Zeit lang ohne jeden Verstand durch Wald und Feld gejagt ist, Würmer und Mäuse gefressen und Menschen angegriffen hat ... reicht wohl aus, keine tierischen Produkte mehr zu essen. Und nicht mehr daran erinnert werden zu wollen.

»Entschuldige«, sagte ich. »Ein blöder Witz. Wenn du wüsstest, was für verrückte Anrufe von verrückten Alten wir erhalten. Das hältst du ohne Humor einfach nicht aus.«

Wir parkten vor einem älteren neunstöckigen Haus, nicht weit von der Moskauer Synagoge entfernt. Auch meine Idee, sich mit einfachen Fällen die Zeit zu vertreiben, kam mir plötzlich völlig idiotisch vor. Ich hoffte sogar, dass die verdächtigen Quazi nicht zu Hause wären. Um diese Zeit, an einem Werktag ...

Aber die Tür öffnete sich wenige Sekunden nach dem Klingeln. Vor uns stand ein junger Quazi-Mann mit charakteristisch grau-bläulicher Haut. Trotzdem fragte ich zur Sicherheit: »Sind Sie Roman Tschalenko?«

»Ja, das bin ich«, sagte der junge Mann ruhig. »Kommen Sie rein.«

Als er Michail erblickte, schien er für einen winzigen Moment schockstarr. Aber er kommentierte die Anwesenheit meines Partners nicht und ließ uns eintreten. Er wirkte sehr friedlich und hatte auch kein Mäuseschwänzchen aus dem Mund hängen. Er trug einen abgewetzten Trainingsanzug, Hausschuhe, und entsprach ganz dem Bild eines friedlichen, häuslichen Quazi.

»Hauptmann Denis Simonow«, stellte ich mich vor. »Hauptmann Bedrenez«, fügte ich hinzu, da Michail schwieg.

»Ich wusste gar nicht, dass Quazi bei unserer Polizei arbeiten.« Roman lächelt verkrampft.

»Bei uns gibt es keine Diskriminierung«, gab ich zurück. »Auch Sie können jederzeit bei uns anfangen.«

»Nein, danke. Ich bin Programmierer. Damit bin ich vollauf zufrieden.«

Die Wohnung war klein. Zwei Zimmerchen, Küche. Die Tür im Vorraum führte offenbar zu einer Nasszelle mit Klo. Außerdem roch es.

Nach Mäusen.

Dafür, dass sie so klein und niedlich sind, sind Mäuse ziemlich geruchsintensive Geschöpfe.

»Halten Sie hier Mäuse?«, fragte ich neugierig. Tschalenko benahm sich höchst kooperativ. Er pochte nicht auf seine Rechte, fragte nicht nach unseren Ausweisen und wollte die Lage offenbar möglichst formlos klären.

»Herrje ...« Er seufzte. »Ich verstehe, Sinaida Lwowna ist eine nette Frau ... aber ... nun ja, kommen Sie mit.«

Wir betraten hinter Tschalenko das größere der beiden Zimmer, das bei den meisten Menschen das Wohnzimmer ist. In diesem Fall wirkte es mehr wie ein Arbeitszimmer für zwei Personen.

Tschalenkos Frau war genau wie er in einen Trainingsanzug gekleidet, saß am Computer und blickte konzentriert auf den Bildschirm, auf dem viele Zeilen Maschinensprache zu sehen waren. Als wir auftauchten, wandte sie nur kurz den Kopf nach uns um, lächelte schief, und starrte dann wieder auf den Monitor. Ihre graubläuliche Haut glänzte im Bildschirmlicht.

»Lass dich nicht stören, Julja, es dauert nicht lange«, sagte Roman. Und fügte in entschuldigendem Ton zu uns gewandt hinzu: »Tut mir leid, sie steckt mitten in der Arbeit an einem komplizierten Programm, sie muss die Fehler finden ...«

»Kein Problem«, sagte ich und blickte mich um.

Die Quelle des Geruchs war jedenfalls klar ersichtlich.

Außer den zwei Arbeitstischen mit Computern war der

Raum mit Regalreihen gefüllt. Darauf standen Käfige und Terrarien.

In den Käfigen tummelten sich fiepende Mäuse.

In einigen Terrarien lagen dicke träge Schlangen.

»Sie mögen wohl Tiere?«, fragte ich perplex.

»Ja, das ist mir aus meinem früheren Leben geblieben«, antwortete Roman. »Die Nachbarn beschweren sich manchmal
über den Geruch, aber ich finde, dass es im Treppenhaus nicht
stinkt. Wir lüften jedenfalls oft. Oder haben Sie etwas gero-
chen?«

»Nein«, stimmte ich zu. »Im Treppenhaus nicht. Äh ... züch-
ten Sie Schlangen oder Mäuse?«

»Die Schlangen sind nicht giftig«, erklärte Roman eilig.

»Aha.« Ich nickte. »Verstehe. Es ist ziemlich ungewöhnlich.
Schlangen und Mäuse. Raubtier und Futter.«

»Die sind kein Futter«, sagte Roman. »Sie sind auch Haustie-
re. Als Futter kaufe ich Mäuse im Zoogeschäft.«

»Sie haben also geliebte Haustiermäuse und Futtermäuse.«
Ich nickte. »Verstehe.«

Julja Tschalenko drehte sich wieder kurz zu uns um und verzog die Lippen, ehe sie wieder vor dem Bildschirm versank.

»Wir sind sehr beschäftigt ...« Ich hatte das Gefühl, dass Roman nervös war. Für einen Quazi eigentlich unmöglich. »Ein
großer, komplizierter Auftrag, den wir morgen abliefern müssen ... wieder mal ein Schnellschuss, so ein Pech ...«

»So ein Pech«, sagte Michail.

Roman stockte.

»Das tut mir leid«, sagte Michail. »Wann wurden Sie erhöht?«

»Vor zwei Jahren«, antwortete Roman. Und blickte zu mir
herüber. »Ich wurde erhöht ... als ich in Solnzewo war, im Reservat Nummer 3 ... Julja hat mich dorthin gebracht. Es ist ziemlich teuer. Aber dafür wird eine große Prozentzahl der Aufständischen erhöht, und es gilt als Glücksfall, wenn man dorthin
kommt. Sie glaubte fest daran, dass sie meine Rückkehr noch

erlebt. Aber dann verpasste ich sie um zwei Tage. Sie starb ...
an Krebs. Ich brachte sie ebenfalls nach Solnzewo ... und dann
wurde zum Glück auch sie ganz schnell erhöht ...«

»Glück«, wiederholte Michail. »Was machen Sie nur, Roman?«

Roman Tschalenko schwieg.

»Sie lieben sich wirklich aufrichtig, das sehe ich«, sagte Michail. »Und wenn nicht ein anderer Quazi in Ihre Wohnung gekommen wäre ...

»Was ist los, Michail?«, fragte ich.

»Sie ist keine Quazi, Denis«, antwortete Michail, ohne zu Julja hinzusehen.

»Wie, keine Quazi?« Ich trat zu Julja Tschalenko.

»Uhäh-äh-äh!«, heulte Romans Frau plötzlich. Sie sprang unbeholfen auf, wobei sie den Drehstuhl wegschubste. Er rollte zu mir herüber, und ich beförderte ihn mit einem Fußtritt wieder zurück. Als die Frau sich bewegte, schlug die Jacke ihres Trainingsanzugs auf, und ihr Bauch war zu sehen. Die Haut war nicht graubläulich, sondern schwarzgrau und von Pickeln übersät.

»Sie ist eine Aufständische!« Während ich fassungslos das Offensichtliche aussprach, griff ich automatisch nach meiner Machete.

»Nicht! Rühren Sie sie nicht an!«, schrie Roman, hob die Arme und stellt sich schützend vor Julja. »Setz dich! Sofort, setz dich, Juletschka! Still! Setz dich und schau auf den Monitor.«

Stöhnend und leise heulend versuchte die verkleidete Aufständische, sich wieder an den Computer zu setzen. Und wäre fast gefallen, wenn Roman ihr nicht den Drehstuhl untergeschoben hätte.

»Zum Bildschirm!«, wiederholte Tschalenko, als hoffte er, die Zeit zurückdrehen zu können.

»Schau auf den Bildschirm! Still! Nur schauen!«

»Haben Sie sie aus dem Reservat entführt«, fragte Michail neugierig. »Wie? Haben Sie jemanden geschmiert?«

»Nein, das war ich ganz allein«, flüsterte Roman. »Ich habe ...
sie gerufen. Ich stand am Zaun. Sie wissen ja, dass regelmäßig
Neugierige und auch Verwandte kommen ... Es gibt sogar eine
Stelle, wo man sich reinschleichen kann ... Ich stand da und
rief sie ... und sie kam ... und hat mich erkannt. Ich konnte sie
nicht dort lassen ...«

»Sie hat Sie nicht erkannt«, sagte Michail. »Machen Sie sich
nichts vor. Als Quazi können Sie sie sehr gut lenken. Sie haben
ihre frühere Frau ganz gezielt angelockt ...«

»Sie ist nicht meine *frühere* Frau!«

»Haben Ihre Frau zu sich gelockt.« Michail ließ sich nicht auf
diesen Streit ein. »Was haben Sie getan, Roman? Begreifen Sie
nicht, was für eine Gefahr Sie damit heraufbeschworen haben?«

»Sie ist nicht gefährlich, wirklich nicht!«, sagte Roman aufgebracht. »Ich habe sie unter Kontrolle! Sie benimmt sich sehr
gut. Ich kümmere mich um sie. Sie bekommt Mäuse, manchmal kaufe ich ihr ein lebendiges Huhn ... Ihr Zustand wird sich
verbessern, und dann wird sie erhöht werden.«

»Hier bei Ihnen wird sie nie erhöht werden, Roman«, sagte
Michail. »Niemals. Sie muss zurück ins Reservat.«

»Warum denn nicht? Natürlich wird sie erhöht werden. Sie
wird zur Vernunft kommen.«

»Nein, das wird sie nicht. Sie machen sich was vor.« Michail
holte gelassen die Plastikklammern aus der Tasche, schob Roman zur Seite und begann Julja zu fesseln. Die widersetzte sich
nicht – der eiserne Wille des Quazi hielt sie im Zaum. »Wie lange ist sie schon bei Ihnen?«

»Eineinhalb Jahre«, entgegnete Roman, der Michail wie gebannt zusah.

»Erstaunlich. Wie konnten Sie sie zurückhalten? Schließlich
müssen Sie auch mal schlafen.«

»Wir schlafen in einem Bett. Ich halte sie in den Armen und
wache auf, wenn sie versucht aufzustehen.«

Mir lief ein Schauer über den Rücken.

»Die Mäuse halten Sie vermutlich auch, um den Geruch zu vertuschen«, sagte Michail bedächtig. Er ging in die Hocke und fesselte Juljas Beine. »Sie ist kein Mensch mehr, aber auch noch kein Quazi. Sie ist ein Raubtier, das müssen Sie einsehen.«

»Nein!«, schrie Roman und riss die Hände nach oben, offenbar, um Michail einen gezielten Schlag auf den Hinterkopf zu versetzen.

So bringt man einen Quazi natürlich nicht um. Aber man kann ihn eine Zeit lang ausschalten.

Was ich bewies, indem ich Roman mit aller Kraft den Griff meiner Machete über den Kopf zog. Ich hatte nicht eine Sekunde geglaubt, dass er einfach zulassen würde, wie Michail die Aufständische abführte.

Roman stürzte zu Boden.

»Sie sind ein Idiot, Roman«, rief Michail. »Nimm ihn fest, Denis.«

Roman regte sich schwach, versuchte, auf die Beine zu kommen.

»Wenn Sie sich widersetzen, werde ich Sie höchstpersönlich in Stücke reißen!«, bellte Michail ihn an. »Sie sind eine Schande für alle Quazi.«

Ich kann nicht ... ohne sie ...«, nuschelte Roman, während ich ihm die Hände mit den Spezialhandschellen und die Füße mit gleich drei Plastikklammern fesselte. Für alle Fälle.

»Wenn Sie das nicht können, dann arbeiten Sie im Reservat! Dort werden Quazi mit Ihrem Potenzial gebraucht! Idiot!«

Roman schluchzte auf. Quazi konnten nicht weinen, denn ihre Tränendrüsen sind viel schwächer ausgebildet. Aber er schluchzte wirklich, selbst wenn seine Wangen trocken blieben.

Julja begann leise vor sich hin zu heulen und sah dabei Roman an.

»Sie scheint wirklich etwas zu verstehen«, sagte ich überrascht.

»Nein, sie ist nur auf seine Reaktionen geeicht und wird dadurch gelenkt«, sagte Michail. »Ruf den Transportwagen. Wir schicken sie zurück ins Reservat. Und ihn bringen wir ins Konsulat. Soll der Konsul sich den Kopf über ihn zerbrechen.«

Nachdem ich Roman, der noch kraftlos auf dem Boden hockte, sorgfältig gefesselt hatte, stand ich auf und blickte mich in dem Zimmer um. Wie in der Wildnis.

Mäuse als Nahrung.

Die Aufständische hatte jede Menge davon gefuttert. Auch wenn sich die unglücklichen Nager stark vermehrten, sie hatten ihr offenbar nicht gereicht.

Jedenfalls hatte die verrückte Nachbarin sich tatsächlich als kleine Miss Marple erwiesen. Ich würde ihr einen Dankesbrief schreiben müssen.

»Michail«, sagte ich und holte das Telefon aus der Tasche.

»Was?«

»Wenn wir die beiden ... versorgt haben ... setzen wir beiden uns irgendwo ganz in Ruhe hin. Und du erzählst mir ein bisschen was.«

»Worüber denn noch?«

»Warum sie hier niemals erhöht worden wäre. Und wie die Erhöhung von Aufständischen funktioniert.«

Michail blickte mich an, schüttelte den Kopf:

»Das willst du nicht wissen.«

»Stimmt. Aber ich muss es wissen. Und du wirst es mir erzählen.«

Die beiden Fahrzeuge – der verschrammte Kleinlaster, der Julja ins Reservat zurückbrachte, und die Limousine des Konsuls mit den diplomatischen Kennzeichen – entfernten sich.

Michail und ich standen neben unserem Polizeiwagen.

»Denis, bitte, verlang das nicht von mir«, sagte Michail.

»Doch, genau das tue ich«, antwortete ich. »Es reicht mit deiner Geheimniskrämerei. Dieses Geheimnis wirst du mir enthüllen ... *Partner*.«

Michail seufzte. »Ich befürchte, unsere Beziehung wird dann nie mehr die alte sein.«

»... sagte Watson zu Holmes, während er sich die Hose aufknöpfte ... Raus mit der Sprache.«

Michail schloss die Augen. Stand eine Zeit lang so da, schwankte leicht. Und fragte dann: »Hast du dir nicht selbst bereits eine Erklärung zurechtgelegt?«

»Doch, schon. Aber die kann nicht stimmen. Ich dachte, dass Aufständische zum Quazi werden, wenn sie einen Menschen fressen.«

»Warum kann das nicht stimmen?«

»In den ersten Tagen der Katastrophe starben so viele Menschen, trotzdem tauchten keine Heerscharen von Quazi auf. Und außerdem ... als der verstorbene Professor seinen Mörder anknabberte, wurde er dadurch auch nicht schlauer.«

»Richtig«, sagte Michail. »Nur einmal abbeißen reicht nicht aus. Der Aufständische muss etwas vom Hirn erwischen. Vom lebendigen menschlichen Hirn ... ein kleines Stück reicht. Aber die wenigsten Aufständischen arbeiten sich rechtzeitig bis zum Hirn vor, sie haben ja keine Ahnung, was sie wirklich brauchen. Meistens sterben die Opfer mit unversehrtem Schädel, und dann verlieren die Aufständischen das Interesse an ihnen ... und die Toten stehen ihrerseits auf. Aber einige werden doch erhöht, und dafür – davon gehen wir derzeit aus – reicht ein Mensch für mehrere Quazi. Im Asyl wurden mit einem Menschen neun Aufständische in Quazi verwandelt, aber das ist wohl die Obergrenze.«

Ich blickte den Quazi an, mit dem ich einige Tage Hand in Hand gearbeitet hatte. Der ein Kind großzog, das er für meinen Sohn hielt. Der ...

»Ihr wisst das alles?«, fragte ich. »Und ihr verheimlicht es?«

»Nicht nur wir verheimlichen es, auch die Menschen tun es. Eure Regierung weiß es. Die Wissenschaftler, die sich mit Aufständischen und Quazi beschäftigen, wissen es. Aber wenn diese Information öffentlich würde, dann käme es zu einem Krieg zwischen Menschen und Quazi. Das ist dir doch klar.«

»Du bist ein Monster«, sagte ich. »Du bist ein Menschenfresser ... ein Ungeheuer. Ihr seid alle Ungeheuer.«

»Wir *waren* Ungeheuer. Aufständische haben keinen Verstand, sie haben nur den Drang, zu töten und zu fressen ...«

»Halt die Klappe!«, schrie ich. »Es reicht!«

Michail schwieg.

»Wir können nicht länger zusammenarbeiten«, sagte ich. »Du kannst Wiktoria allein suchen. Kümmere dich um deine Quazi-Angelegenheiten, gerupfter Fuchs. Ich will dich nicht mehr sehen. Ich habe meine eigene Arbeit und mein eigenes Leben, klar?«

Michail schwieg.

Ich drehte mich um und ging durch die Gasse zur nächsten Metro-Station.

Es war alles zu seltsam. Das Geheimnis der Quazi war grauenhaft ... und gleichzeitig banal. Wie in alten Horrorfilmen und B-Movies, wie in den Zeichentrickfilmen, in denen harmlose Zombies näselnd brummen: »Hirn! Ich will Hirn!«

Als ob man erfahren würde, dass Vampire wirklich existieren und sich vor Knoblauch, Weihwasser und Sonnenlicht fürchten.

Wir hatten uns doch längst daran gewöhnt, dass alles anders war, als man früher dachte.

Ach, wir waren bereit, an Prophezeiungen zu glauben, an Vampire und an lebende Tote, an alle möglichen Märchen aus Urgroßmutters Zeiten. Aber wir verlangten, dass diese Märchen sich zeitgemäß gaben, von Innen nach Außen gekehrt wurden. Unsere Vampire sollten am helllichten Tag herumlaufen, Knoblauch-Baguette futtern und sich die Zähne mit Zahnseide säubern. Unsere Zombies wandelten aufgrund eines schrecklichen Virus auf der Erde, aber selbst wenn sie blutrünstig waren, interessierten sie sich nicht für fremde Gehirne.

Vielleicht war das alles ja schon mal vorgekommen. Vielleicht hatte sich im kollektiven Gedächtnis der Generationen das schreckliche Wissen erhalten, dass Zombies das Gehirn eines Lebenden brauchen ...

Das Virus, das unsere Toten so schnell in Aufständische verwandelte, hatten wir bislang nicht entdeckt. Das Windpocken-Virus, mit dem der durchgeknallte Professor experimentierte, existierte dagegen. Genau wie irgendein schreckliches Ebola-Virus. Man hatte jedes Virus irgendwann entdeckt und auch erforscht, selbst wenn man es nicht bekämpfen konnte. Nur das Virus, das die Toten auferstehen ließ, das blieb unerkannt! Klar, der großen Mehrheit war das ohnehin egal. Sie glaubte, dass sie alles Wesentliche begriffen hatte: die Dinosaurier wurden von Asteroiden umgebracht, Öl entstand aus verwesten Dinosauriern, die Toten standen wegen eines Virus auf. Das ist noch nicht entdeckt? Kommt noch.

Aber warum hatten wir es noch nicht gefunden? Wir waren schließlich noch nicht total verwildert. Überall gab es große Forschungsinstitute, schließlich waren die meisten großen Städte ja heil geblieben. Jedenfalls bei uns, bei den Amis und in Europa ...

Vielleicht gab es kein Virus?

Vielleicht waren die Aufständischen das Ergebnis eines Fluchs. Eines Zaubers. Von Gottes Zorn. Solange das Virus nicht entdeckt war, konnte man jede beliebige These aufstellen, sogar eine absolut unsinnige.

... Plötzlich wurde mir bewusst, dass ich vor meinem Hauseingang stand. Den eigentlichen Weg hatte ich kaum wahrgenommen. Obwohl, ich erinnerte mich vage, dass die Leute mir ausgewichen waren, weil ich offenbar so einen grimmigen Gesichtsausdruck zur Schau gestellt hatte.

Viren. Aufständische. Gehirne.

... Im Grunde war nur eines klar: Wenn die radikalen Quazi ihr Virus unter die Menschen brachten, die erwachsene Bevölkerung vernichteten und ihre schöne neue Welt errichteten, würde das eine richtig fiese Welt werden. Denn ganz sicher würden nicht alle Jugendlichen, die ausgelernt und sich ordentlich »fortgepflanzt«, der Gesellschaft also ihren Tribut gezollt hatten, in brüderlicher Verbundenheit in den wunderbaren Zustand der Quazi überführt werden können, nachdem sie eine kurze unangenehme Phase als Aufständische überstanden hatten.

Einen Teil von ihnen würde man opfern müssen.

Ein Teil würde gefressen werden.

Bei lebendigem Leib.

Mir wurde übel. Ich blieb stehen und presste die Hand vor den Mund.

Genauer gesagt: Ihr Hirn würde bei lebendigem Leib verzehrt werden.

In jeder Utopie gibt es noch für den allerärmsten Bauern wenigstens ein paar Sklaven. Von der Massenvernichtung der erwachsenen Bevölkerung abgesehen war die Utopie der Quazi recht stattlich. Ja, und selbst diese Vernichtung musste man ja nicht als solche begreifen, denn schließlich wurden am Ende alle zu Quazi.

Nur wie hoch war der Preis dafür? Zumindest für den zehnten Teil der Bevölkerung? Zumal die rationalen und logischen Quazi sich niemals aufs Zufallsprinzip oder eine Art Lotterie einlassen würden, um die Auswahl zu treffen. Alles wäre genauestens geprüft und geregelt: »Kinder, strengt euch in der Schule an! Nur wer gut ist, wird bald ein Quazi und lebt weiß der Teufel wie lange! Vielleicht sogar für immer! Aber wer schlampig oder faul ist, der wird bei lebendigem Leib gefressen. Und jetzt öffnet eure Hefte ...«

Obwohl, nein, mit einer so heiklen Information würde man die Kinder nicht konfrontieren. Sie würden die Wahrheit erst erfahren, wenn sie das kurze Stadium eines Aufständischen durchlaufen hatten und in ihrem Quazi-Paradies erwachten. Mit blutigem Mund, noch über den Körper des zerfetzten Klassenkameraden gebeugt.

Ich musste doch kotzen.

Ich schaffte es nicht mal mehr in die Büsche. Stand vor unserem Eingang und mir war speiübel. Ich weiß nicht, was ich da von mir gab, denn ich hatte praktisch nichts gegessen. Ich krümmte mich, hustete, würgte und kotzte immer weiter …

Natürlich musste in diesem Moment einer meiner Nachbarn auftauchen. Es gibt ein Naturgesetz, nach dem sie immer im ungünstigsten Augenblick auftauchen.

Onkel Wanja, ein stiller, einsamer Alkoholiker unbestimmten Alters aus dem Erdgeschoss, kam auf den Eingang zu. In den Händen hielt er eine Plastiktüte, in der sich die Umrisse eines Weißbrots sowie von Dosen und Flaschen abzeichneten.

»Ach je!«, sagte Onkel Wanja mitfühlend und betrachtete mich. »Woraus zum Teufel brauen sie das Zeug heutzutage bloß …?«

Er wühlte in seiner Tasche und zog ein überraschend sauberes weißes Taschentuch heraus. Total verwirrt griff ich danach und wischte mir den Mund ab. Wollte es reflexartig wieder zurückgeben.

»Behalt es nur«, sagte Onkel Wanja mit gerunzelter Stirn. »Ich habe noch mehr. Und pass ein bisschen besser auf dich auf, junger Nachbar. Schließlich hast du noch Zeit bis zum Quazi, anders als ich. Du musst was dazu essen, trink nicht auf nüchternen Magen. Auch das Essen schmeckt heute nicht mehr wie in meiner Jugend. Wie sollen wandelnde Leichen auch Lebensmittel anbauen? Irgendwie ist die Vorstellung ekelig, dass sie sie angefasst haben. Du isst deine Kartoffel und es schüttelt dich … Aber du musst was dazu essen. Unbedingt!«

»Danke, Onkel Wanja, ich passe in Zukunft auf«, nuschelte ich.

»Jetzt spülst du deinen Mund mit einem Schlückchen Wodka«, setzte Onkel Wanja seinen Vortrag fort. »Aber nicht schlucken. Und auch sonst keinen Alkohol trinken! Dein Magen ist erschöpft, der braucht Ruhe. Vorm Schlafengehen kannst du dir ein, zwei Gläschen hinter die Binde kippen. Aber nicht übertreiben!«

Er zwinkerte mir aufmunternd zu und ging dann endlich ins Haus.

Wahrscheinlich fühlte er sich damit richtig gut! Ein Hauptmann der Polizei, Kämpfer gegen die Toten, kotzte vor den Hauseingang und befleckte die Würde der Uniform.

Ich warf das Taschentuch in den Mülleimer und versuchte mir eine gedankliche Notiz zu machen, bei Gelegenheit ein paar neue für Onkel Wanja zu besorgen. Dann ging ich ins Haus. Mit einer seltsamen Vorahnung, obwohl ich nicht wirklich mit Wiktoria rechnete.

Und sie war auch nicht da. In der Ecke drückte sich lediglich ein junges, innig knutschendes Pärchen herum. Der Junge war so beschäftigt, dass er mich gar nicht bemerkte (und ebenso wenig Onkel Wanja), das Mädchen dagegen schaute mich herausfordernd und irgendwie abfällig an.

Schon gut. Freu dich. Wir finden auch noch jemanden zum Küssen.

Ich ging in den zweiten Stock und öffnete die Tür. Sog schnuppernd die Luft ein. Es roch lecker nach Essen.

»Wer ist da?«, rief ich.

Nastja trat im einfachen kurzen Kleid und barfuss in die Küchentür. Schaute mich fast so herausfordernd an wie das Mädchen am Eingang.

»Ich bin's. Hast du Hunger?«

»Mhm«, sagte ich unsicher. Und erblickte den Koffer in der Ecke im Vorraum.

»Hast du was dagegen?«, fragte Nastja. »Ich würde gern ein paar Tage bei dir bleiben. Nicht lange. Ich muss mich nur erst daran gewöhnen, dass Mama und mein Bruder wieder da sind. Aber ich kann auch wieder gehen! Glaub bloß nicht, dass ich nicht wüsste, wohin. Ich habe Freundinnen, eine Tante zweiten Grades, außerdem hat ein Oberstleutnant schon vor Längerem um meine Hand angehalten ...« Sie verstummte und lächelte. »Quatsch, das ist alles gelogen. Meine Freundinnen sind mit sich selbst beschäftigt, die Tante ist uralt und lebt in Woronesch, und der Oberstleutnant ist ein Langweiler und dick.«

»Was für ein Albtraum«, sagte ich. »Ein dicker Oberstleutnant. Was ist bloß los mit dieser Welt? Natürlich kannst du bleiben. Räum deine Sachen ein.«

»Habe ich schon«, informierte mich Nastja. »Ich habe in deinem Schrank ein paar Fächer übernommen. Und der Oberstleutnant ist dick, weil er der Abteilung K angehört und im Netz Hacker fängt. Er hat einfach keine Zeit, Sport zu treiben, weil er immer in der virtuellen Realität unterwegs ist. Außerdem ist er gar nicht direkt langweilig, nur sehr seriös ... Ich habe Kürbissuppe gekocht. Vegetarisch, sogar ohne Milch. Ich wusste nicht, ob Michail auch dabei ist.«

»Nein«, sagte ich knapp.

»Na schön. Um ehrlich zu sein, es gab keine Milch. Du hast überhaupt nichts. In deinem Kühlschrank würde sich eine Maus erhängen.«

Mein Magen krampfte sich zusammen.

»Äh, Nastja, sprich nicht von Mäusen. Bitte.«

»Okay«, sagte sie überrascht. »Es war ja nur eine Metapher, eine Redewendung ...«

»Ich weiß. Aber lassen wir das einfach. Ich erklär es dir später.«

Nastja zuckte mit den Schultern.

»Gut. Jedenfalls habe ich fünf Flaschen mit Hochprozentigem bei dir gefunden. Alles ekelhaftes Zeug. Den Cognac habe ich sogar probiert, aber der ist ja ein Albtraum. Zehn Eier, das taugt nur fürs Frühstück, nicht fürs Abendessen, ausgetrockneten Schmelzkäse, ein paar keimende Kartoffeln, Zwiebeln, Linsen und Kürbis. Komische Zusammenstellung.«

»Ich esse fast nie zu Hause«, sagte ich. »Und Linsen, Kürbis und Zwiebeln habe ich, weil ich eine Suppe kochen wollte. Am Samstag mache ich mir immer Kürbissuppe.«

Nastja war überrascht. »Wirklich?«

»Manchmal haben die Menschen unerwartete Seiten an sich«, gab ich zurück. »Du hättest nicht gedacht, dass ich etwas Komplizierteres als ein Butterbrot zubereiten kann, stimmt's?«

Ich zog die Jacke aus und hängte sie auf.

»Ich habe dein Jackett saubergemacht und es in den Schrank gehängt«, sagte Nastja plötzlich. »In der Tasche habe ich einen Artikel von Professor Tomlin gefunden. Hast du den aus seiner Wohnung?«

»Ja«, gab ich zu. »Ich habe ganz vergessen, ihn zu lesen. Noch irgendwas? Nachrichten von einer ehemaligen Freundin, die mich anfleht, zu ihr zurückzukommen?«

»Na ja ... fast«, sagte Nastja. Sie wandte den Blick ab.

Ich brauchte einige Sekunden, um mich an Michails Worte zu erinnern. Dann begriff ich, worauf sie hinauswollte. »Du hast den Umschlag gefunden?«, fragte ich.

»Nein ... ja.« Nastja hielt die Augen noch immer gesenkt. Und plötzlich wurde es mir klar, ihre Nervosität wie auch die Tatsache, dass sie von dem ekligen Cognac getrunken hatte, hingen mit diesem Fund zusammen. »Der Umschlag war nicht verschlossen ...«

»Ich bin nicht sauer auf dich«, sagte ich. »Ich bin selbst grauenhaft neugierig. Berufskrankheit.«

»Es sind die Ergebnisse einer genetischen Analyse«, sagte Nastja. »Ein Verwandtschaftstest.«

Ich nickte »Ich weiß. Ich kann es dir erklären.«

»Musst du nicht«, sagte Nastja schnell.

»Es ist besser, wenn du es weißt. Michail hat das eingefädelt.

Er glaubt, dass Najd mein Sohn sein könnte. Sein Alter und der Ort, wo er den Jungen gefunden hat, passen einigermaßen dazu.«

»Da stehen natürlich keine Namen, aber ich hatte es mir bereits zusammengereimt«, sagte Nastja.

»Aber Michail weiß einen traurigen Umstand nicht«, sagte ich. »Meine Frau hat mich betrogen. Das Kind, das ich für meines hielt, war von einem anderen Mann. Deshalb kann der Gentest gar keine Übereinstimmung erbringen … zum Glück …«

Nastja runzelte die Stirn. Und blickte mir in die Augen.

»Nein«, sagte ich.

Nastja nickte.

»Nein, das kann nicht sein«, schrie ich. »Zum Teufel, nein, sie hat gesagt … gib mir den Umschlag!«

»Da liegt er, auf dem kleinen Tisch …« sagte Nastja leise.

Ich packte den Umschlag, zog das Blatt heraus, faltete es auseinander.

Und starrte auf die geraden Zeilen.

Die Analyse wurde mit den herkömmlichen Verfahren anhand von vierzehn DNA-Markern durchgeführt …

»Wieso glaubst du, dass dein Kind nicht dein Kind ist?«, fragte Nastja.

»Olga hat es mir selbst gesagt …«, flüsterte ich.

»Wann?«

»Wir hatten uns in einem Haus versteckt … aber wir mussten uns entscheiden. Flüchten oder sich verbarrikadieren. Sie wollte sich in dem Museum neben dem Haus verschanzen … Ich bestand darauf zu fliehen …«

»Und da hat sie dir gesagt, dass der Junge nicht von dir ist?«

»Ja.«

»Denis …« Nastja kam zu mir und umarmte mich vorsichtig. »Glaub mir, Frauen lügen oft, wenn es darum geht, wer der Vater ihres Kindes ist. Nicht selten schieben sie es dem falschen Mann unter. Aber es kann auch umgekehrt sein. Es kann sein, dass eine Frau sagt, das Kind sei von einem anderen als von dem, der sich für den Vater hält.«

»Warum?«, sagte ich. »Warum denn nur?«

»Sie glaubte, dass es für das Kind weniger gefährlich wäre«, flüsterte Nastja. »Um das Kind zu schützen, hat sie dich angelogen.«

»Und was soll ich jetzt tun?«, fragte ich, als ob mir irgendjemand auf der Welt darauf eine Antwort geben könnte.

»Erst mal was essen«, antwortete Nastja.

Die Suppe schmeckte lecker.

Im Grunde.

Auch wenn ich sie etwas anders mache. Natürlich nicht jeden Samstag, das war gelogen. Aber ab und zu. Ich koche gern für mich selbst. Das ist ungewöhnlich für einen Junggesellen.

Ich aß die Suppe und sah Nastja dabei an.

Und sie starrte die Wand an. Das Bild von Olga mit dem Kind auf dem Arm.

»Du hast selbst nie wirklich an diese Version geglaubt«, sagte Nastja plötzlich. »Sonst hättest du dieses Foto nicht aufgehängt.«

»Doch, habe ich.«

»Nein«, sagte Nastja erbarmungslos. »Belüg dich nicht selbst, Denis. Du wolltest vielleicht daran glauben, weil es so ... einfacher war. Das Kind nicht von dir, die Frau eine Ehebrecherin. Aber dann hättest du keinesfalls jeden Tag dieses Bild anschauen wollen. In Wirklichkeit hast du alles genau gewusst. Aber du hast so getan, als ob du es glaubst.«

»Das ist ganz schön kompliziert«, murmelte ich.

»Wir sind Menschen und deshalb grundsätzlich kompliziert. Nur die Quazi sind einfach. Was wirst du tun?«

»Das ist meine Frage ...«

»Richtig, genau wie die Antwort.«

»Ich weiß es nicht«, sagte ich und legte den Löffel weg.

»Danke für die Suppe, schmeckt gut. Ich weiß es nicht, Nastja. Es gibt da noch das Problem ... mit Michail ...«

Sie runzelte die Stirn:

»Du denkst, wenn er das Kind gerettet hat, dann hat er ... deine Frau ...«

»Ja.«

»Vielleicht hat sie jemand anderes ... umgebracht?«, fragte Nastja vorsichtig. »Und er hat nur das Kind gerettet.«

»Nein«, sagte ich. »Frag nicht, warum. Aber in diesem Fall bin ich fast sicher. Das ist nicht so wie mit dem Jungen. Ich bin wirklich sicher.«

Nastja schwieg, zeichnete mit dem Finger Muster auf den Tisch herum. »Es gibt Gerüchte ... dass die Aufständischen erhöht werden, wenn sie einen Menschen umbringen, dass dann die ... Seele ... auf sie übergeht ...«

»Leider ist es nicht ganz so romantisch«, entgegnete ich. »Mit der Seele hat das nichts zu tun. Aber ... ja, Michail hat Olga umgebracht. Und dann kehrte seine Vernunft zurück und er rettete unseren Sohn.«

»Wie hieß ... wie heißt er?«

»Najd«, sagte ich finster.

»Ich meine seinen ursprünglichen Namen.«

Ich rieb mir die Augen. »Ganz gewöhnlich: Alexandr, Sascha.«

»Ein schöner Name«, sagte Nastja.

»Er ist Najd«, antwortete ich. »Und das lässt sich jetzt nicht mehr ändern. Ein wandelnder Leichnam hat seine Mutter getötet und gefressen, und jetzt zieht ihn dieser Leichnam groß. Was soll ich bloß tun? Wie soll ich damit leben? Es wäre besser gewesen ...«

Nastja legte fest die Hand über meine Lippen.

»Still!«, sagte sie. »Du sollst nichts sagen, wofür du dich hinterher schämst. Dein Sohn lebt. Ein anderer Mensch hat ihn aufgezogen. Und er ist noch immer ein Kind. Er kann immer noch dein Sohn werden. Oder du kannst zumindest sein Vater werden.«

Ich schwieg.

»Weiß Michail es?«, fragte Nastja und nahm ihre Hand weg.

»Nein, er hat das Ergebnis nicht gesehen. Er wollte, dass ich diese Entscheidung treffe. Aber ...« Ich stöhnte. »Er hat ... es Najd erzählt. Und der glaubt fest daran. Weißt du, er ist daran gewöhnt, dass Michail immer recht hat.«

»Er hat ja auch recht behalten.« Nastja nickte. »Okay, Denis. Wisch dir den Rotz aus dem Gesicht, such ein Foto von Olga raus ... und was vielleicht sonst noch von Wert sein könnte für ein Kind. Und dann fahr zu ihnen.«

»Ich habe Michail gesagt, dass ich ihn nie mehr wiedersehen will!«, versuchte ich zu widersprechen.

»Da hast du dich geirrt. Du wirst ihn wiedersehen müssen. Um deines Sohnes willen. Ich kann ihn anrufen, wenn du willst. Allerdings habe ich seine Nummer nicht ...«

Ich reichte Nastja mein Telefon und erhob mich.

»Ich gehe und suche ... die Fotos raus.«

»Unter welchem Namen steht er bei dir im Telefonbuch? Unter Michail oder unter Bedrenez?«

»Unter ›Leichnam‹«, sagte ich trocken.

Boris nahm mich von der ersten Stunde unseres Feldzugs an unter seine Fittiche. Ich weiß nicht, was dieser verwegene, grobe Sergeant, dieser professionelle Krieger, der alles mitgemacht hatte, Donezk, Dnepropetrowsk, Syrien und Zypern, in mir sah. Vielleicht erinnerte ich ihn an seinen jüngeren Bruder, den er einmal erwähnt hatte. Oder an sich selbst als junger Mann.

Seltsamerweise hatte er nach der Schule erst ein Jahr studiert, ehe er zum Grundwehrdienst eingezogen worden war und dann als Berufssoldat bei der Truppe blieb.

»Fünf Tage ist eine lange Zeit«, erklärte Boris, während wir auf der Ladefläche eines Militärlastwagens durchgeschüttelt wurden. »Selbst

für einen erwachsenen Mann wäre es nicht leicht, unter all diesen Raubtieren zu überleben. Andererseits« – er schlug mir kräftig auf die Schulter – »eine Mutter bleibt eine Mutter. Du glaubst nicht, wozu Frauen um ihrer Kinder willen fähig sind.«

Ich murmelte etwas Undeutliches.

»Denk bloß nicht, dass du mich täuschen kannst, Student«, fuhr Boris fort. Er zog eine Zigarette aus der Tasche und zündete sie sich an. Die anderen Kämpfer sahen genervt zu ihm herüber. Es war nicht angenehm, wenn im Laster geraucht wurde, aber Boris hatte nun mal eine Sonderstellung. »Mit dir und deiner Frau klappt es nicht so richtig, oder? Entweder hast du noch was anderes am Laufen, oder sie ... nimm's mir nicht übel. Aber um das Kind sorgst du dich.«

»Ja«, stimmte ich zu, um ihn abzuwimmeln.

»Vielleicht ist das jetzt brutal, was ich sage.« Boris redete trotzdem weiter. »Aber uns Männern fällt es nun mal leichter. Wir müssen nicht unter Blut und Qualen gebären. Rein, raus und dann auf und davon. Klar, das eigene Blut ist heilig. Aber wenn man es genau nimmt, stehen Frauen dem Kind immer näher als wir.«

Nachdem er diese ungeheuer tiefsinnige Sentenz von sich gegeben hatte, machte Boris eine theatralische Pause. Fertig war er noch längst nicht.

»Weil uns diese tiefe, natürliche Verbindung zu unseren Kindern fehlt, müssen wir Männer unsere Verpflichtungen rational begreifen. Wir müssen erziehen, verteidigen ... Die Frau ist ganz Instinkt, wie ein Tier. Wir sind ganz Verstand. Wie Menschen. So hat Mutter Natur es nun mal eingerichtet!«

Hätten wir eine Feministin dabeigehabt, sie hätte vermutlich vor Empörung aufgejault. Aber hier war weit und breit keine Feministin, noch nicht mal eine Frau.

Traditionell ziehen die Frauen in Russland nämlich nicht in den Kampf.

»Aber denk doch nur an all die Mütter, denen ihre Kinder scheißegal sind, Boris«, sagte einer der Soldaten.

»Ausnahmen bestätigen die Regel«, erklärte Boris feierlich. »Und

Denis hier werden wir helfen, abgemacht? Er macht es richtig. Erst hatte er Schiss, aber jetzt hat er seine Angst überwunden und kehrt zurück.«

»Ich hatte keinen Schiss«, sagte ich.

»Angst zu haben ist nichts Schlimmes.« Mit einem letzten Zug rauchte Boris die Zigarette zu Ende und drückte die Kippe auf dem Boden des Lasters aus. »Wichtig ist nur, seine Angst zu besiegen. Mach dir nicht ins Hemd, Student. Wir retten deinen Sprössling und deine Frau. Und hinterher könnt ihr in Ruhe überlegen, ob ihr euch noch liebt oder nicht. Wenn ihr in Sicherheit seid.«

Der Lastwagen ruckelte heftig und schlingerte immer wieder hin und her, weil er liegen gebliebenen Autos ausweichen musste. Dann hielt er an. Das Funkgerät an Boris Gürtel summte. Er runzelte die Stirn, setzte die Kopfhörer auf und lauschte seinen Befehlen.

»Es gibt Arbeit für uns«, sagte er fröhlich. »Aufständische voraus. Sie haben es eilig und suchen Futter. Dann wollen wir es ihnen mal geben, Männer.«

Vor sich hin fluchend kontrollierten die Männer ihre Sturmgewehre und versprachen sich gegenseitig, die verdammten Monster mit Blei zu füttern.

»Anscheinend verlässt du dich lieber auf dein Eisen«, sagte Boris, als ich meine Machete aus der Scheide zog. Eine hochwertige italienische »Mato Grosso«. Es grenzte an ein Wunder, dass ich im postapokalyptischen Moskau eine solche Waffe hatte erwerben können.

Boris war ein erfahrener Soldat, mit dem ich es sicher nicht aufnehmen konnte. Aber ich hatte den Eindruck, dass er es noch nie mit echten, aktiven Aufständischen zu tun gehabt hatte, sondern immer nur mit solchen, die gerade frisch aufgestanden und noch schwerfällig gewesen waren.

»Ja«, sagte ich und blickte auf die Schneide. »Ich verlasse mich aufs Eisen.«

Michail kam mir auf der Treppe entgegen. Es wurde bereits dunkel, die Straßenlaternen waren angegangen, aber das Licht im Eingangsbereich brannte aus irgendeinem Grund noch nicht.

Vielleicht war das Halbdunkel in dieser Situation sogar besser.

»Hallo«, sagte Michail.

»Hallo«, antwortete ich.

»Wir müssen besprechen, was du Najd sagen willst«, sagte der Quazi. »Was du ihm sagen kannst.«

»Und wenn ich ihm alles sagen will?«, wollte ich wissen.

Michail wurde schlagartig sanfter.

»Du hast das Recht, alles zu sagen, was du für nötig hältst. Es ist so eine seltsame und schwierige Situation ...«

»Warum, warum nur hast du überhaupt dieses Gespräch über Najd mit mir angezettelt, verdammter Quazi?«, fragte ich gequält. »Wenn ich es doch nicht gewusst und er es nie erfahren hätte. Aber jetzt ändert sich alles. Wer braucht das?«

»Er braucht das«, antwortet Michail leise. »Damit er seine Wurzeln kennt. Sich erinnert, dass er ein Mensch ist.«

Wir schwiegen.

»Ein lebendiger Mensch ...«, korrigierte sich der Quazi zögernd selbst.

»Ich werde ihm nicht erzählen, dass du seine Mutter umgebracht hast«, sagte ich. »Schon gar nicht ... im Detail. Und du solltest das auch nicht tun. Jedenfalls jetzt nicht. Wenn er größer ist vielleicht. Aber im Moment braucht er das nicht zu wissen.«

»Danke«, sagte Michail. »Ich hatte Angst, dich darum zu bitten. Denn du hast das Recht dazu, es ihm zu sagen. Aber du musst eins wissen: Wenn du es ihm jetzt erzählst, wird er mit dir kommen. Wenn nicht, dann wird er vermutlich bei mir bleiben.«

»Das ist mir klar«, sagte ich. »Aber fürs erste ist alles ganz einfach. Ein Aufständischer hat seine Mutter getötet. Der Quazi

Michail hat ihn gerettet und aufgezogen. Die Tatsache, dass dieser Aufständische und der Quazi ein und dieselbe Person sind, muss er nicht erfahren.«

»Denis, ich weiß, ich bin schuld am Tod deiner Frau, aber ich war nicht bei Bewusstsein …«, begann Michail.

»Ich weiß.«

»Als Aufständische sind wir blutrünstige Tiere. Tötungsmaschinen, die alles Lebendige um sich herum vernichten.«

»Ich weiß.«

»Kannst du mir verzeihen, dass ich ein solches Tier war?«

Ich seufzte.

»Ich hatte auch vorher schon vermutet, dass alle Quazi irgendwann Menschen getötet haben müssen. Ich wusste nur nicht, dass das eine Bedingung ist, um Quazi zu werden. Selbst damit wäre ich klargekommen. Aber du hast meine Frau getötet. Und die Tatsache, dass du es nicht bewusst getan hast, kann daran nichts ändern.«

»Verzeih«, sagte Michail noch einmal. Und öffnete die Eingangstür für mich.

Najd war in seinem Zimmer, saß vor seinem Notebook und chattete. Keine Ahnung, warum er nicht rausgekommen war. Entweder war er sauer, dass ich erst noch mit Michail geredet hatte, oder er war zu durcheinander. Ich trat ein, lehnte die Tür hinter mir an und setzte mich ihm gegenüber auf einen klapprigen, ächzenden Stuhl. Meine Tasche legte ich auf den Boden.

»Gleich«, sagt Najd, ohne aufzusehen.

»Ja, bitte«, sagte ich, den Blick auf ihn geheftet.

Nein. Nichts, ich konnte absolut nichts von dem kleinen, fast einjährigen Jungen, den ich einst in den Armen gehalten hatte, in ihm wiedererkennen.

Und ich empfand auch kein plötzliches Zugehörigkeitsgefühl.

Aber ein Gentest lügt nicht.

Najd schloss das Notebook und blickte mich an.

Wir schwiegen beide.

»Merkwürdig, oder?«, sagte Najd.

»Mehr noch ...« Ich wollte noch »Sohn« anhängen, wie in einem schlechten Melodram, aber das Wort blieb mir im Hals stecken. »Extrem merkwürdig.«

»Entschuldige, aber ich glaube, ich kann dich nicht Papa nennen«, sagte Najd. Es klang tatsächlich schuldbewusst. »Ich bin es gewöhnt, Pa ... Michail so zu nennen. Er besteht zwar nicht darauf, aber soll ich ihn etwa Onkel nennen. Oder Quaze?«

Ich nickte verständnisvoll.

»Erzähl mir von Mama«, bat Najd und senkte den Blick.

»Sie war sehr hübsch«, sagte ich. »Stark und unabhängig. Sie hat dich sehr geliebt ... und mich. Aber dich noch mehr.«

»Warum sind Mama und ich verloren gegangen?«, fragte Najd herausfordernd. »Hast du uns im Stich gelassen?«

Ich biss die Zähne zusammen und zählte bis drei. »Nein. Niemand hat irgendwen im Stich gelassen. Aber wir wurden angegriffen, von einer ganzen Horde Aufständischer. Mama konnte sich mit dir in einem Gebäude verstecken, aber ich musste wegrennen. Ich hatte keine Waffe, und es waren sehr viele Aufständische. Als ich endlich zu euch zurückkehren konnte, war niemand mehr da.«

»Bist du wirklich nicht schuld an ihrem Tod?«, fragte Najd hartnäckig.

»Ich hätte sterben und selbst ein Aufständischer werden können«, sagte ich. »Aber vermutlich hätten sie mich in Stücke gerissen, und ich wäre vollständig tot gewesen. Es waren einfach zu viele.«

»Zeigst du mir die Fotos?«, fragte er.

»Hier.« Ich hielt ihm einen Stick hin. Unsere Finger berührten sich, beide zuckten wir zusammen. Najd zog schnell seine

Hand weg und machte sich schwer atmend daran, den Stick ins Notebook zu stöpseln. »Und hier sind noch Abzüge ...«

Er nahm den Stapel entgegen und begann die leicht vergilbten Fotografien zu betrachten.

»Mama ist schön«, sagte er und legte vorsichtig ein Foto vor sich auf den Tisch. »Ich habe selbst versucht, sie im Netz ausfindig zu machen, aber ich habe nichts gefunden. Merkwürdig!«

»Deine Mutter mochte das Internet und besonders soziale Netzwerke überhaupt nicht«, entgegnete ich lächelnd. »Sie hat manchmal Scherze gemacht, dass sie eigentlich als Spionin arbeiten müsste, weil es sie im Netz nicht gibt.«

»Was war sie von Beruf?«

»Designerin. Das heißt, sie hat Design studiert. Ein toller, kreativer Beruf, sie dachte sich alle möglichen schönen Sachen aus.«

»Aha ...«, sagte Najd ohne besondere Begeisterung.

»Sie war sehr sportlich«, fügte ich hinzu. »Und mutig. Sie konnte schießen, viel besser als ich damals. Und sie hatte einen hohen Dan in Karate.«

»Ja?« Jetzt klang Najd interessiert.

»Und was ihre Arbeit anging ... hier, nimm das ...«

Ich zog eine Jacke aus der Tasche und hielt sie Najd hin. Es war eine klassische Windjacke aus grell orangenem Synthetikmaterial.

»Das war ihre Abschlussarbeit. Super, oder?«

Najd drehte wortlos die Jacke in seinen Händen.

»Sie ist natürlich für Frauen«, sagte ich entschuldigend. »Aber ich glaube, sie könnte dir passen. Deine Mama hat sie ab und zu getragen. Wenn du willst, kannst du sie haben ...«

»Ja, ich will sie gern«, sagte Najd.

Und dann vergrub er plötzlich sein Gesicht in der Jacke, sein Oberkörper erzitterte und seine Schultern bebten unter Schluchzen.

»Najd ...«, murmelte ich. Ich trat steif einen Schritt näher und legte ihm die Hand auf die Schulter. »Najd ...«

Der dämliche »Wein-doch-nicht«-Ratschlag verschwand aus meinem Kopf, noch ehe ich ihn aussprechen konnte.

»Ich weine auch manchmal«, flüsterte ich.

»Was jetzt?«, fragte Najd, ohne den Kopf zu heben.

»Ich weiß es nicht.«

»Pa ... Michail hat gesagt, dass vielleicht alles noch viel schlimmer kommt. Dass es sein kann, dass alle Erwachsenen sterben und wir Kinder von den Quazi erzogen werden. Dass ihr diese ... Wiktoria jagt ...«

»Ja«, gab ich zu und verfluchte den Quazi in Gedanken. Sicher, es ist nicht in Ordnung, Kinder anzulügen, aber muss man ihnen deshalb alles sagen? »Dir droht keine Gefahr.«

»Ich will nicht, dass du stirbst«, sagte Najd.

»Ich strenge mich an«, versprach ich.

»Du musst sie finden ...« Er versuchte, mich nach Möglichkeit nicht anzureden. »Soll sie ruhig sterben. Hauptsache, du bleibst am Leben.«

»Es ist alles verdammt kompliziert, Sohn ...« Ich war selbst verblüfft, wie einfach mir dieses Wort, das ich zehn Jahre lang nicht benutzt hatte, das sich mir eben noch so hartnäckig verweigert hatte, wie leicht es mir auf einmal über die Lippen kam. »Es ist alles sehr kompliziert. Aber ich werde tun, was ich kann. Und überhaupt, alle suchen sie. Michail ... und die Staatssicherheit ... einfach alle ...«

»Du fängst sie«, sagte Najd. »Entweder du oder keiner.«

»Warum?«, fragte ich überrascht.

Endlich hob er das Gesicht aus der Jacke. Knüllte sie zusammen und presste sie an seinen Oberkörper. Blickte mich an.

»Weil nur du das kannst. Michail hat gesagt, dass du der beste bist. Dass du Quazi hasst, was viele tun, aber dass du das Recht dazu hast. Und dass nur du eine wahnsinnige Quazi-Frau fangen kannst.«

»Eine Wahnsinnige ...« Ich lachte nervös. Das war ein neuer Gedanke. Wahnsinn. Daher diese ganzen Widersprüche. Konnte eine Tote verrückt werden? Oder erhöht und zum Quazi werden und dabei ein Psycho bleiben, wie zu Lebzeiten schon? So was hatte ich noch nie gehört ... »Ich glaube nicht, dass sie wahnsinnig ist. Wir verstehen da nur irgendetwas noch nicht.«

»Etwas an ihr?«

»Etwas an den Quazi im Allgemeinen«, entgegnete ich. »Wir Menschen waren zu sehr mit uns selbst beschäftigt, als sich die Katastrophe ereignete. Am Anfang damit, zu überleben, dann damit, Beziehungen zu den Quazi aufzubauen. Und noch später dann damit, unser neues Leben einzurichten, das zwar wie das alte aussieht, aber in Wirklichkeit ganz anders ist. Wir begreifen das Wichtigste noch nicht. Wer sind diese Quazi, und wer die Aufständischen?«

»Und wer sind diese Menschen?«, fragte Najd. »Wissen wir das denn?«

Ich zuckte mit den Schultern.

»Ich zum Beispiel, wer bin ich? Ein Mensch oder die Kopie eines Quazi?«

»Du bist ein Junge«, sagte ich. »Im Moment bist du einfach nur ein Junge.«

Najd runzelte die Stirn.

»Das ist aber auch nicht grade toll!«

»Oha«, sagte ich. »Weißt du, wie gerne ich einfach nur ein Junge wäre und nichts mit den ganzen Dummheiten eines Erwachsenenlebens zu tun hätte?«

Najd schwieg eine Weile, dann nickte er und fragte: »Wie ist mein Name?«

»Alexandr ... oder Sascha.«

Najd überlegte. »Ziemlich gewöhnlicher Name.«

»Ich weiß nicht. Puschkin und Alexander der Große waren ganz zufrieden damit.«

Najd zuckte mit den Schultern und blickte auf die Fotografie vor sich auf dem Tisch. »Kann ich sie behalten?«

»Sie gehört dir«, entgegnete ich.

Die Tür knarrte und Michail blickte vorsichtig ins Zimmer. Störe ich?«, fragte er.

»Schau her, das ist meine Mama!« Najd sah auf und hielt ihm den glänzenden Abzug hin. »Sie ist echt schön, oder?«

Michail zuckte zusammen. Zuckte zusammen wie ein Mensch. Sein Blick schweifte kurz ab. Dann starrte er die Fotografie an. »Ja, sie ist schön«, sagte er ganz langsam.

Ich merkte, dass mir die Kraft ausging. Ich konnte nicht länger hierbleiben. Bei meinem Sohn und diesem Monster, das ihn großzog.

»Ich muss los ... Saschka.« Ich stand auf. »Hier in der Tasche sind noch mehr Fotos. Und ein paar Sachen ... von deiner Mama und von dir.«

»Von mir?«, fragte er zerstreut.

Ich sah Michail an, dessen Blick noch immer auf das Foto geheftet war.

»Ich komme morgen wieder«, sagte ich. »Wenn ihr nichts dagegenhabt.«

Najd schüttelte energisch den Kopf, dann wurde ihm klar, dass das irgendwie missverständlich war, und er nickte.

»Bis dann«, sagte ich. »Bis dann, Sohn. Michail ...«

Er richtete den Blick auf mich.

»Wir sehen uns im Revier«, fügte ich hinzu. »Morgen früh.«

»Hast du dir was überlegt?«, fragte der Quazi.

»Nein, aber mir fällt etwas ein. Morgen früh. Wie immer.«

Ich nickte Sascha noch mal zu. Für einen Augenblick zögerte ich, überlegt, ob ich ihn nicht umarmen sollte. Auch Najd kämpfte sichtlich mit seinen Gefühlen.

»Bis dann«, wiederholte ich. »Ich schaue morgen vorbei.«

Ich umrundete Michail und trat in die Diele.

Alles merkwürdig, extrem merkwürdig.

»Denis …«

Michail hatte mich lautlos eingeholt. Noch immer hielt er Olgas Foto in der Hand und streckte es mir jetzt entgegen, als müsste ich sie ansehen, um mich an irgendetwas zu erinnern.

»Denis, das ist deine Frau?«

Ich nickte.

»Sie … hatte sie ihre Haare damals rot gefärbt?«

»Wieso?«

Michail schloss für eine Sekunde die Augen. Dann sagte er leise: »Ich wurde nicht auf Kosten von Najds Mutter erhöht, Denis. Jene Frau … war rothaarig.«

Ich war wie vor den Kopf geschlagen.

»Ich habe deine Frau nicht getötet. Jedenfalls habe ich sie dort nicht gesehen, als ich zu mir kam. Bei dem Jungen war eine … andere Frau.«

»Und wo war Olga?«, fragte ich dümmlich.

»Ich weiß es nicht. Ich bin ein Monster, wir sind alle Monster. Aber deine Frau habe ich nicht getötet.«

Ich stand einfach nur da und versuchte das Gehörte zu verarbeiten.

Dann nickte ich.

»Wir sehen uns morgen im Revier. Verschlaf nicht, Leichnam.«

Ich verließ das Haus und trat auf die Straße, wo ich nach einem Taxi Ausschau hielt.

Die Philosophen und Humanisten erzählen uns, dass jedes menschliche Leben gleich viel wert ist. Dass jeder für das Universum von gleicher Wichtigkeit oder gleicher Bedeutungslosigkeit ist. Beethoven ebenso wie Pasteur oder Koroljow sind nicht mehr wert als ein chinesischer Bauer, der sein ganzes Leben auf dem Reisfeld verbringt, ein schottischer Arbeitsloser, der sich jeden Tag im Pub mit Guinness volllaufen lässt oder ein lateinamerikanischer Drogenhändler, der auf den Straßen von New York den weißen Tod vertickt.

Und wir sind sogar bereit, das so hinzunehmen, vielleicht zuckt unsere Seele für einen kurzen Moment zusammen, aber dann nicken wir gehorsam und murmeln etwas in der Richtung, dass jeder Mensch ein Universum für sich und jedes Leben unbezahlbar ist und dass kein Tod sich je wiedergutmachen lässt.

Aber nur solange sich in den gegenüberliegenden Schalen der Waage zwei abstrakte Wesen befinden, etwa Avicenna und ein ägyptischer Steinmetz. Sobald es sich um zwei Menschen handelt, von denen einer der beiden dir nahesteht und von dir geliebt wird, der andere aber nicht, sieht das anders aus.

In diesem Moment fallen Humanismus und Sophistik wie eine Hülle von uns ab.

Weil du den Tod eines nahen Menschen nicht einfach hinnehmen kannst, den Tod eines Fremden aber schon. Vielleicht nicht ganz ohne emotionale Regung, aber doch mit nicht viel mehr als einem Gefühl von Unwohlsein.

So ist das Leben eingerichtet.

Vermutlich ist das nicht gerecht.

Aber in diesem Leben hat uns nicht einmal Gott Gerechtigkeit versprochen.

Neuntes Kapitel

Schüler und Viren

Ich wachte vor sechs auf. Obwohl ich am Vorabend spät nach Hause gekommen und erst nach Mitternacht ins Bett gegangen war.

Ich kannte diesen Zustand. Wenn ich es darauf angelegt hätte, wäre ich vielleicht noch mal eingenickt. Dann würde mich der Wecker etwas später mühsam wachrütteln, und ich müsste den ganzen Tag Kaffee in mich reinkippen, um halbwegs normal zu funktionieren. Alternativ konnte ich jetzt aufstehen, mich fürs Erste fit und ausgeruht fühlen und dafür am Nachmittag in ein Loch fallen.

Oder ich konnte hier im Halbschlaf grübelnd vor mich hindämmern, damit wenigstens der Körper seine Erholung bekam.

Also rührte ich mich nicht, lauschte auf die Atemzüge Nastjas, deren Kopf an meiner Schulter lehnte, und überlegte.

Wie war die Lage?

Menschen und Quazi. Die Aufständischen zählten nicht.

Die Menschen mochten die Quazi nicht besonders, obwohl viele später Quazi werden wollten. Die Quazi wiederum liebten die Menschen nicht besonders (sie konnten sowieso nur in den seltensten Fällen lieben), aber sie brauchten die Menschen.

Die Menschen hatten Geheimdienste und das Militär. Sie waren grundsätzlich bereit, die Quazi zu vernichten. Die einen freudig und ganz ohne persönliche Motive, andere aus Notwendigkeit oder aus Gründen des Selbstschutzes.

Bei den Quazi gab es Extremisten, die nichts dagegen hatten, die Menschen zu vernichten oder sie in ihresgleichen zu verwandeln. Aber da die Quazi sich nicht fortpflanzen konnten, war es für sie überlebenswichtig, nur die Erwachsenen zu vernichten; die Jugend dagegen wollten sie in einem Geist der Hochachtung für das Quazi-Dasein und zum Ziel der Vermehrung großziehen.

Beide Seiten setzten auf biologische Waffen. Vielleicht gab es diese bereits, vielleicht auch nicht.

Der verstorbene Professor Tomlin arbeitete für die Quazi, obwohl er ein Mensch war. Entweder aus Liebe zu Wiktoria, seiner Quazi-Frau, oder aus eigenem Antrieb kam er zu dem Schluss, dass die Zukunft den Quazi gehörte.

Er forschte an einem Virus, das ausschließlich Erwachsene tötete, und er stand kurz vor dem Durchbruch.

Die Führung der Quazi war über die Vorgänge beunruhigt und schickte Michail Bedrenez nach Moskau.

Soweit war alles logisch und verständlich.

Aber Michail kam zu spät. Wiktoria hatte ihren Ehemann bereits töten lassen – entweder weil dieser es sich anders überlegt hatte und die Biowaffe nicht mehr entwickeln wollte, oder aber, weil sie den Einsatz der Waffe verhindern wollte. Wir überführten Wiktoria und verhafteten sie, allerdings konnte sie fliehen.

Und ab da wurde alles unlogisch und unverständlich.

Wiktoria trieb sich in Moskau herum, flüchtete von Versteck zu Versteck unter wechselnden Namen und Maskierungen. Dabei wäre es ihr bei ihrer enormen Wandlungsfähigkeit und mit falschen Papieren, die zu beschaffen sie offenbar in der Lage war, ebenso gut möglich gewesen, Moskau zu verlassen. Und wenn sie für die Extremisten arbeitete, konnte sie ganz sicher auf ein Netzwerk aus Freunden, Helfern und Sympathisanten zurückgreifen. Wenn sie hätte verschwinden wollen, wäre ihr das auch gelungen. Man darf die Kontrollen am Autobahnring nicht überschätzen.

Aber sie blieb in Moskau.

Sie griff im Alleingang das Lazarus-Asyl an und nahm die Insassen als Geiseln. Machte sich im dortigen Labor scheinbar ohne Erfolg zu schaffen. Und dann flüchtete sie im Chaos!

Sie überfiel mich, forderte ein Treffen mit der Staatssicherheit und machte Stimmung gegen Michail. Aber dann entwischte sie wieder – und zwar so geschickt, auf so gut vorbereiteten Fluchtwegen, dass sich der Eindruck aufdrängte, dass sie sich von Anfang an nicht stellen wollte.

Aber wozu das alles?

Nastja murmelte etwas im Schlaf und drehte sich auf die andere Seite. Vorsichtig deckte ich sie zu. Keine Ahnung, ob das zwischen uns etwas Ernstes war. Aber ich fühlte mich wohl mit ihr, weil sie … ein guter Mensch war …

Gibt es überhaupt jemanden, der sich ehrlicherweise für einen schlechten Menschen hält? Wiktoria hielt ihr Handeln vermutlich auch für richtig.

Ich rutschte unruhig im Bett herum, runzelte die Stirn und blickte zu dem heller werdenden Fenster hinüber. Es dämmerte. Sie glaubte, richtig zu handeln. Ich musste davon ausgehen, dass diese ganze Jagd in ihren Augen ein Ziel hatte.

Konnte ich sehen, worum es eigentlich ging?

Oh, ja.

Wiktoria spielte auf Zeit.

Warum?

Völlig unnötig, wenn das Virus bereits verbreitet worden war und die ersten infizierten Menschen ohnehin bald sterben würden. Sobald die Menschheit begriff, was gespielt wurde, würde sie mit voller Härte gegen die Quazi vorgehen. Wenn Wiktoria recht hatte und wir über eine biologische Waffe wie diesen angeblichen Schwarzen Schimmel verfügten, dann würden die Quazi die Menschen töten und wir die Quazi. Alle Quazi. Nur Kinder würden das Massaker überleben.

Nein, stopp, die Aufständischen auch. Da würde nichts Gutes bei rauskommen.

Und wenn das Virus noch nicht verbreitet wurde? Wenn Wiktoria es in ihrem Besitz hatte?

Auch dann war es sinnlos, auf Zeit zu spielen.

Wenn sie verhindern wollte, dass es eingesetzt wurde, müsste sie es ja nur den Menschen übergeben. Oder es vernichten. Irgendwo einen Muffelofen auftreiben und es einfach verbrennen. Das hätte sie zum Beispiel im Asyl tun können.

Wenn Wiktoria das Virus den Quazi entweder zur sofortigen Nutzung oder als Absicherung gegen eine eventuelle Aggression von menschlicher Seite übergeben wollte, würde sie sich nicht in Moskau herumdrücken, sondern sich auf dem schnellsten Weg nach St. Petersburg aufmachen. Auch dazu hatte sie mehr als eine Gelegenheit gehabt.

Und wenn es das Virus gar nicht gab?

Auch dann hatte sie nichts in Moskau verloren. Auch dann musste sie die Flucht ergreifen.

Was blieb noch übrig?

Eine einzige Variante: Das Virus existierte, aber sie hatte es nicht. Wiktoria wollte es ihren Besitz bringen.

Und warum war ihr das noch nicht gelungen?

Wusste sie nicht, wo es versteckt war?

Das konnte ihr niemand mehr sagen. Was hatte sie in Moskau noch verloren?

Wusste sie, wo es war, bekam es aber nicht zu fassen? Noch nicht?

Und hatte sie wirklich noch nicht entschieden, was sie mit dem Virus anfangen sollte?

So hatte diese ganze Hetzerei durch die Stadt einen gewissen Sinn. Sie war gezwungen, auf einen bestimmten Moment zu warten, in dem sie sich das Virus aneignen konnte. Und dabei war sie sich noch nicht im Klaren darüber, wie sie anschließend damit verfahren sollte. Sie hatte sich mit Leuten besprochen, die mit ihr sympathisierten, mit dem Geistlichen, ihrem Doktorvater. Sie hatte Markin und seine Hintermänner sondiert – waren die Menschen zur Abrüstung bereit? Sie war zu den Psychologen gegangen, um unter Medikamenteneinfluss herauszufinden, wie sich die Lage für die Menschheit darstellte – vermutlich um unser Vorgehen zu begreifen.

Wahrscheinlich glaubte sie nicht daran, dass die Menschen zur Abrüstung bereit waren. Markin hatte das ja auch genau so gesagt. In seiner Macht lag eine solche Entscheidung nicht, und Russland war nicht das einzige Land, das derartige Forschungen anstellte ... Die banale Logik musste ihr sagen, dass die Menschen niemals auf eine Waffe gegen die Quazi verzichten würden.

Die USA hatten ihre Atomwaffen nach dem Zweiten Weltkrieg auch nicht verschrottet. Und auch als der Kommunismus verlor und der Kapitalismus gewann, hatte keine Großmacht ernsthaft abgerüstet. Selbst nach der Katastrophe, als die Konflikte zwischen den überlebenden Staaten in den Hintergrund rückten, hatte man das Atomwaffenarsenal behalten, ja sogar modernisiert. Alle Beteuerungen nach dem Motto: »Lasst uns die Atomwaffen verbieten und vernichten, wir wollen sie doch ohnehin nicht verwenden«, waren am Ende nur leere Propaganda.

Wiktoria hatte das nur zu gut verstanden. Vielleicht nicht gleich, aber spätestens nach ihrem Besuch im Psychologischen Zentrum.

»Denis?«

Ich öffnete die Augen und blickte Nastja an.

»Du schläfst nicht«, sagte sie.

»Stimmt.«

»Denkst du an deinen Sohn?«

»Nein«, entgegnete ich. »Ich bin vermutlich ein schlechter Vater. Ich denke an die Arbeit.«

»Wie du Wiktoria schnappen kannst? Aber genau darum hat Najd dich doch gebeten ... Hast du eine Idee?«

»Hm, vielleicht«, sagte ich ausweichend. »Ich muss mit Michail reden.«

»Ich mache uns Frühstück«, sagte Nastja. »Tut mir leid, aber es gibt nicht viel zur Auswahl außer Spiegelei.«

»Bestens«, stimmte ich zu.

An diesem Tag ließ ich Nastja vorgehen. Während sie das Revier betrat, nahm ich mein Telefon heraus und wählte Markins Nummer.

»Denis«, sagte er statt einer Begrüßung.

Er klang müde, oder besser, aufgesetzt munter, wie einer, der sich mit Kaffee und Aufputschmitteln auf den Beinen hält.

»Wladislaw«, imitierte ich seinen Tonfall. »Mir ist was eingefallen, und das wollte ich dir mitteilen. Es sei denn, ihr habt Wiktoria bereits festgesetzt.«

Markin schnaubte in den Hörer.

»Sprich, Hauptmann.«

»Ich glaube, dass sie das Virus nicht hat. Noch nicht. Tomlin hat es irgendwo versteckt, und sie kann es momentan nicht zu fassen bekommen. Ich an eurer Stelle würde seine Wohnung und das Institut, an dem er gearbeitet hat, noch mal ganz genau unter die Lupe nehmen.«

»Wenn du an meiner Stelle wärst, Kapitän, dann hättest du das bereits am ersten Tag getan«, sagte Markin. »Und so ist es auch geschehen.«

»Aha«, sagte ich. »Na dann, Entschuldigung.«

»Schon gut, Denis. Die Idee an sich ist nicht schlecht, kommt aber zu spät. Denk daran, ich bin jederzeit bereit, dich in mein Team aufzunehmen. Aber in den Socken des Professors wühlen oder an den Reagenzgläsern im Institut schnüffeln – das ist schon alles erledigt. Leider, Denis. Aber danke, dass du dich gemeldet hast.«

»Ich bleibe an dem Fall dran, vielleicht kommt mir noch eine Idee«, sagte ich. »Ich mag es, Hypothesen aufzustellen.«

»Du arbeitest wohl immer noch mit Michail zusammen?«, fragte Markin lässig.

»Ja, schon.«

»Eine Bitte, Hauptmann. Von Mensch zu Mensch. Pass auf ihn auf.«

»In Ordnung«, sagte ich nach kurzem Zögern.

»Wenn dir plötzlich noch was einfällt, oder ihr stoßt auf eine Spur, oder ... etwas Merkwürdiges passiert ... ruf mich an, Hauptmann. Ich werde mich revanchieren, das weißt du.«

»Na hör mal, Hauptmann. Michail ist mein Partner«, sagte ich.

»Das ist mir klar. Deshalb bitte ich dich ja *als Mensch*. Wir machen alle mal Fehler, wichtig ist nur, sie nicht im entscheidenden Moment zu machen.«

Markin unterbrach die Verbindung.

Ich steckte das Telefon nachdenklich weg und schüttelte den Kopf.

Was sollte das: »von Mensch zu Mensch«, »ich bitte dich als Mensch«?

Genau genommen hatte Markin mir in nicht gerade kryptischer Weise mitgeteilt, dass die Beziehungen zwischen Menschen und Quazi extrem angespannt waren.

Als ob ich das nicht selbst wusste.

Ich betrat das Revier, schlüpfte schnell in mein Büro und besah mir den Stapel Papiere auf meinem Schreibtisch. Wuchs der eigentlich ständig? Wurden diese Fälle geklont? Vermutlich gab es wieder mehrere Anzeigen gegen verdächtige Nachbarn (wie wir unsere Nächsten lieben), wegen geheimnisvollen Klopfens und Stöhnens in einem Keller (die uralte Kanalisation machte manchmal seltsame Geräusche) und noch andere wegen Diskriminierung und Stalken (die Quazi beharren nicht weniger eifrig und hartnäckig auf ihren Rechten als die Menschen). Und all diese Fälle galt es anständig und ordentlich zu lösen. Ungeachtet des Damoklesschwerts, das über der Menschheit hing ...

»Bin ich zu spät, Denis?«

Ich sah zu Michail auf, der mein Büro betrat, und warf einen demonstrativen Blick auf die Uhr auf meinem Tisch. Leider war der Quazi auf die Minute pünktlich.

»Nein, Michail.«

Bedrenez nahm den Hut ab, hängte ihn auf einen Haken. Und setzte sich mir gegenüber.

»Ich habe viel nachgedacht letzte Nacht.«

»Ebenso«, bekannte ich.

Michail nickte verständnisvoll.

»Wie geht es Najd?«, fragte ich.

»Sascha hat in der Jacke seiner Mutter geschlafen«, sagte Michail. »Danke, dass du gekommen bist, gestern. Und diese Sachen für ihn mitgebracht hast.«

»Stimmt es, was du gesagt hast?« Er wusste schon, was ich meinte.

»Ja. Ich habe deine Frau nicht getötet.«

»Vielleicht erinnerst du dich nur nicht daran.«

»Wenn ich das nicht tue, dann habe ich sie jedenfalls nicht endgültig umgebracht, sondern nur zur Aufständischen gemacht. Aber der Junge war bei einer anderen Frau. Olga hätte ihn doch niemals allein gelassen, wenn sie noch am Leben gewesen wäre?«

Ich nickte. »Na gut«, sagte ich. »Lassen wir das, Michail. Ich habe tatsächlich vor allem über Wiktoria nachgedacht.«

»Sie hat das Virus nicht«, sagte der Quazi.

»Ich bin zum gleichen Schluss gekommen«, entgegnete ich. »Das Virus ist irgendwo versteckt, und sie kommt nicht dran.«

Michail schüttelte den Kopf:

»Das bezweifle ich. Entweder kann sie es sich besorgen oder nicht. Eines von beiden. Das Virus existiert einfach noch nicht.«

Ich runzelte die Stirn.

»Es wird gerade gezüchtet«, sagte Michail. »Wiktoria ist dabei, das Virus zu kultivieren.«

»Scheiße!« Ich nickte. »Das wäre möglich. Aber wie?«

»Dazu braucht man nicht mehr als einen gewöhnlichen Temperaturregler und eine Gewebekultur ...« Michail lächelte bitter. »Oder eine Labormaus.«

»Ich habe mit Markin telefoniert«, bekannte ich. »Er sagt, dass wir keine Zeit zur Untersuchung von Institut und Wohnung mehr verschwenden sollen, dort wurde alles unter die Lupe genommen. Sie suchen schließlich auch das Virus.«

»In Moskau gibt es Tausende Temperaturregler. Und Zehntausende Mäuse. Diese ganzen *Zoo-Ecken, Gib Pfote*-Läden und andere Zoofachgeschäfte, außerdem die Tierliebhaber ...« Michail winkte ab. »Ich glaube, wir sind auf dem richtigen Weg, Denis. Aber was wir jetzt brauchen, ist Intuition. Und das ist deine Domäne.«

»Hä?«

»Komm schon, tu nicht so, als wärst du ein dumpfer Dorfpolizist.«

Ich schnaubte, fühlte mich aber doch geschmeichelt.

»Ich hatte viel freie Zeit«, sagte ich. »Immer nur trinken geht ja leider nicht. Lesen war ein ganz guter Ersatz für Wodka ... Also, was tun wir? Die Zoogeschäfte abklappern? Die Tierheime? Wie lautet unsere Frage? ›Hat dieser Herr hier auf dem Foto zufällig eine Maus bei Ihnen zur Pflege deponiert‹?«

Michail tat so, als würde er meinen Vorschlag ernsthaft in Erwägung ziehen. Vielleicht war das sogar der Fall. Wer kennt sich schon mit Quazi aus?

»Wir sollten nichts überstürzen«, sagte er. »Lieber erst nachdenken statt in sinnlosen Aktivismus zu verfallen.«

»Das ist die Haltung eines Faulpelzes«, gab ich begeistert zurück. »Alle Achtung!«

»Das ist reine Logik«, empörte sich Michail. »Wenn du erst mal mit einer sinnlosen Arbeit angefangen hast, ist es sehr schwer, sie noch als solche zu erkennen. Und damit verlierst du am Ende mehr Zeit mit überflüssigen Dingen, als wenn du dir vorher gründlich die Abfolge der einzeln Schritte überlegst.«

»Ein logischer Faulpelz!« Ich öffnete die Arme und sprang auf. »Michail, du hast meinem Leben einen neuen Sinn gegeben. Komm, lass uns nachdenken.«

»Aber da es nicht richtig ist, die Zeit einfach so mit Nichtstun zu vertrödeln, muss man das Nachdenken während einer langweiligen Routinearbeit erledigen«, fuhr Michail fort, griff sich die Anzeigenmappe von meinem Schreibtisch und begann sie durchzublättern. »Langweilig, aber zum Wohle der Gesellschaft.«

»Da spiel ich nicht mit«, sagte ich, trat zum Schrank und holte meine Lieblingstasse heraus. »Ich gehe und hole bei den Mädchen einen Kaffee.«

»Du hast doch heute Morgen schon mit Anastasja Kaffee getrunken. Zu viel Kaffee ist schädlich.«

»Woher ...«

»Ich rieche es.«

»Ach ja. Das wandelnde Luftanalysegerät.«

»Das ist interessant ...« Michail legte die Mappe weg und hielt nur noch ein Blatt in der Hand. Eine E-Mail, die offenbar über die Kontaktseite des Reviers gekommen war. Jemand hatte sie ausgedruckt und mir auf den Tisch gelegt. »Eine gewisse Frau Fajsulina bittet, dass man ihren Sohn Ruslan, siebzehn Jahre, in Gewahrsam nimmt, da er von dem Gedanken besessen ist, Selbstmord zu verüben, um möglichst bald ein Quazi zu werden.«

»Das ist eigentlich ein Fall für die Abteilung für Angelegenheiten von Minderjährigen. Ach so, Moment, die sind nur für Jugendliche bis sechzehn Jahre zuständig.«

»Die Dame schreibt, dass man sie dort abgewiesen hat. Ebenso bei einem Psychologen.«

»Wieso das denn?«, fragte ich wütend.

»Weil der Junge im Gespräch behauptet hat, dass er keinen Selbstmord plant und erst ›wenn es an der Zeit ist‹ ein Quazi werden will. Außerdem macht er einen lebensbejahenden und gut zugänglichen Eindruck, so die fachliche Einschätzung. Und die Mutter ist selbst in psychiatrischer Behandlung. Offenbar gibt man nicht viel auf ihre Meinung.«

»Und was können wir da tun?« Ich zuckte mit den Schultern. »In Gewahrsam nehmen? Unsinn. Mit ihm reden? Immerhin haben schon Fachleute mit ihm gesprochen und sind nicht weit gekommen. Vielleicht sollte sich die Mutter doch lieber an einen guten Arzt wenden?«

Michail sah mich vorwurfsvoll an.

Ich seufzte. »Na gut. Fahren wir hin, reden wir mit dem jungen Mann. Du erzählst ihm, welchen Preis die Erhöhung hat, vielleicht überlegt er es sich dann noch mal.«

»Das werde ich nicht tun.« Michail runzelte die Stirn.

»Dann nimm deinen Gürtel und versohl ihm den Hintern. Fahren wir hin, dann können wir wenigstens im Bericht schreiben, dass wir ein prophylaktisches Gespräch geführt haben. Sonst hetzen sie die Hunde auf uns, wenn er am Ende tatsächlich als Minderjähriger Selbstmord begeht. Wo wohnt er?«

»In der Krasnobogatyrskaja-Straße, Haus Nummer eins, Block zwei.« Michail dachte kurz nach und fügte hinzu: »Neben dem Preobraschenski-Platz.«

»Ah, dann weiß ich, wo das ist.« Ich klatschte in die Hände. »Halt, vergiss das Ganze. Das ist gar nicht unser Zuständigkeitsbereich.«

Michail studierte noch einmal den Ausdruck und nickte dann:

»Richtig! Der Brief wurde an alle Abteilungen der Moskauer Polizei verschickt.«

»Soll sie dem Minister schreiben«, empfahl ich.

»An den ist es im cc gegangen.«

»Dann an die UNO. Oder ans Sportlotto. Das ist nicht unser Gebiet, Michail. Nicht nur, dass wir nicht reagieren müssten, wir haben sogar nicht einmal das Recht dazu!«

»Diese Frau ist offenbar total verzweifelt«, sagte Michail.

Ich stöhnte, nahm ihm das Blatt aus der Hand und begann

zu lesen. Die Mail war ziemlich wirr und voller unnötiger Details darüber, was für ein toller kluger Junge Ruslan war – verständlich, da die Mutter ihn geschrieben hatte. Ich war schon fast am Ende, als plötzlich etwas in meinem Hinterkopf Alarm schlug. Es war ein Satz weiter oben, den ich daraufhin noch einmal durchlas.

»Wir fahren, Michail«, sagte ich.

»Ja?« Michail hob fragend die Augenbrauen.

»»... ein Einserschüler, der auch bei der Forschungsgruppe *Der Junior-Biochemiker* mitarbeitet ...‹«

Ich sah meinem Partner an, dass er noch immer keinen Schimmer hatte.

»In Tomlins Institut hing ein Arbeitsplan dieser *Junior-Biochemiker* aus.«

»Solche Forschungsgruppen gibt es jede Menge ...«, sagte Michail, aber er wirkte sichtlich interessiert, soweit das einem Quazi überhaupt möglich ist.

»»... er will Professor werden, wie sein Mentor ...‹«

»Alle Kinder wollen Professoren werden und keines Hausmeister«, bemerkte Michail. Dann nickte er. »Okay, es ist unwahrscheinlich, aber fahren wir.«

Das Messer, das Boris sich nach dem ersten Kampf zulegte, war längst nicht so gut wie meine Machete. Aber der Sergeant handhabte die Waffe mit solcher Begeisterung, dass er damit seinen Mangel an Erfahrung wettmachte.

Beim Museum trafen wir nur auf einen einzigen Aufständischen – er hockte auf einem der Panzer und fraß einen lebenden Raben. Wie er ihn gefangen hatte, war mir ein Rätsel, denn Raben sind schlaue Vögel. Der Aufständische hielt das Tier fest am Kopf gepackt, sodass es nicht krähen, sondern nur zucken konnte, als das Scheusal in seinen Körper biss.

Dem zerfetzten Aufzug nach zu urteilen war der Aufständische ehemals ein klassischer Vorstadt-Rowdy gewesen; auch seine Pose war nicht untypisch – nur dass er anstatt Sonnenblumenkernen einen Raben in den Händen hielt.

Bei Boris' Anblick geriet der Aufständische in Hektik und biss schneller von dem Vogel ab. Offenbar konnte er sich nicht von seinem Opfer losreißen – nicht mal, um sich auf eine schmackhaftere und größere Beute zu stürzen.

Der Sergeant tötete den Aufständischen mit fünf oder sechs Hieben, die bis auf den ersten allesamt überflüssig waren. Er schlug ihm den Kopf ab. Dann tötete Boris den verletzten Raben.

Boris war natürlich ein ungehobelter Kriegsknecht, ein Grobian, der sich als Macho aufspielte und dessen Ansichten über das schöne Geschlecht alle Frauen dieser Erde schrecklich verbittert hätten. Aber inmitten von Horden aufständischer Toter war er der bei Weitem bessere Begleiter als jeder feinsinnige, gebildete, intelligente, politisch korrekte und tolerante Schwule.

Sobald er den armen Vogel gerächt hatte, beruhigte sich Boris. Wir traten auf das Museum zu. Die alten Panzer standen um uns herum wie Skulpturen.

»Wenn ich mich in so ein Monster verwandele, tötest du mich«, sagte Boris. »Kapiert? Ich bin ein Mensch und ich will als Mensch sterben.«

»In Ordnung«, versprach ich.

»Ich werde dich auch töten, wenn es dazu kommt«, versprach mir Boris seinerseits. »Da kannst du dir sicher sein.« Er blieb neben einem Panzer stehen und betrachtete skeptisch die starren Kettenglieder.

»Die fahren nicht mehr« sagte ich. »Schon fünfzig Jahre nicht.«

»Keine Ahnung, warum wir diesen alten Krempel überhaupt überprüfen sollen«, stimmte Boris zu. »Schließlich haben wir genug Panzer in Moskau. Unser Problem ist das Benzin. War das vielleicht nur ein Vorwand, damit du nach deiner Familie suchen kannst?«

»Ja«, gab ich zu. »Ich hab den Chef überredet.«

»Na prima. Du bist von der hartnäckigen Sorte. Aus dir wird mal ein Mann, hab ich gleich gesehen ...«

Wir betraten das Gebäude.

»Die Tür ist nicht aufgebrochen«, sagte Boris. »Das ist gut. Aber sie steht offen, das ist schlecht. Na los, Deniska, gehen wir rein. Wir haben nur dreißig Minuten, der Konvoi wird nicht auf uns warten.

»Okay, gehen wir.« Ich nickte und warf einen Blick zurück zu den Lastern und Panzerwagen, die reglos auf der Magistrale standen.

Eine halbe Stunde reichte uns völlig, um jeden Winkel des Museums zu überprüfen.

Wir fanden niemanden.

Weder Menschen noch Tote. Nicht mal Aufständische.

Dafür entdeckte Boris leere Babynahrungsdosen. »Vielleicht hat deine Liebste das Kind hier gefüttert?«, fragte er mit überraschend weicher Stimme. »Und als sie gesehen hat, dass die Aufständischen sich verzogen haben, ist sie gegangen.«

»Wohin?«, fragte ich, als ob er das wüsste.

»Keine Ahnung. Du musst eben weitersuchen.«

Von der Magistrale her drang gellendes ungeduldiges Hupen zu uns.

»Komm, Denis«, sagte Boris. »Sonst fahren sie ohne uns. Sei froh, dass sie dir eine halbe Stunde gegeben haben.«

Ich zögerte.

»Bleib hier, wenn du willst«, fuhr der Sergeant ruhig fort. »Ich kann das verstehen und werde mir schon eine Ausrede ausdenken. Aber ich finde, du solltest lieber mitkommen. Du kannst dich später noch mal auf die Suche machen.«

Als ich ihm in die Augen blickte, begriff ich, dass er nicht den geringsten Zweifel daran hatte, dass es niemanden mehr zu finden gab.

»Komm jetzt«, sagte Boris und legte seinen Arm um meine Schulter. »Los, Krieger. Ich hab im Laster noch was Hochprozentiges. Komm ...«

Die Gegend um den Preobraschenski-Platz gehörte zu den alten Moskauer Vierteln, wo immer noch viele alte Gebäude aus der Sowjetära standen. Die Familie Fajsulin – Mutter und Sohn –

wohnte in einem alten neunstöckigen Haus von der Sorte, die abzureißen kein Mensch sich die Mühe machte. Vermutlich wurde das heute mit der Katastrophe erklärt. Vor zehn Jahren hatte man andere Gründe dafür gefunden.

Aber das Leben in einer kleinen Wohnung in einem alten Haus war ja noch kein Grund, ein Quazi werden zu wollen. Selbst wenn man gerade mal siebzehn war. Dummes, kindisches Verhalten wie das der beiden unglücklich verliebten Mädchen auf dem Balkon ist eine Sache; eine andere aber, wenn man ruhig und rational handelte (soweit man die Handlungen von Jugendlichen überhaupt als rational bezeichnen konnte). Ich war mir fast sicher, dass es sich bei Ruslan Fajsulin um eine jugendliche Bohnenstange mit pickeligem Gesicht oder ein dickliches Weichei mit Brille handelte. Also einen Jungen von der Sorte, die von Mädchen überhaupt nicht wahrgenommen wurde. Dabei toben auch in diesen Jugendlichen die Hormone. Sie wollen küssen – und nicht nur das.

Aber Ruslan erwies sich als großer, gutaussehender Junge mit einer klugen, interessanten und leicht ironischen Miene. Trotz seines tatarischen Nachnamens war er blond und von mitteleuropäischem Typus. Nur das breite Oval seines Gesichts verriet seine östlichen Wurzeln. Um Jungs wie ihn scharten sich die Mädchen normalerweise zuhauf.

Und auch seine Mutter war ungeachtet des seltsamen Briefes und der Tatsache, dass sie in psychiatrischer Behandlung war (mal ehrlich, wem von uns würde eine solche schaden? Für Psychiater gibt es sowieso keine Kranken, nur Menschen mit und ohne Therapie) eine gutaussehende Frau, die ihren Sohn liebte und sich selbst und ihre Wohnung sichtlich pflegte. Es sah nicht so aus, als müsste sich ein Kind wegen einer solchen Mutter unter die wandelnden Leichname begeben. Unser Auftauchen freute und verwirrte sie zugleich. Sie bot uns Tee an mit irgendwelchen dreieckigen, typisch tatarischen Piroggen und geriet in Verlegenheit, als ihr einfiel, dass zumindest Michail ja kein Fleisch aß. Ruslan schien nicht besonders begeistert. Wie alle Jugendlichen in seinem Alter hätte er mir am liebsten eine Beleidigung an den Kopf geworfen. Aber sobald er Michail sah, beruhigte er sich und verwandelte sich zumindest vorübergehend in einen Vorzeigejungen.

Das Ganze ist doch nicht nur ein pubertärer Tick, dachte ich. Und keine demonstrative Aktion, um auf sich aufmerksam zu machen, wie bei den Mädchen auf dem Dach. Der hält die Quazi tatsächlich für weiterentwickelte Geschöpfe. Eine höhere Form des Lebens. Scheiße ...

Den Tee konnten wir nicht ablehnen. Aber immerhin brachte ihn die Mama in Ruslans Zimmer, dazu kleine Schälchen voller Süßigkeiten und ein Kännchen Milch. Michail und ich setzten uns an den Tisch, Ruslan brachte brav einen zweiten Stuhl und setzte sich anschließend auf die Ecke seines höchst sorgfältig gemachten Bettes (Jede Wette, dass er es nicht selbst gemacht hatte).

Frau Fajsulina goss uns Tee ein, verließ leise das Zimmer und schloss gewissenhaft die Tür hinter sich.

Ruslans Zimmer machte den Eindruck, als ob er hier allein das Sagen hatte. Ein Computer, Chaos auf dem Tisch, dazwischen war ein digitaler Bilderrahmen zu sehen, auf dem sich Aufnahmen von Jugendlichen, vermutlich Klassenkameraden, abwechselten. Der Raum war sauber, dabei lagen die Sachen kreuz und quer durcheinander (ich stellte mir vor, wie seine Mutter Adilja Ajdanowna hier aufräumen wollte, sich aber offenbar auf Saugen, Wischen und Abstauben beschränken musste), an den Wänden hingen Poster, darunter auch ein provokant erotisches mit sehr freizügig gekleideten, sich räkelnden jungen Damen.

Wie konnte er Mama mit seiner Schwärmerei für die Quazi nur solche Sorgen bereiten? Ich sah Ruslan missbilligend an. Immerhin geriet der Junge in Verlegenheit und wandte peinlich berührt den Blick ab.

»Weißt du, warum wir hier sind, Ruslan?«, begann ich.
»Ja, ich glaube schon«, antwortete er in tiefem Bass, der aber noch so klang, als würde es jeden Moment in ein Falsett umschlagen. »Ich sage Ihnen, das fantasiert Mama sich alles nur zusammen. Sie glaubt, ich will mich umbringen, damit ich bald ein Quazi werde.« Er konnte sich nicht beherrschen und sah zu Michail hinüber.

In seinem Blick lag Begeisterung.

»Du lügst mich doch nicht an, Ruslan?«, fragte Michail.

Ruslan schnaufte, entgegnete aber nichts.

»Es gehört sich nicht, die eigene Mutter anzulügen«, fuhr Michail fort. »Aber über seine Mama Lügen zu verbreiten gehört sich noch weniger.«

»Ich habe nicht vor, Selbstmord zu begehen!« Ruslan platzte der Kragen. »Ja, ich glaube es ist gut und schön, als Quazi zu leben. Aber fürs Erste werde ich mir nichts antun.«

»Wann dann?«, fragte Michail gutmütig.

Ruslan rutschte unruhig auf der Bettkante herum. Seine Achtung vor dem Quazi kämpfte offenbar mit seiner Vorsicht. Aber zum Respekt gesellte sich dann doch die für sein Alter so typische Protesthaltung. »Wenn alle das begreifen. Und wenn die Menschen es endlich gut organisiert haben. Damit alle groß werden, heiraten und so weiter ... und dann Quazi werden«, teilte er uns herausfordernd mit.

»Hat dir das der Professor gesagt?«, fragte ich lässig. »Viktor Aristarchowitsch?«

Die Wirkung war durchschlagend.

Ruslan schoss geradezu vom Bett hoch, eilte aus dem Zimmer und knallte die Tür hinter sich zu. Eine Sekunde später fiel die Wohnungstür ins Schloss.

»Ruslan!«, rief Adilja Ajdanowna.

»Scheiße«, sagte ich und blickte auf unsere Füße, die in alten Gästehausschuhen steckten. »Der Junge hat Turnschuhe an.«

»Ich bin zu alt für diesen Unsinn«, sagte Michail und erhob

sich. Trat zum Fenster und öffnete es. Blickte nach unten, Seufzte. »Warte hier auf uns, ja?«

»Vierter Stock«, bemerkte ich,

»Das sehe ich selbst«, entgegnete Michail und kletterte ächzend aufs Fensterbrett. »Wenigstens ist unten ein Beet …«

Er verschwand aus dem Fenster, unmittelbar darauf hörte ich ein durchdringendes dumpfes Geräusch, als ob man einen schweren Sack hätte fallen lassen.

»Bumm«, sagte ich und betrachtete die Regale. Bücher, jede Menge. Hauptsächlich Fantasy. Und ein paar Gedichtbände, Klassiker – in erster Linie Titel aus dem Lehrplan.

Außerdem war dort noch diverser anderer Krempel aufgebaut, Zinnsoldaten, Pokale und Urkunden von Sportwettkämpfen, Dinosaurierfiguren. Vielleicht war der Junge ja auch im Paläontologischen Institut gewesen … Nein, so viel Zufall war unwahrscheinlich.

Nach etwa drei Minuten ging die Wohnungstür geräuschvoll wieder auf, ich hörte Ruslans Mama sprechen, dann ihren Sohn, der schuldbewusst eine Antwort murmelte. Ich versuchte gar nicht erst, die beiden zu verstehen.

Michail trat hinkend ins Zimmer und führte Ruslan am Ellenbogen. Der Quazi trug lediglich Socken.

»Die Hausschuhe sind kaputtgegangen«, beklagte sich Michail. »Der linke nur leicht, aber der rechte ist regelrecht explodiert.«

»Haben wohl nicht viel getaugt, diese Hausschuhe«, sagte ich tröstend. Immerhin hatte er die Drecksarbeit gemacht. »Warum bist du einfach ohne Gruß abgehauen, Ruslan? Du bist doch ein gut erzogener Junge. Und hast so eine nette Mutter.«

Ruslan warf einen Blick zu Michail hinüber und schwieg. Nach dieser Aktion war seine Begeisterung für Quazi nicht gerade verpufft, hatte aber doch ein klein wenig nachgelassen.

»Er ist ein anständiger Junge, aber wie so viele junge Leute ist er ein Maximalist …«, sagte Michail.

»Er hat einfach einen Knall«, sagte ich.

»Noch ein Tässchen?« Ruslans Mutter steckte den Kopf zur Tür rein. Ich sah sie streng an, worauf sie sofort wieder verschwand.

»Nein, danke«, sagte ich zu der sich schließenden Tür und wandte mich wieder an Ruslan. »Was soll der Blödsinn, Junge? Hat Tomlin dich eingelullt? Der schlaue Professor mit der Quazi-Ehefrau. Der so progressiv ist. Und für die Evolution. Vom Abschaum zum Quazi ... Weißt du Idiot, was der Preis dafür ist?«

»Denis!«, sagte Michail hart.

»Ja, weiß ich«, erklärte Ruslan überraschend. Und sah mich herausfordernd an. »Quazi sind höher entwickelte Aufständische. Die, die schneller als andere erhöht wurden. Und ...« Er zögerte. »Sie ...«

»Ja?«, sagte ich.

»... essen Menschen«, sagte Ruslan.

»Fertig?«, wollte ich wissen.

Der Junge schwieg. Dann schüttelte er den Kopf. »Das bin dann ja nicht ich. Das ist ein Aufständischer. So ist die Evolution.«

»Das ist Kannibalismus«, sagte ich.

»Das stimmt nicht«, widersprach Ruslan eilig. »Aufständische sind keine Menschen mehr. Und Kannibalismus ist es nur dann, wenn man Artgenossen isst.«

»Du bist ja so gescheit ... Und wen wirst du essen?«, fragte ich. »Hast du dir unter deinen Klassenkameraden schon ein Abendbrot ausgesucht? Einen von den Sitzenbleibern oder Rowdys?«

»Die Menschen fressen sich doch sowieso gegenseitig«, murmelte Ruslan. »Nur nicht im wörtlichen Sinne. Die Gesellschaft ist doch so aufgebaut: die Klugen und Starken dominieren die Dummen und Schwachen. Der Kommunismus hat versucht, diese Ungerechtigkeit zu überwinden, aber das widersprach der menschlichen Natur. Bei den Quazi dagegen funktioniert der

Kommunismus endlich, weil all der Ballast nicht länger stört. Verbrecher, Idioten und Faulpelze dienen zur Erhöhung der normalen anständigen Leute.«

Vor Begeisterung und Engagement vergaß er seine Angst völlig.

»Schauen Sie sich doch selbst an, was für eine Gesellschaft die Quazi bei sich errichtet haben! Piter ist jetzt so eine fantastische Stadt. Ich war da auf Exkursion. Dort radeln alle, es ist sauber, man hat großartige Gebäude gebaut und die alten gut restauriert, es gibt keine Kriminalität, dafür jede Menge Wissenschaftler und hochqualifizierte Fachleute. Und es gibt tolle Unternehmen, mein Computer zum Beispiel wurde in der Saslon-Fabrik in Piter gefertigt. Medizinische Versorgung wird überflüssig, denn Quazi werden nicht krank. Sie brauchen keine Rente, denn sie werden nicht alt. Es werden keine Ressourcen verschwendet, man kann sogar in den Kosmos reisen und auf der Erde eine gerechte Gesellschaft errichten! Eine ideale Welt! Der wahre Kommunismus!«

Er verstummte.

Auch Michail und ich schwiegen einen Moment lang.

»Was du eben beschrieben hast, Junge, das ist kein Kommunismus, sondern etwas ganz anderes«, sagte Michail schließlich. Seine Stimme klang ruhig, höflich, aber ich hatte das Gefühl, dass er in der Tiefe seiner toten Seele vor Wut tobte. »Aus der Geschichte gibt es Beispiele dafür, wie man versucht hat, Kranke, Dumme und Faule zu nutzen. Gefressen wurden sie zwar nicht. Aber sie wurden zu Dünger verarbeitet, mit ihren Haaren wurden Matratzen gestopft. Das gab es bereits.«

»Wer Hitler als Erster erwähnt, hat die Diskussion verloren«, sagte Ruslan. »So lautet Godwins Gesetz.«

»Ich weiß.« Michail nickte. »Aber du hast ihn zuerst erwähnt ... Heißt das also, du willst ein Quazi werden? Damit du nicht krank und alt wirst und aus dem vierten Stock hüpfen kannst? Aber weißt du auch, dass wir nicht in der Lage sind, uns zu entwickeln? Ist dir das wirklich bewusst? Du glaubst also, unsere Gesellschaft wäre schön und nachhaltig. Woher willst du das wissen? Sie ist gerade mal zehn Jahre alt. Und ohne die Kooperation mit den Menschen könnten wir gar nicht leben! Glaubst du, die Aufständischen erledigen die Drecksarbeit? Und anschließend kommst du gereinigt und vernünftig wieder zu dir? Du Trottel! Du kommst im gleichen Moment zu dir, in dem du einen lebendigen Menschen frisst! Die Erhöhung passiert in Sekundenschnelle! Und du wirst das niemals vergessen, kapiert? Du glaubst, du findest dich damit ab, du kommst darüber weg?«

Er hatte Ruslan unerwartet an den Schultern gepackt und schüttelte ihn wie ein kleines Kind.

»Vielleicht ist das ein Fluch, vielleicht eine Strafe, vielleicht eine Art Schutzvorrichtung ... Aber sobald du zu dir kommst, verspürst du Ekel, Übelkeit, Krämpfe. Allein beim Gedanken an tierische Lebensmittel, beim Anblick von Blut und rohem Fleisch musst du würgen. Weißt du, dass es unter den Quazi keine Chirurgen gibt? Kapierst du jetzt, warum? Wir träumen auch nicht. Nie mehr auch nur ein einziger Traum ... Und weißt du, dass wir keine normalen Gefühle haben? Gerade mal ein einziges bleibt uns erhalten. Wenn du eine Frau liebst, wirst du aufhören, deine Mutter zu lieben. Wenn du die Fähigkeit behältst, traurig zu sein, wirst du nie mehr lachen können. Wer willst du sein, Junge? Was willst du als Quazi werden?«

»A-Astronaut«, presste Ruslan hervor.

»Das garantiert dir keiner«, fuhr Michail fort und schüttelte immer noch Ruslans Schultern. »Solange du ein Mensch bist, kannst du deinen Wünschen folgen, entgegen deiner Natur, entgegen deinen Instinkten, entgegen deinen Neigungen. Wenn du erst ein Quazi bist – bist du nur noch der, der du bist. Als ich ein Mensch war, konnte ich gut malen. Ich dachte immer, wenn ich in Rente gehe, werde ich Bilder malen, solange meine Augen sehen und meine Hände den Pinsel halten können. Jetzt habe ich alle Zeit der Welt. Meine Augen sind doppelt so gut wie früher und meine Hände zittern nicht. Aber ich zeichne nicht mal mehr einen Apfel auf einem Teller. Ich bin ein Bulle! Und nichts anderes! Bilder konnte ich nur als Mensch malen, kapiert? Evolution? Was für eine beschissene Evolution! Astronaut willst du werden? Vielleicht wirst du Gärtner. Oder Maurer, der Ziegel in perfekten Reihen anordnet! Das kannst du nicht bestimmen! Das bestimmst nicht du, sondern deine Nekroneuronen! Na, wie gefällt dir das, Bürschchen?«

Ruslan schwieg. Nicht mal auf das »Bürschchen« reagierte er. Er presste die Lippen aufeinander, mürrisch und irgendwie halsstarrig ...

»Und die Tatsache, dass du so sicher bist, ein Quazi zu werden ...« Michail ließ Ruslan los und schüttelte die Hände aus, als ob sie schmutzig gemacht wären. »Glaub mir, genau solche enden oft als Futter. Oder als was Schlimmeres.«

»Wie heißt deine Freundin?«, warf ich ein. Ruslans Blick schoss pfeilschnell in meine Richtung, er blieb aber stumm. Ich nahm den digitalen Bilderrahmen vom Tisch. Die Vermutung lag nahe, weil eines der Mädchen auf den Fotos immer wieder auftauchte (wenn auch manchmal in Gesellschaft von anderen). »Stell dir mal vor, du wurdest erhöht, aber sie nicht. Und es gibt sie auch gar nicht mehr. Für immer und ewig. Denn du wurdest auf ihre Kosten erhöht.«

»Ich wusste das alles nicht!«, presste Ruslan hervor. Erst jetzt begriff ich, dass sein starres Gesicht nicht der Sturheit oder Gefühllosigkeit geschuldet war, sondern dem Versuch, seine Hysterie im Zaum zu halten. »Wiktoria Aristarchowitsch hat immer alles ganz anders geschildert ...«

»Tomlin war ein alter Mann mit kaltem Verstand«, sagte ich. Natürlich war der Professor noch nicht alt gewesen, aber aus der Sicht eines Siebzehnjährigen passte das Wort tadellos. »Er war extrem begabt, aber gefühlskalt.«

»Er schrieb doch Gedichte, Liebesgedichte.«

»Man kann trotzdem ein gefühlloses Schwein sein«, versicherte ich ihm.

»Er hat uns das alles ganz anders ...« Ruslan schien tatsächlich kurz davor, umzudenken. »Als er erzählte ...«

»Wo ist das Virus?«, fragte ich. »Noch ist nichts Schreckliches passiert. Wo ist das Virus, Ruslan?«

Ruslan blinzelte überrascht und sagte erschrocken: »Welches Virus?«

Michail und ich tauschten Blicke aus. »Du gehörst doch so einem Kreis von jungen Biochemikern an, den Tomlin betreut hat?«, fragte ich.

Ruslan nickte. »Ich habe mich im Institut für die Aufnahmeprüfung an der Uni vorbereitet ...«, präzisierte er.

»Es war also wirklich Tomlin, der dir diesen ganzen Mist über eine glückliche Quazi-Gesellschaft erzählt hat?«

»Ja, aber nicht nur mir, sondern uns allen. Einige der Schüler haben mit ihm diskutiert ...«

»Warum bist du weggelaufen?«, fragte Michail.

»Er wurde doch ermordet ...« Ruslan blickte mich an. »Die Polizei hat ihn getötet ...«

»Ich weiß. Das war ich.«

Ruslan schien zu schrumpfen. »Werden Sie mich auch töten?«, fragte er resigniert.

»Warum sollte ich?«

»Weil Sie ihn getötet haben. Wegen all dieser Gespräche, wegen seiner Haltung ... und weil ich der gleichen Meinung ...« – er stockte und fügte dann hinzu: »... war.«

Ich seufzte. »Selbst wenn man für solches Gerede getötet würde, dann würde das nicht die Polizei tun, sondern irgendeine Sondereinheit. Es gab noch keine Gerichtsverhandlung, aber ich kann dir so viel sagen: Der Professor wurde von einem Einbrecher getötet. Der aufständische Professor seinerseits hat den Einbrecher getötet. Ich war daraufhin gezwungen, beide Aufständischen zu töten.«

Michail blickte mich skeptisch an, schwieg aber.

»Nimm dich nicht zu wichtig, Ruslan. Wer hätte etwas davon, dich umzubringen? Bisher wirst du nur von deiner Mutter gebraucht, von deiner Freundin und vielleicht von zwei, drei Freunden. So ein wichtiger Kämpfer gegen das Regime bist du dann doch nicht ...«

»Was weißt du über das Virus?«, fragte Michail noch einmal.

»Das Virus, das die Menschen zu Aufständischen macht? Der Professor hat immer gesagt, dass es noch nicht entdeckt wurde. Dass es vielleicht kein Virus ist, sondern ein Prion. Oder ein unbekannter Krankheitserreger, denn für Prionen ist so eine schnelle Entwicklung untypisch ...«

Ich seufzte wieder. »Das wissen wir alles. Womit hat sich der Professor beschäftigt? Mit welchem einem Virus?«

Ruslan lächelte etwas peinlich berührt. »Mit dem Windpockenvirus. Wir haben einmal unsere Witze darüber gemacht, da sagte er: ›Wer hatte noch keine Windpocken?‹ Ich meldete mich und noch drei andere Schüler. Er erklärte uns, dass wir im Erwachsenenalter sehr schwer daran erkranken können, da wir die Krankheit als Kinder nicht durchgemacht hatten. Deshalb sei das Medikament gegen Windpocken eine wichtige Sache.«

»Das heißt, er entwickelte eine Medizin dagegen?«, fragte Michail nach.

Ruslan nickte.

»Und euer Kreis traf sich im Institut?«

»Unsere Forschungsgruppe ... Ja, natürlich.«

Sieh mal an.

Der Zufall hatte uns zu diesem Jungen geführt, der Kontakt zu unserem Hauptverdächtigen gehabt hatte. Wir waren zum Platzen gespannt gewesen, weil wir glaubten, gleich alles zu erfahren ...

Aber es gab nichts zu erfahren. Außer der Tatsache, dass Tomlin ein ideologischer Quasi-Anhänger war ... was wir auch vorher schon gewusst hatten. Ich fragte noch mal nach:

»Wie viele Schüler nahmen an diesem Kreis teil, ich meine, an dieser Forschungsgruppe?«

»Elf«, erklärte Ruslan breitwillig.

»Schüler aus der Oberstufe, oder? Mädchen und Jungen?«

»Hauptsächlich Jungs.«

»Hatte Tomlin zu irgendwem ein besonders vertrauensvolles Verhältnis.«

Ruslan riss die Augen auf und kicherte. »Wieso ... Tomlin war nicht so einer! Er hat niemanden angebaggert!«

»Herr im Himmel!«, sagte ich. »Das meine ich doch auch gar nicht! Hatte er Freunde unter den Schülern? Lieblingsschüler sozusagen? Im anständigen Sinne natürlich. Zog er irgendeinen vor, dem er vielleicht ein Geheimnis anvertraut hätte?«

Ruslan dachte nach und schüttelte dann den Kopf. »Nein, wirklich nicht, er hat alle gleich behandelt ... Mich lobte er oft. Aber deshalb war er nicht zugänglicher oder irgendwie offener. Nur über Quazi redete er gern ...«

Ich zuckte mit den Schultern. Ich hatte keine Fragen mehr.

»Na gut«, erklärte Michail. »Ruslan, wir können dich nicht in Gewahrsam nehmen, nur damit du dir nichts antust. Und dich umstimmen zu wollen ist auch sinnlos. Soweit ich die Besonderheit deines Alters verstehe, wirst du nur umso hartnäckiger an deinen Ansichten über Quazi festhalten, je mehr wir dich vom Gegenteil zu überzeugen versuchen.«

Ruslan schwieg.

»Ich kann dir nur eins sagen: lass dir Zeit.« Michail nickte mir zu: »Gehen wir, Denis.«

Ich hatte nichts dagegen. Aus Ruslan würden wir nichts Nützliches mehr herauskriegen.

»Bis dann, Junge«, sagte ich. »Pass auf dich auf und leb ein langes Leben.«

An der Tür drehte sich Michail noch mal um. »Du suchst umsonst Licht auf der anderen Seite. Dort herrscht die gleiche Finsternis.«

Adilja Ajdanowna stand an der Tür und hielt den zerfetzten Hausschuh in der Hand, der den Sprung aus dem vierten Stock nicht heil überstanden hatte. Offenbar hatte sie erst jetzt begriffen, wie Michail ihren Sohn eingeholt hatte.

»Wenn Sie die Möglichkeit haben, sollten Sie Ruslan nach Piter schicken«, sagte Michail. »Soll er ruhig mal ein, zwei Monate in unserer Stadt verbringen. Er kann in meiner Wohnung wohnen und ich helfe ihm auch, eine Schule mit Koedukation zu finden.«

»Warum?«, fragte die Frau leise.

»Es wäre schade, wenn er eine Vergnügungsreise mit Emigration verwechselt. Soll er sich unser Leben ruhig mal genauer anschauen, das könnte nützlich sein.«

Er reichte Adilja seine Visitenkarte.

»Alles Gute«, sagte ich unbehaglich. »Wir haben versucht, mit ihm zu reden ... ihn umzustimmen ...«

Die Frau nickte, während sie den kaputten Hausschuh in den Händen hin und her drehte.

»Er ist ein guter Junge ...«, sagte sie leise.

»Wir sind alle gut«, sagte ich. »Passen Sie auf ihn auf. Und glauben Sie mir, für ihn ist es auch schwer.«

Wir saßen eine Zeit lang im Auto. Schließlich ließ Michail den Motor an. »Wohin fahren wir? Was sollen wir jetzt machen?«

»Ich habe das Gefühl, dass die Lösung zum Greifen nahe ist«, sagte ich. »Als ob wir schon daran vorbeigekommen wären, und einfach nicht die richtige Tür aufgemacht, nicht die richtige Abzweigung genommen hätten ...«

»Wir können noch mal zurück«, erklärte Michail. Er schien meine Ahnungen wirklich ernst zu nehmen. »Wir könnten noch mal mit ihm sprechen. Ich hatte zuletzt sogar das Gefühl, dass wir zu ihm durchdringen.«

»Ruslan weiß nichts«, sagte ich. »Besser gesagt, vielleicht weiß er etwas, aber er weiß nicht, dass es wichtig ist. Wir müssten ihm die richtige Frage stellen, damit er es uns sagt. Und die kennen wir nicht.«

»Sollten wir nicht die anderen Junior-Biochemiker befragen?«, schlug Michail vor.

»Noch mal zehn Jungendliche ...« Ich verzog das Gesicht. »Das ist Arbeit für mindestens zwei Tage.«

»Dann ruf doch Markin an«, sagte Michail lässig. »Schließlich hat er dich vermutlich gebeten, ihn zu informieren, wenn es was Neues gibt.«

»Ja, das hat er.«

»Ruf ihn an und erzähl ihm alles«, verlangte Michail. »Er hat doch ein ganzes Team an der Hand, für ihn ist es kein Problem, mal eben zehn Jugendliche zu befragen.«

Er stieg aus und begann um das Auto herumzuwandern, klopfte mit der Schuhspitze gegen die Reifen und betrachtete sie prüfend.

Ich zog mein Telefon heraus, rief den Staatssicherheitsmitarbeiter an und erzählte ihm von unserem Gespräch mit Ruslan. Seiner Begeisterung nach zu urteilen war er bereit, sich an jeden Strohhalm zu klammern.

Aber ich rechnete nicht mit großen Ergebnissen aus dieser Aktion. Entweder weil sich in meinem Kopf festgesetzt hatte, was Najd gesagt hatte: Nämlich, dass nur ich Wiktoria fangen und die Welt retten konnte.

Oder weil ich müde war.

Oder weil mich dieser kluge, gutaussehende junge Mann, der davon träumte, ein wandelnder Leichnam zu werden, stärker als erwartet aus der Bahn geworfen hatte.

»Worüber denkst du nach?«, fragte Michail, als er sich wieder hinters Steuer schob.

»Über meinen Sohn«, sagte ich.

Michail nickte und fuhr los.

»Wohin?«, fragte ich.

Er antwortete nicht.

Quazi mochten keine rhetorischen Fragen. Darauf zu antworten kam ihnen irrational vor.

Ich liebte es, über den Moskauer Verkehr zu schimpfen, über die Staus, die ja auch tatsächlich bei uns vorkamen. Aber ehrlich gesagt waren die absolut harmlos im Vergleich zu den Staus, die es vor der Katastrophe tagtäglich hier gab.

Die Schule auf der Bolschaja Perejaslawkaja-Straße erreichten wir innerhalb von fünfzehn Minuten. Michail und ich schwiegen beide, ich blickte zum Fenster hinaus, er auf die Straße vor sich.

Erst als ich ausstieg, sagte ich leise:

»Eigentlich ist es meine Schuld. Hätte ich den Professor nicht getötet, wäre er aufgestanden und wir hätten ihn befragen können.«

»Aber zuerst hätte man ihn noch mit einem lebendigen Menschen füttern müssen, damit er erhöht wird«, antwortete Michail.

»Glaub mir, Markin hätte schon einen Kandidaten gefunden«, sagte ich.

Am Eingang zur Schule, etwa zehn Meter von der Einzäunung entfernt, drückten sich die Jugendlichen rum. Überwiegend ältere Schüler, aber ich sah auch ein paar Zehn- bis Zwölfjährige. Natürlich rauchten sie. Das war schon immer so – als ich noch ein Kind gewesen war ebenso wie zur Zeit der verschärften Anti-Tabakgesetzgebung und auch nach der Katastrophe. Immer gab es unter den Schülern welche, die sich gegen das Rauchverbot sperrten – nicht weil sie rauchen wollten, sondern aus Prinzip. Meine Uniform beunruhigte und erschreckte die meisten von ihnen, und sie hielten ihre Zigaretten dezent hinterm Rücken versteckt; nur einer rauchte offen und sah mich provozierend an.

Aber ich hatte mein Soll in Sachen Anderer-Leute-Sprösslinge-zur-Vernunft-bringen heute schon erfüllt und ging kommentarlos an ihm vorbei.

Ein junger Wachmann am Eingang, der selbst erst kürzlich die Schule beendet hatte, saß an einem Tisch im Foyer der Schule und starrte mich fragend an. Meine Uniform legte vermutlich nahe, dass ich in dienstlichen Angelegenheiten hergekommen war.

»Ich bin rein privat hier«, sagte ich zu seiner Beruhigung. »Ich habe ... einen Sohn hier.«

»Wen?«

Ich stockte für einen Moment:

»Najd Bedrenez.«

Der Wachmann klopfte mit den Fingern auf eine alte Tastatur mit verwischten Buchstaben und nickte dann:

»Ja, der ist hier. Klasse 7a. Ist es dringend? Die letzte Stunde ist in zehn Minuten vorbei.«

»Ich warte hier«, sagte ich. »Wenn es geht.«

Der Wachmann starrte weiter auf den Bildschirm.

»Sind Sie Denis Simonow?«

»Ja.«

»Hm, klar, Sie sind ja der Vater. Hier steht unter Verwandte: Michail Bedrenez – Vormund; Denis Simonow – Vater.« Er stockte, versuchte sich vermutlich zu erklären, warum der Junge den Namen des Vormunds und nicht den des Vaters trug. Dann runzelte er die Stirn, vielleicht war ihm aufgefallen, dass dieser Vormund ein Quazi war. Aber er konnte seine Neugier im Zaum halten.

»Ja, heutzutage sind Familienverhältnisse manchmal ziemlich kompliziert ...«, sagte ich vage und setzte mich auf die mit Kunstleder bezogene kleine Couch, die an mehreren Stellen aufgerissen war. Jedes Mal hatte man den hervortretenden Schaumstoff sorgfältig mit einem Permanentstift in der Farbe des Kunstleders bemalt. »Wann wurde das eingetragen? Wer Vater und wer Vormund ist?«

»Vor drei Tagen.«

Dieser sture Quazi. Hatte mich als Elternteil eintragen lassen, noch ehe der Beweis dafür vorgelegen hatte.

Während ich auf der Couch saß und wartete, dachte ich über die Wahrscheinlichkeit von Zufällen nach. Sie traten in letzter Zeit ziemlich gehäuft auf. Najd hatte sich als mein Sohn Saschka erwiesen, außerdem hatten wir Ruslan aufgetan, der zufällig zu Tomlins Nachwuchsforschergruppe gehört hatte. Kam ein Zufall tatsächlich selten allein? Alle guten Dinge sind drei, wäre mir ehrlich gesagt noch lieber gewesen: ein dritter Zufall, der uns half, das Virus zu finden und zu vernichten.

Die Schulglocke ertönte – ein tief ins Gedächtnis eingegrabener Klang, der mich als Kind immer so gefreut hatte und jetzt nostalgisch stimmte. Nach wenigen Minuten tauchten die Kinder auf, ergossen sich scharenweise über die Treppen, sausten durchs Foyer und vorbei an den leeren Garderoben nach draußen.

»So viele Schüler sind das gar nicht«, sagte ich. »Ich dachte, die Schule wäre viel größer ...«

»Die unteren Klassen haben schon Ferien«, erklärte der Wachmann. »Aber die älteren müssen nicht, sie haben demnächst Prüfungen.«

Ach ja, richtig. Zu meiner Zeit endete der Unterricht im Juni. Jetzt gibt es nur noch zwei Monate Ferien, und die älteren müssen sich sogar mit einem begnügen. Der Wert der Bildung ist gestiegen. Vermutlich nicht zur Freude der Kinder.

Dann erschien Najd. Er ging ohne Eile und unterhielt sich dabei angeregt mit einem Mädchen, das einen Kopf größer war als er. Er trug Olgas orangefarbene Jacke – hatte er die auch im Unterricht an? Den Ranzen hielt er so in der Hand, dass die Gurte über den Boden schleiften. Als er mich sah, war er nicht weiter überrascht, verabschiedete sich von dem Mädchen – das mir einen neugierigen Blick zuwarf – und kam zu mir rüber, wobei er den Ranzen schulterte.

»Hallo, Vater.«

»Hallo, Sohn«, antwortete ich. »Ich bringe dich nach Hause.«

»Wo ist Michail?«

»Der arbeitet. Er hat mir früher freigegeben.«

Najd nickte.

Wir traten nach draußen, passierten die Reihen junger Raucher, die sich so begeistert selbst schadeten (es waren jetzt mindestens zur Hälfte andere Schüler als vorher) und verließen das Gelände.

»Ihr schafft es nicht, sie zu fangen?!«, fragte Najd.

»Es geht gar nicht so sehr um sie«, sagte ich. »Du weißt doch, weshalb wir sie suchen, oder?«

»Wegen des Virus.«

»Ja, hauptsächlich wegen des Virus. Sie hat schon einiges angerichtet, aber wenn sie das Virus unter die Leute bringt ...«

»Ist es denn sicher, dass sie es hat?«

»Genau darum geht es.« Ich nickte. »Du bist auf der richtigen Spur. Vermutlich hat sie es nicht. Vermutlich ist es irgendwo versteckt, und sie kommt im Moment nicht dran. Hunderte Beamte suchen sie. Vielleicht sogar Tausende. Und die Quazi suchen sie auch. Sie versteckt sich, aber sie verlässt die Stadt nicht. Das heißt, sie wartet darauf, dass das Virus fertig ist.«

»Schlagt ihr doch eine Amnestie vor«, sagte Najd. »Dass man ihr die Strafe erlässt, wenn sie das Virus hergibt.«

»Wenn sie wollte, hätte sie so eine Amnestie längst ausgehandelt«, gab ich zu bedenken. »Sie hätte alles Mögliche aushandeln können.«

»Das heißt, ihr könnt ihr nicht das bieten, was sie braucht«, sagte Najd sehr logisch. »Dann geht es nicht darum, ihr etwas anzubieten, was ihr ohnehin nicht habt, sondern ihr müsst ihr drohen, dass ihr etwas nehmt, woran sie richtig hängt.«

Ich zuckte leicht zusammen. Najd klang so erwachsen und zynisch.

»Na super, Sohn ... ganz schön hart.«

»Sie will eine Milliarde Menschen töten«, entgegnete Najd ruhig.

»Wenn wir nur wüssten, woran sie hängt.«

Najd zuckte mit den Schultern. Ich bin nur dafür zuständig, Vorschläge zu machen, sollte das wohl heißen.

»Gefällt dir die Schule?«, fragte ich.

»Schon okay. Es ist nur komisch, dass alle älter sind als ich. In Piter war ich in der fünften Klasse, wir hatten einen anderen Lehrplan.«

»Weil Quazi klüger sind?«

»Also wenn Quazi-Kinder lernen wollen, sind sie extrem wissbegierig«, erklärte Najd. »Und wenn sie nicht lernen wollen, dann lohnt es sich für sie nicht, überhaupt in die Schule zu gehen. Es ist einfach alles anders. Schwer zu vergleichen.«

»Aber es gefällt dir?«, fragte ich. Dabei sah ich den begeisterten Ruslan vor mir, der vom tollen Piter, dieser wunderbaren Stadt der Toten, geschwärmt hatte.

Najd zuckte ausweichend mit den Schultern.

»Ich habe mich heute mit einem jungen Mann unterhalten«, erklärte ich vorsichtig. »Siebzehn Jahre alt, und sein größter Traum ist es, möglichst schnell Quazi zu werden. Das ist echt heikel ...«

»War auch mal mein Traum«, sagte Najd.

»Ja?«

Najd blickte mich schief an.

»Ich hab doch gesagt, war. Mach dir keine Sorgen, Denis. Ich hab es nicht eilig.«

Ich entspannte mich etwas und lächelte meinen Sohn an. Wir standen schon vor seiner Tür. Und was jetzt?

Mich verabschieden, ihm noch einen klugen Spruch wie »Mach deine Hausaufgaben« mitgeben und dann nach Hause fahren? Oder ihn zum Spielen schicken und zur Arbeit fahren? Oder mich selbst einladen und den fürsorglichen Papa geben? Seine Mathehausaufgaben kontrollieren? Puh, bloß nicht Mathe! Dann schon lieber Geschichte.

»Kommst du noch mit rein?«, fragte Najd. »Meine Hausaufgaben schaffe ich allein, aber wir könnten was spielen.«

»Schach?«, schlug ich vor.

Najd verzog das Gesicht. »Im Schach bin ich nicht gut. Wir könnten ein Onlinespiel spielen. Oder du gehst mit mir ins Kino. Schließlich muss ein Vater doch mit seinem Kind ins Kino gehen!«

Guter Vorschlag, fand ich. »Okay! Der neue *Piraten der Karibik* ist gerade angelaufen …«

In diesem Moment klingelte mein Telefon.

»Ich wusste es!«, sagte Najd so traurig wie I-Ahh aus *Pu der Bär*.

Ich blickte aufs Display.

Leichnam, stand da.

»Ich muss nicht drangehen«, schlug ich vor. »Ich sage, dass mein Telefon kaputt ist.«

»Aber es ist doch Michail, oder?«

Ich seufzte und hielt mir das Gerät ans Ohr.

»Ja.«

»Wo bist du, Denis?«

»Bei dir. Direkt vorm Haus.«

»Ich komme sofort vorbei«, versprach Michail. »Es ist etwas vorgefallen …«

Ich blickte Najd an und zog eine betrübte Grimasse. Najd zuckte mit den Schultern.

»Wenn du sehr beschäftig bist …« Michail verstummte. Dann sagte er: »Nein, ich brauche dich auf jeden Fall. Sag Najd, dass im Eisfach noch Frikadellen sind, er soll sie sich braten und mindestens zwei Stück davon essen. Ein lebendiger Organismus im Wachstum braucht Einweiß. Und er darf nicht länger als eine Stunde im Internet sein.«

»*Oui, mon general!* Jawohl, mein Führer! Ich höre und gehorche, mein Herr.« Ich drückte die Verbindung weg.

»Schon klar«, sagte Najd etwas bitter. »Aber irgendwann gehst du mit mir ins Kino, oder?«

»Natürlich.« Ich nickte. »Und Michail hat noch gesagt …«

»Dass ich mir Frikadellen brate und nicht zu lange im Netz bleiben soll.« Najd lächelte. »So gut kenne ich ihn inzwischen. Aber er ist okay, findest du nicht?«

Ich nickte. Najd streckte mir seine Hand entgegen. Ich nahm sie und drückte sie. Najd lachte, klatschte mit seiner Handfläche auf meine, drehte sich um und ging aufs Haus zu. Ich sah ihm nach.

Seltsam, es war mir viel leichter gefallen, mit ihm zu reden, als ich noch nicht wusste, dass er mein Sohn ist.

Das Leben ist so was von unlogisch.

Aber manchmal bekommt es erst einen Sinn, wenn man jede Logik hinter sich lässt.

Zehntes Kapitel

Alte Leutchen und Geiseln

Lass mich raten! Es gibt Probleme mit einem Kind im Süd-Westen?«, sagte ich, sobald ich im Auto saß.

Michail blickte mich fragend an.

»Wir sind in letzter Zeit auffällig oft dort«, erklärte ich. »Ständig haben wir es entweder mit verliebten Mädchen oder allzu cleveren Jungs zu tun. Ich hab schon überlegt, den Job zu wechseln. Vielleicht sollte ich beim Jugendamt anheuern.«

»Ach so, ein Witz.« Michail nickte verständnisvoll. Und beschleunigte scharf.

»Willst du nicht wissen, wie es Najd geht?«, fragte ich und schnallte mich an.

»Wozu? Du würdest es mir schon sagen, wenn es Probleme gibt.«

Mir wurde klar, dass es unmöglich war, einen Quazi in Sachen demonstrativem Gleichmut zu schlagen. Denn der Gleichmut eines Quazi ist nie demonstrativ, sondern immer absolut authentisch.

»Okay, ich geben mich geschlagen. Was ist los? Wohin fahren wir?«

»Es gibt einen Aufstand in einem Altenheim.«

»In welchem Altenheim?«

»Auf dem Rjasanski-Prospekt. Genauer gesagt befinden sich dort zwei Heime, eines für Männer und eines für Frauen. Das eine heißt ›Bei den alten Schachteln‹ und das andere ›Bei den grauen Räubern‹.«

»Du machst Witze?«, fragte ich.

»Leider nicht. Ich war schon zu Lebzeiten nicht besonders lustig.«

»Dann erklär mir bitte, wer sich diese Namen ausgedacht hat«, sagte ich. »Den sollte man mit Fußtritten von Moskau nach Wladiwostok jagen. Und was für ein Aufstand überhaupt? Was wollen sie?«

»Euthanasie. In Quazi verwandelt werden.«

»Kannst du wirklich keine Witze machen?« Dabei schossen mir Tausend Gedanken durch den Kopf.

In Russland waren Altenheime noch nie sehr verbreitet. Unsere Tradition sah vor, dass ältere Leute bei ihren erwachsenen Kindern lebten, ihnen halfen, die Enkel und sogar die Urenkel großzuziehen. Oder sie leben allein, sind aber trotzdem jederzeit bereit, zu ihren erwachsenen Kindern zu fahren, Piroggen zu backen, auf die Enkel aufzupassen, Reparaturen vorzunehmen, sich um den Garten zu kümmern ...

Später wünschten sie sich, möglichst schnell zu sterben, um niemandem zur Last zu fallen. Viele alte Leute sparten sich selbst von ihrer Minimalrente das Geld für ihre eigene Beerdigung zusammen, damit die Nachkommen bei ihrem Tod nicht in Schwierigkeiten gerieten. Einige legten sogar einen Vorrat an alkoholischen Getränken für den Leichenschmaus an.

Nur eines war nie üblich: sich zu Lebzeiten eine Grabstelle auszusuchen oder sich einen Sarg zu bestellen. Das entspricht mehr der europäischen Tradition – sich den Friedhof aussuchen und einen Grabstein mit Rabatt erwerben, auf dem nur noch das Datum fehlt. In Russland gilt das als schlechtes Omen.

Natürlich gab es auch bei uns immer Heime und Häuser für ältere Menschen. Einige wurden schrecklich geführt, andere sehr anständig. Aber dort lebten hauptsächlich Menschen ohne Familie, Schwerkranke, Alkoholiker und Obdachlose. Kinder, die ihren Vater oder ihre Mutter ins Altenheim brachten, galten als herzlose Scheusale.

Aber nach der Katastrophe hatte sich das grundlegend geändert.

Mit Eltern zu leben, die jeden Moment an Alterschwäche sterben können, war für viele kein Problem. Aber mit Eltern zu leben, die dich nachts womöglich annagen, ist gar nicht so einfach.

Und auch die Einstellung der Nachbarn gegenüber alleinlebenden älteren Frauen und Männern veränderte sich radikal. Ein Opa, der fluchte und sich beschwerte, wenn man sich auf dem Balkon eine Zigarette ansteckte und der Rauch zu ihm rüberwehte, war zwar unangenehm, aber kein Vergleich zu einem Alten, der sich im Treppenhaus auf dich stürzte wie ein Raubtier auf seine Beute.

Daher hatte man spezielle Armbänder mit Pulsmesser und einer SIM-Karte eingeführt, die im Todesfall Signale an die Polizei übermittelten. Aber diese Armbänder waren unzuverlässig, vor allem bei den älteren Leuten, die sie dringender als alle anderen brauchten. Denn diese vergaßen, auf den Akkustand zu achten, oder sie nahmen sie ab, um sie aufzuladen und legten sie nicht wieder an. Oder sie schoben ein Tuch unter das Band, damit es nicht scheuerte, wodurch der Sensor für die Pulsmessung gestört wurde. Einige weigerten sich sogar aus religiösen Gründen, es zu tragen – tatsächlich gibt es selbsternannte Prediger, die behaupten, dass die Welt sich im Zustand der Apokalypse befindet, das Armband ein *Zeichen des Antichristen* und daher absolut verwerflich sei. Zudem war die Technik der Armbänder noch nicht völlig ausgereift. Immer wieder kamen defekte Bänder in den Umlauf, und in etlichen Fällen erreichte das Signal die Polizei gar nicht oder viel zu spät.

Ich war mir sicher, dass die Armbänder eines Tages allgemein verpflichtend würden. Zumindest so gut wie. Und zwar nicht nur für ältere Menschen, sondern für alle. Man würde die Technologie perfektionieren und alle jungen Menschen entsprechend sensibilisieren. Ohne Armband rumzulaufen würde eines Tages peinlicher sein, als ohne Hose ins Theater zu gehen.

Was im 20.Jahrhundert die Nudisten gewesen waren, die stur auf ihrem Recht beharrt hatten, nackt herumzulaufen, das würden im 21. Jahrhundert diejenigen sein, die sich weigerten, ein Signalarmband zu tragen.

Aber im Moment herrschte in dieser Angelegenheit noch ein großes Durcheinander.

Es wurde grundsätzlich empfohlen, ein Armband zu tragen. Besonders dringend riet man es Frauen über fünfzig und Männer über fünfundvierzig sowie Menschen, die in Risikoberufen arbeiteten. Ab siebzig galt das Armband als verpflichtend – in Wirklichkeit nahmen die meisten älteren Leute es aber ab, sobald sie zu Hause waren.

Alte Leute, die bei ihren Familien lebten, wurden über Nacht meist in ihre Zimmer eingesperrt (diese neue Gewohnheit wurde sogar bereits komödiantisch im Theater und in Fernsehserien verarbeitet, etwa in Form der eingeschlossenen Oma, die nachts auf die Toilette muss und anfängt, gegen die Tür zu hämmern, woraufhin die erschrockenen Angehörigen die Polizei rufen).

Alleinlebende ältere Menschen wurden heutzutage viel aufmerksamer als früher von ihren Nachbarn beobachtet. In mancher Hinsicht hatte das ihre Lage sogar verbessert; im Zuge einer regelmäßigen Überprüfung half man ihnen dann auch, die Einkaufstaschen zu tragen oder unterhielt sich mit ihnen.

Und es gab mehr Altenheime als früher.

Amerika, wo es lange Tradition hat, den Lebensabend in einem Altenheim zu verbringen, hatten wir noch nicht eingeholt, aber die Zustände hatten sich deutlich verbessert. Inzwischen ist allen bewusst geworden, dass es sich bei einem Leben im Altenheim um eine realistische Perspektive handelt. Und auch die Klientel bestand nicht mehr wie früher ausschließlich aus einsamen Alleinstehenden und ungeliebten Verwandten. Diese neuen Bewohner bekamen regelmäßig Besuch von ihren engagierten Kindern und Enkeln, die jederzeit bereit waren, sich zu beschweren oder an die Aufsichtsbehörden zu wenden.

Trotzdem war es durchaus denkbar, dass es in manchen Heimen wegen schlechter Pflege, scheußlichem Essen oder Grobheit des Personals zu einem Aufstand der Insassen kommen konnte. Aber ein Aufstand, der die Einführung der Euthanasie zum Ziel hatte ...

»Womit drohen sie denn?«, fragte ich.

»Mit massenhaftem Selbstmord natürlich«, entgegnete Michail. »Womit sonst?«

»Auch wenn es brutal klingt, aber kann man das wirklich als Drohung bezeichnen? Warum bildet man nicht einfach einen Schutzgürtel um diese durchgedrehten alten Schachteln und Räuber und wartet ab? Beziehungsweise bittet ihre Verwandten zu kommen und mit ihren Angehörigen zu reden? Jeder Mensch kann selbst über sein Leben entscheiden. Das ist doch nicht Sache der Polizei!«

»Sie haben das Personal als Geisel genommen«, erklärte Michail. »Es gibt dort etwa zweihundert alte Menschen. Dazu an die fünfzig Angestellte, Ärzte, Krankenschwestern, Sanitäter, Pflegekräfte. Hauptsächlich Frauen. Und zwei Wachleute.«

»Ganz schön fies, diese alten Leutchen«, stimmte ich zu. »Aber wozu hat man uns hierher gerufen?«

»Kommt dir das Ganze nicht irgendwie bekannt vor?«, fragte Michail.

»Vage ...« Ich überlegte. »Aber mit dem Asyl, das war irgendwie einleuchtender. Dort gab es immerhin ein Labor. Und außerdem ist die Schlagkraft einer gigantischen Meute gut genährter Aufständischer eine völlig andere als die von ein paar frisch aufgestandenen Senioren. Was hat sie davon? Selbst wenn die alten Herrschaften alle auf einen Schlag Selbstmord begehen würden – es dauert schließlich, bis sie vollwertige, aktive Aufständische sind. Wenn die Polizei beziehungsweise das Militär schnell reagieren, dann passiert den Geiseln nichts.«

»Genau das verstehe ich auch nicht«, erklärte Michail. »Worin liegt der Sinn für Wiktoria?«

Ich seufzte.

Und stellte mir Johnny Depp vor, wie er als Jack Sparrow in Aktion trat – die graublaue Haut stand ihm übrigens richtig gut, und seine schauspielerischen Fähigkeiten hatten sich noch verbessert, seit er ein Quazi war.

Abgesehen davon, dass wohl jeder Vater wenigstens einmal im Leben mit seinem Sohn ins Kino gehen sollte, mochte ich diese endlose Piratensaga selbst ziemlich gern.

»Also ich glaube, dass die Alten von sich aus auf diese dämliche Idee gekommen sind. Das hat nichts mit Wiktoria zu tun. Die Fahrt können wir uns sparen.«

»Möglich«, stimmte Michail zu. »Allerdings weiß ich aus meinen eigenen Quellen, dass Markin mit seiner ganzen Mannschaft sofort losgestürzt ist.«

Wir schwiegen beide eine Weile.

»Soll ich anhalten?«, fragte Michail. »Wir sind noch nicht weit. Du bist schnell wieder bei deinem Sohn.«

»Nein, lieber nicht«, bekannte ich. »Wenn Markin dort ist, sollten wir uns das auch ansehen.«

Kam es mir nur so vor, oder war Michail wegen Najd eifersüchtig auf mich? Nein, es kam mir nicht nur so vor. Der alte Leichnam war doch nicht so gefühllos, wie er immer tat ...

Michail schaltete das Radio ein und fuhr auf der Suche nach einem Sender mit dem Finger über den Touch-Screen.

»Das wollte ich auch gerade tun«, murmelte ich nachdenklich.

»Was denn?« Michails Finger erstarrte.

»Das Radio einschalten!«, sagte ich.

Michail schwieg, nickte aber, während er den Blick nicht von der Straße abwandte.

Ein altes Lied erklang:

Ganz war ich und auch entzwei,
war am Leben und auch tot,
war klares Wasser und war Gift,
war grüne Traube ...

»Sag mal, ist sterben schrecklich?«, fragte ich.

»Der Quazi blickte mich an. In seinen toten Augen blitzte plötzlich beinahe etwas Lebendiges auf.

»Furchtbar schrecklich«, sagte er weich.

»Das habe ich mir gedacht«, sagte ich und atmete tief aus.

Das Heim lag nicht in der besten Gegend. Es ließ sich natürlich darüber streiten, wo es in Moskau am schönsten war, aber den Rjasanski-Prospekt hätten nur die wenigsten Leute als attraktiven Wohnort bezeichnet. Außerdem war das Heim in zwei alten Gebäuden untergebracht, die nur durch einen mickrigen kleinen Vorplatz von der Straße getrennt waren. Hier herrschten ein Mordslärm und miserable Luft.

Die Gebäude waren früher entweder Wohn- oder Krankenhäuser gewesen. Beim Umbau zum Altenheim hatte man sie durch einen gläsernen Übergang, den man auf ein Foyer gesetzt hatte, miteinander verbunden.

Das Heim war von einer Formation aus Soldaten und Sicherheitskräften in Uniform umstellt. Hinter der Absperrung drängten sich wie immer die Schaulustigen. Auf der breiten Straße verlangsamten ständig Autos die Fahrt, die Fahrer besahen sich die Plakate, die aus den Fenstern hingen. Einige zückten sogar ihre Telefone und machten Fotos.

Es waren viele Plakate. Die offenbar schon vorher angefertigt worden waren. Auf Papier, Karton und auf Laken.

Und sie waren unterschiedlich beschriftet:

Wir wollen nicht qualvoll sterben!
Lasst uns frei!
Wir haben genug gelitten!
Lasst alle Quazi werden!
Eutanasie!

Letzteres war falsch geschrieben. Aber egal.

Wir zeigten unsere Ausweise und wurden durch den Absperrungsgürtel gelassen. Dabei hatte ich ein heftiges Déjà-vu.

Offenbar genau wie Hauptmann Markin, der sich demonstrativ die vom Schlafmangel geröteten Augen rieb »Und wo ist Ihre Freundin, Simonow?«, fragte er.

»Bei der Arbeit, Markin«, antwortete ich und versuchte mich nicht über das Wort »Freundin« zu ärgern. Dann wusste er also über uns Bescheid. Na und! Das war wohl sein Job. »Sie haben doch selbst darum gebeten, dass wir Ihnen im Ernstfall helfen. Hier sind wir.«

Markin lachte trocken.

»Ich würde zu gerne wissen, wer euch Quazi immer informiert ... Wollen Sie mir das nicht verraten, Michail?«

»Ich weiß nicht, was Sie meinen«, entgegnete der Quazi und schüttelte Markin die Hand. »Was ist hier los?«

»Die grauen Räuber«, sagte Markin finster. »Und die alten Schachteln sind los.«

»Warum glauben Sie, dass Wiktoria da ihre Hände im Spiel hat?«

Markin zögerte einen Moment. Blickte sich um, ob uns jemand zuhörte.

»Sie hat mich angerufen. Auf meinem Privathandy. Die Nummer kennt niemand außer meiner Frau und den Kindern.«

»Ist das die, die auf sieben-sieben endet?«, wollte ich wissen.

»Nein, sie endet auf null-drei.«

»Sie hat also angerufen, und was dann?«, fragte Michail.
»Sie sagte, dass sie eine Überraschung für uns hat. Und wenn wir nicht aufhören, sie zu verfolgen, wird es in Moskau bald an jeder Ecke so eine Überraschung geben.«

»Vielleicht hat sie von dem Aufstand erfahren und will ihn für ihre Zwecke einsetzen«, schlug ich vor.

»Theoretisch wäre das möglich«, sagte Markin sauer. »Sie hat eine Stunde vor dem Aufstand angerufen. Zu dem Zeitpunkt war hier noch alles ganz ruhig. Ich habe mich sofort erkundigt ... und einen Mann hergeschickt, um die Lage zu überprüfen. Der rief mich von hier aus an, um mir mitzuteilen, dass alles in Ordnung sei. Und kaum war er wieder draußen, ging es los. Das war alles im Voraus geplant, die alten Leute sorgten dafür, dass das Personal im ganzen Haus verstreut war, sie klingelten aus verschiedenen Zimmern gleichzeitig, die Pfleger und Schwestern liefen los ...«

»Und die alten Leutchen haben sie gefesselt?«, fragte ich verwundert.

»Sie sind bewaffnet«, gestand Markin. »Hauptsächlich Pistolen. Ich weiß nicht, ob es sich dabei um Attrappen oder Schreckschusspistolen handelt ... Zum Glück ist es bisher nicht zu einer Schießerei gekommen. Das Personal wurde mit Klebeband gefesselt und im Gymnastikraum im Keller eingesperrt. Dann haben sie die Plakate aus den Fenstern gehängt, die Presse angerufen ...«

Das Wort »Presse« sprach Markin so hasserfüllt aus, dass ich mich als Journalist in seiner Gegenwart sicher ziemlich unwohl gefühlt hätte.

»Ist die Nachricht schon durchgesickert?«

»Im Fernsehen läuft sie zum Glück noch nicht. Da konnte ich, Gott sei Dank, das Schlimmste verhindern, wenn uns das auch einen Haufen Ärger einbringen wird. Die Chefs der Sender haben schon im Kreml angerufen. Keine Ahnung, wie lange man uns von oben decken wird. Aber im Netz – da brodelt es:

›Die verzweifelten Pensionäre, die im Heim unter menschenunwürdigen Bedingungen leben, fordern, dass man sie tötet ...‹«

»Vielleicht ist es ja wirklich so beschissen dort«, sagte ich.

Markin zuckte merkwürdig steif mit den Schultern.

»Es ist nicht beschissen!«, sagte er scharf. »Das ist ein ganz normales Heim. Keines für die oberen Zehntausend natürlich, wir sind schließlich nicht alle Millionäre. Aber bisher gab es nie Probleme. Das ist doch kein Gefängnis. Die Leute gehen raus und dürfen spazierengehen, bekommen Besuch von ihren Verwandten ... Was heißt da Verzweiflung und menschenunwürdige Bedingungen! Das ist ein ordentliches Heim mit anständigem Personal. Nein, da hat nur jemand sehr geschickt die Leute aufgehetzt.«

Michail verzog das Gesicht. Ich konnte mich nicht beherrschen und sprach aus, was mich schon eine Weile lang beschäftigte: »Sag mal, Michail, ist es möglich, dass Quazi auch Menschen lenken?«

»Unsinn«, kam Michails Antwort wie aus der Pistole geschossen.

»Bist du sicher? Wenn Wiktoria so starke Fähigkeiten hat, die Aufständischen zu lenken ...«

»Nein, nein, nein«, wiederholte Michail stur. »Du musst uns nicht noch neue Superkräfte andichten. Wir haben schon genug Ärger mit denen, über die wir tatsächlich verfügen ... Markin, ist Wiktoria da drin?«

»Wenn wir das wüssten!«

In einem der Fenster zeigte sich ein grauhaariger, aber kräftiger älterer Mann und besah sich wachsam das Treiben vorm Gebäude. Er winkte den Leuten jenseits der Absperrung zu, schrie etwas Unverständliches und machte sich daran, ein neues Transparent aufzuhängen: *#free-quazi*.

Die Menge unterstützte den Alten dabei mit vielstimmigen Rufen. Keiner von diesen Leuten kapierte, worum es eigentlich ging, aber alle waren neugierig.

»Sie berichten auf Twitter, Instagram und Facebook darüber ...«, sagte Markin bitter. »Sogar auf irgendeinem exotischen sozialen Netzwerk aus ihrer Jugendzeit. LiveJournal oder so ...«

»Was wollen sie?«, fragte Michail.

Markin hatte sich offenbar damit abgefunden, dass er sein Wissen mit uns teilen musste. Vielleicht war er auch froh, sich endlich alles von der Seele reden zu können. »Totalen Quatsch. Sie verlangen, dass die Regierung ein Gesetz über das Recht auf Euthanasie verabschiedet.«

»Na gut.« Michail nickte. »Aber warum ... bringen sie sich nicht einfach um?«

»Sie behaupten, dass sie Angst haben, es selbst zu tun oder es aus religiösen Gründen nicht dürfen.«

Auch wenn die Angelegenheit wahnsinnig und gleichzeitig tragisch war, hätte ich am liebsten laut gelacht. »Aus religiösen Gründen? Ein lebender Leichnam zu werden oder Geiseln zu nehmen widerspricht ihrem Glauben nicht, Selbstmord dagegen – klar ...«

Markin blickte mich finster an, und ich unterdrückte meinen Lachanfall.

»Können Sie den Dingen nicht einfach ihren·Lauf lassen?«, fragte Michail nachdenklich. »Allzu lange wird es bei ihnen ja nicht mehr dauern.«

»Sie behaupten, dass sie durch einen natürlichen Tod erst deutlich später zum Quazi werden und dadurch dann auch schlechtere Quazi sind.«

»Unsinn!«, sagte Michail genervt.

»Das kränkt dich.« Ich konnte mir die Bemerkung nicht verkneifen.

»Also schön, Euthanasie«, sagte Michail. »Ist das alles?«

»Nein. Sie behaupten auch, dass die Regierung verheimlicht, wie man schnell und leicht vom Aufständischen zum Quazi wird. Deshalb wollen sie, dass man ihnen Sterbehilfe leistet und sie anschließend postwendend erhöht.«

Markin und Bedrenez starrten sich an.

»Und haben sie auch gesagt, wie diese angeblich so schnelle und leichte Erhöhung aussieht?«, fragte Michail.

»Zum Glück nicht. Sie beharren allerdings darauf, dass die Behörden das vorsätzlich geheim halten.«

Ich blickte wieder zum Heim rüber. Und entdeckte wirklich Plakate, auf denen jene wunderbare Parole stand, die alle Bürger zu allen Zeiten in allen Ländern für alle Fälle parat hatten: *Schluss mit den Lügen.*

»So was von sinnlos, das Ganze«, sagte Michail.

»Bei Wiktoria sieht immer erst alles so aus«, gab Markin zu bedenken.

»Und was passiert, wenn man ihre Forderungen nicht erfüllt?«, fragte ich.

Markin zuckte mit den Schultern. »Das ist nicht ganz klar ... aber anscheinend wollen sich die Alten zusammen mit ihren Geiseln einschließen und sich gegenseitig töten. Ein Teil der Heiminsassen will mit Waffengewalt dafür sorgen, dass sie diese Aktion auch ungestört durchführen können.«

»Lange werden sie nicht dazu brauchen«, bekannte Michail. »Na, da kommt wohl nur Stürmen infrage.«

»Damit die ganze Welt erfährt, dass brutale russische Sondereinsatzkräfte hilflose alte Menschen attackieren?«, rief Markin. »Dafür machen sie mich einen Kopf kürzer! Sie werden uns alle einbuchten! Das wird ein totales Desaster!«

»Ihr Ziel«, sagte ich. »Lasst uns erst darüber nachdenken: Welches Ziel verfolgt sie?«

»Du hast recht«, stimmte Michail zu. »Clever. Und wie lautet deine Vermutung?«

Sogar in Markins Blick schien ein Hoffnungsschimmer zu blitzen, als er mich ansah.

Ich schloss die Augen, als ob mir das beim Nachdenken helfen könnte.

Und vielleicht half es sogar.

Ein Altenheim.

Eine, wie es aussah, völlig sinnlose Aktion.

Aber es gab immer einen Sinn. Es musste einen geben.

Ging es etwa wirklich darum, öffentlich zu machen, wie die Erhöhung funktionierte?

Das hätte sie leichter haben können.

Außerdem würde diese Information das Image der Quazi in den Augen der Menschen nicht gerade verbessern.

Im Gegenteil.

Ging es doch um die Lebensbedingungen der Ruheständler?

Unsinn.

Um was ging es dann?

Eine Meute alter Leute, die von irgendwem aufgehetzt wurde (von Wiktoria selbst?), forderte das Undenkbare.

Eine Meute Sicherheitskräfte kesselte sie ein, ohne zu wissen, was überhaupt vorging ...

»Wann hat sie dich angerufen?«, fragte ich. »Wladislaw?«

Er runzelte die Stirn.

»Um zehn vor eins.«

»Fünf Minuten, nachdem wir Ruslans Wohnung verlassen hatten«, sagte ich. »Also kurz nachdem ich dich angerufen hatte?«

»Praktisch unmittelbar danach.« Markin nickte.

»Hast du deine Leute losgeschickt, um die anderen Biochemiker ausfindig zu machen?«

Markin wurde vor unseren Augen kreideweiß. Sogar seine geröteten Augen verloren an Farbe. »Ich bin nicht mehr dazu gekommen«, sagte er. »Ich war gerade dabei, meinem Assistenten zu erklären, was zu tun ist, als sie auf meinem Privathandy angerufen hat.«

»Aha, dann ist doch alles klar, oder?« Ich konnte mir die scharfe Bemerkung nicht verkneifen.

»Roman!«, rief Markin scharf.

Sein Assistent, – es war der mit der Schrotflinte, den wir

schon vor dem Asyl gesehen hatten – tauchte aus dem Nichts auf. Diesmal ohne Waffe.

»Dieser Zirkel von jugendlichen Biochemikern an Tomlins Institut – du weißt schon«, sagte Markin. »Alle Mitglieder dieses Zirkels sofort festnehmen.«

»Das ist kein Zirkel«, verbesserte ich ihn.

»Das sind doch Minderjährige«, sagte der Assistent sehr vernünftig. »Die dürfen wir nur mit Haftbefehl festnehmen ...«

»Dann nimm sie in Gewahrsam! Ist mir egal, wie das heißt, Sicherheitsverwahrung oder so. Alle und zwar sofort! Den ganzen Zirkel!«

»Das ist kein Zirkel, das ist eine Forschungsgruppe«, bemerkte ich wieder.

Markin sah mich wütend an, aber dann korrigierte er sich tatsächlich: »Die ganze Scheißforschungsgruppe! Alle! Alle, die im letzten Jahr auch nur ein einziges Mal daran teilgenommen haben.«

»Dafür brauche ich mehr Leute«, sagte Roman.

»Nimm dir so viele wie nötig«, sagte Markin. »Du kannst sie alle haben! Dieses Altenheim ist nur ein Ablenkungsmanöver!«

Roman, der eben noch wie ein begriffsstutziger Holzkopf dagestanden hatte, machte sich sofort ans Werk.

Ich war mir sicher, dass er die meisten Mädchen und Jungs, die das Pech gehabt hatten, mit Tomlin zu arbeiten, innerhalb einer Stunde verhaftet oder besser gesagt in Sicherheitsverwahrung genommen hatte.

Und mir war klar, dass wir zu spät kommen würden. Dass man die entscheidenden Jugendlichen nicht mehr finden würde. Fragte sich nur, welche das waren? Und gehörte unser Gesprächspartner vom Vormittag dazu? Nach welchem Kriterium hatte man sie ausgewählt?

Und dann fiel der Groschen. »Markin ...«, sagte ich. »Ich

glaube, wir sollten die medizinischen Gegebenheiten beachten. Nimm dir als Erstes die vor, die noch keine Windpocken hatten.«

Markin sah mich an. Seine Augen waren nicht mehr rot und auch nicht weiß, sondern schwarz vor Wahnsinn, mit stark vergrößerten Pupillen.

»Tomlin hat sich nicht mit Labormäusen abgegeben«, sagte ich. »Er hat das Virus entwickelt und es in den Jugendlichen versteckt. Vielleicht sind sie schon verseucht.«

»Ansteckend«, korrigierte mich Michail sanft. »Das heißt ansteckend. Lass uns fahren, Denis. Zumindest einen davon kennen wir ja schon, um den können wir uns kümmern.«

»Halt«, sagte Markin. »Wartet. Ihr fahrt jetzt nirgendwohin, solange hier Ausnahmezustand herrscht. Ich habe gerade meine Leute weggeschickt, und wir müssen noch die Situation im Heim unter Kontrolle kriegen. Also!«

»Zum Teufel mit den Räubern ... Zum Teufel mit den alten Schachteln ...«, sagte ich.

Ich wandte mich ab und schritt auf das Heim zu.

»Wohin willst du? Was hast du vor?«, rief er mir hinterher, blieb aber, wo er war.

»Ich rette deinen Arsch«, antwortete ich und drehte mich um – Michail folgte mir bereits. »Das bringt nichts, Mischa. Das ist eine Angelegenheit für Lebende. Du bist in diesem Fall ein schlechtes Beispiel.«

Der Quazi zögerte einen Moment, dann blieb er stehen.

»Kommst du mit, Markin?«, fragte ich.

»Ich kann nicht«, sagte er entschieden. »Geh, Simonow.«

Ich trat durch die Reihe der Männer des Sondereinsatzkommandos. Sie musterten mich misstrauisch, aber Markin rief ihnen etwas zu und keiner hielt mich auf. Die alten Männer und Frauen beobachteten mich aus den Fenstern, anstatt in Deckung zu gehen. Ich winkte ihnen freundlich zu und näherte mich dem Foyer.

Wo sie mich schon erwarteten.

Und sogar die verschlossene Glastür für mich aufsperrten.

Ich hatte viele Überstunden gesammelt und beschlossen, ein paar Tage draußen in der Natur zu verbringen.

Offiziell hielt ich mich übrigens zu Hause auf. Ein Online-Spiel lief im Autoplay-Modus und jagte Raumschiffe durch das Weltall, beutete Bergwerke auf irgendwelchen Asteroiden aus und erwirtschaftete sogar etwas Geld dabei. Seltsam, aber ich hatte festgestellt, dass es bei vielen Online-Spielen die beste Strategie war, überhaupt nichts zu tun. Entweder war die Menschheit dümmer geworden oder die künstliche Intelligenz schlauer, jedenfalls blühte mein Sternen-Imperium erst im Autoplay-Modus so richtig auf.

Was mir aber mehr oder weniger egal war, da ich vor allem die Illusion erzeugen wollte, dass ich mich zu Hause aufhielt, während ich tatsächlich in den Wäldern rund um Moskau unterwegs war.

Nach einigen Regentagen war das Wetter sonnig und warm geworden. Im frühen Herbst herrschte um Moskau absolute Pilzhochsaison. Und es gab in jenem Jahr massenhaft Pilze! Ich stieß auf ganze Felder von Steinpilzen, Birkenpilzen und Rotkappen in unvorstellbaren, handelsfähigen Mengen. Und praktisch ohne Würmer.

Auch wenn es zehn Jahre nach der Katastrophe nicht mehr so viele Aufständische im Moskauer Umland gab, waren es noch genug, um die Pilzsammler abzuschrecken und die Würmer zu fressen.

Ich hatte keine Angst, mich zu verlaufen. Die Satelliten zogen noch immer ihre Kreise über uns, und mein Navigationsgerät arbeitete tadellos.

Nur mit den Aufständischen hatte ich Pech.

Endlich, gegen Mittag, als ich schon meine Wurstbrote gegessen hatte und bereits zum Autobahnring zurückkehren wollte, stieß ich auf ein Feld, über das sechs Aufständische wanderten. Sie gingen durch das hohe Gras, mal nach links, mal nach rechts. Ab und zu blieben sie stehen oder hockten sich hin.

Sie sahen aus wie Marionetten an unsichtbaren Fäden.

Ich wusste natürlich, was das bedeutete.

Ein verdammter Quazi hatte hier die Finger im Spiel. Irgendein ekelhafter Quaze machte sich über diese Aufständischen lustig. Und auch wenn ich keinerlei Sympathie für diese Scheusale empfand, war mir der Quazi, der sie benutzte, noch verhasster.

Allerdings konnte ich ihn nirgendwo sehen.

Ich hockte geduckt im Gebüsch und beobachtete die Aufständischen, wie sie sich über das Feld bewegten. Es waren ältere Frauen und Männer in zerrissener Kleidung mit Narben von längst verheilten Verletzungen am Körper. Ja, sie witterten mich, aber der Wille des Quazi hielt sie eisern im Zaum.

Wo war er nur, dieser Quazi …?

Endlich bemerkte ich, dass sich im hohen Gras etwas abseits der Aufständischen etwas regte. Vermutlich lag der Quazi im Gras und befehligte von dort aus seine Soldaten. Das Ganze war verdammt riskant: Immerhin ein halbes Dutzend Aufständischer und dazu noch ein vernunftbegabtes Scheusal, das über sie gebot.

Aber ich musste etwas unternehmen.

Ich musste den Quaze zuerst umlegen.

Und dann die Aufständischen fertigmachen.

Ich packte meine Machete fester und schlich auf die Stelle zu, wo der Quazi sich im Gras verbarg. Während er noch aufsteht, dachte ich, ihnen den Befehl gibt …

Aber der Quazi lag nicht.

Er stand mitten im Gras und beobachtete seine Abteilung, wedelte mit seiner Hand abwechselnd nach rechts und nach links. Er war vielleicht drei, vier Jahre alt. Ein Quazi-Junge, fast nackt. Nur um seinen rechten Unterschenkel wand sich wie ein Ring der Rest eines Sockens oder einer Strumpfhose. Seine graubläuliche Haut glänzte im Sonnenlicht.

Entweder war er ziemlich frisch erhöht oder schon wer weiß wie lange in diesen Wäldern unterwegs und kommandierte seine Aufständischen wie Spielzeugsoldaten herum. Was wusste er überhaupt? Was begriff er?

Der Junge drehte sich um und erblickte mich. Ein hübscher Junge mit großen Augen.

»Onkel!«, rief er aus. Und begann fröhlich zu lächeln. »Onkel!«

Er kam mir entgegen, sicher, dass ich ihn auf den Arm nehmen und von diesem seltsamen Ort fortbringen würde, fort von diesen merk-würdigen Omas und Opas und nach Hause, zur Mama.

Die aufständischen Alten blieben wie versteinert stehen und starr-ten mich aus hungrigen Augen gierig an.

Ich drehte mich um und rannte los.

»Onkel!«, rief der Junge hinter mir her. »Onkel!«

Nie im Leben bin ich so schnell gelaufen. Nicht vorher, nicht nachher.

Ich blieb auf der Schwelle stehen und besah mir die Möchte-gernterroristen.

Zwei alte Männer, jenseits der siebzig, beide nicht besonders kräftig, aber doch hochgewachsen, standen aufrecht da. Da-neben eine alte Frau, eher klein, dünn und mit knochigem Ge-sicht und messerscharfem Blick. Sofort war mir klar, dass sie hier das Sagen hatte und ich mich vor ihr mehr als vor allen anderen in Acht nehmen musste. Außerdem kam sie mir vage bekannt vor, obwohl ich mir sicher war, sie noch nie persön-lich getroffen zu haben.

»Friede sei mit euch, gute Leute!«, begrüßte ich sie. »Darf ich reinkommen?«

»Komm ruhig rein, wo du schon mal da bist«, sagte einer der Alten, dessen Kopf so glatt wie eine Billardkugel war. »Aber kei-ne Tricks.«

»Bei mir hat es sich ausgetrickst, schließlich bin ich kein jun-ger Spund mehr«, entgegnete ich.

Offenbar fanden die Alten diesen Scherz sehr gelungen. Der zweite Alte, der seine Haare noch hatte, auch wenn sie völlig ergraut waren, brach in ein bellendes Lachen aus: »Ach, kein junger Spund mehr ... Hör mal, ich bin sechsundachtzig. *Ich bin kein junger Spund mehr.*«

»Sie sehen sehr gut aus«, sagte ich aufrichtig und trat ins Foyer. »Ich hätte sie auf fünfundsiebzig, höchstens achtundsiebzig geschätzt.«

»Das ist vielleicht ein Witzbold«, sagte der erste.

Die Alte schwieg und blickte mich prüfend an.

Verdammt, sie gefiel mir überhaupt nicht. Wenn eine Frau sich in ein gesetzwidriges Vorhaben verstrickt, dann mit Haut und Haaren. Männer tun das viel öfter – meist aus Dummheit, und meistens kann man sie leicht umstimmen. Aber wenn eine Frau auf die schiefe Bahn gerät, ist es schwer, sie wieder davon abzubringen. Das gilt für Schulmädchen ebenso wie für Omas im Altenheim.

Diese hier trug einen Trainingsanzug, als ob sie damit rechnete, rennen und sich prügeln zu müssen. Was natürlich Unsinn war, sie war ebenfalls weit über siebzig. Aber an ihrem Gürtel hing ein Holster mit einer Pistole. Keine Schreckschusspistole, sondern dem Aussehen nach eine gute alte Makarow.

»Versuch nicht, uns reinzulegen, Junge«, sagte sie. »Wir sind alte Leute, unsere Knochen sind brüchig, unsere Muskeln schwach.« Sie lächelte und zeigte mir ihr vollständiges, gelbes Gebiss – offenbar noch die eigenen Zähne. »Deshalb nimm dich in Acht, wenn du uns blöd kommst, schießen wir.«

»Ich will nur reden«, sagte ich gekränkt. »Warum empfangen Sie einen Gast so unhöflich? Sie sollten mich erst mal in die Sauna schicken, dann auftischen, und anschließend können wir uns unterhalten.«

»Wirklich ein Witzbold.« Die Alte schien sich zu freuen. »Und er hat seine Märchen gelesen. Noch nie hat mich jemand so raffiniert als Hexe bezeichnet. Setz dich, dann reden wir.«

Ich setzte mich der Alten gegenüber an den Glastisch. Das Foyer sah sehr anständig aus – überall Blumen, einige große Bildschirme, auf denen stumm die Kanäle *Nostalgie* und *Rossija24* liefen. Die beiden Männer wandten ihre Aufmerksamkeit wieder dem zu, was draußen vor sich ging.

»Ich heiße Denis«, sagte ich. »Denis Simonow. Hauptmann der Moskauer Polizei. Ermittler für Todesangelegenheiten.«

Die Alte nickte:

»Berühmter Nachname ... *Ich träumte, so sprach der Tamada, ich wäre tot und doch auch nicht ...*«

Sie blickte mich erwartungsvoll an.

»*Ich sei nicht am Leben, und doch liege vor mir der letzte Weg ...*«, ergänzte ich leise die nächste Strophe des Gedichts.

»Nicht schlecht«, entgegnete die Alte. Ich konnte so etwas wie Respekt in ihrem Blick ausmachen. »Ich bin ehrlich überrascht.«

»Ein berühmter Nachname verpflichtet«, erklärte ich.

Sie lachte auf.

»Lass nur, du musst dich nicht rechtfertigen. Ich heiße Walentina. Und damit du dir keine falschen Hoffnungen machst: ich bin Oberstleutnant im Ruhestand. Ich konnte schon schießen, als du noch nicht mal geboren warst. Also lass deine Pistole stecken.«

»Oberstleutnant wo?«

»Das ist jetzt nicht so wichtig«, sagte sie ernst. »Also, warum bist du hier?«

»Um diesem Zirkus zu beenden ...« sagte ich. »Lasst die Geiseln frei.«

»Das sind keine Geiseln«, sagte Walentina und tat gekränkt. »Die Leute arbeiten hier.«

»Und dürfen einfach gehen?«

»Wer verlässt denn seinen geliebten Job vor Schichtende?«

»Um was geht es hier, Walentina?«, fragte ich. »Die offiziellen Forderungen kenne ich. Aber die sind völlig unrealistisch.«

»Glauben Sie?«, fragte die Alte neugierig.

»Man wird in diesem Land nicht die Euthanasie einführen, nur weil ein paar Terroristen das fordern. Auch dann nicht, wenn es sich dabei um einen Haufen Senioren handelt. Kein Land wird Terroristen gegenüber jemals Konzessionen machen. So wird das nichts! Und selbst wenn man es zulassen würde, was dann? Sie fordern die Erhöhung. Auf der Welt leben Milliarden von Aufständischen, die in zehn Jahren noch nicht erhöht wurden! Was soll denn das überhaupt heißen: *Schluss mit den Lügen*?«

»Wieso, glauben Sie, das stimmt nicht?«

»Sind Sie tatsächlich der Meinung, dass es eine wunderbare, magische Methode gibt, mit der ein Aufständischer schlagartig in einen Quazi verwandelt werden kann?«

Walentina lächelte ironisch.

»Das heißt, Sie wissen es.« Ich schwieg. »Alles klar.«

»Und Sie sind also auch informiert?«, fragte die Alte neugierig. »Großartig. Als ich in den Ruhestand ging, wurden die Hauptmänner der Polizei noch nicht in solche Details eingeweiht.«

»Das ist auch heute nicht anders«, sagte ich. »Es hat sich nur so ergeben. Wissen es alle hier?«

»Ich vermute, dass nur ich es weiß«, entgegnete Walentina.

»Und Sie sind ... bereit?«

Walentina beugte sich über den Tisch zu mir und flüsterte: »In meinem Testament steht, dass ich verbrannt werden will.«

»Dann verstehe ich das alles nicht«, bekannte ich. »Sie sind doch hier ... die Chefin.«

»Ich musste die Initiative ergreifen«, sagte sie. »Wenn du nicht weißt, was gespielt wird, musst du dein eigenes Spiel aufziehen.«

»Wer hat das alles angezettelt?«, fragte ich flüsternd.

»Die Heimleiterin. Jewgenija Kurizyna. Seit einer Woche führt sie mit allen Insassen Gespräche über dieses Thema.«

»Seit einer Woche?«, fragte ich. Klar, Plan B, wie es so schön heißt ... »Und Frau Kurizyna hat also alle überzeugt.«

»Problemlos. Sie ist sehr energisch und kann gut Druck machen ... Und die Leute hier vertrauen ihr.«

»Alle?«

Walentina lächelte wieder.

»Sie müssen unsere Lage hier verstehen, Hauptmann. Wir langweilen uns furchtbar und warten im Grund nur auf das Unvermeidliche. Regelmäßig werden Freunde und Bekannte ins Reservat umgesiedelt ... oder ins Krematorium gebracht. Es ist nicht schwierig, solche Menschen davon zu überzeugen, dass das Unvermeidliche und Unangenehme in Wirklichkeit vermeidlich sein kann.«

»Ihre Kurizyna arbeitet für Quazi-Extremisten«, sagte ich.

»Dieser lächerliche Aufstand ist nur ein Ablenkungsmanöver. Und das Schlimmste daran ist: es funktioniert.«

»Bedauerlich, aber so etwas hatte ich mir schon gedacht«, bekannte Walentina. »Das Einzige, was wir erreichen werden, ist mediale Aufmerksamkeit.«

»Aber um was geht es Ihnen denn? Sie sind doch eine kluge Frau, das sehe ich!«

»*Schluss mit den Lügen!*«, sagte Walentina. »Mir gefällt auch nicht, was gerade passiert, aber ich sehe darin die Chance, das eigentliche Problem ans Licht zu zerren. Die Behörden sollten endlich zugeben, was Sache ist und wie die Erhöhung zum Quazi funktioniert.«

»Hatten Sie nicht schon genug solche Spielchen, als sie noch im Dienst waren?«

»Und wenn schon.« Sie hatte keine Lust zu streiten. »Ich hätte von mir aus nichts unternommen. Aber nachdem sich nun mal die Möglichkeit ergeben hat, ist es kein Verbrechen, sie zu nutzen.«

»Sie spielen den Quazi in die Hände.«

»Glauben Sie?«

»Und Sie provozieren einen Krieg!«

»Die Wahrheit kann nicht provozieren. Die Wahrheit führt zur Gerechtigkeit. Selbst wenn sie unangenehm und grausam ist. Wie sieht es denn mit Ihnen aus, würden Sie auf dieses Wissen verzichten wollen? Würden Sie lieber vergessen, was der Preis für die Erhöhung ist? Ganz ehrlich, Hauptmann?«

»Ich würde vieles nur zu gerne vergessen wollen!«, murmelte ich.

»Sie lügen«, sagte Walentina fest. »Das Gedächtnis macht uns erst zu Menschen. Vielleicht fehlt den Aufständischen gar nicht der Verstand, vielleicht fehlt ihnen einfach nur das Gedächtnis. Und das macht sie zu Tieren ... Zu vergessen – selbst wenn es sich um schreckliche und traurige Dinge handelt, – wäre ein Schritt rückwärts. Vom Mensch zum Tier. Ich habe nicht den Eindruck, dass Sie das wirklich wollen.«

»Besten Dank«, sagte ich.

»Die Quazi spielen ihr eigenes Spiel«, sagte Walentina ruhig. »Und unsere wunderbare Leiterin arbeitet für sie. Aber manchmal fallen die eigenen Interessen eben mit denen des Gegners zusammen. Es wird ein großes Geschrei geben, es folgen intensive Nachforschungen, die Journalisten werden recherchieren. Und die Leute werden endlich wissen wollen, worin das Geheimnis der Erhöhung besteht. Es ist Zeit, dass die Wahrheit ans Licht kommt!«

»Damit das Chaos ausbricht.«

»Ordnung wird immer im Chaos geboren.«

»Aber man wird Ihre Forderungen nicht erfüllen!«, sagte ich verzweifelt.

»Natürlich nicht!« Walentina nickte. »Ich glaube, das begreifen hier die meisten. Vermutlich fast alle. Aber wir wollen die Aufmerksamkeit auf uns und auf die Probleme lenken, die uns betreffen. Die, das können Sie mir glauben, auch Sie bald betreffen werden! Eine Existenz jenseits der Grenzen des menschlichen Lebens – soll man die annehmen oder zurückweisen? Frieden mit den Quazi, denn sie stammen von uns ab und sind unsere Zukunft? Oder Krieg, denn sie haben das menschliche Leben, wie wir es kennen, zur Farce gemacht? Die Menschheit wäre beinahe untergegangen, aber kaum hatte sie sich gerettet, fing sie an, ihre Probleme zu vertuschen und so zu tun, als könnte sie ihr altes normales Leben führen. So geht das nicht.

Es ist an der Zeit, etwas zu ändern. In diesem Sinn sind wir mit den Quazi einer Meinung.«

Ich spürte plötzlich Blicke auf mir und drehte mich um. Die beiden Alten standen angespannt hinter uns und lauschten unserem Gespräch.

Sie teilten offenbar Walentinas Ansicht.

»Aber Sie begreifen nicht, was hier passiert«, sagte ich schon beinahe resigniert. »Was soll ich denn mit Ihnen tun? Sie kapieren einfach nicht, was Sie da anrichten! Okay, ich bin auch der Meinung, dass die Menschen die Wahrheit erfahren sollten. Und unser Verhältnis zu den Quazi muss sich ändern. Das ist alles richtig! Aber doch nicht so! Nicht mit diesem dämlichen Aufstand! Sie tun sich damit keinen Gefallen, und ganz sicher auch nicht der Mehrheit der Quazi. Sie helfen den Extremisten, die die ganze Menschheit ausrotten wollen!«

»Die Quazi können so etwas nicht wollen«, sagte Walentina. »Ohne uns sind sie nichts. Das wäre das Ende der Evolution. Sie können sich schließlich nicht vermehren.«

»Sie werden diejenigen großziehen, die sich später noch vermehren können.«

»Ahh ...« Walentina kniff die Augen zusammen. »Ich ahne, was Sie meinen. Aber das ist nicht realistisch.«

»Mit einer biologischen Waffe schon.«

»Klar.« Walentina nickte. »Aber so eine haben wir doch auch schon längst entwickelt, darum ging es doch vom ersten Moment an, sobald die Quazi aufgetaucht waren. Aber das würde zu einem Krieg mit vollständiger gegenseitiger Vernichtung führen. Und dazu wird sich keine Seite hinreißen lassen.«

»Das weiß ich nicht«, sagte ich. »Ich weiß nicht, was die Quazi wirklich wollen. Ich weiß nicht, mit was sie rechnen. Aber eines weiß ich sicher: In der Minute, als eine Spezialeinheit hier aufgetaucht ist, hat eine wahnsinnige Quazi einen Jungen entführt. Eine wandelnde biologische Bombe, die ein ansteckendes Virus in sich trägt.«

Walentina zuckte zusammen.

»Das ist die Wahrheit«, sagte ich. »Ich lüge nicht. Haben Sie Kinder?«

»Einen Sohn.« Sie grinste schief. »Wir verstehen uns nicht besonders, sonst wäre ich ja nicht hier.«

»Können Sie sich vorstellen, dass man in diesem Augenblick einer Mutter ihren Sohn oder ihre Tochter wegnimmt? Keine Ahnung, wie man einem Menschen ein Virus entnimmt, vielleicht indem man ihn durch den Fleischwolf dreht …«

»Tragen Sie nicht so dick auf, Hauptmann«, sagte Walentina. »Ich glaube, Sie machen aus einer Mücke einen Elefanten.«

»Ganz und gar nicht«, rief ich. »Wollen Sie die Wahrheit? Bitte: Damit die Menschheit die Wahrheit erfährt, muss möglicherweise ein Jugendlicher sterben. Oder muss er sterben, weil hier allen so öde ist? Weil alle es satt haben, Serien zu glotzen und Patience zu spielen? Graue Räuber, alte Schachteln! Worum geht es? Einerseits wollt ihr keine Menschen mehr sein, andererseits habt ihr Angst, Quazi zu werden!«

»Schreien Sie hier nicht so hysterisch herum!« Walentina hob ihre Stimme. »Sie benehmen sich ja wie ein altes Weib …«

Aber ihre Stimme zitterte ein wenig … allerdings nicht, weil ihr plötzlich Zweifel kamen, sondern weil ihr die Situation unangenehm war. Wie wenn man zwar ganz anderer Meinung ist als der Gesprächspartner, aber doch begreift, dass dieser voll und ganz hinter seinen Argumenten steht.

»Ich wollte heute mit meinem Sohn ins Kino gehen«, sagte ich resigniert. »Zum ersten Mal wollte ich mit meinem elfjährigen Sohn ins Kino.«

»Ist ja toll«, sagte Walentina. »Und ich dachte, ich wäre eine schlechte Mutter.«

»Er ging während der Katastrophe verloren. Ich habe ihn erst vor zwei Tagen wiedergefunden. Und wegen Ihrem verdammten Aufstand habe ich es nicht ins Kino geschafft …«

»Guter Film?«, fragte der glatzköpfige Alte.

»Keine Ahnung, ich hab ihn ja nicht gesehen.«

Der Alte nickte. »Weißt du, Walja«, sagte er, »vielleicht sollten wir das Ganze wirklich aufgeben. Die Medien sind ja schon da, alle haben uns gesehen. Draußen laufen massenhaft Journalisten herum.«

»Und im Internet wird das Ganze auch diskutiert«, ergänzte der Grauhaarige und hielt sein altes Smartphone hoch. »Wir haben doch unser Ziel längst erreicht. Und Geiseln zu nehmen ist einfach kein schöner Zug.«

»Na ja, also die Köche, die würde ich schon gern noch ein, zwei Wochen bei Brot und Wasser hier einsperren«, sagte der Glatzkopf schadenfroh. »Das würde ihnen nicht schaden.«

Walentina überlegte. Ich wartete.

»Was geht hier vor?«

Ich drehte mich um. Aus dem Durchgang zu einem der Gebäude war eine etwa fünfzigjährige Frau ins Foyer getreten. Das musste Jewgenija Kurizyna sein. Etwas füllig, dabei aber sehr vital und energisch, mit roten Haaren und blauen Augen. Als junge Frau vermutlich eine Schönheit. Obwohl ich für die Echtheit ihrer Augen- und Haarfarbe nicht meine Hand ins Feuer gelegt hätte. Außerdem waren an ihrem Gesicht die Spuren intensiver chirurgischer Bearbeitung wahrzunehmen. Die Leiterin dieses völlig durchschnittlichen Altersheims trug ein teures, völlig deplatziertes Abendkleid. An ihrem Ellbogen hing ein kleines, glänzendes Abendhandtäschchen, das zwar auch kostspielig und hübsch war, aber überhaupt nicht zum Kleid passte. Die Frau hatte offenbar einen katastrophalen Geschmack. Neben ihr ging ein Mann in der Uniform eines Wachmanns mit einer Pistole in der Hand. Er ließ die Waffe baumeln, aber ich war mir sicher, dass er sie bei Bedarf ruckzuck in Schussposition bringen konnte.

Alles klar.

Also hatten sie nicht das gesamte Personal als Geiseln genommen.

Einige waren auch mit Wiktoria im Bunde. Keine Ahnung, was man ihnen dafür versprochen hatte – zügige Erhöhung, eine Wohnung auf der Wasili-Insel in Piter oder einen Orden für Verdienste um die Quazi. Aber diese Leute waren der Motor des Aufstands. Die Alten dagegen ... Kanonenfutter.

Genau wie bei jeder anderen stinknormalen Revolution.

»Wir müssen Schluss machen, Schenja«, sagte Walentina. »Es reicht. Das Spiel ist vorbei. Wir haben ohnehin schon Himmel und Hölle in Bewegung gesetzt.«

Jewgenja Kurizyna starrte mich hasserfüllt an. »Wer ist das? Was hat dieser schmierige Bulle hier verloren? Warum habt ihr ihn reingelassen? Schneidet ihm die Ohren ab und dann raus damit!«

Ich zuckte angesichts dieses heftigen Gefühlsausbruchs und der gewalttätigen Ausdrucksweise zusammen und hob eilig die Hände:

»Verzeihung! Und womit genau raus? Mit den abgeschnittenen Ohren oder mit mir?«

»Ein Witzbold«, sagte die Kurizyna verächtlich. »Ein Polizist mit Köpfchen ... Walja, Igor, Wlad, ich bin enttäuscht von euch!«

Zu meiner Überraschung wirkten die alten Männer sichtlich bedrückt. Wie hatte diese vulgäre, hysterische Person die Stelle einer Heimleitung bekommen? Und wieso hatte sie solchen Einfluss auf die Leute? Für mich war das ein Rätsel.

Vielleicht konnte sie ja auch anders. Vielleicht war sie einfach aufgeputscht vom Adrenalin, erfasst von einer aggressiven Form der Hysterie?

»Kommen Sie, Jewgenija. Lassen Sie uns wie vernünftige Menschen miteinander reden«, sagte ich. »Ich ahne, was Wiktoria Ihnen versprochen hat. Aber ganz so einfach ist es nicht.«

Die Kurizyna kniff die Augen zusammen.

»Lasst uns allein«, teilte sie den Alten mit. »Das ist ein vertrauliches Gespräch.«

Walentina erhob sich widerspruchslos und verschwand. Ebenso die beiden alten Männer. Jewgenija ließ sich mir gegenüber nieder und blickte mich von oben herab an.

»Was sollst du ausrichten?«, fragte sie.

Ich blickte den Wachmann an.

»Der gehört zu mir«, sagte sie lässig. »Los, sprich.«

»Mich hat niemand geschickt«, sagte ich. »Ich versuche einfach nur, diese Situation so gut wie möglich zu entschärfen. Wiktoria hat Ihnen offenbar eine schnelle Erhöhung und einen einflussreichen Posten in der Quazi-Regierung versprochen?«

»Vielleicht«, sagte Jewgenija und zeichnete mit dem Finger Muster auf die Tischplatte.

»Sie wissen ja nicht, was der Preis für die Erhöhung ist ...«

Jewgenija lachte lauthals los. »Ich weiß das nicht? Du bist ein Idiot, Bulle.«

»Sie wissen, was genau passiert, und das macht Ihnen nichts aus?«, fragte ich.

Die Kurizyna schnaubte. »Warum sollte mir das etwas ausmachen? Es gibt hochintelligente Menschen mit wunderbarem Geist und Körper, die die Erhöhung verdienen. Den Übergang zur nächsten Stufe der Evolution. Andere dagegen sind nur Biomaterial in menschlicher Form. Worin besteht der Unterschied, ob dieses Material noch vor seiner Geburt zu einer Stammzellen-Injektion verarbeitet wird, in seiner sinnlosen Jugend als Organspender dient oder – wie es es jetzt bald der Fall sein wird – zur Erhöhung der Elite verwendet wird? Besser als auf diese Weise kann man dieses sinnlose Leben doch gar nicht nutzen.«

»Sie sehen das also ideologisch ...« Ich war angewidert.

»Ja!«

»Eine Menschenfresserin mit Idealen«, sagte ich. »Eine Sozialdarwinistin. Naja, egal. Ich hoffe, Ihnen ist klar, dass man Sie trotzdem festnehmen wird? So oder so. Mit Blutvergießen oder ohne. Und auch die Tatsache, dass Sie für Quazi-Extremisten arbeiten, wird Konsequenzen haben.«

Die Kurizyna lachte wieder los. »Das ist mir völlig egal. Sie sind ein unglaublich dämlicher junger Mann. Wie können Sie sich nur so an eine untergehenden Weltordnung klammern, an diese verfaulte menschliche Herrschaft? Na gut, dann werde ich eben verhaftet, erschossen, von mir aus. Anschließend werde ich sowieso aufstehen. Am Ende gewinne ich damit nur Zeit. In ein paar Tagen werden alle Erwachsenen auf dem Planeten Erde sterben. Und ich werde erhöht werden.«

Ihr Wachmann schnaufte. »Genau wie alle, die mich jetzt unterstützen«, ergänzte die Heimleiterin widerwillig. »Das haben die Quazi versprochen. Und Quazi lügen nicht.«

In ihren Augen las ich aufrichtige Überzeugung. Und so gut wie keinen Wahnsinn. Nur ein Fünkchen.

»Und es ist Ihnen auch egal, dass Sie auf … Kosten von Kindern erhöht werden?«

»Sparen Sie sich das Pathos, junger Mann!« Die Kurizyna hatte die Stimme erhoben. »Das ist doch völlig gleichgültig!«

»Sie sind wirklich das personifizierte Böse«, sagte ich fassungslos. »Sie sind gar kein Mensch.«

Ich blickte den Wachmann an. Ein ganz gewöhnlicher, kräftiger junger Mann mit kurzen Haaren und glattrasiertem Kinn.

»Sie haben doch gehört, was sie eben gesagt hat«, sagte ich. »Ihre Arbeitgeberin ist wahnsinnig geworden. Ist Ihnen klar, was sie vorhat? Wenn Sie da mitmachen, werden Sie sich das nie mehr verzeihen können. Nicht mal nach Ihrem Tod.«

Bisher hatte der Mann nicht einmal den Mund aufgemacht, praktisch nicht auf das Gespräch reagiert.

Aber er war nicht stumm. Jetzt fing er plötzlich an zu sprechen: »Die Welt verändert sich, Polizist. Wir müssen uns anpassen.«

»Wirf ihn raus«, befahl die Kurizyna. »Schieß ihm in den Bauch und in die Beine, damit er auf der Schwelle liegen bleibt und schreit.«

»Und wenn sie zurückschießen?«, sagte der Wachmann besorgt.

»Dann verpass ihm an der Tür einen Stoß, und wenn er losläuft, jagst du ihm ein paar Kugeln in den Rücken und gehst wieder in Deckung«, sagte die Frau so triumphierend, als ob dieser Einfall überaus genial sei. »Auf die Weise erwischen sie dich nicht. Und wenn doch, wirst du erhöht werden. Das garantiere ich dir.«

»Steh auf«, befahl der Wachmann, trat auf mich zu und fasste mich mit einem Zangengriff an der Schulter. Er zog meine Pistole aus dem Holster, überprüfte die Sicherung und schob sie sich hinten in den Gürtel. »Mach keinen Blödsinn, sonst wird es nur noch schlimmer für dich.«

»Ich kann mir kaum etwas Schlimmeres vorstellen ...«, sagte ich und stand gehorsam auf.

Der Wachmann führte mich zur Tür, stieß mir auffordernd den Pistolenlauf in den Rücken und ging einigermaßen geschickt hinter mir in Deckung. »Wenn du dich nicht wehrst, schieße ich dir nur in die Beine«, sagte er leise. »Besser, als wenn ich eine Kugel in deinem Rückenmark versenke, verstehst du?«

»Sterben muss ich sowieso«, sagte ich und verlangsamte meinen Schritt ein wenig, damit sich seine Pistole in meinen Rücken bohrte.

Das fühlte sich nicht gerade angenehm an.

Aber dafür bekam man ein Gefühl, wo genau sich die Waffe befand. Ein echter Profi hätte so etwas natürlich niemals zugelassen.

Aber mein Begleiter war zum Glück kein echter Profi, sondern tat nur so. »Sag das nicht, Mann«, widersprach der Wachmann zu meiner Überraschung. »Es macht ja wohl einen Unterschied, wie man seine letzten Tage verbringt. ...«

Es gibt nichts Blöderes, als mit jemandem, den du töten oder verletzen willst, ein Gespräch anzufangen. Aber nicht wegen dem »zwischenmenschlichen Kontakt«, den die Romanautoren so gerne heraufbeschwören. Okay, wenn dir dein Opfer sympathisch ist, fällt es schwerer, es zu töten ...

Aber wer töten will, der zögert nicht.

Aber ein Gespräch lenkt ab.

Jedes Gespräch.

Vor allem ein Streit.

Ich tauchte abrupt nach links und von der Pistolenmündung weg, packte mit der linken Hand das Handgelenk des Wachmanns, drückte es zur Seite und knallte ihm meine Rechte in den Kehlkopf.

Immerhin schoss er nicht ins Leere, und auch den Schlag auf die Kehle steckte er mit einem heiseren Husten weg. Wir kämpften einige Sekunden. Während ich seine rechte Hand mit beiden Händen hoch hielt, drosch er mit der linken auf mich ein. Wir befanden uns im Clinch.

Obwohl der Wachmann etwa meine Größe und Statur hatte, war er deutlich stärker. Die Alten, die ins Foyer zurückgekehrt waren, standen schockstarr um uns herum. Offenbar hatten sie nicht eine Sekunde damit gerechnet, dass es zu einem echten Kampf kommen könnte. Die Kurizyna schrie gellend. Ich verstand nur Bruchstücke von Befehlen, mir die Augen auszustechen, die Arme, Beine und Genitalien abzureißen, heftige Flüche sowie die an den Wachmann gerichtete Drohung, dass er nicht erhöht werden würde.

Ehrlich gesagt, ärgerte mich das am meisten – mehr noch als die Mordlust, die jetzt in den Augen des Wachmanns erschien.

Abrupt löste ich meine rechte Hand von seinem Handgelenk, und während der Wachmann die Hand mit der Pistole allmählich herunterdrückte, um auf mich zu zielen, zog ich meine Machete.

Eine Blankwaffe gehörte heutzutage so sehr zur Grundausstattung eines jeden Operativen, insbesondere, wenn er mit Aufständischen zu tun hatte, dass niemand mehr groß darauf achtete.

Eine Machete, ein großes Messer, ein Beil ... Ich kannte einen jungen Kerl, der mit dem Kavalleriesäbel seines Urgroßvaters herumlief. Allerdings hatte er diesen so umgeschmiedet und geschliffen, dass er eher an eine fernöstliche Klinge erinnerte ...

Eine Machete ist für die Aufständischen gedacht. Gegen Menschen wird sie nicht eingesetzt.

Diese Haltung schien allen in Fleisch und Blut übergegangen zu sein, sogar Terroristen und Kriminellen.

Deshalb machte es gewaltigen Eindruck, als ich kurz mit der Machete ausholte und dem Wachmann den rechten Arm am Ellenbogen abtrennte.

Er begann zu jaulen, tanzte auf der Stelle und schüttelte den Stumpf, aus dem Blut quoll. Ich stand mit der Machete in der rechten Hand einfach da. In der linken hielt ich den abgehackten Unterarm am Handgelenk. Die Finger des Wachmanns hielten noch immer die Pistole umfasst, führten heroisch den letzten vom Gehirn verschickten Befehl aus.

Die Kurizyna kreischte noch lauter, obwohl mir das völlig unmöglich erschien.

»Du hast recht. Es macht vermutlich schon einen Unterschied, wie man seine letzten Tage verbringt«, sagte ich zu dem Wachmann, wobei ich mich wie eine Filmfigur aus den Siebzigerjahren des 20. Jahrhunderts fühlte.

Dann trat ich dem Wachmann mit aller Kraft in den Bauch.

Er ging zu Boden, richtete sich wieder auf, begann auf den Knien über den Asphalt zu rutschen, hielt sich den Stumpf mit der heilen Hand und schrie: »Verbindet mich! Verbindet mich, ihr Schweine! So helft mir doch!«

»Kommt schon noch!« sagte ich. »Das war nur ein Schlag auf den Arm, nicht auf den Kopf.«

... Ach ja, fast hätte ich es vergessen: Den Jungen mit dem geschliffenen Säbel nannten sie im Revier alle nur Aragorn ...

Die Kurizyna hörte endlich auf zu kreischen und erhob sich.

Ihr Blick war voller Hass. Sie streckte ihre Hand aus und stach mir mit dem Zeigefinger in die Brust.

»Sie! Sie sind ein elender Penner, ein widerwärtiger Bulle, ein Bauer, Geizkragen und Scheißkommunist!«

Keine Ahnung, warum sie mich plötzlich siezte. Jedenfalls spürte sie wohl den Drang, mich mit allen in ihren Augen hassenswerten Menschen gleichzusetzen. Warum dazu auch die Kommunisten gehörten, war mir ein Rätsel.

»Glauben Sie, Sie können den Fortschritt aufhalten? Die Freiheit aufhalten?«, schrie sie, als wäre sie auf einer Kundgebung. »Glauben Sie, Sie können die Elite der Menschheit zwingen, diese Schufterei und diesen grauen Alltag noch weiter zu ertragen? Sie haben doch längst verloren! Am Ende werden Sie krepieren, und ich werde jung und schön bleiben und ewig leben! Sie werden krepieren, dieses elende alte Pack hier wird krepieren und du, du Idiot, wirst auch krepieren!« Letzteres bezog sich auf den heulenden Wachmann.

Es war eigentlich zum Lachen, aber während sie herumschrie, öffnete die Kurizyna ihr Täschchen und zog eine Pistole raus. Irgendeine mir unbekannte, nicht sehr große, wohlproportionierte, beinahe elegante Schusswaffe.

Natürlich trug eine derartig selbstverliebte Frau keine einfache Makarow, auch keine Makarow der neuen Generation oder eine banale Beretta. Sie bevorzugte etwas Kleines, Mattschwarzes, Raubtierhaftes und Hochgefährliches.

»Fahr zur Hölle!«, kreischte sie und zielte auf mich.

Zwei Schüsse krachten direkt hintereinander los. Hintereinander, nicht gleichzeitig, denn die Kurizyna kam nicht mehr dazu, abzudrücken.

Walentina, Oberstleutnant im Ruhestand, hatte geschossen.

Die Heimleiterin brach vor unseren Augen zusammen. Der einarmige Wachmann hörte auf zu schreien – offenbar brachte ihn der Tod seiner Chefin und vor allem die Art, wie sie gestorben war, dazu seine Lage zu überdenken.

»Ich bin alt«, sagte Walentina. »Ich habe auf die Arme gezielt und den Kopf getroffen.«

»Das stimmt«, sagte ich. »Gleich zweimal daneben.«

Der Kopf der Vertreterin der aufstrebenden Elite war mehr oder weniger zerfetzt.

Seltsamerweise würde sie trotzdem aufstehen. Der tote Körper kann fast jede Wunde wieder schließen.

Aber mit der Erhöhung würde es sicher nichts werden. Aufständische mit starken Kopfverletzungen können keine Quazi werden. Sie sind auch nicht aggressiv, normalerweise sitzen sie einfach nur so da oder kriechen ohne Eile über den Boden und fangen ihre primitive Beute, Käfer und Würmer. Immerhin ein kleiner Trost für die Hinterbliebenen.

»Aber total daneben«, sagte Walentina. »Erstaunlich.« Sie blickte die beiden Alten an. Der Glatzkopf hatte die Hand ans Herz gelegt, der Grauhaarige wirkte etwas mutiger. »Jungs, zieht los und befreit die Eingeschlossen. Sie sind bestimmt noch ganz sediert vom Validol. Und gebt unseren Leuten Bescheid: Das Spiel ist aus ...«

Sie trat zu dem Wachmann, der am Boden in sich zusammengesunken war und zog meine Pistole aus seinem Hosenbund. Sie reichte sie mir, dann zog sie dem Mann den Gürtel aus der Jeans.

»Soll ich helfen?«, fragte ich.

Walentina winkte ab. »Geh du mit deinem Sohn ins Kino. Wer hat da draußen das Kommando? Markin?«

»Ja«, ich nickte. »Hauptmann Markin.«

»Ha ... Hauptmann! Sag Slawik, er soll reinkommen.«

Ich musste ihn nicht groß überreden. Als ich das zum Schlachtfeld mutierte Foyer verließ, kam mir Markin bereits entgegen. Er hatte hinter der Absperrung bereitgestanden – und plötzlich begriff ich, warum mir das Gesicht der Frau Oberstleutnant im Ruhestand so vertraut gewesen war.

»Slawik!«, rief ich ihm zu. »Du sollst zu Mama kommen!«

Markin warf mir einen genervten Blick zu und eilte an mir vorbei ins Heim.

Ich trat zu Michail, der in einiger Entfernung gewartet hatte.

Das Leben geht weiter. Zwar nicht für alle, aber so ist das Leben nun mal.

Elftes Kapitel

Windpocken und Telefon

Frau Prikulina, genauer gesagt Anna Romanowna Prikulina, siebenundvierzig Jahre alt, Hausfrau und frühere Mitarbeiterin eines Tourismusunternehmens, saß in ihrer Küche und weinte heftig.

Michail saß ihr gegenüber und wartete geduldig. Ich dagegen hatte mich erhoben, um mir die Wohnung genauer anzuschauen. Unter anderem warf ich einen Blick in das Zimmer der Tochter, Mila, einer Neuntklässlerin von sechzehn Jahren, die regelmäßig Professor Tomlins Biochemische Forschungsgruppe für den wissenschaftlichen Nachwuchs besucht hatte. Mehrere Mitarbeiter Markins mit Notebooks machten sich hier zu schaffen. Ich kehrte in die Küche zurück.

»Milotschka ist eigentlich immer so bescheiden! Und so gut erzogen!«, brachte Anna Romanowna schluchzend hervor. »Sie hat sich auch nie mit Jungs abgegeben. Sondern sich immer nur um die Schule oder ihre Freundinnen gekümmert ...«

»Weinen Sie nicht, Anna Romanowna«, sagte Michail, immer noch geduldig. »Vielleicht ist ja gar nichts passiert. Wo könnte Sie denn aufgehalten worden sein?«

»In der Bibliothek?«, schlug Anna Romanowna verzweifelt vor. Sie nahm das Handy vom Küchentisch und drückte die Wahlwiederholung, um noch einmal ihre Tochter anzurufen. Dann brach sie erneut in Tränen aus. Niemand ging ran.

Man hatte alle Nachwuchsforscher aus Tomlins Abteilung festgesetzt, oder besser gesagt in Schutzverwahrung genommen. Wie man es eben nennen wollte. Alle außer Mila Prikulina und Ruslan Fajsulin, den wir ja bereits kennengelernt hatten. Sie waren nicht zu Hause und auch telefonisch nicht zu erreichen.

Von den elf Junior-Wissenschaftlern hatten nur drei als Kind keine Windpocken gehabt. Einen dieser drei potenziellen Virusträger hatte man isolieren können. Wo, wusste ich glücklicherweise nicht. Vermutlich in den Räumlichkeiten irgendeiner staatlichen Einrichtung für biologischen Strahlenschutz.

Übrigens hatte man auch alle übrigen Jugendlichen aus Tomlins Forschungsgruppe vorsorglich unter Quarantäne gestellt.

Nur bei Mila und Ruslan waren wir zu spät gekommen.

»Könnte sie bei irgendwelchen Verwandten sein?«, fragte Michail weiter. »Oma, Opa?«

Anna Romanowna winkte ab:

»Nein, die sind alle … Aufständische … Sie hat noch einen Onkel, Pawlik … Aber wir sind nur um sieben Ecken verwandt. Mila weiß nicht mal, wo er wohnt …«

Michail notierte Onkel Pawliks Adresse und übergab sie ohne großen Enthusiasmus einem von Markins Leuten zur Überprüfung.

Wir hörten weiter zu, was Anna Romanowna über Mila erzählte. Sie klang ganz nach einem kränklichen Mädchen, das davon träumte, Wissenschaftlerin zu werden, immer Mama und Papa gehorchte und keinerlei Makel hatte. Außer eben, dass sie körperlich labil war, schnell krank wurde …

»Und sie hatte keine Windpocken?«, fragte ich für alle Fälle.

»Wieso keine Windpocken? Natürlich hatte sie die«, sagte Anna Romanowna aufgebracht.

Michail und ich blickten uns an.

»Sicher? In ihrem Krankenblatt ist das nicht vermerkt«, erklärte ich.

»Ja, weil sie das selbst nicht mehr weiß«, sagte die Frau, während sie sich die Tränen mit einem Papiertaschentuch wegwischte. »Sie war drei Jahre alt, als der Nachbarsjunge die Windpocken bekam. Ich bin extra mit ihr zum Spielen rübergegangen, damit sie sie auch kriegt. Bei Kindern verläuft die Krankheit ja nicht schwer, aber bei Erwachsenen ...«

Was passierte, wenn Tomlin das Virus einem Mädchen mit Immunität gespritzt hatte? Würde sie erkranken? ... Oder würde sie sterben?

Was hatte er überhaupt vorgehabt? Dass die infizierten Kinder die Seuche übertragen und selbst daran sterben würden? Schließlich waren sie körperlich schon so gut wie erwachsen, Ruslan maß fast zwei Meter ...

»Schade, dass wir nicht in Tomlins Kopf gucken können«, sagte ich.

»Meinen Sie Professor Tomlin?«, fragte die Mutter angespannt. »Was hat er damit ...? Oh Gott! Hat er meine kleine Mila entehrt? Hat er sie entführt? Vergewaltigt?«

»Nein, überhaupt nicht! Der Mann ist längst tot, und zwar für immer.« Wenigstens dagegen konnte ich den Verstorbenen in Schutz nehmen. »Wir haben nur den Verdacht, dass Ihre Tochter sich im Institut mit Windpocken angesteckt haben könnte.«

Anna Romanowna blickte mich misstrauisch an und schüttelte den Kopf:

»Nein, wie ich schon sagte, sie hatte die Windpocken bereits ...«

Ein Mitarbeiter der Staatssicherheit kam aus dem Zimmer des Mädchens und reichte mir schweigend sein Handy.

»Denis«, sagte Markin.

»Wladislaw«, antwortete ich.

»Wir haben alle eine Leiche im Keller.«

»Aha«, sagte ich.

»Wenn man versehentlich auf die eines anderen stößt, sollte man das möglichst schnell wieder vergessen.«

»Ich hatte nicht die Absicht, in fremden Kellern zu suchen«, sagte ich.

Markin schwieg einen Moment. »Das sind Famlienangelegenheiten«, sagte er mit etwas weicherer Stimme. »Und ich hatte keine andere Wahl. Es liegt an ihrem Charakter.«

»Ich verstehe«, sagte ich. »Besser gesagt, nein, ich verstehe kein Wort. Wovon sprichst du?«

»Egal«, sagte Markin. »Ihr braucht euch keine Umstände zu machen. Es sieht aus, als hätten wir Mila gefunden.«

»Wo?«, fragte ich schnell. »Wie?«

»Ihr Telefon war ausgeschaltet, aber das macht nichts«, sagte Markin vage. »Sie ist nicht weit entfernt. Ich schätze, in einer halben Stunde klärt sich alles. Ihr werdet hier nicht gebraucht. Wartet in der Wohnung der Mutter.«

Ich reichte dem Staatssicherheitsmann das Telefon zurück und nickte Michail zu. Der offenbar alles verstanden hatte.

Uns blieb nichts weiter übrig als zu warten.

Der Imbiss namens *Schaschlik-Maschlik* war alles andere als gemütlich. Es roch nach verbranntem Fleisch und auch der Koch vor dem elektrischen Grill wirkte unmotiviert und flößte wenig Vertrauen ein.

Daher bestellte ich genau wie Michail gegrilltes Gemüse.

Erstaunlicherweise hindert ihr ausgeprägter Vegetarismus die Quazi überhaupt nicht daran, tierische Lebensmittel wahrzunehmen.

»Du wirst ein Quazi«, bemerkte Michail.

»He, lass die Scherze«, brummte ich. »Auch wenn es so aussieht, nein, nein, ich werde kein Quazi. Ich gewöhne mich nur schon mal an die Zukunft.«

Michail schenkte uns Mineralwasser ein. »Jedenfalls bin ich froh, dass dem Mädchen nichts passiert ist«, sagte ich.

»Ich auch«, entgegnete ich nicht sonderlich überzeugt.

Tatsächlich war der unauffälligen Mila nichts geschehen. Obwohl sie ganz sicher nicht glücklich darüber gewesen war, als die Männer von Markins Spezialeinheit gleichzeitig Türen und Fenster einschlugen und die Wohnung ihres Klassenkameraden stürmten, in der man ihr Handy geortet hatte.

Auch besagter Klassenkamerad, Schenja, war ziemlich sicher nicht glücklich darüber. Vermutlich hätte auch seine Mutter ihn als höchst bescheidenen und fleißigen Jungen beschrieben, der sich kein bisschen für Mädchen interessierte. Ich konnte nur hoffen, dass ihn der heutige Vorfall nicht für den Rest seines Lebens impotent gemacht hatte. Ein junger Kerl mit brodelnden Hormonen wird diese peinliche Situation – zehn derbe Kerle in schusssicheren Westen und Sturmhauben, die unmittelbar vorm Höhepunkt ihre Gewehrläufe auf ihn richten – ja wohl wegstecken können ...

Offenbar hatte Tomlin herausgefunden, dass Mila sehr wohl die Windpocken gehabt hatte, und ihr das Virus nicht verabreicht. Von elf Juniorforschern hatten neun die juckenden Bläschen in der Kindheit bekommen. Nur Ruslan und noch ein Junge mit dem selten patriotischen Namen Puliron – den man in Sotschi, wohin er zu einem Schachturnier gereist war, aufgestöbert und festgenommen hatte – waren verschont geblieben. Ob der junge Puliron nun infiziert war oder nicht, hatte man vorläufig nicht klären können, aber zumindest war er offensichtlich noch nicht ansteckend.

»Was können wir jetzt noch tun?«, fragte ich.

Michail zuckte die Schultern. »Ich habe alle meine Kontakte ausgeschöpft. Hast du noch eine Idee?«

Ich schüttelte den Kopf.

Obwohl, eine Idee hatte ich noch. Die sich hartnäckig in meinem Kopf hielt, seit ich Wiktoria in meinem Hauseingang getroffen hatte. Aber sie war extrem unausgereift ...

Ich holte mein Smartphone raus und öffnete eine Karte von Moskau. Zoomte auf eine bestimmte Region, strich mit dem Finger über den Bildschirm hin und her, überlegte.

Ich wurde fündig: ein zusätzlicher Anhaltspunkt, der zu meiner Theorie passte. Ob ich richtig lag, würde sich zeigen ...

»Markin behält alle seine Informationen für sich«, fuhr Michail fort. »Also, was wissen wir? Bis vor Kurzem hat sich Wiktoria alleine irgendwo in der Stadt versteckt, und wir konnten sie nicht aufstöbern. Jetzt versteckt sie sich zusammen mit einem Jugendlichen, den wir aus Dummheit aus den Augen verloren haben. Nein, Denis, ich wüsste nicht, wo wir ansetzen könnten.«

»Vielleicht macht er es so ähnlich wie ... Mila?«, sagte ich reichlich naiv.

»Du meinst, dass er sich auch mit einem Klassenkameraden irgendwo verkrochen hat und die Geheimnisse des Sex erkundet?« Michail zog die Augbrauen hoch.

Ich brauchte einen Moment, um zu begreifen, dass er mal wieder einen Witz gemacht hatte. »Das fehlt gerade noch!« sagte ich. »Wenn, dann hat er sich mit einer Klassenkameradin verkrochen. Oder er trinkt Bier mit einem Klassenkameraden.«

»Wir wollen es hoffen«, sagte Michail.

Wir wussten beide genau, dass dem nicht so war.

Ruslan hatte das Haus nach einem heftigen Streit mit seiner Mutter verlassen, die inzwischen begriffen hatte, dass ihr Sohn in eine miese Geschichte verstrickt war. Ich war mir sicher, dass diese stille Frau, die scheinbar nur für ihren Sohn lebte, sich in einen unnachgiebigen Hausdrachen verwandeln konnte.

Natürlich nur zum Besten ihres Sprösslings.

Ruslan hatte ein langes Gespräch mit seiner Mutter geführt und ihr versichert, wirklich nicht so schnell wie möglich ein Quazi werden zu wollen und in keinerlei Verschwörungen, Verbrechen oder andere Scheußlichkeiten verwickelt zu sein. Aber entweder hatte ihn seine Mutter zu stark unter Druck gesetzt oder seine jugendliche Sturheit hatte die Oberhand gewonnen – jedenfalls war der Junge irgendwann aus der Wohnung gestürmt und hatte die Tür hinter sich zugeknallt.

Und leider hatte ihn vorm Haus eine junge Frau abgefangen. Mit der Ruslan eine Weile gesprochen hatte, wobei er mehrfach zu den Fenstern seiner Wohnung hinaufblickte, ehe er sich in ihrer Begleitung auf den Weg zur Metro machte. Hier riss die Spur der beiden ab. Die Kamera, die die Begegnung aufgenommen hatte, war nicht hochauflösend genug, als dass man hätte erkennen können, ob Ruslan eine lebendige Frau oder eine Quazi getroffen hatte.

Aber ich war mir sicher, dass es Wiktoria war.

»Wir können nichts tun«, sagte ich nachdenklich. »Was soll's. Dann gehe ich mit meinem Sohn ins Kino.«

»Auch eine Möglichkeit«, sagte Michail.

»Nein.« Ich schlug mit der flachen Hand auf den Tisch, woraufhin sich der Koch misstrauisch zu uns umdrehte. Vermutlich dachte er, meine Aggressivität hinge in irgendeiner Weise mit der Qualität seines Essens zusammen. Grundsätzlich lag er damit richtig. Wenn wir nicht mit einer drohenden Katastrophe beschäftigt gewesen wären, hätte ich ihm ganz bestimmt meine Meinung über seine kulinarischen Fähigkeiten gegeigt. »Wir müssen etwas tun«, sagte ich mit Nachdruck.

Michail runzelte die Stirn.

»Du warst doch mal Revierleiter«, erinnerte ich mich. »Du hast die alten Ermittlungsmethoden hoffentlich nicht vergessen, oder? Ruf Sascha an und sagte ihm, dass es spät wird.«

»Wen?« Michail stutzte. »Ja klar, mache ich.«

Ich tippte Nastjas Nummer in mein Handy.

»Ja, Denis?«, antwortete sie.

»Bist du beschäftigt?«, fragte ich. »Obwohl, egal. Ich brauche dich auf der Stelle.«

»Das klingt ja nach einer Liebeserklärung«

»Leider nicht. Ich brauche dich tatsächlich hier. Komm so schnell wie möglich zum Preobraschenski-Platz.«

»Hör mal, Denis, du bist vielleicht der tolle Assistent von unserem tollen Quazi. Aber ich bin bei der Arbeit. Ich untersuche gerade Fingerabdrücke auf einem geklauten Bügeleisen.«

»Was für ein Bügeleisen?«

»Ein elektrisches Dampfbügeleisen. Willst du auch die Marke wissen?«

»Lass dein Bügeleisen stehen, aber schalt es vorher ab. Ich brauche dich hier. Sag der Zarin, dass dich Bedrenez dringend angefordert hat.«

»Wirklich?«

»Sie wird nicht nachfragen, aber ja, wirklich. Komm jetzt. Ein Ermittler, ein Agent und eine Kriminaltechnikerin – das ist wahre Macht!«

Ich steckte das Telefon weg und bemerkte, dass Bedrenez mich ansah.

»Was ist?«, fragte ich.

»Du willst es also wirklich auf altmodische Art machen, oder? Genau wie in ›Experten ermitteln‹. Dein Faible für die Serie überrascht mich. Hast du sie überhaupt jemals gesehen?«

»Nein, ich bin zu jung dafür«, entgegnete ich. »Ich kenne sie nur vom Hörensagen. Was lösen die denn da für Fälle?«

»Jede Menge Unsinn, du würdest es nicht glauben«, bekannte Michail. »Einmal geht es zum Beispiel um den Diebstahl eines Stoffballens aus einer Fabrik ...«

Ich überlegte einen Moment.

»Weißt du, Michail, ich hätte nichts dagegen, wenn unser schwerster Fall sich um einen geklauten Stoffballen drehen würde.«

Gegen Abend zogen Wolken auf. Hässliche graue Wolken, die zwar nicht nach Regen aussahen, aber die Stadt in Trostlosigkeit hüllten. Im Grunde liebte Moskau – wie jede große Stadt – die Nacht, den Regen und den Nebel, denn die verbargen die städtischen Bausünden, die dämlichen Graffitis und die sinnlos durcheinander hetzenden Bewohner einer jeden Megapolis. Aber die graue Bewölkung an diesem Abend wirkte einfach nur deprimierend.

»Wenn ihr wollt, dass ich mögliche Spuren untersuche, dann

müsst ihr euch beeilen«, sagte Nastja. »Sonst wäscht der Regen alles weg. Plitsch-platsch!«

Ich sah sie vorwurfsvoll an.

»Wie soll ich euch denn sonst helfen?«, fragte Nastja. »Was soll ich untersuchen? Schließlich habt ihr mich von meiner Arbeit weggeholt. Jemandem wurde der Fernseher, eine fünfzehn Terabyte große Musik- und Filmsammlung, eine topmodische Jacke und ein Bügeleisen geklaut.«

»Das Bügeleisen passt irgendwie nicht dazu«, sagte ich.

»Offenbar ist das dem Einbrecher auch aufgefallen, denn er hat es vor dem Haus in den Müllcontainer geworfen ... Also, worum geht es?«

Sie blickte Michail und mich forschend an.

»Das Ganze war sein Einfall«, erklärte der Quazi. »Ich bin am Ende meiner Weisheit. Wiktoria hat einen Jungen entführt, der vermutlich mit einem tödlichen Virus infiziert ist.«

Nastja wurde schlagartig sehr ernst. »Einen kleinen Jungen?«

»Nein, den kannst du zum Pflügen hernehmen, aber darum geht es nicht. Wir müssen die beiden finden, sonst sterben wir alle.«

»Klingt ja nicht so toll«, sagte Nastja. »Also, was können wir tun, Deniska?«

»In die Wohnung des Jungen zu gehen bringt nichts«, sagte ich mit Blick auf das Blumenbeet neben dem Hauseingang. Dort war noch der Abdruck zu erkennen, den Michail bei seinem Sprung aus dem Fenster hinterlassen hatte. »Da erfahren wir nichts Neues.«

»Außerdem hocken da vermutlich Markins Leute«, fügte Michail melancholisch hinzu.

»Die Aufzeichnungen aus den Überwachungskameras sind längst ausgewertet«, fuhr ich fort. »Das heißt, uns bleibt nur die mühselige, klassisch deduktive Methode übrig ...«

Ich verstummte und sah mich um.

Okay, wie ging das noch mal?

Hier befand sich die Kamera, die den Hauseingang im Visier hatte und Ruslan und die Frau aufgezeichnet hatte. Die Kamera war alt und sehr einfach, nicht einmal schwenkbar. Dies war also ihr Aufnahmebereich. Der Metro-Eingang lag ein Stück entfernt ... hier an dieser Stelle etwa musste die Kamera sie aus dem Fokus verloren haben. Und in der Nähe der Metro hätten die beiden eigentlich in das Bild der dortigen Kamera geraten müssen. Diese war mit Infrarotsucher ausgestattet und konnte Quazi zuverlässig erkennen.

»Irgendwo auf diesen zwanzig Metern«, sagte ich, »sind sie abgebogen. Vermutlich nicht in die Bolschaja-Tscherkisows-kaja-Straße, eher schon zwischen den Häuern hindurch, parallel zur Krasnobogatyrskaja-Straße ...«

Ich versuchte, Selbstsicherheit auszustrahlen, und marschierte los. Michail und Nastja tauschten ratlose Blicke und folgten mir.

»Ich dachte, wir würden ein paar Leute befragen, alte Frauen, die den ganzen Tag aus dem Fenster schauen, Raucher, die sich vor Hauseingängen rumdrücken, Hausmeister ...«, sagte Michail.

»Das ist auch immer sehr hilfreich«, stimmte ich zu. »Aber wir haben keine Zeit dafür.«

»Wahrscheinlich gibt es hier auch irgendwo Web-Kameras, die auf die gegenüberliegenden Fenster gerichtet sind«, sagte Nastja. »Wenn du willst, könnte ich sie raussuchen ...«

»Okay, aber nur, wenn du das im Gehen hinkriegst.«

Zu meiner Überraschung war Nastja nicht beleidigt. Fing aber trotzdem nicht sofort mit ihren Recherchen an.

Schade eigentlich. Das wäre doch wie im Film.

Wir kamen an mehreren verschieden großen Wohnhäusern vorbei, überquerten die Chomowa-Straße und passierten wieder Wohnhäuser. Vor einem saß eine Großmutter, die einen Kinderwagen vor- und zurückschob. Man kennt das ja: viele Großmütter sind fest davon überzeugt, dass ein Säugling so viel Zeit wie möglich an der frischen Luft verbringen muss, auch wenn neben dran eine laute Schnellstraße verläuft. Diese Großmutter hier trug ein altmodisches, großgeblümtes Baumwollkleid und auf dem Kopf anstatt eines Kopftuches eine Baskenmütze. Irgendwie kam sie mir wie eine gute alte Bekannte vor.

Ich trat zu ihr, zog meinen Ausweis und hielt ihn ihr hin. »Den würde ich mir gerne genauer ansehen«, sagte sie streng. Sie untersuchte das Dokument und bemerkte: »Sie sind hier aber nicht in Ihrem Zuständigkeitsbereich.«

Was haben wir inzwischen bloß für juristisch bewanderte Bürger in unserem Staat!

»Ich verfolge einen gefährlichen Verbrecher«, sagte ich. »Heute etwa gegen drei Uhr muss hier ein noch sehr junger Mann in Begleitung einer Frau mittleren Alters vorbeigekommen sein.«

Die Großmutter kaute auf ihren Lippen herum, dann verkündete sie: »Das war keine Frau, sondern eine Quazi.« Mit Blick zu Michail fügte sie hinzu: »Wen sucht ihr denn? Den Jungen oder das Weib?«

»Beide«, entgegnete Michail. »Die Frau ist eine Verbrecherin, der Junge ist in Gefahr.«

»Und wieso auf so altmodische Art und Weise?«, fragte die Großmutter. Aus irgendeinem Grund hielt sie Michail für den Chef der Operation. »Wo sind eure tollen Kameras und Drohnen und so?«

»Na ja, wir retten schließlich nicht die Welt ...«, sagte ich. »Wer würde uns denn eine solche Technik anvertrauen ...«

Die Großmutter blickte mich skeptisch an. »Aha, Sie retten also nicht die Welt ... Sie sind dorthin gegangen.« Sie wies mit der Hand in eine Richtung.

»Ging der Junge freiwillig mit?«, wollte Michail wissen.

»Ja.« Die alte Dame nickte. »Aber er hat sich die ganze Zeit über irgendetwas beschwert und wirkte sehr aufgeregt. Sie hat versucht, ihn zu beruhigen.«

Wir marschierten weiter und erreichten die nächste Querstraße. Ich blickte zum Straßenschild hinauf.

»Snamenskaja-Straße«, sagte Nastja.

»Rechts, links ... Wir gehen rechts lang«, sagte ich.

Das taten wir.

»Die letzen Stunden ist so viel passiert ...«, fing ich an. »Aber im Moment ist der entführte Junge das Wichtigste. Denn er ist mit dem Windpockenvirus infiziert. Allerdings mit einem mutierten Virus, das in Kürze ausbricht und hochansteckend ist, weshalb alle erwachsenen Menschen sterben werden. Ich hoffe immer noch, dass man die Epidemie aufhalten kann, wenn es uns gelingt, Wiktoria zu fassen zu bekommen ... Genau genommen ist unsere ganze Aktion eine reine Verzweiflungstat. Aber ich habe vorher schon mal auf den Stadtplan geschaut, und im Moment sieht es ganz so aus, als ob ich mit meiner Vermutung richtig liege ...«

»Was für eine Vermutung?«

»Die beiden können nicht weit weg sein. Wiktoria weiß genau, dass jeder Polizist der Stadt ihr auf den Fersen ist. Überall Kameras und Drohnen und so weiter. Sie hat sich möglicherweise ein Versteck in der Nähe gesucht. Ein solches Versteck muss in diesem Fall allerdings bestimmte Kriterien erfüllen. Na gut, lasst uns mal weitersehen.«

»Wenn du schon eine Ahnung hast, warum vergeuden wir dann unsere Zeit mit diesen Spielchen?«, fragte Michail und runzelte die Stirn. »Wir hätten dein Versteck doch gleich überprüfen können.«

»Es ist nicht mein Versteck«, korrigierte ich ihn. »Halt!«

Ich blieb stehen und zeigte auf ein Lokal namens *Bei Michalitsch*. An der Tür prangte ein Aufkleber: *Quazi willkommen*. Auf der Terrasse, die hinter einem Zaun aus Rankpflanzen lag, wurde an mehreren Tischen gegessen.

»Das soll das Versteck sein?«, fragte Michail und wollte schon auf den Eingang zuhalten.

»Nein. Aber der Junge ist bestimmt wegen des Streits mit seiner Mutter nicht dazu gekommen zu essen. Und Wiktoria möglicherweise auch nicht. Vielleicht sind sie hier eingekehrt.«

Michail seufzte, widersprach aber nicht.

Ich betrat als Erster die Terrasse und packte die junge Kellnerin, die mit einem voll beladenen Tablett an mir vorbeilief, am Arm.

»Setzen Sie sich, ich komme gleich!«, piepste sie.

»Das ist eine Spezialoperation der Polizei, Hauptmann Simonow«, sagte ich leise, aber bestimmt. »Rufen Sie Ihren Chef, schnell.«

Die Augen der Kellnerin weiteten sich vor Überraschung, nervös stellte sie das Tablett mit gefüllten Tellern und Gläsern auf einem der freien Tische ab und verschwand eilig im Innern des Lokals in Richtung Küche.

Etliche Gäste blickten uns neugierig an.

»Ist das Ihr Essen?«, fragte ich drei ältere Männer am Nachbartisch, die daraufhin nickten. »Nehmen Sie das Tablett zu sich.«

Die Kellnerin kehrte in Begleitung eines nicht sehr großen, dürren Quazi mit Glatze und leicht hervorstechenden Augen zurück. Als er Michail erblickte, runzelte er die Stirn und nahm eine respektvolle Haltung an.

»Du weißt, wer ich bin?«, fragte Michail.

Der Quazi nickte und streckte ihm die Hand entgegen. »Ja«, sagte er. »Mein Name ist Jurij Michajlowitsch, ich bin der Inhaber dieses Lokals ... Ist etwas passiert?«

»Erinnerst du dich an den Fahndungsbrief, der vor vier Tagen ausgeschrieben wurde?«, fragte Michail.

»Diese Wiktoria?« Jurij Michajlowitsch presste die Hand aufs Herz. »Ja, schon, aber ...«

»Hat heute eine Quazi-Frau bei Ihnen zu Mittag gegessen, zusammen mit einem jungen Mann?«

Jurij Michajlowitsch winkte die Kellnerin zu sich. »Wissen Sie, ich bin ja nicht oft im Gastraum, sondern meistens in meinem Büro«, sagte er kleinlaut. »Eigentlich bin ich Dichter, und das Lokal betreibe ich hauptsächlich ... nun ja, um Geld für die Veröffentlichung meiner Lyrik zu verdienen ... Hör mal, Mascha, erinnerst du dich noch an den Fahndungsbrief? Gesucht wird eine gewisse Wiktoria.«

»Ja!«, bestätigte Mascha eifrig.

»War die heute zufällig hier?«

Mascha überlegte einen Moment.

»Nein ... heute Mittag war eine Quazi-Frau mit einem jungen Mann hier. Sie kamen, als der Business-Lunch eigentlich gerade vorbei war. Ich habe ihn ihnen trotzdem noch angeboten, aber sie haben stattdessen zweimal Kohlfrikadellen und Kompott bestellt ... Aber die Frau hatte keine Ähnlichkeit mit dieser Wiktoria. Die Größe stimmte in etwa, aber ihr Gesicht sah ganz anders aus.«

»Sie ist noch jung«, erklärte Jurij Michajlowitsch entschuldigend. »Tut mir leid, das war meine Nachlässigkeit ... Ich hätte ihr sagen sollen, dass sie mich jedes Mal rufen muss, wenn eine Quazi bei uns auftaucht ...«

»Wohin sind sie dann gegangen?«, fragte ich. »Denken Sie bitte sorgfältig nach. Wir müssen das unbedingt wissen. Saßen die beiden auf der Terrasse?«

Mascha nickte.

»Und dann ... wohin sind sie gegangen?«, wiederholte ich.

»Dorthin!« Mascha streckte die Hand aus, um uns die Richtung zu zeigen. »Sie haben die Chalturinskaja-Straße überquert und sind am Gymnasium entlang ... Sie hat mich noch gefragt, ob es dort zur Tjumenskaja geht.«

»Gehen wir«, sagte ich. »Ich glaube, ich liege richtig ...«

»Darf ich Ihnen ein Büchlein meiner Gedichte überreichen?«, schlug Jurij Michajlowitsch vor. »Meine neue Sammlung, ich habe sie ›Dieser Unsterbliche‹ genannt.«

»Wenn uns nichts passiert, kommen wir wieder vorbei und holen es uns ab«, versprach ich.

Dann nahmen wir wieder Wiktorias und Ruslans Spur auf. Bedauerlicherweise mit einer Verzögerung von sechs Stunden.

Boris freute sich ehrlich, als ich bei ihm auftauchte.

»Deniska! Unser Student ... ach Gott, alter ... Junge« Er hatte offensichtlich etwas Derberes sagen wollen, sich aber aus irgendeinem Grund zurückgehalten. »Wie hast du mich gefunden?«

»Übers Internet«, sagte ich und trat auf der Schwelle hin und her. »Ich bin auf deinen Blog gestoßen und da hab ich mich erinnert ...«

»Komm rein, na, komm rein!« Boris zog mich in die Wohnung.

Er lebte am Stadtrand von Moskau. Aus den Fenstern seiner geräumigen Drei- oder sogar Vierzimmerwohnung konnte man den Autobahnring erkennen. Für seine Familie war der Platz allerdings knapp – Boris hatte vier Kinder, die schreiend durch die Wohnung rannten.

»Wir müssen der menschlichen Rasse zur Wiedergeburt verhelfen«, sagte der ehemalige Sergeant mit ernstem Gesicht. »Walka! Walka, hör sofort auf, Maschenka zu schlagen!«

Ich wusste nicht einmal, an wen diese Aufforderung gerichtet war. Maschenka, mit acht Jahren die Älteste, wurde gleichzeitig von ihrem jüngeren Bruder und ihrer jüngeren Schwester geschlagen. Unter Lachen und Kreischen hüpfte das Kinderknäuel wieder aus dem Wohnzimmer.

»Kaum geht Mama einkaufen, fangen sie an zu randalieren«, sagte Boris gutmütig.

Er war älter geworden, deutlich älter. Vor zehn Jahren hatte ich den Eindruck gehabt, wir seien nur wenige Jahre auseinander. Aber jetzt wurde mir klar, dass er schon an die fünfzig sein musste. Er sah überhaupt stark verändert aus.

»Willis Haare gehen aus, und Willis Bauch geht auf«, zitierte Boris lachend Majakowski. Er hatte meinen Blick richtig gedeutet. »Tja, aber macht nichts. Das kommt vom Job, da sitze ich die ganze Zeit.«

»Was machst du?«

»Ich bin zurück an die Uni und hab mein Journalistikstudium abgeschlossen«, antwortete Boris. »Jetzt arbeite ich fürs Fernsehen. Kennst du die Sendung ›Hausgarten‹?«

»Wo es darum geht, wie man sich auf seinem Balkon eine Datscha einrichtet?«, fragte ich überrascht.

»Ja, so könnte man sagen. Hat übrigens super Einschaltquoten. Die Leute haben wieder Lust, mit Pflanzen zu hantieren und eigenhändig was anzubauen. Schließlich können sich ja nur ganz wenige eine eigene Datscha in der bewachten Zone leisten ... Und du, was machst du?«

»Ich bin bei der Polizei«, sagte ich. »Bulle. Ermittler für Todesangelegenheiten.«

Boris Lächeln erstarb.

»Aufständischen den Kopf abschlagen ...«, murmelte er. »Das heißt, du hast sie nicht mehr gefunden.«

»Richtig«, bestätigte ich. »Dir war ja von Anfang an klar, dass es aussichtslos ist. Du wolltest mich Grünschnabel nur trösten.«

Boris klopfte mir auf die Schulter und führte mich in die Küche.

Als seine Ehefrau kam, hatten wir bereits eine halbe Flasche Wodka geleert und dazu selbst eingelegte Tomaten direkt aus dem Glas gegessen. Die Frau blickte erst mich, dann Boris streng an.

»Meine Liebe, das hier ist Denis!«, erklärte Boris eilig. »Erinnerst du dich noch, ich hab dir von ihm erzählt? Der Student, der auf der anderen Seite des Autobahnrings nach seiner Familie gesucht hat ... Denis, das ist meine Juletschka.«

Juljas Gesichtszüge wurden etwas weicher. Sie äußerte ein paar mitfühlende Worte, ich lobte im Gegenzug die gemütliche Wohnung, die wohlerzogenen Kinder und den beruflichen Erfolg ihres Mannes. Anschließend holte Julja Käse, Gurken und ein Glas Sojakaviar aus dem Kühlschrank.

»Wir essen kein Fleisch«, erklärte sie. »Entschuldigen Sie, ich hoffe, das macht nichts?«

»Nein, natürlich nicht«, sagte ich schuldbewusst. »Mir ist es nur peinlich, dass ich Idiot mit leeren Händen gekommen bin.«

»Glaub bloß nicht, dass mein Gehalt nicht für Hackfleisch reicht!«, protestierte Boris. »Das hat bei uns ideelle Gründe! In Zukunft werden wir ja auch kein Fleisch mehr essen, warum sich also nicht jetzt schon dran gewöhnen?«

»Ach so, ja«, sagte ich.

Boris sah mir nicht in die Augen.

»Ich geh jetzt zu den Kindern rüber«, sagte Julja, nachdem sie den Inhalt ihres Glases gekippt hatte. »Bleibt ihr ruhig noch sitzen, Jungs. Aber denk dran, Boris, in einer halben Stunde musst du mit den Kindern zum Arzt.«

»War das nicht erst am Donnerstag?«, fragte Boris und schlug sich eine Sekunde später gegen die Stirn. »Ach nein, richtig, hab ich ganz vergessen ... Natürlich! Wir trinken nur noch ein Gläschen ...«

Natürlich blieb es nicht bei einem Glas. Wir leerten die Flasche.

Aber eine halbe Stunde reichte uns dafür, woraufhin ich mich eilig verabschiedete, damit Boris nicht gezwungen war, so zu tun, als müsste er die Kinder für den Arztbesuch fertig machen.

Die Zeit kann einen Menschen sehr verändern.

Den einen zum Schlechten, den anderen zum Guten.

Aber sie verändert auf jeden Fall, unausweichlich und gnadenlos.

Zehn Minuten später erreichten wir die verlassene Anlage des Städtischen Krankenhauses Nr. 54.

»Als Wiktoria mich in meinem Hauseingang abgefangen und mir auf den Kopf geschlagen hat, fragte sie mich, ob sie zu fest zugehauen hätte«, erklärte ich. »Und sie wollte von mir wissen, ob es für alle Fälle in der Nähe ein Krankenhaus gebe, das wie sie sagte, in Betrieb ist. Ich habe es nicht gleich kapiert, aber später ist es mir wieder eingefallen. Warum hatte sie nicht nur nach einem Krankenhaus gefragt? Sondern es so merkwürdig ausgedrückt? ›In Betrieb‹?«

»Weil sie selbst in einem aufgegebenen Krankenhaus zugange war«, antwortete Nastja.

»Genau«, stimmte ich zu. »In Moskau wurden in den letzten Jahren jede Menge Krankenhäuser geschlossen und einige auf Kosten anderer erweitert. Manche Kliniken wurden im Rahmen von Sparmaßnahmen geschlossen ... wegen der Wirtschaftskrise und so ... einige Gebäude wurden abgerissen, um dort Wohnraum und Büroflächen zu schaffen, aber ziemlich viele stehen noch und verfallen allmählich. Man hat weder Geld für die Renovierung noch für den Abriss. Ich dachte, dass sie sich in so einem Krankenhaus versteckt haben könnte ... oder sie hat dort eine Art Lager ... Jedenfalls habe ich danach auf dem Stadtplan gesucht, und in der Nähe von Ruslans Haus wurde ich fündig. Wenn wir davon ausgehen, dass Wiktoria wusste, wer von den Jugendlichen als Inkubator des Virus eingesetzt werden sollte, dann ist es nur logisch, dass sie dort in der Nähe ein Labor einrichtete, um an das Virus zu kommen.«

Nastja zog fröstelnd die Schultern hoch, sagte aber nichts.

»Ziemlich unvorsichtig von ihr«, sagte Michail. »Aber durchaus denkbar. Rufen wir Verstärkung?«

»Das musst du entscheiden«, sagte ich. »Werden wir mit Wiktoria fertig?«

»Ich schon«, sagte Michail ruhig. »Na gut, dann überprüfen wir den Ort erst mal selbst.«

Die Gebäude machten einen üblen Eindruck. Ich wusste nicht, ob die Klink seinerzeit einen guten Ruf gehabt hatte, aber jetzt blätterte von den vierstöckigen Ziegelbauten die gelbe Farbe ab. Ein baufälliger sechsstöckiger Plattenbau gehörte ebenfalls zu dem Komplex, der nicht besser aussah als die Slums von Detroit oder die Ruinen von Glasgow. Die Fensterscheiben waren überraschenderweise noch heil, die Plastikrahmen mit der Mehrfachverglasung erwiesen sich als weit haltbarer als Beton und Ziegel ... Auch der Zaun um das verlassene Krankenhaus war in tadellosem Zustand, solide Ziegelpfeiler, die durch schmiedeeiserne Gitter miteinander verbunden waren. Alles war sauber gestrichen, die Pfeiler sogar noch verputzt. Zäune sind erstaunliche Bauwerke, sie halten oft weit länger stand als die Gebäude, die sie umgeben.

Dann fing es doch an, leicht zu regnen. Ein Sommerregen sollte stark, schnell, kurz und erfrischend sein. Aber dies hier war ein trostloser, fast herbstlicher Nieselregen.

»Und was machen wir jetzt?«, fragte Nastja. »Sollen wir etwa alle Gebäude abklappern?«

»Nicht nötig«, sagte Michail plötzlich. »Schaut, da oben ...«

Wir blickten in die Richtung, in die sein Finger zeigte. Im fünften Stock des Plattenbaus war ein Licht zu sehen. Ganz schwach, aber eindeutig keine Reflexion in einer Fensterscheibe.

»Vielleicht sind das Obdachlose«, sagte Nastja. »Oder junge Leute, die sich ohne elterliche Aufsicht amüsieren wollen.«

»Oder Rollenspieler, die *Verborgene Stadt* spielen«, sagte ich. »Ich glaube, wir sollten uns jetzt weitere Spekulationen sparen und einfach zu Ockhams Rasiermesser greifen.«

»Und klettern in dieses Overton-Fenster«, fügte Michail hinzu.

Seine Witze wurden wirklich immer besser.

Seltsamerweise brauchten wir länger, um über den Zaun zu klettern, als ins Gebäude vorzudringen (eigentlich hat doch sonst jeder Zaun irgendwo ein Loch, selbst der um eine strenggeheime Militärfabrik, aber in diesem Fall dauerte es eine Weile, bis wir eine herausgebrochene Metallstrebe fanden). Die Tür selbst war nur angelehnt. Eine alte Hinweistafel kündigte die Chirurgische Abteilung an. Ich hatte eher mit einer Infektiologieabteilung gerechnet, aber nicht jedes Krankenhaus verfügt über eine solche.

»Und, habt ihr zufällig Taschenlampen dabei?«, sagte Nastja und zog zufrieden eine kleine Halogentaschenlampe aus ihrer Jackentasche. Ich zuckte mit den Schultern und schaltete die Lampe meines Smartphones ein.

»Mir reicht das Licht völlig«, sagte Michail leise.

Wir hatten offenbar einen Nebeneingang erwischt, aber

schon nach einem kurzen Flur erreichten wir das Foyer. Hier war alles noch weit heruntergekommener als es von außen den Anschein gehabt hatte. Vielleicht war eine Clique minderjähriger Hooligans eingedrungen und hatte ihre Zerstörungswut ungehemmt ausgelebt – ohne die Fenster einzubeziehen, um von außen unbemerkt zu bleiben.

Der Glaskasten, in dem sich die Anmeldung befunden hatte, war in Hunderttausende Stücke zerschlagen worden, die Wände mit Graffitis beschmiert. Auf dem Boden lagen mehrere alte, zertrümmerte Bildschirme, einer hatte sogar – ungelogen – Cinemascope-Format. Die billigen Plastikbezüge der abgewrackten Sofas und Sessel waren aufgeschlitzt, als ob einer den alten Roman *Zwölf Stühle* gelesen und daraufhin in diesen Möbeln versteckte Juwelen gesucht hätte.

»Verdammte Sauerei«, brummelte Nastja, während sie mit ihrem schmalen Lichtstrahl den Raum ableuchtete.

Ich war ganz ihrer Meinung. Genau wie Menschen haben auch Dinge das Recht, in Würde zu sterben. Erst recht jene Dinge, die treu ihren Zweck erfüllt hatten. Klar, dass dieser alte Krempel bei Schließung des Krankenhauses niemanden mehr interessiert hatte. Trotzdem wäre es besser gewesen, ihn auf dem Wertstoffhof zu entsorgen.

»Nach oben«, sagte Michail leise. Und ging auf die Treppe zu.

Natürlich funktionierten die Aufzüge nicht mehr. Leise stiegen wir, das Licht unserer Lampen auf den Boden gerichtet, die Stufen hinauf. Man musste kein Fährtensucher, Indianer oder Sherlock Holmes sein, um zu erkennen, dass hier erst kürzlich jemand unterwegs gewesen war.

Wir kamen an der ersten und zweiten chirurgischen Abteilung vorbei, an der Röntgenologie und der Physiotherapie. Nach fünf Etagen blieb Michail vor einer halb geöffneten Tür stehen und sah uns an.

Ich wies mit dem Lichtstrahl meines Smartphones auf die Tür und nickte.

Septische Chirurgie, stand da.

Tja, wo sonst hätte sie sich einrichten sollen? Auch hier hatte man einst mit Infektionen zu tun gehabt. Vermutlich gab es dort sogar noch alte Instrumente ...

Michail schob die Metalltür auf, die sich geräuschlos wie in einem Traum öffnete. Im Gang war es einen Tick heller – das Licht stammte vom Ende des Korridors.

Ich wollte die Pistole ziehen, überlegte es mir dann anders und nahm die Machete aus der Scheide. Nastja hielt ihre Pistole in der Hand und blickte mich an. Ich nickte. Ja, wenn es nötig war, würde sie schießen müssen. Ich war mir sicher, dass sie nicht mit der Wimper zucken würde.

Wir gingen durch den leeren Korridor dem Licht entgegen, vorbei an Rollstühlen, die am Boden angewachsen zu sein schienen, an dem umgekippten Tisch der Stationsaufsicht, vorbei an offenen Türen, die zu Krankenzimmern führten. Über den leeren Betten hingen herausgerissene Leitungen und Rohre. Irgendwer hatte hier nicht geplündert, sondern dumpf gewütet und alles zerstört, was ihm in die Quere kam. Vielleicht ein Medizin-Hasser?

Dann hörte ich ein leises Geräusch, sehr leise, aber unverkennbar.

Ein Stöhnen.

Michail erstarrte für einen Moment. Dann beschleunigte er, rannte mühelos und ohne zu zögern los wie ein Sprinter bei einem Wettlauf. Ich folgte ihm, bemerkte nebenbei, dass Nastja – sehr gut – zurückblieb. Da sie die Pistole trug, war das genau die richtige Entscheidung.

Ich stürmte hinter Michail her in das Zimmer am Ende des Gangs und blieb dort abrupt neben ihm stehen.

Keine Ahnung, warum sich in der Chirurgie eines gewöhnlichen Krankenhauses, selbst in der septischen Chirurgie, ein solches Quarantänezimmer befand. Der Raum war von einer gläsernen Wand in zwei Teile unterteilt, die durch eine kleine Schleuse verbunden waren. In dieser verströmte eine keimtötende UV-Lampe an der Wand violettes Licht. Das eigentliche Krankenzimmer war klein, die Wände hellgrün gestrichen. In einer Ecke befanden sich ein Waschbecken und eine Kloschüssel. In einem metallenen Krankhausbett lag, durch einen vorgezogenen weißen Vorhang vom Nachbarbett getrennt, Ruslan. Der Junge trug nur eine Unterhose und hatte sich, dem dunklen Fleck auf dem Stoff nach zu urteilen, vor Kurzem bepinkelt. Kein Wunder, er befand sich in einem fiebrigen, halbbewussten Dämmerzustand, sein Kopf rollte hin und her, seine Glieder zuckten ...

Neben Ruslan auf dem Nachtisch standen eine Plastikflasche mit Wasser und eine elektrische Tageslichtleuchte.

Eine weitere UV-Lampe stand draußen auf dem Tisch. Daneben befanden sich ein pfeifendes Sterilisiergerät, Instrumente, Hygienematerial in steriler Verpackung, Glasfläschchen und Reagenzgläser. Außerdem lag dort ein einfaches Mobiltelefon, auf dem fünf unbeantwortete Anrufe von einer unterdrückten Nummer eingegangen waren. Über dem einzigen Stuhl hing ein weißer Kittel.

Überhaupt wirkte alles im Raum sorgfältig angeordnet. Auch Strom musste vorhanden sein, wie sonst hätten die Leuchten und das Sterilisiergerät funktionieren können. Außerdem konnte ich das leise Rauschen einer Lüftung wahrnehmen. Ich tastete nach den Lichtschaltern, drückte sie – es knackste verdächtig, aber dann, mit leichter Verzögerung, flackerten einige Tageslichtröhren über uns auf. Etwa ein Viertel funktionierte tatsächlich noch.

Von Wiktoria natürlich keine Spur.

»Wir sind wieder mal zu spät gekommen«, sagte Michail, während er Ruslan durch die Glasscheibe beobachtete. »Der Junge ist krank. Verdammt noch mal! Wenn wir ihn heute Morgen schon isoliert hätten ...«

Der Junge warf sich auf dem Bett hin und her. Sein Arm bewegte sich ruckartig in Richtung Nachttisch, er versuchte ans

Wasser zu kommen. Seine Hand stieß die Flasche um, das Wasser ergoss sich auf den Boden.

Ruslan stöhnte auf. Das Geräusch kam nicht aus dem Zimmer, sondern vom Tisch her. Ich hob ein Blatt Papier auf und entdeckte darunter ein eingeschaltetes Babyfon in der Form eines schwarzweißen Pandas. Die Augen des Tiers leuchteten grün.

»Dem geht's nicht gut«, murmelte Nastja. »Gar nicht gut ...«

»Ihm geht es nicht nur nicht gut, er stirbt sogar«, sagte ich. »Nastja, kannst du feststellen, ob Wiktoria das Virus entnommen hat?«

Widerwillig wandte Nastja den Blick von Ruslan ab, ging zum Tisch mit dem Sterilisiergerät und besah sich die Anzeigen der Instrumente. Michail trat an die Glaswand und betrachtete Ruslan mit zusammengekniffenen Augen. »Gib mir mal deine Taschenlampe, Nastja ...«, sagte er.

Ein greller Lichtstrahl fiel auf das Gesicht des Jungen. Der warf den Kopf hin und her, als ob er ihm entkommen wollte, aber wir konnten deutlich den roten Ausschlag auf seiner Haut erkennen.

Das Windpockenvirus.

Das Superwindpockenvirus.

Das tödliche Windpockenvirus.

Das Moskauer Windpockenvirus.

Die Ärzte würden sicher einen Namen dafür finden.

»Ich glaube, sie hat Proben genommen«, sagt Nastja. »Blut ... vielleicht Gewebe. Das Sterilisiergerät läuft gerade. Ich weiß nicht, was sie im Einzelnen gemacht hat, aber vermutlich droht keine Gefahr. Denis, du solltest jetzt gehen.«

»Wir sollten alle gehen«, sagte ich. »Michail, ruf du Markin an, damit er seine Leute herschickt. Und Ärzte ...«

Michail betrachtete Ruslan immer noch wie gebannt. »Vielleicht sollte ich rein zu ihm?«, fragte er. »Vielleicht kann ich ihm helfen.«

»Ihr müsst dieses Monster fangen«, sagte Nastja. »Ich gehe rein.«

Ich drehte mich zu ihr und sah, dass sie sich einen Mundschutz umband. »Meinst du etwa, damit bist du sicher?«, fragte ich. »Bist du wahnsinnig?«

»Wahrscheinlich«, sagte Nastja. »Also, wahrscheinlich bin ich wahnsinnig. Und ob mich das Ding schützt, weiß ich nicht. Aber ich kann ihn nicht so da liegenlassen.«

»Er ist schon fast tot«, sagte ich. »Und du bist doch nicht mal Ärztin.«

»Stimmt, ich bin keine Ärztin.« Nastja nickte. »Hilfst du mir, die Handschuhe anzuziehen? Da, in der Schachtel.«

Ich fluchte. »Halt!«, sagte ich. »Du gehst da nicht rein. Ein sterbender Junge, auch wenn er uns leidtut, ist nicht das Leben eines anderen Menschen wert. Wenn es nötig ist, werde ich dich mit Gewalt daran hindern.«

Nastja blickte mir in die Augen, aber ich hielt ihrem Blick stand. Ohne Schwierigkeiten.

»Mama ...«, erklang Ruslans schwache und hilflose Stimme aus dem Babyfon. »Mama, Wasser ...«

»Das sind unfaire Methoden«, murmelte ich. »Ein Angriff aus dem Hinterhalt. Aber ich lasse dich trotzdem nicht da rein ... Michail, ruf jetzt endlich an!«

»Ja, ja, ja«, sagte der Quazi und zog sein Mobiltelefon aus der Tasche. Nastja und ich standen uns immer noch gegenüber und blickten uns an.

»Hilf mir, die Handschuhe anzuziehen«, sagte sie schließlich.

»Ich helfe dir mit den Handschuhen«, sagte ich. »Aber ich lasse dich nicht da rein.«

»Okay, hilf mir jetzt. Und in den Anzug da. Da ist ein ganzer Stapel Einwegkleidung.«

Als ich ihr gerade in den zweiten Handschuh half, klingelte das Handy auf dem Tisch. Es war ein klassischer Klingelton wie bei den Telefonen mit Wählscheibe aus analogen Zeiten.

Ich nahm den Anruf entgegen. »Was willst du, du Scheusal?«

»Endlich hast du ihn gefunden«, sagte Wiktoria. »Ich dachte schon, ich hätte dich überschätzt. Ich wollte schon auf deinem Handy anrufen.«

»Was meinst du mit ›überschätzt‹?«

»Schließlich hab ich dir extra einen Hinweis aufs Krankenhaus gegeben«, erklärte die Quazi geduldig. »Ich dachte, du würdest früher drauf kommen. Ich versuche schon seit drei Stunden, dich zu erreichen. Lebt der Junge noch?«

»Ja«, ich blickte zu Ruslan.

»Gut«, sagte Wiktoria. »Ich wollte nicht, dass er stirbt. Ich habe ihm ein Medikament gegeben, das ihm vielleicht hilft ... oder ihn umbringt. Aber etwas anderes konnte ich in dieser Woche nicht aus dem Hut zaubern. Schließlich haben wir nie an einem Gegenmittel gearbeitet. Vielleicht kommt er ja durch. Er ist noch jung, und das Medikament stimuliert sein Abwehrsystem. Und immerhin habt ihr ihn jetzt gefunden, wenn auch reichlich spät ... Wenn er nicht dehydriert ...«

Es klang, als wollte sie sich selbst Hoffnung machen. Vielleicht war es auch so.

Und natürlich hatte dieses Scheißhandy einen extrem lauten Lautsprecher. Nastja hatte alles mitbekommen und begann eilig, den Plastikanzug überzuziehen ...

»Du Monster. Warum habe ich dich nicht gleich getötet ...? Warum ...«

»Wenn du mich getötet hättest, wäre der Junge mitten unter Menschen krank geworden und nicht in Quarantäne«, sagte Wiktoria freundlich. »Dann würde die Epidemie sich jetzt bereits ausbreiten. Und ich will nicht, dass Menschen sterben.«

»Warum hast du dann ...«

»Ich will auch nicht, dass Quazi sterben«, erklärte Wiktoria. »Ihr habt den ›Schwarzen Schimmel‹, und eure Regierung will ihn einsetzen. Dafür haben wir jetzt das Windpockenvirus. Damit ist das Gleichgewicht wiederhergestellt. Mein verstorbener Mann ... war als Mensch zu aggressiv, zu kompromisslos. Wiktor war im Grunde ein Quazi-Extremist. Er hätte das Virus verbreitet oder es denjenigen Quazi gegeben, die es für ihn in die Welt getragen hätten. Ich hatte die Hoffnung, dass er als Quazi gemäßigter wäre, aber ihr habt ja alles verdorben. Also musste ich improvisieren. Ich will nicht, dass Milliarden Menschen sterben. Ich will alle retten.«

»Denis!«

Ich ließ das Telefon sinken und blickte Nastja an, die, ganz in weißes Synthetikmaterial gehüllt, vor mir stand. Auch die Kapuze hatte sie übergezogen.

»Vermutlich nicht gerade der ultimative Schutz«, sagte sie. Ich glaubte, sie unter der Maske lächeln zu sehen. »Aber besser als nichts ...«

»Tu das nicht«, sagte ich.

»Ich bin ein Mensch.«

»Ich auch. Aber ich gehe da nicht rein ...«

»Du bist ein Mann. Du reagierst anders, und das ist richtig so.«

»Tu das nicht ...«, wiederholte ich hilflos.

»Manchmal hat man die Dinge einfach nicht mehr in der Hand«, sagte Nastja. »Aber wenn man das weiß und akzeptiert, ist es ganz einfach.«

Sie drehte sich um und betrat durch die Schleuse das Krankenzimmer.

Ich stöhnte. Und hob das Telefon wieder ans Ohr. Wiktoria am anderen Ende schwieg.

»Wie ich dich hasse ...«, sagte ich.

»Ich kenne dieses Gefühl nicht mehr ...«, sagte sie nachdenklich. »Aber ich verstehe dich. Glaub mir, mir ist selbst unangenehm, was ich getan habe und was ich jetzt tun werde. Aber ich habe eine Mission, die ich erfüllen muss. Und die ist wichtiger als das Leben zweier Jungs.«

Ich kam mir vor, als hätte sie mir einen Schlag in den Solarplexus versetzt.

»Wieso zwei?«, fragte ich, obwohl ich die Antwort bereits

kannte. Ich blickte zu Michail hinüber, der eben noch halblaut in sein Handy gemurmelt hatte. Auch er hatte Wiktorias letzte Worte mitbekommen.

»Was willst du?«, fragte ich.

Fluchen, schimpfen – das alles war jetzt sinnlos.

Und sogar Nastja, die eben erst durch die Schleuse in das verseuchte Krankenzimmer verschwunden war, rückte in den Hintergrund.

»Freien Abzug aus der Stadt. Markins Leute sind gut, aber ich bin sicher, dass Michail und du mir helfen werdet. Ihr seid bestens motiviert.«

»Ich glaube dir kein Wort«, sagte ich hilflos.

»Sag was zu deinem Papa ...«, befahl sie. Es blieb mehrere Sekunden lang still, dann erklang ein Aufheulen. »Er ist ein sturer Junge und will keine Geisel sein«, meldete sich Wiktoria. »Ich musste ihm wehtun, damit er einen Laut von sich gibt.«

»Lass das«, sagte ich schnell. »Lass es, bitte, tu ihm nicht weh. Ich glaube dir.«

»Also, freien Abzug aus der Stadt«, sagte Wiktoria. »Bis heute Mitternacht. Sonst stirbt Najd. Und damit es euch leichter fällt, mir zu helfen: sein Tod wird qualvoll und schrecklich. Ich ruf dich wieder an, Simonow, verlier das Handy nicht.«

Ich blickte zu Michail. Mir war klar, dass in meinen Augen nur noch der blanke Horror zu sehen war.

Nicht so bei Michail. Er wirkte vernünftig. Und er überlegte so schnell, wie es nur Quazi können.

»Wir müssen sie aus der Stadt rausbringen«, sagte ich.

»Willst du nicht über Alternativen nachdenken?«, fragte Michail.

»Du etwa?«

»Irgendwer hat kürzlich gesagt, dass das Leben eines sterbenden Jungen nicht ein anderes Leben aufwiegt und wohl erst recht nicht das von Milliarden.«

Ich nickte.

»Sicher, das habe ich gesagt. Aber das gilt nicht für den eigenen Sohn.«

»Wir werden gewaltige Probleme kriegen, richtig großen Ärger«, gab der Quazi zu bedenken. »Du vor allem.«

»Wenn du nicht mitmachen willst, bitte – ich komme auch allein klar.«

»Lass mich eine Minute darüber nachdenken«, bat Michail.

Ich nickte. Trat zur Glaswand. Beobachtete Nastja.

Sie beugte sich über das Bett und hielt die Flasche an Ruslans Lippen. Der trank gierig.

Ruslan kam mir nicht länger wie ein smarter, wenn auch fehlgeleiteter junger Kerl vor, der in seinem Drang nach Höherem in eine gefährliche Geschichte gerutscht war.

Er hatte davon geträumt, ein Quazi zu werden. Dafür war er bereit gewesen, Menschen zu fressen – selbst wenn er die Einzelheiten des Vorgangs nicht gekannt hatte, grundsätzlich war ihm bewusst gewesen, wie es funktionierte.

Dieser Junge, dem man besser beigebracht hätte, Mädchen zu küssen, als über die Überlegenheit von Quazi zu reflektieren, hätte dies ohne Not in Kauf genommen.

Und jetzt war er die Quelle eines Virus geworden, das eine Bedrohung für die ganze Menschheit darstellte. Und, was noch schlimmer war: Nastja konnte sich anstecken, und wegen ihm war letztlich auch Najds Leben in Gefahr.

Nein, ich verspürte kein Fünkchen Wohlwollen oder Mitleid mit ihm, empfand keine erhabenen Gefühle oder die Weisheit eines reiferen Menschen. Mit siebzehn hätte er verdammt noch mal sein Hirn einschalten und Verantwortung für seine Handlungen übernehmen können.

Aber hier gab es nichts mehr zu tun: Mir blieb nur eins übrig: Der Versuch, meinen Sohn zu retten und Wiktoria aufzuhalten.

»Ich habe alles überdacht«, sagte Michail. »Denis ...«

»Ja?«, fragte ich immer noch mit Blick auf Nastja.

»Wir können Wiktoria nicht hintergehen. Das heißt, wir

könnten schon, aber dann stirbt Najd. Wir können sie also entweder um den Preis von Najds Leben aufhalten, oder wir lassen sie entkommen – in der Hoffnung, dass sie den Jungen freilässt.«

»Was genau soll das heißen?«

»Sie wird vermutlich verlangen, dass wir sie zusammen mit dem Jungen auf die andere Seite des Autobahnrings bringen. Rache ist sehr untypisch für einen Quazi. Wenn wir ihre Forderungen erfüllen, wäre es nur dumm und destruktiv von ihr, Najd zu töten. Das heißt, wir können ihr in dieser Hinsicht vermutlich vertrauen. Wenn wir sie rausbringen, wird sie den Jungen freilassen und mit dem Virus entkommen. Wir haben nur diese beiden Möglichkeiten.«

»Und welche wählst du?«, fragte ich.

»Hast du daran Zweifel?«

»Natürlich.« Ich drehte mich zu ihm um. »Schließlich liebst du ihn nicht. Seit du tot bist, kannst du nicht mehr lieben oder auch nur eng befreundet mit jemandem sein. Du sorgst dich um ihn, weil es richtig ist. Aber ich weiß nicht, was jetzt für dich richtig ist. Den Tod des Jungen in Kauf zu nehmen oder das Virus den Extremisten zu überlassen.«

»Gerechtigkeit«, antwortete Michail und sah mir in die Augen. »Richtig ist immer nur die Gerechtigkeit.«

»Und was ist für dich Gerechtigkeit? Du weißt doch: Diejenigen, die in Omelas leben, verstehen das Wort anders als die, die ihm den Rücken kehren.«

Michail stand einfach so da, den Kopf mit dem zerbeulten Filzhut darauf leicht gesenkt. Er schien nachzudenken oder nach Worten zu suchen. Draußen rauschte immer stärker der Regen.

»Egal, was ich dir jetzt erzähle«, sagte er schließlich. »Es ändert sowieso nichts. Du weißt nicht, was ich wirklich denke. Und wie ich wirklich fühle. Wie ich handeln werde. Und du weißt nicht, ob ich lüge oder die Wahrheit sage.«

»Dann sag wenigstens irgendwas«, bat ich.

»Weißt du, wie man mit einer Verbrecherin, nach der jeder Polizist und der komplette Geheimdienst suchen, aus dieser Stadt gelangt?«

»Ja«, sage ich. »Das weiß ich.«

»Dann lass uns von hier verschwinden«, entgegnete Michail. »Markins Leute werden jeden Augenblick hier auftauchen. Und es gibt wohl keinen Zweifel, wie die sich entscheiden werden.«

Ich nickte, zog mein Handy aus der Tasche, legte es auf den Tisch und steckte stattdessen Wiktorias Telefon ein.

»Vernünftig«, stimmte Michail zu und legte auch sein Handy auf den Tisch.

Ich klopfte leicht gegen die Glaswand.

Nastja blickte auf. Erhob sich und trat ans Glas. Presste ihre Hand dagegen. Zu meiner Überraschung fand ich diese Geste weder kitschig noch aufgesetzt – ich legte meine Handfläche auch auf das Glas.

»Viel Glück, Denis«, sagte Nastja. Ich konnte ihre Lippenbewegungen unter dem Mundschutz erkennen, und ihre Stimme ertönte aus dem lustigen Panda-Babyfon. »Sei nicht wütend auf mich. Ich warte auf Hilfe.«

»Nastja, vielleicht begehe ich eine große Dummheit«, sagte ich. »Es ist besser, wenn du Markin sagst ...«

»Ich kann dich hier hinter dem Glas nicht hören, Denis. Ich bleibe bei dem Jungen, und du und Michail, ihr setzt eure Suche nach Wiktoria fort. Mehr weiß ich nicht.«

Ich nickte und blickte ihr in die Augen.

Nastjas Augen hatten die gleiche Farbe wie Olgas. Graugrün.

Das fiel mir erst jetzt auf. Obwohl Nastja und Olga sonst ganz verschieden waren, wäre Olga wahrscheinlich auch in das Zimmer gegangen.

Wenn du wirklich bereit bist, einem anderen das Leben zu nehmen, dann musst du auch bereit sein, das eigene zu geben. Denn für das Leben gibt es vermutlich nur einen einzigen gerechten Preis.

Zwölftes Kapitel

Der Ermittler und der Inspektor

Bekanntermaßen führten zehn Straßen aus Moskau, zehn kontrollierte Autobahnausfahrten gingen vom Autobahnring ab.

Außerdem gibt es noch die Dmitrowskoje-, die Schtscholkowskoje- und die Rubljowo-Uspenskoje-Chaussee. Sie führen in Gebiete jenseits des Rings, die von der Katastrophe so vollständig zerstört wurden, dass man die Abfahrten einfach geschlossen und verbarrikadiert hatte. Ganz besonders gelitten hatte die Rubljowka, wo seinerzeit die Elite, die Mächtigen und Reichen gelebt hatten. Es hieß, dass die Aufständischen, die nach der Katastrophe von der Rubljowka kommend in die Stadt vorgerückt waren, besonders schauerlich ausgesehen hatten – Männer in zerfetzten Brioni- und Fioravanti-Anzügen, Frauen, behängt mit blutverschmierten Juwelen ... In der ersten Zeit war hier viel geplündert wurden. Haufenweise Volltrottel zogen dorthin, um auf Aufständische Jagd zu machen und ihnen die Brieftaschen und Wertsachen abzunehmen. Aber dann wurden die Aufständischen erfahrener und gefährlicher und die Zahl der Idioten schrumpfte. Außerdem wurde der Verkehr in und aus der Stadt wieder in geordnete Bahnen gelenkt.

Aber die Gegend an der Rubljowka wurde nicht mehr aufgebaut.

Ich schlug Wiktoria vor, die Stadt genau hier zu verlassen.

Michail und ich saßen im Auto direkt an der Ausfahrt neben einem zerfallenen Einkaufszentrum. Jetzt gab es hier nur noch eine kleine Bude und zwei Tanksäulen. Wir standen auf dem

Standstreifen, der Regen prasselte immer stärker auf das Dach des Wagens. Wir mussten lauter sprechen als sonst.

»Nur wenige Leute wissen, dass an der Rubljowka noch Menschen leben«, erklärte ich. »Quazi und Menschen. Irgendein Adeliger mit seinen Dienstboten. Sture Leute. Ab und zu fahren sie nach Moskau, um Lebensmittel einzukaufen.«

»Ja, ich weiß.« Michail nickte.

»Die Chaussee läuft unter dem Ring durch, dort ist alles wie vorgesehen – Stacheldraht, Kameras, automatische Geschütztürme. Und die Chaussee selbst ist total verbarrikadiert. Metallkonstruktionen und eine Stahltür. Es gibt keinen ständig besetzten Wachposten, aber es wird regelmäßig patrouilliert.«

»Ja«, stimmte Michail zu.

»Ich weiß, wie man die Tür öffnet.«

»Aha«, sagte Michail nur.

»Wenn ich eine verschlossene Tür sehe, muss ich einfach versuchen, sie aufzubekommen.«

»Aber die Codes werden doch regelmäßig geändert.«

»Ich habe nach der Katastrophe auf dem Bau gearbeitet. Genau hier. Und mir überlegt, wie ich durch die Tür kommen könnte.«

»Aber wozu?«, fragte Michail.

Ich brummte etwas.

Ich würde Michail nicht erzählen, dass ich Moskau dreimal verlassen hatte, um nach Scholochowo zu wandern. Dort das Museum abgegrast hatte, das ganze Gelände zwischen den alten Panzern ... nach Spuren abgesucht hatte.

Ohne welche zu finden.

Und dass ich später noch vier Ausflüge in das Land hinter dem Ring unternommen hatte. Und zwar immer, wenn es mir extrem schlecht gegangen war, so schlecht, dass mir vor Wut und Verzweiflung schwarz vor Augen wurde. Dass ich losgezogen war, um Aufständische zu suchen. Sie gefunden hatte. Oder sie mich gefunden hatten.

So hatte der Druck wenigstens vorübergehend nachgelassen. Nein, das wollte ich ihm nicht verraten. Außerdem konnte Michail sich das vermutlich selbst denken.

»Bist du wirklich bereit, Wiktoria laufen zu lassen?«, wechselte Michail das Thema. Ich drehte das altmodische Handy in den Händen hin und her. Das Gerät hatte sowohl Saft als auch Empfang. Wir warteten auf Wiktorias Anruf ...

»Ich habe keine Wahl. Wir haben keine. Wenn sie entkommt, ist das Scheiße, aber es ist noch nicht das Ende der Welt, oder? Sie gehört doch offenbar zu denjenigen Quazi, die nur eine Sicherheit wollen. Das Gleichgewicht herstellen wollen. Die Menschen haben eine Waffe, und die Quazi haben eine Waffe. Das nennt man Kräftegleichgewicht. Im Grunde haben die UdSSR und die USA doch auch lange so koexistiert.«

»Das stimmt. Wenn wir Wiktoria glauben wollen«, sagte Michail.

Ich überlegte eine Sekunde. »Wir glauben ihr. Es gibt keine andere Möglichkeit ... Wann ruft sie denn endlich an?«

In diesem Moment klopfte jemand leise an die Heckscheibe.

Ich drehte mich um und erblickte zwei nasse, dunkle Silhouetten: Eine weibliche, etwas größer als die andere, die offenbar von einem Jungen stammte. Die beiden standen aneinandergedrängt da, wie Mutter und Sohn, als ob sie in einer Umarmung Schutz vor Regen und Kälte suchten.

Aber leider war die Lage weit weniger anrührend, sondern völlig prosaisch.

Es war Wiktoria. Sie sah jetzt wieder so aus wie bei unserer ersten Begegnung, nur dass ihre Haare kurz geschoren waren – vermutlich, um leichter eine Perücke aufsetzen zu können. Sie trug enganliegende dunkle Kleidung, eine Art imprägnierten Trainingsanzug; die Regentropfen perlten von dem Material ab wie Fett von Teflon. Sie blickte mich an und lächelte.

Daneben stand Najd in einem T-Shirt und Jeans durchnässt

und unglücklich. Um seinen Hals wand sich ein dünner Draht, dessen Ende Wiktoria in der Hand hielt.

Ich ließ das Fenster runter.

Hielt einen Augenblick inne und stieg dann aus. Michail tat wortlos das Gleiche.

»Tut mir leid, ich habe das Telefon doch lieber weggeworfen«, sagte Wiktoria. »Aus Sicherheitsgründen.«

Ich nickte und ließ das Handy einfach zu Boden fallen. »Najd, wie geht's dir?«, fragte ich.

»Okay«, sagte dieser stur.

»Warum das Ganze?«, fragte ich Wiktoria.

»Als Sicherheit«, erklärte sie immer noch lächelnd. »Das ist ein dünner Metalldraht. Man kann ihn nicht abreißen und nur sehr schwer durchschneiden. Und wenn ich fest daran ziehe, reißt er dem Jungen den Kopf ab.«

»Das ist mir klar«, sagte ich und sah ihr in die Augen, die im schwachen Licht der Autoscheinwerfer rötlich leuchteten. »Du hättest dem Jungen eine Jacke anziehen können. Er wird sich erkälten. Ist das so was wie psychologische Kriegsführung? Meine Nerven sind ziemlich gut. Aber mir kommt da gerade ein fieser Gedanke: Vielleicht hast du ja gar nicht vor, Najd freizulassen.«

Wiktoria hörte auf zu lächeln. »Das war nicht meine Absicht. Mir ging es nur darum, psychischen Druck aufzubauen. Ich werde ihn freilassen, keine Sorge.«

»Und welche Sicherheiten habe ich?«, fragte ich. »Du gehst auf die andere Seite und verschwindest in der Dunkelheit – und dann? Soll ich warten, bis du den Jungen laufen lässt? Und wenn ihn Aufständische wittern?«

»Ich kann Aufständische spüren.«

»Nachts, im Regen? Auf welche Entfernung? Und wenn er sich verläuft und in die falsche Richtung rennt? Wie lange kann er halbnackt und klitschnass alleine herumirren?«

Ich redete natürlich Unsinn. Wie konnte man direkt neben

dem Autobahnring die Orientierung verlieren? Über Moskau liegt eine Lichtglocke, die man noch aus dem Weltall sieht.

Aber Wiktoria hielt uns Menschen offenbar für ziemlich beschränkt.

»Was schlägst du vor?«, fragte sie. »Du brauchst eine Sicherheit, und ich brauche auch eine. Wenn ich Najd direkt hinter dem Ring freilasse, holt Michail mich ein.«

»Tut er nicht«, sagte ich und steckte meine Hand in die Hosentasche. Der Regen hämmerte mir auf den Kopf und lief in Rinnsalen über mein Gesicht. »Er verspricht es.«

Wiktoria lachte.

»Warte«, bat Michail und umrundete das Auto. Ich bemerkte, dass Wiktorias Körper sich anspannte. »Wiktoria, ich kann dir volle Amnestie garantieren.«

»Ich nicht«, bemerkte ich.

»Seine Zuständigkeit endet hinter dem Ring«, fuhr Michail fort. »Und meine fängt da erst an. Ich kann dir im Namen des Vorsitzenden garantieren, dass man dich freilässt, nicht den Menschen ausliefert und auch nicht verfolgen wird.«

»Im Tausch gegen was?«

»Gib das Virus zurück und lass den Jungen frei«, sagte Michail. Und tat einen Schritt vor, streckte die Hand aus. »Gib es zurück ...«

»Und wenn nur eins von beiden möglich ist?«, fragte Wiktoria ironisch.

Michail schwieg einen Moment und sagte dann:

»Dann gib das Virus zurück. Das wäre eine Geste des guten Willens von deiner Seite.«

Ich holte schnell aus und schlug dem Sonderbeauftragten Inspektor Michail Bedrenez auf den Hinterkopf.

Der Schädel eines Quazi ist so hart wie der eines Menschen. Aber sie halten Schläge viel besser aus als wir. Der Hut flog von seinem Kopf und rollte unters Auto.

Najd schrie auf und wollte losstürzen. Das hatte ich befürchtet, aber auch auf Wiktorias Reaktion gehofft. Sie hielt Najd fest um die Schulter gepackt und sorgte so dafür, dass der Würgedraht sich nicht spannte.

Ich warf den schweren Schlagring aus Metall weg und beugte mich über Michail, holte die Plastikklammern aus der Tasche und fesselte ihm die Hände auf den Rücken. »Die sind, wie wir wissen, zuverlässiger als Handschellen.«

Wiktoria sah mir eine Weile schweigend zu. »Nimm mindestens fünf. Und vergiss die Beine nicht«, sagte sie.

Ich antwortete nicht. Endlich war ich mit den Händen fertig. Daraufhin drehte ich Michail um, setzte ihn auf und lehnte seinen Oberkörper gegen das Auto. Seine Augen waren geschlossen, er atmete schwer. Ich fesselte seine Füße.

»Ich hatte gehofft, dass du so was in der Art tun würdest«, sagte Wiktoria. »Aber ich war mir nicht ganz sicher.«

»Wir Menschen sind so durchschaubar«, antwortete ich. »Ich bin mir sicher, dass du genau damit gerechnet hast.«

Wiktoria nickte.

»Ja. Er hätte mich nicht gehen lassen.«

»Hast du ihn getötet?«, fragte Najd voller Hass.

»Stell dich nicht dümmer als du bist«, antwortete ich. »Quazi kann man nicht mit einem Schlag auf den Kopf töten. In einer halben Stunde kommt er wieder zu sich.«

Najd nickte. »Ich hasse dich«, sagte er.

»Das glaube ich dir, ist mir im Moment aber egal.« Ich richtete mich auf. »Was willst du mit dem Virus machen?«, fragte ich.

»Ich bringe es meinen Leuten.«

»Wer sind deine Leute?«

»Keine Ultraradikalen«, erklärte Wiktoria. »Sie werden nicht als Erste einen biologischen Krieg anfangen, falls du dir deshalb Sorgen machst. Aber wir werden endlich auf Augenhöhe mit den Menschen reden können. Nicht wie der Vorsitzende. Er ist zu nachgiebig. Seine Zeit ist vorbei.«

»Das könnte mit einem Krieg enden«, bemerkte ich.

»Alles endet irgendwann mit Krieg«, sagte Wiktoria. »Leider. Aber wer weiß. Vielleicht wiederholt sich die Geschichte der Dinosaurier ja bei uns nicht.«

Ich nickte.

»Also gut«, sagte ich. »Ich bringe dich jetzt zum Ausgang. Dort öffne ich dir die Tür. Du lässt Najd frei und verschwindest. Du weißt selbst, dass ich nicht mal bei Tag in der Stadt eine Chance habe, dich einzuholen, also erst recht nicht hier und jetzt ...«

»Das Virus nehme ich mit«, sagte Wiktoria.

»Das Virus nimmst du mit«, bestätigte ich.

Wiktoria schwieg und begutachtete noch einmal die Fesseln an Michails Armen und Beinen. Offenbar war sie damit zufrieden.

»Ich begreife nicht, wo da der Haken ist«, gestand sie. »Na gut, du gehst vor. Aber erst machst du noch deine Taschen leer. Wirf alles ins Gras, nicht direkt neben gerupften Fuchs.«

Ich leerte meine Taschen.

Machete. Pistole. Schlüsselbund. Schweizer Taschenmesser. Pfefferspray. Handschellen. Sogar ein Taschentuch.

Dann ging ich los.

Was hätte ich sonst tun sollen?

Gut, dass Najd jetzt wenigstens schwieg. Entweder er stand noch unter Schock wegen meines Verrats, oder er wollte nicht mehr mit mir sprechen.

Im Dauerregen erreichten wir den Autobahnring, einen Knotenpunkt mit mehreren Fahrebenen, früher ewig von Autos verstopft, jetzt gähnend leer. Natürlich herrschte noch Verkehr auf dem Ring, zwei Spuren waren noch befahrbar. Wir hörten den Lärm der Autos, Scheinwerferlicht glitt über die Straße. Die Straßenbeleuchtung war aus Gründen der Sparsamkeit ausgeschaltet. Aber hier, in der Sackgasse der Rubljowka, wo außer dem sonderlichen Adeligen und seinen Bediensteten kein Mensch mehr lebte, herrschte Leere.

Die Barrikade unter dem Ring, die die Rubljowka nach draußen abschottete, war äußerst stabil. Sie bestand aus einer gewaltigen Mauer, die wie ein Pfropfen als bombensicherer Verschluss diente. Die Schlitze in der Konstruktion aus Stahlbetonplatten waren ebenfalls zubetoniert und mit dicken Stahlplatten verstärkt. In den ersten Monaten hatte ja niemand gewusst, womit man es zu tun hatte, ob sich die Aufständischen womöglich durch Beton fressen konnten ... Man hatte versucht, sich so gut wie nur möglich zu schützen.

Durch ein großes, hohes und massives Tor hätte ein kleinerer Laster gepasst. Es stand auf Rollen, die bei Bedarf in jetzt vom Regen fettig glänzenden Schienen bewegt wurden. Sie wurden regelmäßig geölt, denn einmal im Monat besuchte der Einsiedler von der Rubljowka Moskau, brachte seinen Honig, sein Gemüse und sein Getreide auf den Markt und ging mit seinen Leuten ins Kino und zum Einkaufen in den Supermarkt. Angeblich sah das Grüppchen aus wie ein Zigeunerzug oder ein wandelnder Jahrmarkt. Eigentlich ein cooler Typ. Nicht kleinzukriegen.

Neben dem Tor befand sich ein kleines Pult an der Wand, das mit einer schweren Metallplatte abgedeckt war, außerdem einige Scheinwerfer in vergitterten Gehäusen. Die Scheinwerfer waren natürlich ausgeschaltet.

»Selbst wenn du den Code kennst, der Alarm wird trotzdem ausgelöst«, sagte Wiktoria.

»Klar.« Ich lächelte. »Aber ich kenne den Code nicht. Der wird ja ständig geändert ... Und jetzt lass Saschka frei.«

»Ich heiße Najd«, sagte mein Sohn und blickte mich wütend an.

Wiktoria überlegte.

Ich trug keine einzige Waffe mehr, das hatte sie kurz, aber routiniert überprüft. Michail war bewusstlos und gefesselt. In einem Zweikampf mit einer Quazi hatte ich keine Chance.

Sie zog Najd zu sich heran und entfernte den Draht von seinem Hals. »Und jetzt du.«

»Okay«, stimmte ich zu.

Ich trat zur Wand und zog an einem der Scheinwerfer. Er war nur an einem einzigen Bolzen befestigt. Quietschend schwenkte er nach oben, das Kabel glitt heraus, und dann wurde eine schmale Lücke zwischen zwei Betonplatten sichtbar.

»Was ist das?«, fragte Wiktoria verwirrt.

»Eine Wartungsklappe. Für die Montage des Tors und falls die Elektronik mal ausfällt. Aus Nachlässigkeit wurde sie nach Abschluss der Bauarbeiten nicht ordentlich gesichert und verschlossen.«

Ich schob meinen Arm in den Zwischenraum. Ertastete Metall, den Griff einer Winde. Ich begann zu kurbeln.

Das Tor quietschte kurz und glitt dann in die Wand.

»So einfach also«, sagte Wiktoria.

Ich kurbelte das Tor etwa dreißig Zentimeter weit auf. Dann zog ich den Arm heraus: »Schlüpfst du jetzt durch?«

Wiktoria blickte in die tote, regennasse Zone jenseits des Rings und nickte. »Ja«, sagte sie. »Erinnerst du dich, Denis, dass ich dir geraten habe, keinem Quazi zu trauen? Auch mir nicht?«

»Ja«, entgegnete ich.

»Gut.«

Sie gab Najd einen kleinen Schubs in meine Richtung.

Ich fasste meinen Sohn um die Schulter, aber der riss sich los und machte einen Satz weg von mir. Für einen Moment sah er mich wütend und hasserfüllt an, dann verschwand er in der Dunkelheit.

»Er hat sich gemerkt, wo du das Messer hingeworfen hast«, sagte Wiktoria. »Damit wird er gerupften Fuchs befreien … Du hast dir umsonst Sorgen gemacht, Denis. Er hätte sich da draußen nicht verlaufen.«

Ich zuckte mit den Schultern.

»Alles Gute«, fuhr Wiktoria fort. »Noch eine Frage …«

»Ja?«

»Bist du nie auf die Idee gekommen, dass gerupfter Fuchs

dich belogen haben könnte? Dass Najd gar nicht dein Sohn ist? Dass das allzu unwahrscheinlich ist?«

»Ich habe das Ergebnis des Gentests gesehen.«

»Du hast ein Stück Papier gesehen, auf dem bestätigt wird, dass die Kontrollabschnitte von zwei eingereichten DNA-Proben übereinstimmen. Das war manipuliert, Denis Simonow. Wenn man ein DNA-Muster in zwei Teile teilt und die beiden untersuchen lässt, sieht das Ergebnis genau so aus.«

»Weshalb hätte er das tun sollen?«

Wiktoria schüttelte den Kopf, als könnte sie meine Dummheit nicht fassen. Dann wandte sie sich ab und trat auf die Öffnung im Tor zu.

Ich schob den Arm wieder in die Revisionsklappe.

Was Wiktoria nicht entging. Sie wirbelte herum. Vermutlich dachte sie, ich wollte das Tor schließen und sie damit zerquetschen. Mit einem Satz stürzte sie auf mich zu.

Ich hatte die Machete in dem geheimen Zwischenraum in der Wand zu fassen bekommen und schlug ihr mit voller Kraft auf den Hals.

Wiktoria konnte noch abbremsen, sodass ich ihr den Kopf nicht ganz abschlug. Aber ich hatte ihr eine tiefe Wunde über Brust und Hals verpasst, aus der blubbernd dickes schwarzes Blut hervortat.

»Bravo«, brachte sie glucksend hervor und trat einen weiteren Schritt zurück. Sie bewegte sich wieder auf die Öffnung zu, wollte sich durchzwängen, aber ihr Kopf kippte nach hinten. Sie umfasste ihn mit beiden Händen und hielt ihn fest. Ihr Gesicht verzog sich zu einem breiten Grinsen.

»Das Virus«, sagte ich.

»Lässt du mich dann gehen?«, fragte sie.

»Nein. Dafür hast du zu viel angerichtet. Und du hast meinen Sohn beleidigt.«

Wiktoria zwinkerte, als ob sie zustimmen würde. Und einen Atemzug später stürzte sie sich wieder vorwärts, die eine Hand auf dem halb abgeschlagenen Kopf, die andere vor sich ausgestreckt.

Ich glaube nicht, dass sie sich Hoffnungen machte, mich zu besiegen und zu überleben. Sie zog es einfach vor, im Kampf sterben.

Das konnte ich gut verstehen.

Ich wich ihrer Attacke aus und hieb erneut zu, wieder auf den Hals. Diesen Schlag kann ich am besten. Das habe ich auf der Arbeit gelernt.

Der geköpfte Körper sackte zu Boden.

Ich ging neben ihm in die Hocke. Das ist der Vorteil bei Quazi und Aufständischen: Ihr dickes Blut spritzt nicht, sondern tritt einfach nur aus dem Körper. Man macht sich nicht schmutzig dabei.

Ich wühlte in ihren Taschen und fand eine kleine metallische Kapsel mit Schraubverschluss, nicht größer als ein Feuerzeug. Nur eine.

War es das wirklich?

Das tödliche Virus, das sie in einem lebenden Menschen herangezüchtet hatten?

Dafür soviel Schmutz und Blut …

»Und wenn sie geflüchtet wäre?«

Ich erhob mich und blickte Michail an, der aus der Dunkelheit aufgetaucht war.

So einem verdammten Quazi ist einfach nicht anzusehen, wie es ihm geht. Hat er noch Schmerzen oder fühlt er sich gedemütigt von dem Schlag aufs Köpfchen? Michail war total verdreckt, sein Hut war zerknautscht und saß schief.

»Ich musste es riskieren«, sagte ich. »Entschuldige, dass ich dich ausgeknockt habe.«

Michail verzog das Gesicht. »Ich verstehe schon. Sonst wäre sie nicht unvorsichtig geworden. Aber du hättest mich vorwarnen können.«

»Nein. Ich bin sicher, dass das Telefon die ganze Zeit über eingeschaltet war. Sie hat alles, was wir gesprochen haben, mitgehört.«

Michail nickte und trat näher.

»Vermutlich. Ziemlich wahrscheinlich. Noch ein Babyfon ... Ist das das Virus?«

»Ich glaube schon«, sagte ich und schob die Kapsel in meine Tasche. »Was meinst du, was ist da drin? Blut?«

»Ich vermute, sie hat etwas Gewebe von der Oberfläche der Windpocken abgekratzt. Lass mich mal sehen.«

»Lohnt sich nicht.« Ich schüttelte die Machete ein paarmal aus, hielt die Schneide waagerecht in den Regen, um das Blut abzuwaschen. »Was soll es da zu sehen geben? Es ist nur ein tödliches Gift.«

»Wir müssen es Markin geben«, schlug Michail vor.

»Das werde ich tun«, entgegnete ich breit grinsend.

Michail seufzte tief. Lächelte schuldbewusst. Und betrachtete die Machete in meinen Händen.

»Patt«, sagte ich. Stimmt's?«

Er nickte.

»Und wo ist Najd?«, fragte ich.

Erst in diesem Moment machte er sich Sorgen.

»Wieso? Er war doch bei euch!«

»Er ist losgelaufen, um dich zu retten. Ich dachte, Najd hätte dich befreit.«

Nein, ich habe die Klammern durchgebissen ...«, entgegnete Michail zerstreut. »Wir müssen uns verpasst haben ... Gibst du mir die Kapsel mit dem Virus? Zur Aufbewahrung?«

»Nein«, wiederholte ich. Und fasste die Machete fester.

»Du weißt es längst, oder?«

»Ich wusste es sofort. Es war zu durchsichtig. Eine Terroristin aufspüren, was ist das denn für ein Auftrag für den Chef eines Geheimdienstes? Das ist nur plausibel, wenn es dabei noch um etwas anderes, Wichtigeres geht, etwas, das man keinem anderen anvertrauen kann ...«

Michail nickte.

Er nahm seinen alten Hut ab und knetete ihn in den Händen, hielt das Gesicht in den Regen. »Mein Kopf tut weh«, murmelte er. »Du hast ziemlich fest zugeschlagen ... Denis; ich brauche dieses Virus.«

»Um uns alle umzubringen?«, fragte ich.

»Nein, Denis. Die Macht des Vorsitzenden ist nicht grenzenlos. Wir wissen, dass die Menschen in Russland, in den USA und in Europa dabei sind, bakteriologische Waffen gegen uns zu entwickeln.«

»Der Schwarze Schimmel.«

»Unter anderem. Du siehst die Gesellschaft der Quazi als Einheit, aber so ist das nicht. Wir sind sehr verschieden. Aber im Moment verbindet uns die Angst. Man wird uns vernichten, wenn wir keine entsprechende Antwort zur Hand haben. Das kann auch bedeuten, dass bei uns Radikale an die Macht kommen, die die Aufständischen als Kanonenfutter einsetzen. Glaub mir, das wird nicht schön.«

Ich zuckte mit den Schultern.

»Da kann ich nichts machen.«

»Denis ...« Es fehlte nicht viel, und der Quazi hätte gestöhnt. »Ich kann nicht so gehen. Versteh das doch.«

»Ich verstehe das«, sagte ich. »Aber was erwartest du von mir? Dass ich den Tod von Milliarden von Menschen in deine Hände lege? Und wenn dein Vorsitzender es sich nun anders überlegt und einen Präventivschlag führt?«

»Das würde er niemals tun.«

»Das sind nur Worte. Nichts als Worte.«

»Was kann ich dir noch sagen?«, fragte Michail. »Was? Wie soll ich dir beweisen, dass der einzige Ausweg, die einzige Chance, Milliarden Tote zu vermeiden, darin liegt, dass ich das Virus an mich nehme?«

»Es gibt keine Worte, die das beweisen könnten«, erklärte ich. »Worte lügen immer.«

Michail überlegte. »Vielleicht, wegen Najd?«, fragte er.

»Was meinst du?«

»Ich habe ihn dir überlassen. Aber willst du die Wahrheit wissen?«

»Ich kenne sie so oder so«, entgegnete ich. »Er ist Saschka, mein Sohn.«

»Ich überlasse ihn dir herzlich gern«, sagte Michail und seine Stimme zitterte. »Im Tausch gegen das Virus.«

»Nein.«

Michails Blick fiel wieder auf die Machete in meiner Hand. Er schüttelte den Kopf.

»Wiktoria hat nicht damit gerechnet. Ich ...«

Er unterbrach sich.

»Versuch es«, sagte ich.

Michail Bedrenez war alt, aber für einen Quazi hatte das nichts zu bedeuten. Seine Reflexe waren besser als meine, er war stärker, konnte mehr aushalten und war unempfindlicher für Schmerz.

Was wir beide wussten.

Der Quazi trat einen Schritt auf mich zu, und ich bemerkte, wie seine Bewegungen sich dabei veränderten, weicher wurden, fließender und ausdauernder, voll explosiver Anspannung, wie eine stark gespannte Feder. So bewegen sich Profikämpfer. Vermutlich hatte er sich auch als Mensch das eine oder andere Mal geprügelt ...

Im nächsten Augenblick kam Najd aus der Dunkelheit auf uns zu, schlitterte über den schlammigen Boden und stellte sich zwischen uns. Fehlte nur noch, dass er die Arme ausstreckte, um uns auseinanderzuhalten.

Was hatte er von unserem Gespräch mitbekommen?

»Najd ...«, flüsterte Michail.

Der Junge presste die Lippen aufeinander und sah erst ihn und dann mich an.

»Ich bin Saschka ...«, sagte er leise.

Michails Gestalt fiel in sich zusammen. Eben war er noch bereit für einen Kampf auf Leben und Tod gewesen, eine Kreatur, die den Menschen in fast allen Bereichen überlegen war.

Jetzt war er nur noch ein vom Regen durchnässter, einsamer alter Mann.

Ein toter alter Mann.

»Keiner sucht sich sein Schicksal aus ...«, flüsterte Michail.

Er wandte sich um und ging zu dem noch immer offenen Tor, das aus der Stadt führte. Er zog sein Jackett aus. Wühlte in den Taschen, holte irgendeine Kleinigkeit heraus, die er in die Hosentasche schob. Dann ging er zu Najd, der einen Schritt rückwärts machte, dann aber stehen blieb. Michail legte ihm das Jackett über die Schulter, biss sich auf die Lippen, als wollte er noch was sagen, und wandte sich dann zum Gehen.

Ich blickte ihm hinterher. Dann rief ich: »He, Quaze!«

Er drehte sich um. Ich warf ihm die Metallkapsel zu.

Zum allerersten Mal hatte ich es geschafft, ihn wirklich zu überraschen.

Bedrenez hatte so wenig damit gerechnet, dass er die Kapsel nicht einmal auffing. Er musste sich vorbeugen und sie vom Boden aufheben.

»Verrat uns nicht, Michail«, sagt ich, während ich mich neben Saschka stellte und ihm den Arm auf die Schulter legte. »Bitte. Wir sind alle Menschen, große und kleine, lebende und tote.«

Michail hielt sich die Hand vor die Augen. Nickte.

Und verschwand durch den schmalen Spalt.

»Ich schließe jetzt das Tor, und dann gehen wir zum Auto«, sagte ich. »Du hast keinen trockenen Faden mehr am Leib.«

»Du auch nicht«, bemerkte Sascha.

»Die Beobachtungsgabe hast du von mir«, sagte ich und drehte die Kurbel.

Ich hatte das Gefühl, dass Saschka etwas fragen wollte, aber er schwieg. Deshalb fragte ich: »Wie hat sie dich erwischt?«

»Sie hat angerufen und gesagt, dass du und Michail ihre Geiseln seid. Ich bin mit der Metro zur Station Krylatskoje. Dorthin hat sie mich geschickt ...«

Ziemlich banal.

Ich überlegte und beschloss, nicht nachzufragen, um welche Uhrzeit sie Saschka rausgelockt hatte. Wenn sich nämlich herausstellen sollte, dass sie erst bei mir und dann bei ihm angerufen hatte, würde ich mich für den Rest des Lebens für einen Vollidioten halten.

Als wir nass und verdreckt das Geschäft betraten, starrte uns der Verkäufer fassungslos an, sprang dann zu seiner Ladentheke und zog ein riesiges Messer heraus. Es war nicht völlig abwegig, uns für Aufständische zu halten. Umso mehr, als der Geruch im Raum nahelegte, dass der Mann entweder Hindu war und gerade ein Räucheropfer für Krischna darbrachte oder ganz banal Hasch geraucht hatte.

»Hör mal, mein Freund, hast du vielleicht trockene Kleider für einen erwachsenen Mann und einen elfjährigen Jungen?«, fragte ich.

Der Verkäufer legte das Messer weg. »Also für Sie beide? Bitte, meine Freunde, schauen Sie sich doch selbst um. Was aus meinem reichen Sortiment könnte Ihnen als Kleidung dienen?«

Ich betrachtete skeptisch die Regale mit Lebensmittelkonserven, Schachteln und Reinigungsmitteln.

»Da drüben sind jedenfalls Handtücher«, erklärte der scharfsinnige junge Mann. »Und wenn Sie mögen, mache ich Ihnen einen Tee. Ich glaube, das könnte Ihnen guttun.«

Während er schon im Hinterzimmer verschwand rief er noch:

»Und neben den Handtüchern liegen Socken. Synthetischer Mist, aber immerhin trocken. Wenn man durchnässt ist, sind trockene Socken das Wichtigste!«

»Trockne dich ab und wring deine Kleider aus«, befahl ich Saschka und warf ihm ein Handtuch zu. »Und wechsle die Socken.«

Ich begab mich zum Hinterzimmer und hinterließ dabei nasse Spuren auf dem Boden. Der junge Mann hatte den Tee bereits in Bechern aufgegossen und in jeden zwei Teebeutel gehängt. Auf dem Tisch stand auch eine angebrochene Flasche billigen Cognacs.

»Darf ich?«, fragte ich und gab einen Schluck in meinen Becher. »Haben Sie zufällig ein Telefon?«

»Soll ich auch noch die Kasse öffnen?«, erkundigte sich der Verkäufer.

»Ich bin Polizist.«

»Und wenn schon ...« Der Mann reichte mir ein Handy.

Ich stand einige Sekunden in Gedanken versunken da.

»Sie erinnern sich an keine einzige Nummer mehr, stimmt's?«, fragte der Verkäufer mitfühlend.

»Schlaumeier«, brummte ich. Dann wählte ich Markins Nummer, die Wiktoria mir gegeben hatte.

»Ich bringe dem Jungen den Tee«, erklärte der Verkäufer und gab noch Zucker in den Becher ohne Cognac. »Oh. Ich hab eine Idee. Die Decke hier ...«

Er nahm eine karierte Wolldecke von einem alten Sofa und ging damit nach draußen.

Echt ein netter Typ ...

»Markin«, erklang eine Stimme.

»Simonow.«

»Wo ist Michail?«, fragte Markin augenblicklich.

»Er hat die Stadt verlassen. An der Rubljowka.«

»Mit Wiktoria?«

»Nein. Die habe ich neutralisiert. Die Frau liegt ohne Kopf an der Rubljowo-Uspenskoe-Chaussee, direkt am Stadtausgang.«

Markin schwieg einen Moment. »Das Virus?«, fragte er schließlich mit mutloser Stimme.

»Ich denke, Inspektor Bedrenez hat es mitgenommen.«

Markin schwieg wieder.

»Was ist mit Nastja?«, fragte ich. »Wo ist sie?«

»Wo sie war. Im Krankenhaus. Wir haben Ärzte hingeschickt und Ausrüstung. Es ist sinnlos, sie zu verlegen.«

»Ist sie gesund?«

Markin antwortete nicht gleich. »Ich bin nicht Nostradamus oder Paracelsus. Der Junge lebt noch, und Nastja weist bisher keine Symptome auf. Wir wissen nicht, wie lange die Inkubationszeit dauert, aber vermutlich nur kurz.«

Wieder Schweigen. »Warum erzähle ich dir das alles?«, fragte er. »Ich müsste dich verhaften. Du hast das Virus verloren.«

»Du müsstest mir einen Orden verleihen. Ich habe eine Terroristin unschädlich gemacht«, sagte ich. »Du redest nur solchen Quatsch, weil du willst, dass ich für dich arbeite.«

Markin fluchte. Dann sagte er: »Fahr nach Hause. Ins Krankenhaus lässt dich sowieso keiner, das liegt nicht einmal in meiner Zuständigkeit ... Halt! Wie hat sie euch dazu gekriegt?«

»Sie hatte Najd.«

»Deinen Sohn?«

Er wusste alles.

»Ja.«

»Verstehe«, sagte Markin. Wäre er ein Roboter gewesen, hätte ich jetzt hören können, wie die Rädchen in seinem Schädel ratterten. »Alles klar. Aber du hast dich bemüht, oder? Du hast alles drangesetzt, das Virus zu bekommen?«

»Natürlich, Hauptmann. Ich konnte Wiktoria neutralisieren, aber nicht Michail. Und wie hätte ich wissen sollen, dass ein offizieller Vertreter der Quazi mit einer Vollmacht des Innenministeriums sein eigenes Spiel treibt?«

»Mhm«, brummte Markin. »Einfach unglaublich. Fahr jetzt nach Hause, Hauptmann. Ich komme zu dir.«

Ich unterbrach das Gespräch und legte das Handy auf den Tisch, dann trank ich den Becher mit dem starken, nach

Cognac riechenden Tee in einem Zug leer und ging in den Verkaufsraum. Saschka saß eingewickelt in die karierte Decke auf dem Stuhl des Verkäufers und trank seinen Tee. Seine Kleidung hing zum Trocknen vor einem kleinen Heizgerät, was ziemlich akute Brandgefahr bedeutete.

Der Verkäufer kehrte gerade mit zwei kleinen Plastiktüten von einem seiner Regale zurück.

»Ein Wunder der modernen chinesischen Technologie!«, sagte er munter. »Ein Stück Plastik mit einem Loch für den Kopf! Ein Einweg-Regenumhang! Auch noch im Angebot: Zwei zum Preis von einem!«

»Wahnsinn!« Ich nickte. »Die nehmen wir.«

Saschka schlief im Auto ein.

Als ich vor meinem Haus hielt und mich umdrehte, überlegte ich einen Augenblick, ob ich ihn einfach hochtragen sollte. Das wäre sehr rührend und nach Hollywood-Manier.

Aber es goss immer noch in Strömen, und die Eingangstür mit einem schlafenden Kind auf den Armen zu öffnen war eine ziemlich akrobatische Angelegenheit.

Deshalb weckte ich Saschka und führte ihn nach oben. Vermutlich hätte ich ihn unter die heiße Dusche stellen, ihm Tee mit Himbeermarmelade einflößen und ihm ein Paracetamol geben sollen.

Aber der Junge wollte nur schlafen, Marmelade hatte ich ohnehin nicht, und das Paracetamol war in den letzten Tagen nach Wiktorias Schlag auf den Kopf aufgebraucht.

Deshalb führte ich ihn in mein Schlafzimmer, half ihm, sich auszuziehen und deckte ihn gut zu. Er schlief sofort ein.

Ich holte frische Kleidung aus dem Schrank und ging in die Küche. Sah mich um, suchte die Regale und Schränke ab.

Ja, Nastja hatte recht.

Lediglich Alkohol hatte ich im Überfluss.

Ich würde mich umstellen müssen. Lebensmittel einkaufen

müssen: Haferflocken, Gries und so. Was mochten Kinder überhaupt? Würstchen? Obwohl, Najd aß ja kein Fleisch ...

Ich holte eine Flasche kubanischen Rum und schenkte mir ein halbes Glas ein. Dann zog ich die nassen Kleider aus, stopfte alles in die Waschmaschine und stieg in trockene Klamotten. Erst danach nahm ich einen Schluck von der brennenden, nach Sonne und Tropen duftenden Flüssigkeit. Und blickte zu dem Bild hinüber.

In Olgas Blick lag Verständnis.

Auf dem Tisch lagen einige zweifach gefaltete Din-A4-Blätter. Ich klappte sie auf. Ach ja, das Manuskript von Tomlins Artikel, von dem Mann, der die unglaublichen Moskauer Superwindpocken erschaffen hatte. Die Beschreibung seines glücklichen Lebens als Ehemann einer Quazi-Frau ...

Genau in dem Moment, als ich Wiktoria so betrachtete, begriff ich, worin der Fehler von uns Menschen bestand. Wir halten Aufständische und Quazi für eine degenerierte Spezies, für krank und ein Missgeschick der Natur. Dabei sind sie in Wirklichkeit die nächste Stufe der Evolution.

Auf die wir so lange gewartet haben!

Die endlich eingetreten ist!

Eine wunderbare Weiterentwicklung!

Vom Moment seiner Entstehung an war unser Verstand vergiftet von der Angst vorm Tod. Diese Angst veranlasste uns Menschen, uns ständig fortzupflanzen, Verbrechen zu begehen, alberne und sinnlose Denkmäler, Pyramiden und Mausoleen zu erbauen. Wie viele Zivilisationen haben sich in ihrer Angst vor dem Tod und in ihrer Gier nach Unsterblichkeit selbst vernichtet und dabei sinnlos ungeheure menschliche und materielle Ressourcen verschwendet? Das alte Ägypten, das sich mit dem Bau der Pyramiden übernahm, das Mogulreich, das sich mit dem Taj Mahal völlig verausgabte, die Bewohner der Osterinseln, die ihre Bäume fällten, um ihre steinernen Götzen zu errichten.

Und wie viele Verbrechen wurden im Namen nicht existierender

Götter begangen, die nur zu einem Zweck erdacht worden waren: um den Menschen die Angst vor dem Tod zu nehmen?

Wahrscheinlich musste die Menschheit an all diesen religiösen Dummheiten erkranken wie ein Kind, das die Kinderkrankheiten durchmachen muss. Aber wie im Fall von Windpocken, die für das Kind harmlos sind, für einen Erwachsenen aber sehr gefährlich, so war das Opium namens »Glaube« in den ersten Jahrhunderten der menschlichen Zivilisation angemessen, ist aber für das 21. Jahrhundert der blanke Horror.

»Dieses Arschloch«, sagte ich und nahm noch einen Schluck Rum.

Tomlin hatte den Artikel kurz vor seinem Tod geschrieben. Als er das Virus schon entwickelt hatte. Und er hatte es sich nicht verkneifen können, darauf anzuspielen.

Arschloch bleibt Arschloch. Ob tot oder lebendig.

Ich blätterte weiter.

Genau wie jeder andere Virologe weiß ich, dass es kein Z-Virus gibt, das tote Menschen in Aufständische und dann in Quazi verwandelt. Diese Information ist kein Geheimnis, sondern lässt sich mit minimalem Aufwand im Internet nachprüfen und in wissenschaftlichen Veröffentlichungen nachlesen. Die jahrelangen Forschungen in diese Richtung haben nichts gebracht – es gibt kein Virus. Nur die Trägheit und der verknöcherte Charakter des menschlichen Denkens, nur die irrationale Angst treibt die Mehrheit der Menschen dazu, auf dieser schwachsinnigen Theorie von einem »Virus«, einer »Krankheit« zu beharren.

Die Menschen haben Angst, ihre Exklusivität zu verlieren.

Die Menschen haben Angst, sich einzugestehen, dass sie nicht mehr die Krone der Schöpfung sind.

Diese Krone sind die Quazi.

Wir sind praktisch nur vormontiert, uns fehlt die Nachbearbeitung, der Feinschliff. Zum Glück durchlaufen wir diese qualvolle, unschöne Etappe als Aufständische und sind in dieser Zeit von jeglicher ethischer Rücksichtnahme, von der Einhaltung eines veralteten Moralkodex befreit.

Aber wer diesen schweren Weg geht, der wird mit Unsterblichkeit und wahrer Freiheit belohnt – in Form des Quazi-Daseins.

Die Auswahl scheint blind und gleichgültig zu verlaufen, aber tatsächlich ist sie biologisch determiniert. Es ist offenkundig, dass ein gehobenes intellektuelles Potential auch dem Aufständischen erhalten bleibt, sich in seinem Verhalten niederschlägt und dafür sorgt, dass diese Aufständischen-Person zum Quazi wird. Man weiß, dass die Mehrheit der Quazi aus der Intelligenzija stammt, aus den kreativen Berufen, es sind Menschen, die studiert haben und intellektuellen Tätigkeiten nachgehen. Das ist hart, aber gerecht. Die moderne Welt braucht keine körperlich starken, aber dummen Menschen.

Tomlin wusste es. Er wusste genau, wie man vom Aufständischen zum Quazi wurde. Und brachte dies mit seinem eigenen menschenverachtenden Gedankengut in Einklang.

»Ach, wie gut, dass ich dir deinen schmutzigen, intellektuellen Kopf abgeschlagen habe, Professor Tomlin«, sagte ich in die leere Wohnung hinein.

»Das heißt, du gibst zu, dass du ihm absichtlich den Kopf abgeschlagen hast?«, fragte Markin und trat in die Küche.

Ich blickte ihn an und runzelte die Stirn.

»Ich dachte, ich hätte die Tür zugemacht.«

»Hast du auch, keine Sorge.« Markin nickte. »Was trinkst du?«

Er war schon leicht betrunken. Oder berauscht von Müdigkeit und Koffeinmangel.

»Rum«, sagte ich.

»Der tut's«, beschloss Markin, setzte sich und goss sich ein. »Was liest du da?«

»Einen Artikel von Tomlin. Darüber, wie schön es ist, ein Quazi zu sein.«

»Ach ja, den. Wir konnten die Veröffentlichung noch verhindern ...« Markin winkte ab. »Soweit ich weiß ... ist Nastja bisher gesund. Aber versprechen kann ich dir nichts. Wir könnten uns alle täuschen. Aber die Ärzte haben die Hoffnung, dass sie sich nicht angesteckt hat.«

»Danke«, sagte ich. »Wie geht es dem Jungen?«

»Ruslan?« Markin blieb mir eine Antwort schuldig und trank den Rum in einem Zug.

Ich tat dasselbe. Ohne anzustoßen.

»Es wird kein Disziplinarverfahren gegen dich geben«, sagte Markin. »Aber auszeichnen kann ich dich auch nicht dafür, dass du Bedrenez hast laufen lassen. Nur gut, dass er dieses Schreiben vom Innenministerium hatte. Du bist also kein Extremist, sondern nur ein redlicher Mitarbeiter ... Außerdem hast du in meinem Auftrag gehandelt.«

»Ach ja?« Ich war nur mäßig überrascht. Ich sah immer noch Ruslan vor mir, einen gesunden, vitalen, klugen und attraktiven Jungen, der von den Reden des genialen Professors so angefixt gewesen war, dass es ihm zum Verhängnis geworden war. Manchmal können sogar echte Menschen über ihren eigenen Tod hinaus töten, nicht nur Aufständische ...

»Klar. Du gehörst zu meinem Team. Morgen wird der offizielle Papierkram erledigt, Entlassung aus der Polizei, Aufnahme in die Staatssicherheit. Du behältst sogar deinen Rang.«

»Woher auf einmal so viel Nettigkeit?«, fragte ich.

»Das hat nichts mit Nettigkeit zu tun. Ich habe jede Menge gute Leute, solche, die tadellos mit der Machete umgehen können und außerdem wissen, wann sie einen Kopf abschlagen dürfen und wann nicht. Aber ein Mann, der in der Lage ist, eine strategische Entscheidung zu treffen ... und einen Befehl zu verweigern, den ich geben musste ... das ist eine Seltenheit.«

Ich nickte. Alles klar. Markin hätte Michail selbst mit dem Virus ziehen lassen. Doch dazu hätte er die Anweisungen von oben ignorieren müssen, was ihm jedoch nicht möglich gewesen war. Aber er hatte es mir erlauben können, selbst eine Entscheidung zu treffen.

»Wie teilen wir die Macht?«

»Gar nicht. In Wirklichkeit bin ich kein Hauptmann, sondern Oberstleutnant.« Markin goss sich wieder Rum ein, lehnte den Kopf an die Wand und schloss die Augen. »Und spar dir bitte jetzt die Protestnummer von wegen, ich kann nicht, ich liebe meine Arbeit, ich bin ein ehrlicher Bulle … Du willst sehr wohl, du liebst deine Arbeit überhaupt nicht und du bist kein ehrlicher Bulle. Du bist längst aus deinem Job rausgewachsen. Oder willst du etwa weiter Wohnungen abklappern und aufständischen alten Frauen den Kopf abschlagen?«

»Alte Frauen habe ich nie angerührt«, sagte ich. »Außerdem habe ich nicht vor, mit dir zu streiten. Ich bin einverstanden.«

»Na großartig …«, murmelte Markin. »Hör mal, kann ich hier bei dir schlafen? Einfach auf diesem Stuhl, nur eine halbe Stunde? Wenn ich jetzt nach Hause fahre, bleibt dafür keine Zeit mehr, dann muss ich direkt wieder zum Dienst.«

»Das ist keine Stuhl, sondern ein Hocker«, sagte ich. »Geh rüber ins Wohnzimmer, da steht ein bequemer Sessel. Auf dem Sofa schlafe ich.«

»Bleibt Najd bei dir?«, fragte Markin, ohne die Augen zu öffnen.

»Natürlich, schließlich ist er mein Sohn.«

»Respekt, find ich gut«, sagte Markin. »Aber Bedrenez … ist ein gerissener Typ … gerupfter Fuchs … Wir wussten, dass er auch hinter dem Virus her ist. Aber wir hatten keine Beweise … offiziell war er unser Partner … Glaub bloß nicht, dass ich traurig bin. Wenn die Quazi Tomlins Virus nicht bekommen hätten, wer weiß, was sie sich dann ausgedacht hätten, und vor allem, wer. Dann schon lieber der Vorsitzende und gerupfter Fuchs. Der Vorsitzende ist zurechnungsfähig. Der macht Politik wie Churchill oder Putin. Will keinen Weltkrieg, hat nur seine eigenen albernen Träume von der Eroberung des Weltalls durch die Quazi …

»Warum albern?«

»Weil das ...« Markin streckte immer noch mit geschlossenen Augen die Hand aus und grabschte die Blätter mit Tomlins Artikel vom Tisch, »einfach nur ein Riesenschwindel ist. Die Träume eines Psychopathen.«

Er zerriss die Blätter. Die Fetzen segelten zu Boden.

»Es gibt keine Mechanismen der Evolution, die zu einem bestimmten Zeitpunkt das Auftauchen unsterblicher, sich nicht vermehrender Wesen hervorbrächten«, erklärte Markin mit träger Stimme. »Das hat Mutter Natur nicht nötig ... selbst wenn man davon ausgeht, dass es keinen Gott gibt ...«

»Aber Tomlin ...«

»War ein genialer Virologe. Man hätte ihm den Nobelpreis verleihen sollen. Vielleicht hätte er sich dann noch rechtzeitig beruhigt. Oder wenn er mit einer echten, lebendigen Frau zusammengelebt hätte ... Aber so war er immer nur mit seinen Viren beschäftigt ... Weißt du, was ein Virus genau ist? Ein Organismus an der Grenze zum Leben. Nicht lebendig, nicht tot. Ein Parasit. Ein Gift, das echte lebendige Organismen zwingt, es zu reproduzieren ... Genau wie die Quazi. Nicht tot, nicht lebendig. Unfähig, sich zu vermehren. Unfähig, sich zu entwickeln. Selbst wenn die Evolution eine nächste Stufe nötig hätte, die Quazi sind diese Stufe sicher nicht. Nicht die Krone der Schöpfung ...«

Er krächzte, seine Stimme wurde heiser. Er blickte zu Boden.

»Ich hab dir alles eingesaut. Ich komm hier rein, trinke deinen Rum und mache Unordnung ... Darf ich trotzdem in deinem Sessel schlafen?«

»Hör mal, Markin«, sagte ich. »Du hast jetzt genug Kontaktpflege betrieben. Allmählich erinnerst du mich an Bedrenez, und das macht mich wütend.«

Markin warf mir einen Blick zu, gab nur wieder ein heiseres Krächzen hervor und begann die Papierfetzen vom Boden aufzuheben.

»Kannst du mir sagen, wer diese Quazi in Wirklichkeit sind,

was wir von ihnen zu erwarten haben und was wir mit ihnen tun sollen?«

»Nein, noch nicht«, entgegnete Markin.

»Okay. Dann verzieh dich jetzt. Ich will auch schlafen, aber erst trink ich noch einen. Ich muss morgen meinen Sohn zur Schule bringen und dann zu Nastja fahren.«

»Sie werden dich nicht reinlassen.«

»Doch, das werden sie«, sagte ich und blickte Markin fest an.

»Ich nähre einen ebenso unverschämten – was nicht schlecht ist – wie ehrgeizigen – was viel gefährlicher ist – Mitarbeiter an meiner Brust«, murmelte Markin.

Er erhob sich und ging ins Wohnzimmer.

Ich blieb in der Küche sitzen und blickte auf das Foto von Olga mit unserem Sohn.

Irgendwo da draußen jenseits des Rings war auf verregneten Feldwegen ein alter toter Polizist unterwegs, versteckte sich vor seinesgleichen und vor den Menschen, weil er eine todbringende Kapsel bei sich trug. Eine Kapsel, die einen Krieg abwenden sollte.

Irgendwo an der Rubjlowo-Uspenskoje-Chaussee verpackten Markins Männer gerade Wiktorias Überreste in einen Leichensack. Das Ende einer Frau, die die ganze letzte Woche ihrer posthumen Existenz hin und her gerissen gewesen war zwischen ihrer Liebe zum Leben in all seinen verschiedenen Facetten und dem Tod, an dem sie arbeitete.

Irgendwo in einem alten verlassenen Krankenhaus, wo man Dutzende von Ärzten zusammengerufen hatte, lag Nastja in einem Quarantänezimmer und wartete, ob das todbringende Virus in ihr erwachte oder nicht.

Im Wohnzimmer schlief der Oberstleutnant der Staatssicherheit Wladislaw Markin, der über Quazi weit mehr wusste, als er zugab, und der für alles, was er selbst nicht tun konnte, einfache Polizeihauptmänner benutzte.

Im Schlafzimmer warf sich ein kleiner Junge unruhig im Bett

hin und her. Najd, der mein Sohn Alexandr hätte sein können, es aber nicht war.

Ich blickte noch mal auf das Foto und schloss die Augen.

Wir sind nicht die höchste Stufe der Evolution.

Wir sind Menschen.

Wir sind einander Brüder und Schwestern, Väter und Kinder.

Wir sind gut oder schlecht, böse oder sanftmütig, auf jeden Fall gehören wir alle zusammen.

Und das ist das Wichtigste im Leben.

Literaturhinweise

Das Zitat auf S. 193 stammt aus dem Lied »Opium für niemanden« (»Opium dlja nikogo«) der Gruppe Agata Kristi von Gleb Samoilow, 1995 (Übersetzung: Anja Freckmann)

Das Zitat auf S. 195 stammt aus dem Lied »Geborener Mörder« (»Priroschdjonnyi ubiza«) der Gruppe Splin von Alexander Wasiljew, 1997 (Übersetzung: Anja Freckmann)

Das Zitat auf S. 226 stammt aus dem Gedicht »Der Ertrunkene« von Alexander Puschkin (Übersetzung: Friedrich Martin Bodenstedt)

Das Zitat auf S. 311 stammt aus dem Lied »Komm« (»Prichodi«) der Gruppe Splin von Alexander Wasiljew, 1998 (Übersetzung: Anja Freckmann)

Das Zitat auf S. 324 stammt aus dem Gedicht »Stunden der Freundschaft« von Konstantin Simonow, 1938 (Übersetzung: Anja Freckmann)

Die phantastischen Welten des Sergej Lukianenko

Die Wächter-Romane

Vampire, Gestaltwandler, Hexen, Magier – seit ewigen Zeiten leben die sogenannten »Anderen« unerkannt in unserer Mitte. Und seit ewigen Zeiten stehen sich die Mächte des Lichts und die Mächte der Finsternis unversöhnlich gegenüber, zurückgehalten nur durch einen vor Jahren geschlossenen Waffenstillstand. Zwei Organisationen – den »Wächtern der Nacht« und den »Wächtern des Tages« – obliegt es, das empfindliche Gleichgewicht der Kräfte aufrechtzuerhalten. Doch nun droht dieses Gleichgewicht zu kippen und die Welt ins Chaos zu stürzen ...

Erster Band:
Wächter der Nacht

Als der Nachtwache-Ermittler Anton Gorodezki den Auftrag erhält, ein Vampirpaar zu verhaften, begegnet er einer Frau, die mit einem mächtigen Fluch belegt wurde. Seine Versuche, der Frau zu helfen und den Fluch zu brechen, scheitern. Schließlich kommt es zum Kampf mit dem Vampirpaar. Sowohl das Opfer der Vampire, ein mysteriöser Junge, als auch die Vampirin können entkommen. Nun muss Anton nicht nur den Jungen finden, sondern auch die verfluchte Frau, die er um jeden Preis beschützen soll. Denn der auf ihr lastende Fluch ist so stark, dass durch ihn ganz Moskau zerstört werden könnte.

Zweiter Band:
Wächter des Tages

Eines Tages wird eine uralte Sekte von dunklen Anderen, die sich abseits der geschlossenen Vereinbarungen hält, aktiv, um den vor vielen Jahrhunderten umgekommenen Magier Fafnir ins Leben zurückzurufen. Sowohl Geser, der Chef der Moskauer Nachtwache, als auch sein dunkler Gegenspieler Sebulon versuchen, daraus für ihre Pläne  Kapital zu schlagen, und schrecken dabei auch nicht davor zurück, eigene Leute zu opfern.

Dritter Band:
Wächter des Zwielichts

Anonyme Hinweise tauchen auf, dass ein vermögender Mann einen Anderen durch Erpressung zwingen will, ihn selbst in einen Anderen zu verwandeln – was als unmöglich gilt. Die Nachtwache wird mit der Untersuchung beauftragt und findet heraus, dass der Erpresser ein Sohn Gesers und Olgas ist, von dessen Existenz sie erst  vor Kurzem erfahren haben. Wer aber ist der Andere, der ihm die Verwandlung versprochen hat? Ein Wettlauf gegen die Zeit beginnt.

Vierter Band:
Wächter der Ewigkeit

Anton Gorodezki, inzwischen zur Nummer zwei in der Moskauer Nachtwache aufgestiegen, wird nach Schottland entsandt, um ein rätselhaftes Verbrechen aufzuklären. Die Spur führt zu einer Verschwörung lichter und dunkler Anderer, die sich des »Kranzes der Schöpfung« bemächtigen wollen – eines magischen Artefakts, das der Zauberer Merlin vor Jahrtausenden in der tiefsten, siebten Schicht des Zwielichts verborgen hat. Doch in die siebte Schicht vorzudringen ist die größte Herausforderung, der sich ein Anderer stellen kann.

Fünfter Band:
Wächter des Morgen

Eines Tages trifft Anton Gorodezki auf den zehnjährigen Kescha, den er als Propheten ausmacht. Bei ihrer ersten Begegnung macht der Junge eine vage und unvollständige Prophezeiung. Außerdem taucht ein mysteriöser Unbekannter auf, der die Nachtwache vor ein Rätsel stellt. Der sogenannte »Tiger« ist ein Zwielicht-Geschöpf, das für Kescha eine große Gefahr darstellt, sollte der Junge nicht reden. Die Wache beschließt daher, Kescha mitzunehmen und ihn zum Aussprechen der Prophezeiung zu bewegen. Doch das hat furchtbare Folgen.

Sechster Band:
Die letzten Wächter

Längst ist der fragile Waffenstillstand zwischen den Mächten des Lichts und der Dunkelheit nichtig geworden – auf den Straßen herrscht offener Krieg. Die Balance zwischen Gut und Böse ist aus dem Lot geraten, und eine Prophezeiung kündigt das Ende der Menschheit an. Die Apokalypse kann nur aufgehalten werden, wenn sich die »Sechste Wache« bildet. Anton macht sich auf die Suche, um das Rätsel der Prophezeiung zu lösen. Das Opfer, das er für die Rettung der Menschheit erbringen muss, stellt ihn vor eine schwerwiegende Entscheidung …

Siebter Band:
Die Wächter – Licht & Dunkelheit

Der junge Magier Dmitri Drejer arbeitet als Lehrer an einer Schule für die Anderen, auf der Vampire, Magier, Hexen und Gestaltwandler in gegenseitigem Respekt und Toleranz ausgebildet werden. Sein alltägliches Leben gerät jedoch völlig aus den Fugen, als er eines Tages seltsame Vorgänge auf dem Schulhof beobachtet. Was er zunächst für einen harmlosen Streich seiner Schüler hält, entpuppt sich schon bald als gewaltige Verschwörung, die weit über die Grenzen Russlands hinausgeht. Eine Verschwörung, die das sensible Gleichgewicht zwischen den Mächten des Lichts und den Mächten der Dunkelheit für immer zerstören könnte …

Achter Band:
Die Wächter – Dunkle Verschwörung

So hatte sich Alexej Romanow, frisch-
gebackenes Mitglied der Nachtwache,
seinen Dienstantritt nicht vorgestellt:
Die ganze Stadt ist in Aufruhr, und das
Gleichgewicht zwischen den Mächten
des Lichts und der Dunkelheit droht ins
Wanken zu geraten, denn im Spiel der
größten Magier der Welt ist ein geheim-
nisvoller Unbekannter aufgetaucht

– ein Unbekannter, dessen Kräfte die der Tag- und Nachtwache bei Weitem übersteigen. Ehe er sichs versieht findet sich
Alexej in einem Geflecht aus Intrigen, Lügen und Verbrechen
wieder ...

Neunter Band:
Die Wächter – Nacht der Inquisition

Der jahrhundertealte Kampf der lich-
ten und dunklen Anderen hat sich bis
in die entlegensten Winkel Russlands
ausgebreitet: In den großen Städten Si-
biriens sind die Wächter des Tages und
die Wächter der Nacht penibel darauf
bedacht, das Gleichgewicht zwischen
den Mächten zu halten. Dazwischen
jedoch liegt die Taiga, endlose Kilome-

ter einsamer Steppe voll düsterer Bäume, pfeifenden Windes
und eiskalten Schnees. Hier haust im Verborgenen eine dritte Macht, so uralt und böse, dass sie sowohl die Wächter der
Nacht als auch die Wächter des Tages zu vernichten droht ...

Weitere Romane
von Sergej Lukianenko

Spektrum

Als eines Tages auf der Erde ein von Außerirdischen installiertes Teleportationssystem entdeckt wird, beginnt für die Menschheit eine neue Ära: Sieben Welten können durch den Transporter in Sekundenschnelle erreicht werden. Eine perfekte Möglichkeit also für jene, die den Zuständen auf der Erde entfliehen wollen – aus welchen Gründen auch immer. Privatdetektiv Martin Dugin hat sich auf diese Art  des Reisens spezialisiert und verdient so seinen Lebensunterhalt. Als er den vermeintlichen Routineauftrag übernimmt, die verschwundene Tochter eines Kunden aufzuspüren, ahnt er noch nicht, dass sich der Auftrag zu einer Jagd entwickeln wird, die ihn bis an die Grenzen der Galaxis führt.

Die Ritter der vierzig Inseln

Eigentlich hatte Dima geglaubt, er würde eine ganz normale Jugend verleben. Jedenfalls bis zu dem Tag, als ihn ein Fotograf im Park um ein Bild für die Zeitung bittet. Dima stellt sich in Positur, der Fotoapparat klickt – und plötzlich findet sich der Junge in einer völlig anderen Welt wieder: Ein Archipel aus vierzig kleinen Inseln, umgeben von einem endlosen Meer. Auf jeder dieser  Inseln steht eine Burg, von der sich Brücken zu den jeweiligen

Nachbarinseln spannen. Und jede dieser Inseln beherbergt ein Dutzend andere Jugendliche, die alle auf dieselbe Weise hierhergeholt wurden wie Dima. Zwischen den Inselbewohnern findet ein »Spiel« statt: Sie treffen sich auf den Verbindungsbrücken und bekämpfen sich mit Schwertern – denn es heißt, derjenige, der alle Inseln erobert, darf zur Erde zurück.

Drachenpfade

Viktor führt in Moskau ein ganz normales Leben. Doch als er eines Tages ein unbekanntes Mädchen verletzt vor seiner Wohnungstür entdeckt, wird sein Leben von einem Tag auf den anderen auf den Kopf gestellt. Denn das Mädchen nimmt ihn mit in eine magische Welt, deren Völker von der Rückkehr eines Drachen bedroht werden. Viktor wird klar, dass er sich dem Drachen mit all seiner Kraft entgegenstellen muss ... Sergej Lukianenko und seinem Co-Autor Nick Perumov ist mit »Drachenpfade« ein wunderbares Fantasy-Abenteuer gelungen.

DIE WELTENGÄNGER-ROMANE

Erst sieht es aus wie ein böser Scherz: Als Kirill eines Abends nach Hause kommt, ist seine Wohnung nicht wiederzuerkennen, und eine ihm völlig unbekannte Frau behauptet, sie lebe hier schon seit Jahren. Doch damit nicht genug: Auch an seinem Arbeitsplatz ist Kirill niemandem bekannt, und sogar seine Verwandten und Freunde können sich nicht mehr an ihn erinnern – als hätte es ihn nie gegeben. Was ist geschehen? Wie kann es sein, dass manche Menschen einfach aus ihrer Existenz herausfallen? Und aus welchem Grund? Für Kirill beginnt das Abenteuer seines Lebens ...

Erster Band: Weltengänger

Von einem mysteriösen Anrufer wird Kirill zu einem alten Moskauer Bahnhof geleitet, wo man ihm das nahezu Unglaubliche erklärt: Er ist jetzt zu einem Funktional geworden – zu einem Wächter an der Schwelle zu parallelen Welten. Der Wasserturm ist die Zollstation, in der er die Übergänge zu den anderen Welten bewachen soll, und schon bald tauchen die ersten Grenz-

gänger auf, die auf scheinbar paradiesische Planeten hinüberwechseln. Doch eine Frage lässt Kirill nicht los: Wer hat diese Welten erschaffen? Wer hat ihn zu einem Funktional gemacht?

Zweiter Band: Weltenträumer

Kirill will sich nicht damit abfinden, dass sein altes Leben einfach so zu Ende ist. Seine Suche nach den Verantwortlichen jedoch, die ihn zum Funktional gemacht haben, wird zunehmend gefährlicher. Kirill flieht von Welt zu Welt, nur um jedes Mal vor neue Rätsel gestellt zu werden. Denn die Mächte hinter der Erschaffung der Parallelwelten, die auch auf der Erde den Gang der Geschichte maßgeblich beeinflusst haben, wollen sich auf keinen Fall in die Karten schauen lassen. Aber sie haben nicht mit Kirills Hartnäckigkeit gerechnet – und am Ende liegt die Antwort viel näher, als er denkt.

DIE STERNENSPIEL-ROMANE

*Nachdem man auf der Erde das Reisen mit Überlichtgeschwindig-
keit entdeckt hat, bricht die Menschheit ins All auf – und gerät in
Kontakt mit dem sogenannten Konklave, einer interstellaren Organisation, in der etliche außerirdische Spezies versammelt sind.
Diese Organisation wurde geschaffen, um den Völkern der Galaxis
ihre jeweilige Rolle zuzuweisen und den Frieden zu bewahren. Doch
nicht alle Völker sind mit der Rolle zufrieden, die das Konklave ihnen zugedacht hat – und nicht alle Völker lösen Konflikte mit friedlichen Mitteln ...*

Erster Band: Sternenspiel

Eines Tages entdeckt der Kosmonaut
Pjotr Chrumow in seinem Raumschiff
einen blinden Passagier, einen Vertreter
einer kleinwüchsigen Reptilienrasse,
die sich gegen das Konklave verschwo-
ren hat. Zunächst glaubt Pjotr, die Angelegenheit still und leise bereinigen
zu können. Doch sein Passagier hat andere Pläne: Er verlangt ein heimliches
Treffen mit Andrej Chrumow, Pjotrs
72-jährigem Großvater, der auf der Erde lebt. Doch warum gerade sein Großvater? Welches Geheimnis verbirgt sich hinter
alldem? Und überhaupt: Wie soll Pjotr unbemerkt zur Erde
gelangen?

Zweiter Band: Sternenschatten

Nach etlichen Abenteuern beschließt Pjotr, zum Galaxiskern zu fliegen und dort nach dem »Schatten« zu suchen, einer uralten Zivilisation, die lange vor dem Konklave existiert hat.

Er landet auf dem einzigen Planeten des »Schattens«, der von Erkundungsflügen her bekannt ist und sich als unbewohnte Quarantänestation erweist, von der aus man durch ein Dimensionstor weiterkommt. Als Pjotr durch dieses Tor hindurchgeht, erschließt sich ihm eine Welt, die er sich in seinen kühnsten Träumen nicht hätte vorstellen können.

DIE SPIEGEL-ROMANE

Labyrinth der Spiegel

»Die Tiefe« – so heißt eine geheimnisvolle virtuelle Welt, in der Träume Realität werden. Doch ohne Hilfe eines in der Realität verankerten Timers können die Nutzer Deeptowns in der »Tiefe« ihres virtuellen Paradieses verloren gehen und die Träume zu Albträumen werden. Leonid, ein genialer Hacker und Computerexperte, besitzt die einzigartige Fähigkeit, allein durch

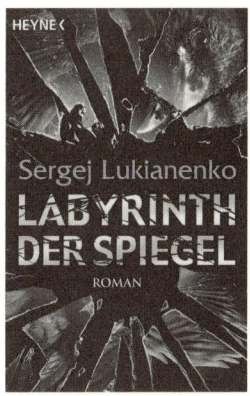

sein Bewusstsein den virtuellen Raum wieder zu verlassen. In der »Tiefe« stößt er auf eine tödliche Gefahr, die nicht nur sein Leben für immer verändern könnte …

Der falsche Spiegel

Längst gehören Computer zu unserem Alltag, und das Internet scheint uns absolute Freiheit und unendliche Möglichkeiten zu bieten. Aber für einige ist das Netz zum Albtraum geworden, denn sie sind gefangen im virtuellen Raum, der sogenannten »Tiefe«. Nur wenige Menschen, die »Diver«, sind in der Lage, die Tiefe aus eigener Kraft wieder zu verlassen. Einer von ihnen ist Leonid – geradezu meisterhaft beherrscht  er den virtuellen Raum mit all seinen Tücken. Doch dann muss er sich auf ein Spiel einlassen, das ihm alles abverlangt. Ein Spiel, das tödlich enden könnte.